DAVID EDDINGS

David Eddings, né en 1931 dans l'Ét[illegible] de Washington, a publié son premier [illegible]. D'abord employé che[illegible] petit détour [illegible] directeur d'[illegible] un hold-up s[illegible] poste, revint [illegible] consacrer à la [illegible] Leigh Eddings, [illegible]encé une carrière dans l'[illegible] air, collaborait depuis toujours à ses romans. Elle s'occupait plus particulièrement des personnages féminins et de la fin des romans ! Et cela fonctionnait à merveille puisque David Eddings est un auteur de best-sellers depuis vingt ans aux États-Unis et a également déclenché une véritable passion à l'étranger, notamment en France avec ses deux cycles cultes : *La Belgariade* et *La Mallorée*.

Le célèbre couple-roi de la fantasy a de nouveau figuré sur les listes des best-sellers avec *Le Réveil des anciens dieux*, premier volume de la tétralogie *Les Rêveurs*.

Leigh Eddings s'est éteinte en février 2007 à l'âge de soixante-neuf ans, suivie en 2009 par son époux âgé de soixante-dix-sept ans.

LA TOUR
DES MALÉFICES

DES MÊMES AUTEURS
CHEZ POCKET

LA GRANDE GUERRE DES DIEUX

LES PRÉQUELLES
(EN COLLABORATION AVEC LEIGH EDDINGS)

1. BELGARATH LE SORCIER : LES ANNÉES NOIRES
2. BELGARATH LE SORCIER : LES ANNÉES D'ESPOIR
3. POLGARA LA SORCIÈRE : LE TEMPS DES SOUFFRANCES
4. POLGARA LA SORCIÈRE : LES ANNÉES D'ENFANCE

LA BELGARIADE

1. LE PION BLANC DES PRÉSAGES
2. LA REINE DES SORTILÈGES
3. LE GAMBIT DU MAGICIEN
4. LA TOUR DES MALÉFICES
5. LA FIN DE PARTIE DE L'ENCHANTEUR

LA MALLORÉE

1. LES GARDIENS DU PONANT
2. LE ROI DES MURGOS
3. LE DÉMON MAJEUR DE KARANDA
4. LA SORCIÈRE DE DARSHIVA
5. LA SIBYLLE DE KELL

LA PIERRE SACRÉE PERDUE

LA TRILOGIE DES JOYAUX

1. LE TRÔNE DE DIAMANT
2. LE CHEVALIER DE RUBIS
3. LA ROSE DE SAPHIR

LA TRILOGIE DES PÉRILS

1. LES DÔMES DE FEU
2. CEUX-QUI-BRILLENT
3. LA CITÉ OCCULTE

LA RÉDEMPTION D'ALTHALUS
(EN COLLABORATION AVEC LEIGH EDDINGS)

1. LES YEUX D'ÉMERAUDE
2. LES TROIS GRIMOIRES

LES RÊVEURS
(EN COLLABORATION AVEC LEIGH EDDINGS)

1. LE RÉVEIL DES ANCIENS DIEUX
2. LA DAME D'ATOUT
3. LES GORGES DE CRISTAL
4. LA FOLIE DES DIEUX

SCIENCE-FICTION
Collection dirigée par Bénédicte Lombardo

DAVID EDDINGS

CHANT IV
DE LA BELGARIADE

LA TOUR DES MALÉFICES

POCKET

Titre original :

CASTLE OF WIZARDRY

Traduit de l'américain
par Dominique Haas

Cette traduction a été publiée
avec l'accord de Ballantine Books,
département de Random House, Inc.

Le papier de cet ouvrage est composé de fibres naturelles, renouvelables, recyclables et fabriquées à partir de bois provenant de forêts plantées et cultivées durablement pour la fabrication du papier.

ISBN 978-2-266-17440-4

A mes amis
Bibbidie, Chopper Jack, Jimmy et Eddie,
si proches et si différents,
qui tous m'ont aidé depuis le début.

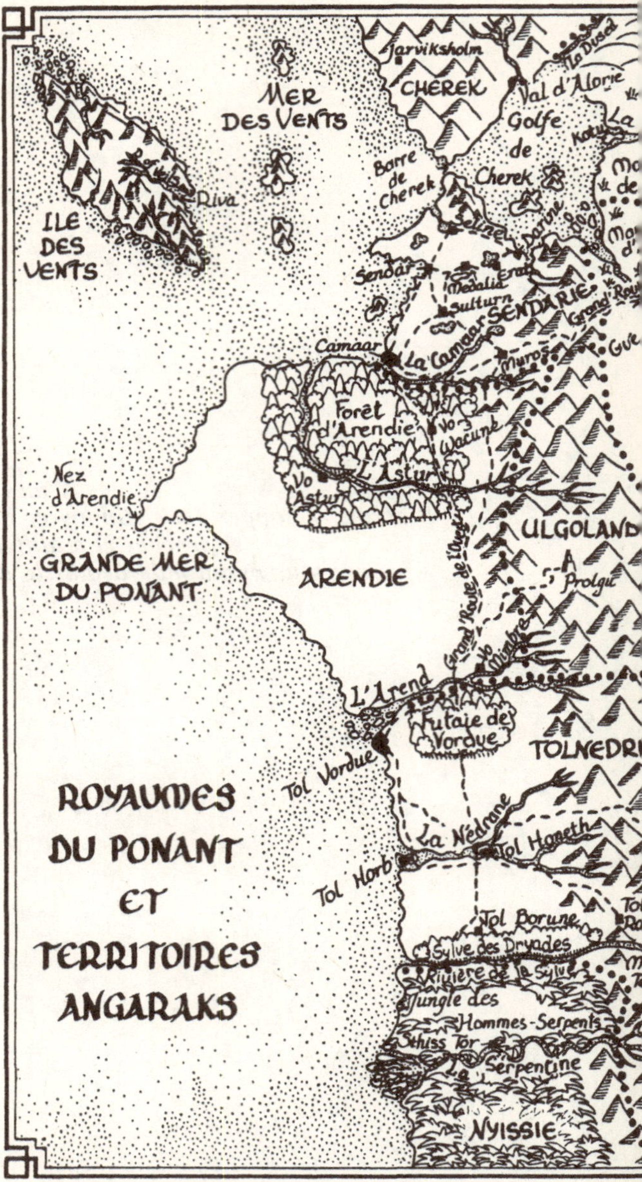

Jarviksholm
CHEREK
Val d'Alorie
Golfe de Cherek
Kotu
MER DES VENTS
Barre de Cherek
Riva
ILE DES VENTS
Seline
Darine
Sendar
Erat
Medalia
Sulturn
SENDARIE
Camaar
La Camaar
Muros
Forêt d'Arendie
Vo Wacune
L'Astur
Vo Astur
Nez d'Arendie
ULGOLAND
Prolgu
GRANDE MER DU PONANT
ARENDIE
Grand'Route de l'Ouest
Vo Mimbre
L'Arend
Futaie de Vordue
Tol Vordue
La Nédrane
Tol Honeth
Tol Horb
Tol Borune
Sylve des Dryades
Rivière de la Sylve
Jungle des Hommes-Serpents
Sthiss Tor
La Serpentine
NYISSIE
ROYAUMES DU PONANT ET TERRITOIRES ANGARAKS

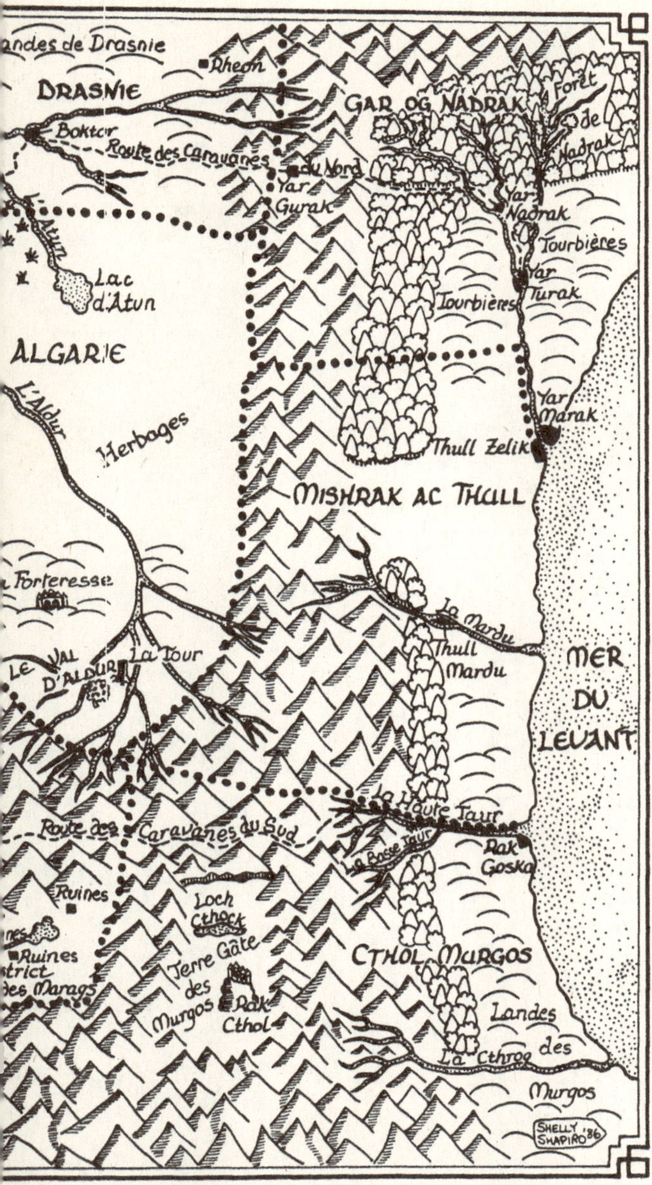

andes de Drasnie
Rheon
DRASNIE
GAR OG NADRAK
Forêt de Nadrak
Boktor
Route des Caravanes du Nord
Yar Gurak
Yar Nadrak
Tourbières
L'Atun
Lac d'Atun
Yar Turak
Tourbières
ALGARIE
Yar Marak
L'Aldur
Herbages
Thull Zelik
MISHRAK AC THULL
Forteresse
La Mardu
Thull Mardu
LE VAL D'ALDUR
La Tour
MER DU LEVANT
La Haute Taur
Route des Caravanes du Sud
La Basse Taur
Rak Goska
Ruines
Loch Cthock
Ruines
Terre Gâte des Murgos
CTHOL MURGOS
Rak Cthol
Landes des Murgos
La Cthrog
SHELLY SHAPIRO '86

PROLOGUE

Où l'on apprend comment Riva Poing-de-Fer devint Gardien de l'Orbe d'Aldur. Où se trouve en outre relatée la conspiration nyissienne.

D'après Le Livre d'Alorie *et autres récits ultérieurs.*

Or il advint que Cherek et ses trois fils accompagnèrent Belgarath le Sorcier en Mallorée afin de reconquérir l'Orbe d'Aldur dérobée par Torak. Ensemble ils atteignirent la tour de fer où le Dieu mutilé s'était enfermé avec l'Orbe, mais seul Riva Poing-de-Fer, le plus jeune des fils de Cherek, osa s'emparer du prodigieux joyau. Car lui seul ignorait le mal au plus profond de son âme.

Sitôt revenu dans les Etats du Ponant, Belgarath confia à Riva et à sa descendance le soin de garder l'Orbe jusqu'à la fin des âges. « Tant que l'Orbe sera entre tes mains puis celles de tes enfants après toi, le Ponant n'aura rien à craindre. » Ainsi parla Belgarath.

Alors Riva prit l'Orbe et emmena son peuple par-delà les mers, dans l'Ile des Vents. Là, sur un rivage accessible aux vaisseaux, Riva fit bâtir une forteresse au cœur d'une cité ceinte de murs. A ce bastion construit pour la guerre, les hommes donnèrent le nom de *Riva*.

Dans la plus vaste salle de la Citadelle, un trône de pierre noire était adossé à l'un des murs. Cette salle du trône, les hommes l'appelaient « la Cour du roi de Riva ».

Puis Riva sombra dans un profond sommeil et Belar lui apparut en rêve : « Ecoute-moi, Gardien de l'Orbe, lui dit le Dieu Ours des Aloriens. Je vais faire tomber deux étoiles du ciel. Ces deux étoiles tu prendras, plongeras dans le feu et forgeras. De la première, une lame tu feras ; à la seconde la forme d'une garde tu donneras. Avec l'ensemble, une épée tu créeras pour garder l'Orbe de mon frère Aldur. »

En s'éveillant, Riva vit tomber deux étoiles. Il partit à leur recherche, les retrouva dans les hautes montagnes et en usa comme Belar lui avait ordonné. Mais lorsque ce fut fait, la lame et la garde ne s'emboîtaient pas. Alors Riva s'écria : « O Dieu, j'ai tout gâché : l'épée ne peut être assemblée ! »

Assis non loin de là, un renard le regardait. « Ton travail n'est pas perdu, dit-il à Riva. Prends la garde et place l'Orbe dessus en guise de pommeau. » Ainsi fit Riva, et le joyau et la garde ne firent qu'un. Mais la lame et la poignée étaient encore désunies.

— Prends la lame dans ta main gauche, la poignée dans la droite et rapproche-les, lui conseilla encore le renard.

— Elles ne s'ajusteront pas, c'est impossible, dit Riva.

— Faut-il que tu sois sage en vérité, dit le renard, pour savoir ce qui se peut et ne se peut point avant d'avoir essayé.

Alors Riva se sentit tout honteux. Il présenta la lame devant la garde et la lame s'encastra dans la garde telle une baguette glissant dans l'eau. L'épée était unie à jamais.

— Prends l'épée et frappe la roche devant toi, ordonna le renard en riant.

Riva redoutait que le coup ne fracasse la lame, mais il frappa la paroi. La roche alors s'ouvrit en deux, et une rivière en jaillit, irriguant la ville, au-dessous. A cet instant, loin vers l'est, dans les ténèbres de Mallorée, Torak le Mutilé se redressa sur sa couche, le cœur transi.

Le renard s'éloigna très vite avec un petit ricanement. Il s'arrêta une dernière fois pour regarder derrière lui. Et

Riva vit que ce n'était plus un renard mais Belgarath sous la forme d'un grand loup au poil argenté.

Riva plaça l'épée au-dessus de son trône, la lame pointée vers le bas, l'Orbe au sommet. L'épée et la pierre s'imbriquèrent, et lui seul pouvait l'en détacher.

Et les années passèrent, et les hommes virent que l'Orbe enchâssée sur le pommeau brûlait d'un éclat glacé quand Riva était sur son trône ; et la lueur devenait une grande langue de flamme bleue quand il prenait l'épée et la brandissait.

Au début du printemps suivant l'Année de l'Epée, un petit navire fendit les eaux noires de la Mer des Vents, sans le secours de la voile ou des rames. La plus belle femme du monde se trouvait à bord, seule. C'était Beldaran, la fille tendrement chérie de Belgarath, venue prendre Riva pour époux. Et le cœur de Riva fondit d'amour pour elle, comme prévu depuis l'avènement des temps.

Le mariage de Beldaran et Riva fut béni par une naissance, à Erastide de l'année suivante. Le fils de Riva portait la marque de l'Orbe dans la main droite. Riva l'amena aussitôt à la salle du trône et plaça sa petite main sur l'Orbe. Le joyau vivant reconnut l'enfant et se mit à flamboyer d'amour pour lui. Après cela, tous les descendants de Riva portèrent la marque de l'Orbe dans la paume de la main, afin que la pierre les reconnaisse et ne les détruise pas quand ils entraient en contact avec elle. Seuls, en effet, les surgeons de Riva pouvaient la toucher sans danger. Chaque fois que l'un d'eux effleurait l'Orbe, le lien qui l'unissait à la lignée de Riva se resserrait, et à chacune de ces unions son feu s'intensifiait.

Ainsi passèrent mille années dans la cité de Riva. Des voiles s'aventuraient parfois dans la Mer des Vents, mais les bâtiments cheresques, voués à la défense de l'île, fondaient sur elles et les détruisaient. Le jour vint pourtant où les rois d'Alorie se réunirent et décidèrent en conseil que ces étrangers n'étaient pas les serviteurs de Torak, mais des adorateurs du Dieu Nedra venus commercer. Ils consentirent alors à laisser leurs navires sillonner la Mer des Vents sans plus les inquiéter. « Car, dit le roi de Riva aux monarques assemblés, le jour viendra où les enfants de Nedra se joindront à nous dans notre lutte contre les Angaraks de Celui qui n'a qu'un œil. N'offensons pas Nedra en coulant les vaisseaux de ses enfants. »

Le souverain de Riva avait sagement parlé, et les rois d'Alorie l'approuvèrent. Les temps et le monde avaient changé, ils le savaient.

Des traités furent alors signés avec les fils de Nedra. Ceux-ci prenaient un plaisir enfantin à graver leur nom sur des bouts de parchemin. Mais quand ils mouillèrent dans le port de Riva, leurs vaisseaux chargés à ras bord de babioles clinquantes auxquelles ils accordaient un énorme prix, le roi de Riva rit de leur folie et leur ferma les portes de la cité.

Les enfants de Nedra pressèrent leur roi, auquel ils donnaient le nom d'empereur, de forcer les portes de la ville afin de colporter leurs marchandises dans les rues. Et l'empereur envoya son armée dans l'île. Permettre aux étrangers venus de ce royaume appelé Tolnedrie de franchir les mers était une chose ; c'en était une autre que de laisser leur armée débarquer aux portes de Riva. Le roi de Riva ordonna que la plage devant la ville fût nettoyée et le port débarrassé des navires tolnedrains. Ce qui fut fait.

Grande fut la colère de l'empereur de Tolnedrie. Il assembla ses armées pour traverser la Mer des Vents et livrer bataille. Alors les pacifiques Aloriens tinrent conseil afin de tenter de raisonner cet empereur irascible. Ils envoyèrent un messager l'avertir que s'il persistait ils prendraient les armes, détruiraient l'empereur et son royaume et jetteraient leurs restes à la mer. L'empereur prit bonne note de cette remontrance et renonça à son aventure désespérée.

Des années passèrent, et le roi de Riva réalisa que les marchands tolnedrains étaient inoffensifs. Il les autorisa à construire un village sur la grève, devant les murailles de Riva, et à y proposer leurs marchandises inutiles. Leur rage de vendre ou de troquer avait fini par l'amuser et il demanda à son peuple de leur acheter quelques babioles — même s'il était impossible de trouver le moindre usage aux marchandises ainsi acquises.

Puis, quatre mille et deux années après le jour où Torak le Maudit avait brandi l'Orbe et fendu le monde, d'étranges personnages arrivèrent au village des enfants de Nedra. Ces étrangers disaient être les enfants du Dieu Issa, se faisaient appeler Nyissiens et prétendaient — chose parfaitement contre nature — obéir à une reine, une femme appelée Salmissra.

Ils étaient venus sous un faux-semblant, prétendument porteurs de riches présents pour le roi de Riva et sa famille. A cette nouvelle, Gorek le Sage, un vieux roi de la lignée de Riva, conçut une grande curiosité des enfants d'Issa et de leur reine. Il quitta la forteresse et la cité en compagnie de sa femme, de leurs deux fils, de leurs épouses et de tous leurs royaux petits-enfants, afin de rendre aux Nyissiens une visite de courtoisie et de recevoir les présents futiles envoyés par la putain de Sthiss Tor. Le roi de Riva et sa famille furent accueillis avec des sourires mielleux sous le pavillon des étrangers.

Alors, de leurs armes ointes de venin, si bien que la moindre égratignure était mortelle, les enfants fourbes et maudits d'Issa frappèrent la chair et le sang de Riva.

Gorek était encore vert pour son âge. Il lutta avec l'énergie du désespoir — pas pour sa vie, car il sentait la mort courir dans ses veines depuis le premier coup de poignard — mais pour permettre à l'un de ses petits-enfants au moins de se sauver, afin que la lignée ne s'interrompe pas. Ils étaient hélas tous perdus, à l'exception d'un enfant qui prit la fuite et se jeta dans les flots. Voyant cela, Gorek se cacha la tête sous son manteau et rendit le dernier soupir sous les lames des Nyissiens.

En apprenant cette nouvelle, Brand, le Gardien de la Citadelle, entra dans une terrible colère. Les traîtres assassins furent appréhendés et Brand les questionna l'un après l'autre, d'une façon qui eût fait trembler plus d'un brave. La vérité leur fut arrachée. Gorek et sa famille avaient été ignoblement assassinés sur l'ordre de Salmissra, la Reine-Serpent des Nyissiens.

De l'enfant qui s'était jeté à la mer, on ne retrouva pas trace. L'un des assassins prétendit avoir vu une chouette blanche comme neige s'abattre des cieux et l'emporter, mais on ne le crut pas. Pourtant, malgré les exhortations les plus pressantes, il ne voulut pas en démordre.

Après cela, les Aloriens se livrèrent à une guerre sans merci contre les enfants d'Issa, passant au fil de l'épée tous ceux qu'ils purent trouver et rasant leurs cités. Sentant venir son heure dernière, Salmissra avoua avoir accompli cette forfaiture sur les instances de Torak à l'Œil mort et de Zedar, son serviteur et disciple.

Il n'y avait donc plus à Riva de roi gardien de l'Orbe. Brand et ceux qui après lui portèrent son nom se succédèrent à leur corps défendant sur le trône de l'Ile des Vents. Pendant des années vagabonda une rumeur selon laquelle un rameau de la lignée de Riva se serait perpétué à l'abri d'une terre lointaine. Mais les Riviens aux capes grises eurent beau parcourir le monde à sa recherche, ils ne parvinrent jamais à le retrouver.

L'épée demeura où Riva l'avait placée, l'Orbe enchâssée sur son pommeau. Mais le joyau semblait maintenant morne et sans vie. Avec le temps, les hommes en vinrent à oublier le péril qui planait sur le Ponant depuis la disparition du roi de Riva. Et comme nul ne pouvait la toucher sans être aussitôt foudroyé s'il n'était le légitime héritier de Riva, l'Orbe ne paraissait pas non plus menacée.

Or depuis que ses favoris avaient fait disparaître le roi de Riva, gardien de l'Orbe, Torak à l'Œil mort s'enhardissait à tramer de nouveaux plans pour la conquête du Ponant. Après bien des années, il mena une énorme armée d'Angaraks anéantir tous ceux qui s'opposaient à ses projets. Dévastant l'Algarie, ravageant l'Arendie, ses hordes déferlèrent vers la cité de Vo Mimbre.

Belgarath et sa fille, Polgara la Sorcière, vinrent alors s'entretenir avec Brand, le Gardien de Riva. Suivant leurs conseils, Brand mena son armée à Vo Mimbre. Grâce au pouvoir de l'Orbe, il vainquit Torak au cours de la bataille meurtrière qui s'engagea devant la cité. Zedar escamota le corps de son Dieu, mais malgré toute son habileté il ne devait jamais réussir à le ranimer. Et les hommes du Ponant se sentirent à nouveau en sécurité sous la protection d'Aldur et de son Orbe.

De nouvelles rumeurs commencèrent à circuler : selon on ne savait quelle prophétie, un roi de Riva, authentique descendant de Poing-de-Fer, reviendrait s'asseoir sur son trône de l'Ile des Vents. Puis, des années plus tard, d'aucuns proclamèrent que les filles des empereurs de Tolnedrie devaient se présenter à la Cour du roi de Riva, le jour de leur seizième anniversaire, pour devenir l'épouse du nouveau roi, s'il revenait. Rares étaient ceux qui accordaient foi à ces contes. Mais les années succédaient aux années et les siècles aux siècles, et rien ne venait troubler la paix du Ponant. L'Orbe demeurait, terne et inerte, enchâssée sur le pommeau de l'épée. Et quelque part, le terrible Torak dormait, disait-on, en attendant le retour du roi de Riva — autant dire pour l'éternité.

C'est ainsi que devrait se terminer ce récit. Mais l'histoire n'a pas de fin. Et nulle chose ne saurait demeurer en paix et en sécurité tant que des hommes rusés formeront le projet de s'en emparer ou de la détruire.

Les siècles passèrent, interminables. Puis vinrent de nouvelles rumeurs, propres, cette fois, à troubler les grands de ce monde. L'on murmurait que l'Orbe avait disparu et que l'on avait revu Belgarath et Polgara en différents endroits du Ponant. Ils étaient dorénavant accompagnés d'un jeune garçon nommé Garion, qui appelait Belgarath « grand-père » et Polgara « tante Pol ». Et ils traversaient les royaumes en bien étrange compagnie.

Aux rois d'Alorie réunis en conseil, Belgarath révéla que Zedar l'Apostat avait réussi, par un moyen inconnu, à s'emparer de l'Orbe et à prendre la fuite vers l'est, sans doute pour réveiller Torak. Belgarath et ses compagnons devaient le suivre et récupérer le joyau où palpitait la vie.

Puis Belgarath découvrit que Zedar avait trouvé un garçon innocent au point de pouvoir toucher l'Orbe. La piste menait désormais vers le sinistre repaire des Grolims, les prêtres de Torak, où Ctuchik le Magicien s'était réfugié après avoir subtilisé l'Orbe et l'enfant à Zedar.

Avec le temps, la reconquête de l'Orbe par Belgarath et ses compagnons prendrait le nom de *Belgariade*. Mais son aboutissement demeurait étroitement lié à celui de la Prophétie. Et sa propre issue, la Prophétie elle-même l'ignorait…

Première Partie

ALGARIE

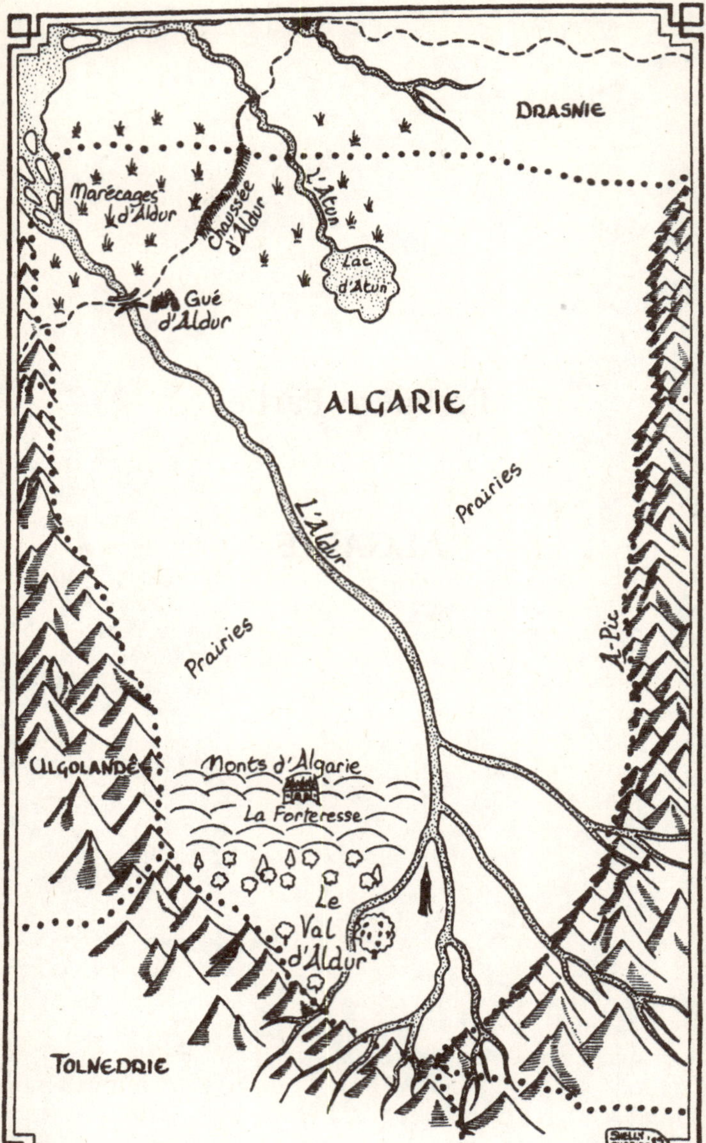
DRASNIE
Marécages d'Aldur
Chaussée d'Aldur
L'Atun
Lac d'Atun
Gué d'Aldur
ALGARIE
Prairies
L'Aldur
Prairies
A-Pic
ULGOLANDE
Monts d'Algarie
La Forteresse
Le Val d'Aldur
TOLNEDRIE

CHAPITRE PREMIER

Ctuchik était mort et plus que mort — anéanti. Ebranlée par la déflagration, la terre s'ébrouait en grondant, faisant trembler sur sa base l'aiguille rocheuse. Criblés d'éclats de pierre arrachés aux voûtes, Garion et ses amis fuyaient à toutes jambes dans les noires entrailles du pic de basalte. Garion courait, hagard, au milieu des crissements et des craquements. Un maelström de pensées incohérentes tourbillonnaient et se bousculaient frénétiquement sous son crâne embrasé par l'énormité des derniers événements. Le salut était dans la fuite et il détalait sans réfléchir, sans même s'en rendre compte, ses pieds frappant mécaniquement le sol, son cœur battant à tout rompre.

Un chant exaltant qui allait crescendo retentissait à ses oreilles, emplissant les dédales de son esprit, effaçant toute pensée et le plongeant dans un émerveillement mêlé de stupeur. Malgré sa confusion, il n'oubliait pas la petite main confiante cramponnée à la sienne. Le petit garçon trouvé dans le sinistre nid d'aigle de Ctuchik trottinait à ses côtés en serrant l'Orbe d'Aldur sur sa poitrine. Les accents glorieux qui envahissaient sa conscience venaient d'elle, Garion le savait. L'Orbe avait commencé à murmurer au moment où ils s'étaient engagés dans l'escalier menant à la tourelle et son chant s'était amplifié quand il était entré dans la salle où elle reposait. Plus que le choc ou la formidable détonation qui avait détruit Ctuchik, projetant Belgarath à terre comme une poupée de chiffon, par-delà le vacarme inquiétant du séisme consécutif, c'est elle qui oblitérait toute pensée.

Sans cesser de courir, Garion luttait contre cette intrusion en s'efforçant de remettre de l'ordre dans ses idées, mais le chant s'opposait à tous ses efforts, dispersant ses pensées. Des impressions fugitives, des souvenirs fortuits lui revenaient en mémoire, au hasard, traversant sa conscience sans logique apparente, disparaissant comme ils étaient venus, sans but ou signification.

Une puanteur humide, renversante, descendit tout à coup des quartiers réservés aux esclaves, juste sous la cité qui s'écroulait, et envahit les galeries obscures. Comme si ces relents avaient ouvert une brèche, d'autres réminiscences olfactives s'engouffrèrent avec la force d'un ouragan dans les souvenirs de Garion : l'odeur chaude du pain sortant du four, dans la cuisine de tante Pol à la ferme de Faldor ; les effluves salés de la mer quand ils étaient arrivés à Darine, sur la côte septentrionale de Sendarie, lors de la première étape de leur quête ; les remugles fétides des marécages et des jungles de Nyissie ; la fumée écœurante des cadavres sacrifiés sur les bûchers dans le temple de Torak — ce temple qui, au même instant, s'effondrait entre les murailles disloquées de Rak Cthol. Mais, chose étrange, le parfum qui se présentait avec la plus grande acuité à ses pensées en déroute était celui des cheveux chauffés par le soleil de la princesse Ce'Nedra.

— Garion ! fit la voix âpre de tante Pol dans le noir. Regarde un peu où tu mets les pieds !

Emporté par son élan, il manqua tomber sur un éboulis de roches, à un endroit où la voûte s'était affaissée. Il repartit en s'efforçant d'empêcher son esprit de vagabonder.

Les gémissements de terreur des esclaves emprisonnés dans les cellules suintantes s'élevaient autour d'eux, offrant un terrible écho au vacarme du séisme. Les ténèbres retentissaient maintenant d'une multitude d'autres bruits : des ordres confus, articulés par les voix rauques, à l'accent guttural, des Murgos ; des pas incertains, détalant dans l'obscurité. Une porte de fer claquait à tout rompre au gré des oscillations de la prodigieuse aiguille rocheuse. Les grottes étaient maintenant la proie de tourbillons de poussière, une poussière dense, étouffante, qui leur piquait les yeux et les faisait tousser sans relâche tandis qu'ils franchissaient les tas de pierres en s'aidant de leurs mains.

Garion souleva délicatement le petit garçon si confiant par-dessus un amas de roches. L'enfant le regarda droit dans les yeux, calme et souriant en dépit du chaos, de la puanteur et de l'obscurité oppressante. Au moment de reposer l'enfant à terre, il se ravisa. Il serait plus commode et plus sûr de le porter. Il s'apprêtait à repartir le long de la galerie lorsqu'il leva précipitamment le pied : il avait marché sur quelque chose de mou. Il jeta un coup d'œil par terre, l'estomac retourné comme une chaussette : une main humaine, inerte, sortait de la caillasse.

Ils couraient dans les ténèbres agitées de formidables trépidations, au milieu de la poussière qui s'épaississait, les pans des robes noires murgos claquant autour de leurs jambes.

— Arrêtez ! s'écria Relg.

L'Ulgo leva la main et resta figé sur place, la tête inclinée comme s'il tendait l'oreille.

— Ce n'est pas le moment ! répondit Barak sur le même ton.

Il était penché en avant, Belgarath toujours inconscient dans les bras.

— Avancez, Relg ! ordonna Barak.

— Taisez-vous ! lança le fanatique. J'essaie d'entendre quelque chose. Reculez, vite ! aboya-t-il enfin en faisant volte-face et en les bousculant.

— Pas par là, nous allons tomber droit sur les Murgos ! protesta Barak.

— Courez ! répéta Relg. Le flanc de la montagne est en train de se détacher !

Ils faisaient demi-tour lorsqu'un terrible craquement retentit. La roche se déchira dans un vacarme effroyable, comme si elle protestait, et un flot de lumière baigna subitement la galerie. Une immense fissure s'ouvrit sur la paroi du pic de basalte, s'élargit majestueusement,et un énorme bloc de montagne bascula lentement, s'abîmant dans le désert de pierre, des milliers de pieds plus bas. La lueur rougeâtre du soleil levant plongea pour la première fois ses rayons dans les sombres entrailles de l'aiguille brutalement éventrée, les aveuglant. La terrible plaie ouverte sur le flanc de basalte révéla plus d'une douzaine de cavernes béantes.

Un cri retentit au-dessus de leurs têtes.

— Là !

Garion regarda précipitamment autour de lui. Quinze pieds plus haut, sur la paroi abrupte, une demi-douzaine de Murgos en robes noires étaient plantés, sabre au clair, à l'entrée d'un souterrain. De lourdes volutes de poussière tourbillonnaient autour d'eux. Tout excité, l'un d'eux tendit le doigt vers les fugitifs. Puis l'aiguille rocheuse fut soulevée par une nouvelle convulsion, une portion de roche s'abattit et les Murgos s'abîmèrent dans le vide en hurlant.

— Vite ! s'écria Relg.

Ils s'élancèrent en courant lourdement à sa suite, retrouvant l'obscurité du boyau. Ils avaient parcouru quelques centaines de pas quand Barak s'arrêta net, sa vaste poitrine se soulevant comme un énorme soufflet de forge.

— Un instant, haleta le grand Cheresque. Il faut que je reprenne mon souffle.

Il déposa Belgarath sur le sol.

— Puis-je, Messire, Te prêter la main ? proposa aussitôt Mandorallen.

— Non, répondit Barak en soufflant comme un phoque. Ça va aller. Je refais le plein d'air, c'est tout. Que s'est-il passé ? s'étonna-t-il en regardant autour de lui. Qu'est-ce qui a déclenché tout ça ?

— Belgarath et Ctuchik se sont un peu chamaillés, susurra Silk. Ils ont comme qui dirait perdu le contrôle de la situation vers la fin.

— Qu'est-il arrivé à Ctuchik ? reprit Barak, tout pantelant. Il n'y avait personne quand nous sommes arrivés, pas vrai, Mandorallen ?

— Il s'est autodétruit, expliqua Polgara en s'agenouillant pour examiner le visage de Belgarath.

— Nous n'avons pas vu de cadavre, ma Dame, remarqua Mandorallen en scrutant les ténèbres, son immense épée à la main.

— Il n'en est pas resté ça, commenta Silk en faisant claquer son ongle sur son incisive.

— Dites-moi, Relg, vous pensez que nous sommes en sûreté, ici ? s'enquit Polgara.

L'Ulgo colla son oreille à la paroi de la galerie et écouta attentivement.

— Pour l'instant, oui, répondit-il enfin en hochant la tête.

— Eh bien, faisons une pause. Je voudrais examiner un peu mon père. Eclairez-moi.

Relg farfouilla dans les sacoches accrochées à sa ceinture et mélangea dans un bol de bois les deux substances qui produisaient la faible lumière ulgo.

— Que s'est-il passé en fait ? reprit Silk en regardant Polgara avec curiosité. C'est Belgarath qui a fait ça à Ctuchik ?

Elle secoua la tête en signe de dénégation tout en palpant délicatement la poitrine de son père.

— Ctuchik a tenté d'anéantir l'Orbe. Je ne sais pas ce qui s'est passé, mais il a eu si peur qu'il en a oublié la plus élémentaire prudence.

Garion, qui reposait le petit garçon à terre, fut effleuré par un souvenir — cette brève plongée dans l'esprit de Ctuchik juste avant que le Grolim ne se réduise à néant en articulant le fatal : « Disparais. » Il se remémora l'image qui était apparue au Grand Prêtre — sa silhouette à lui, Garion, l'Orbe à la main — et ressentit à nouveau la panique aveugle, irraisonnée, qu'elle avait inspirée à Ctuchik. Pourquoi ? Pour quelle raison cette vision avait-elle amené le Grolim à commettre cette erreur mortelle ? Il fallait qu'il le sache.

— Dis, Tante Pol, qu'est-ce qui lui est arrivé ?

— Il a cessé d'être, répondit-elle. La substance même dont il était constitué a disparu.

— Ce n'est pas ce que je voulais dire...
Mais Barak ne lui laissa pas le temps de poursuivre.
— Il a détruit l'Orbe ? coupa le grand bonhomme avec une sorte de lassitude mêlée de dégoût.
— Rien ne pourrait détruire l'Orbe, rectifia calmement tante Pol.
— Où est-elle, alors ?
Le petit garçon lâcha la main de Garion et s'approcha sans crainte du grand Cheresque, la pierre ronde, grise, offerte sur sa main tendue.
— Mission ?
Barak eut un mouvement de recul et croisa précipitamment ses mains dans son dos.
— Par Belar ! gronda-t-il. Dites lui d'arrêter de gesticuler avec ce truc-là, Polgara. Il ne sait pas que c'est dangereux ?
— Je ne crois pas, non.
— Comment va Belgarath ? s'inquiéta Silk.
— Il a le cœur solide, assura Polgara. Mais il est épuisé. Il a bien failli y rester.
La terre cessa de trembler dans un long frémissement et le tumulte laissa place à un silence pesant.
— C'est fini ? demanda Durnik en regardant autour de lui avec inquiétude.
— Sûrement pas, murmura Relg dans le silence soudain. Les tremblements de terre ne cessent pas comme ça d'habitude.
Barak regardait le petit garçon d'un air étonné.
— Mais d'où sort-il, celui-là ? remarqua-t-il au bout d'un moment, sa grosse voix réduite à un chuchotement.
— Il était dans le nid d'aigle de Ctuchik, raconta Polgara. C'est l'enfant que Zedar a élevé pour voler l'Orbe.
— Il n'a pas tellement l'air d'un chenapan.
— Ce n'en est pas un à proprement parler. Il va falloir s'occuper de lui, observa-t-elle en regardant gravement l'orphelin aux cheveux de lin. Il a quelque chose de très bizarre. Enfin, je verrai ça quand nous serons redescendus ; j'ai bien trop de choses en tête pour le moment.
— C'est peut-être l'Orbe, suggéra Silk. Je me suis

laissé dire qu'elle avait des effets étranges sur les individus.

— Possible, admit Polgara, l'air pas très convaincu. Ne le perds pas de vue, Garion, et veille à ce qu'il n'égare pas l'Orbe.

— Pourquoi moi ? lâcha Garion sans réfléchir.

Elle lui jeta un coup d'œil appuyé.

— Oh, bon, ça va !

On ne discutait pas avec Tante Pol.

— Qu'est-ce que c'est ? s'exclama Barak en levant une main pour leur imposer silence.

Des murmures s'élevèrent quelque part dans le noir — des voix âpres, gutturales.

— Des Murgos ! chuchota Silk en portant vivement la main à sa dague.

— Combien sont-ils, Polgara ? questionna Barak.

— Cinq, répondit-elle. Non — six. Il y en a encore un derrière.

— Des Grolims ?

Elle secoua la tête en signe de dénégation.

— Allons-y, Mandorallen.

Le grand Cheresque tira son épée avec un rictus sinistre. Le chevalier approuva d'un mouvement de menton en faisant passer sa large lame d'une main dans l'autre.

— Attendez-nous ici, vous autres, marmonna Barak. Ça ne devrait pas être long.

Les deux hommes s'éloignèrent, leurs robes de grosse toile noire se fondant parmi les ombres.

Leurs compagnons attendirent en tendant l'oreille, à l'affût du moindre son. Peu à peu, le chant étrange s'imposa à nouveau à Garion et ses pensées se remirent à vagabonder. Quelque part, des graviers dévalèrent une pente avec un chuintement, et ce bruit fit surgir en lui une vague de souvenirs confus. Il lui sembla entendre tinter le marteau de Durnik sur l'enclume, à la ferme de Faldor, puis le grincement des charrettes de navets rythmé par les sabots de leurs chevaux claquant sur la route de Darine, au début de leur aventure. Aussi clairement que s'il s'était retrouvé face à lui, il distingua le couinement suivi de la course précipitée du sanglier dans les bois enneigés du Val d'Alorie. Et la plainte douloureuse de la flûte du jeune serf arendais monta vers le ciel, devant le champ jonché de souches où Asharak le Murgo l'observait, le visage convulsé de crainte et de haine.

Garion secoua la tête dans l'espoir de s'éclaircir les idées, mais le chant le ramena à sa rêverie. Tout à coup il reconnut le terrible crépitement ponctué de sifflements, et ce fut comme si Asharak brûlait à nouveau sous les frondaisons vénérables de la Sylve des Dryades.

— Pitié, Maître, pitié, l'implorait le Grolim.

Puis les hurlements de Barak retentirent dans le palais de Salmissra — Barak qui avait revêtu la forme, terrible, d'un ours, et se frayait à coups de croc et de griffe un chemin vers la salle du trône, accompagné de tante Pol, glacée de fureur.

Et la voix qui avait toujours été présente à son esprit fut à nouveau là.

— *Arrête de lui résister.*

— *Qu'est-ce que c'est ?* protesta Garion en tentant de remettre de l'ordre dans ses pensées.

— *L'Orbe.*

— *Que veut-elle ?*

— *Faire connaissance avec toi. C'est sa façon d'appréhender les choses.*

— *Comme si c'était le moment Elle ne pourrait pas attendre un peu ?*

— *Tu peux toujours essayer de lui expliquer ça si tu veux,* reprit la voix, comme amusée. *Mais il n'est pas évident qu'elle t'écoute. Elle t'attend depuis si longtemps.*

— *Pourquoi moi ?*

— *Tu n'en as pas assez de poser toujours la même question ?*

— *Elle va faire pareil avec les autres ?*

— *A un degré moindre. Tu ferais aussi bien de te détendre. Elle finira par arriver à ses fins, d'une façon ou d'une autre.*

Un choc métallique retentit tout à coup au fond de la galerie obscure, presque aussitôt suivi d'un cri de surprise et d'un craquement d'os. Puis quelqu'un poussa un gémissement et ce fut tout.

L'instant d'après il y eut un bruit de pas assourdi et Barak et Mandorallen furent de retour.

— Nous n'avons pas réussi à avoir le retardataire, relata Barak. Belgarath n'a pas repris ses esprits, à ce que je vois ?

— Il est encore complètement sonné, confirma Polgara en secouant la tête.

— Bon, je vais le porter. On ferait mieux d'y aller. Nous ne sommes pas arrivés, et le coin va grouiller de Murgos d'un instant à l'autre.

— Un moment. Relg, vous savez où nous sommes ?

— A peu près.

— Ramenez-nous auprès de l'esclave, ordonna-t-elle d'un ton sans réplique.

Le visage de Relg se figea mais il ne répondit pas.

Barak ramassa Belgarath, toujours inconscient. Garion tendit les bras. Le petit garçon vint docilement vers lui, l'Orbe serrée sur son cœur, et Garion le ramassa comme une plume. Il était d'une étrange légèreté. Relg éleva son bol de bois et ils repartirent à sa maigre lueur le long des galeries tortueuses, s'enfonçant toujours plus profondément dans les entrailles de l'aiguille de basalte. Malgré ce lumignon, plus ils avançaient et plus Garion avait l'impression de sentir les ténèbres s'appesantir sur ses épaules. Le chant qui lui emplissait l'esprit s'enfla de plus belle, faisant à nouveau vagabonder ses pensées. Au moins il comprenait ce qui se passait, maintenant, et cela lui semblait plus facile : le chant lui ouvrait l'esprit et l'Orbe s'insinuait dans chacun de ses souvenirs et de ses pensées, effleurant sa vie avec légèreté, comme voltige un papillon. L'Orbe témoignait d'une curiosité un peu particulière, s'attardant souvent sur des détails qu'il n'aurait pas jugés importants et abordant à peine des problèmes d'une importance cruciale sur le coup. Elle retraça avec précision toutes les étapes de leur interminable voyage jusqu'à Rak Cthol. Elle les suivit dans la chambre de cristal des montagnes de Maragor où Garion avait donné vie au poulain mort-né, réparant ainsi en quelque sorte l'incinération d'Asharak. Elle les accompagna au Val où Garion avait renversé le gros rocher blanc, lors de sa première tentative d'utilisation consciente et organisée du Vouloir et du Verbe. C'est tout juste si elle prêta attention au terrible affrontement avec Grul l'Eldrak, ou à leur incursion dans les grottes d'Ulgolande ; en revanche, elle manifesta un vif intérêt pour le bouclier imaginaire qu'il avait aidé tante Pol à déployer afin de dissimuler leurs mouvements aux esprits scrutateurs des Grolims, lorsqu'ils approchaient de Rak Cthol. Elle ignora la mort de Brill et les monstrueuses cérémonies du temple de Torak, mais s'attarda sur la conversation de Belgarath et Ctuchik dans le nid d'aigle du Grand Prêtre des Grolims. Et surtout, chose étrange, elle passa en revue chacun des souvenirs que Garion conservait de la princesse Ce'Nedra — sa chevelure embrasée par le soleil, sa souplesse, la grâce de ses mouvements, son parfum, tous ses petits gestes machinaux, le jeu des émotions sur son adorable petit visage. L'Orbe s'appesantit si bien sur elle que Garion finit par se sentir gêné. Il était d'ailleurs un peu surpris d'avoir gardé tant de souvenirs, et aussi précis, des paroles et des actes de la princesse.

— Enfin, Garion, commença tante Pol, qu'est-ce qui te prend ? Je t'avais dit de faire attention au petit. Regarde ! Ce n'est pas le moment de rêvasser.

— M'enfin, je ne rêvassais pas, je

Comment expliquer ça ?

— Tu *quoi* ?

— Oh ! rien !

Le sol frémissait encore parfois sous leurs pieds. La terre semblait peu à peu retrouver son calme, mais l'immense aiguille rocheuse vacillait et gémissait encore à chacune de ses convulsions ; et chaque fois ils se figeaient, osant à peine respirer.

— Nous avons fait beaucoup de chemin ? demanda Silk en regardant autour de lui avec inquiétude.

— Peut-être mille pieds, répondit Relg.

— Pas plus ? A ce tarif-là, il nous faudra une semaine pour sortir d'ici.

— Ça prendra le temps que ça prendra, rétorqua Relg en haussant ses énormes épaules.

Et ils se remirent en route.

Un peu plus loin ils tombèrent sur des Murgos et les ténèbres furent le théâtre d'une escarmouche sans merci. Mandorallen rejoignit le petit groupe en traînant la patte.

— Je vous avais dit de m'attendre ! lança Barak, courroucé.

— Ils n'étaient que trois, Messire, riposta Mandorallen avec un haussement d'épaules.

— Avec vous, j'ai vraiment l'impression de parler à un mur, remarqua Barak, écœuré.

— Ça va, Mandorallen ? s'inquiéta Polgara.

— Ce n'est qu'une égratignure, ma Dame, commenta négligemment le chevalier. Point ne m'en ressens.

Le sol rocheux de la galerie trembla et se souleva à nouveau avec un grondement dont l'écho se répercuta interminablement dans les grottes. Le petit groupe s'arrêta net, mais la terre cessa bientôt de trembler.

Ils descendaient toujours plus profondément dans les galeries et les cavernes. Les répliques du séisme qui avait anéanti Rak Cthol et projeté la tourelle de Ctuchik dans l'abîme se succédaient par intermittence. A un moment donné, des heures plus tard à ce qu'il leur sembla, les parois de la galerie s'animèrent d'ombres vacillantes et des voix rauques éveillèrent des échos dans les ténèbres. Une patrouille d'une douzaine de Murgos déboucha à vingt pas de Garion. Ces hommes devaient à jamais ignorer la terrible violence qui les menaçait dans le noir. Après un bref conciliabule à voix basse, Barak et Mandorallen décidèrent de les laisser passer sans autre forme de procès. Quand les intrus furent à bonne distance, Relg découvrit à nouveau son lumignon et mena ses compagnons vers une nouvelle galerie. Le petit groupe poursuivit son chemin, tournant et virant de grotte en boyau, descendant toujours vers la sécurité douteuse de la Terre Gâte qui les attendait au dehors.

Garion suivait Silk, le petit garçon blotti dans ses bras. Si le chant de l'Orbe n'avait pas diminué, au moins il ne l'empêchait plus de réfléchir. Il devait s'y habituer, conclut Garion — ou bien l'Orbe s'intéressait maintenant à l'un de ses amis.

Aussi étonnant que cela puisse paraître, malgré tous les obstacles accumulés contre eux, ils avaient réussi à retrouver l'Orbe. La quête qui avait si brutalement mis fin à sa petite vie tranquille à la ferme de Faldor était venue à son terme. Mais il avait terriblement changé, à tout point de vue. Il n'était plus l'enfant qui avait subrepticement quitté sa campagne pendant une nuit d'automne battue par les vents. En ce moment même, Garion sentait vibrer le pouvoir qu'il avait découvert en lui. Il n'en disposait sûrement pas pour rien. Il soupçonnait — il en avait eu de vagues indices, inexprimés, à peine suggérés — que le retour de l'Orbe à sa place constituait juste le début d'une entreprise beaucoup plus vaste et d'une toute autre importance. Ils n'étaient pas au bout de leurs peines, Garion en aurait mis sa main au feu.

— *Ah, tout de même,* fit la voix sèche dans son esprit.

— *Qu'est-ce que ça veut dire, ça ?*

— *Je ne vais pas t'expliquer chaque fois la même chose, voyons !*

— *Quoi donc ?*

— *Que je sais ce que tu penses. N'oublie pas que je fais partie intégrante de toi.*

— *D'accord. Bon, alors qu'est-ce qu'on fait, maintenant ?*

— *Nous allons à Riva.*

— *Et après ?*

— *Nous verrons par la suite.*

— *Vous ne voulez pas me le dire ?*

— *Non. Pas encore. Tu n'es pas si loin que tu le crois. Tu as bien du chemin à faire.*

— *Pourquoi ne me fichez-vous pas la paix, puisque vous ne voulez rien me dire ?*

— *Je voulais juste te mettre en garde : ne tire pas de plans sur la comète. La reconquête de l'Orbe n'était qu'une étape. Non négligeable, certes, mais un simple préliminaire.*

Puis, comme si cette allusion à l'Orbe avait rappelé Garion à son attention, son chant revint dans toute sa force et il fut à nouveau incapable de se concentrer.

Peu après, Relg s'arrêta et éleva son bol lumineux. Le passage était complètement obstrué par un éboulement.

— Qu'est-ce qui ne va pas ? s'inquiéta Barak en reposant Belgarath à terre.

— La voûte s'est affaissée, indiqua Relg. Impossible de passer. Je regrette, ajouta-t-il en regardant tante Pol, et Garion sut qu'il le pensait. La femme que vous cherchez se trouve de l'autre côté.

— Trouvez un autre passage, riposta-t-elle sèchement.

— Il n'y en a pas. C'était le seul moyen d'arriver à la mare où nous l'avons laissée.

— Eh bien, nous allons être obligés de déblayer la voie.

— Tout ce que nous risquons, c'est de recevoir le reste de la montagne sur la tête. D'ailleurs, elle y est probablement restée. Enfin, c'est ce qu'on peut lui souhaiter de mieux.

— Dites, Relg, vous ne trouvez pas que vous exagérez un peu, là ? coupa Silk d'un ton mordant.

L'Ulgo se retourna vers lui.

— Elle a de l'eau, là-bas, et sans doute assez d'air pour respirer. Si elle n'a pas été ensevelie, elle mourra de faim, et ça peut prendre des semaines, expliqua calmement Relg.

Sa voix trahissait un regret assez insolite.

Silk le dévisagea un moment.

— Pardon, Relg, s'excusa-t-il enfin. Je n'avais pas compris.

— Quand on vit dans les grottes, on ne souhaite à personne une fin pareille.

Polgara observait la galerie obstruée par les roches.

— Il faut que nous la tirions de là, décréta-t-elle.

— Il n'a peut-être pas tort, vous savez, objecta Barak. Pour ce que nous en savons, elle a probablement la moitié de la montagne sur le dos à l'heure qu'il est.

— Non, insista Polgara en secouant la tête avec

l'énergie du désespoir. Taïba est encore en vie et nous ne pouvons pas repartir sans elle. Elle est aussi importante que n'importe lequel d'entre nous. Il va falloir que vous alliez la chercher, conclut-elle fermement en se retournant vers Relg.

— Vous ne pouvez pas me demander ça, protesta Relg, ses grands yeux noirs écarquillés dans l'obscurité.

— Nous n'avons pas le choix.

— Vous pouvez y arriver, Relg, l'encouragea Durnik. Vous pouvez passer à travers les roches et revenir avec elle comme vous avez ramené Silk de la fosse où l'avait jeté Taur Urgas.

— Je ne peux pas ! haleta Relg en tremblant de tous ses membres. Il faudrait que je la touche, que je porte mes mains sur elle. Ce serait un péché.

— Voilà, ô Relg, qui est fort peu charitable de Ta part, le gourmanda Mandorallen. Ce n'est jamais pécher que d'aider plus faible et plus démuni que soi. Le secours aux malheureux constitue le suprême devoir de tout honnête homme, et nulle force au monde ne saurait corrompre une âme pure. Si la compassion ne T'engage point à lui prêter la main, que ne vois-Tu dans son sauvetage une mise à l'épreuve de Ta pureté ?

— Vous ne pouvez pas comprendre. Ne me forcez pas à faire ça, implora Relg d'une voix mourante en se tournant vers Polgara. Je vous en supplie.

— Il le faut, répliqua-t-elle tranquillement. Je regrette, Relg, mais il n'y a pas moyen de faire autrement.

Le fanatique se recroquevilla sous le regard implacable de tante Pol, une douzaine d'émotions se succédant sur son visage. Puis il se détourna avec un cri étranglé et plaqua ses deux mains sur la paroi de la galerie. Avec une concentration terrifiante, il enfonça ses doigts dans la pierre et insinua sa substance dans la roche apparemment immuable, offrant au petit groupe une nouvelle démonstration de son don surnaturel.

— Je ne peux pas supporter ça, hoqueta Silk en se détournant précipitamment.

Puis Relg disparut, englouti par la roche.

— Pourquoi fait-il tant d'histoires à l'idée de toucher cette pauvre fille ? ronchonna Barak.

Garion avait bien compris, lui. Il s'était coltiné cet illuminé pendant l'interminable traversée des plaines d'Algarie ; le fonctionnement de sa cervelle n'avait plus de secrets pour lui. L'indignation vertueuse avec laquelle l'Ulgo dénonçait les péchés des autres avait surtout pour but de dissimuler ses propres faiblesses. Garion avait subi pendant des heures ses confessions hystériques, souvent incohérentes, et il n'était pas près d'oublier la tempête de pensées luxurieuses qui faisait rage sous le crâne de ce fanatique en délire. Taïba, la voluptueuse esclave marague, représentait la tentation ultime pour Relg. Il la redoutait plus que la mort.

Ils attendirent en silence. Quelque part, de l'eau coulait goutte à goutte, ponctuant le passage des secondes. Agitée par les dernières secousses telluriques, la terre se réveillait de temps à autre, faisant frémir le sol sous leurs pieds. Et les minutes s'étiraient dans l'obscurité de la caverne.

Puis ils perçurent une ébauche de mouvement et Relg émergea de la paroi rocheuse, l'esclave à moitié nue blottie sur sa poitrine. Le visage enfoui au creux de son épaule, les bras noués autour de son cou, Taïba gémissait de terreur, agitée d'un tremblement incontrôlable.

Les traits de Relg étaient crispés dans une expression d'indicible angoisse. Des larmes de désespoir roulaient sur ses joues et il serrait les dents comme pour résister à une douleur intolérable. Mais il y avait quelque chose de protecteur, à la limite de la tendresse, dans la façon dont il serrait l'esclave terrifiée sur son cœur, et une fois sorti de la roche, il la maintint contre lui comme s'il avait l'intention de la garder ainsi à jamais.

CHAPITRE II

Le temps qu'ils regagnent le pied du pic de basalte puis la vaste caverne où ils avaient laissé les chevaux, il était midi. Silk se planta à l'entrée de la grotte pour monter la garde pendant que Barak reposait doucement Belgarath à terre.

— Il est plus lourd qu'il n'en a l'air, grommela le Cheresque en épongeant son visage luisant de sueur. Vous ne pensez pas qu'il devrait revenir à lui, maintenant ?

— Il ne reprendra pas conscience avant des jours, rétorqua Polgara. Mettez-lui une couverture sur le dos et laissez-le dormir.

— Comment tiendra-t-il en selle ?

— J'y veillerai.

— Nous ne risquons pas d'aller loin pour l'instant, annonça Silk, du dehors. Le coin pullule de Murgos. On dirait que quelqu'un a donné un coup de pied dans la fourmilière.

— Nous attendrons la nuit, décida Polgara. Je vais m'occuper du déjeuner, puis vous feriez bien de dormir. Nous avons tous besoin de repos, n'importe comment.

Elle repoussa le capuchon de sa robe murgo et s'approcha des paquets qu'ils avaient déposés dans un coin, la veille au soir.

Emmitouflée dans la cape de Garion, Taïba, l'esclave, ne quittait pas Relg du regard. Ses grands yeux violets brillaient d'un mélange de gratitude et d'étonnement.

— Vous m'avez sauvé la vie, déclara-t-elle de sa belle voix chaude et grave.

Elle se pencha légèrement vers lui. Elle ne s'en rendit même pas compte, Garion en était sûr, mais c'était très perceptible.

— Merci, ajouta-t-elle en tendant la main vers l'Ulgo.

Il recula précipitamment.

— Ne me touchez pas, suffoqua-t-il.

Elle s'immobilisa au milieu de son geste et le dévisagea, incrédule.

— Ne mettez jamais la main sur moi. Jamais, répéta-t-il.

Taïba avait pour ainsi dire passé sa vie dans le noir. Elle n'avait pas appris à dissimuler ses sentiments. Son visage trahit d'abord la stupeur puis l'humiliation, enfin elle se renfrogna et tourna le dos à l'homme qui l'avait si brutalement rembarrée. Dans son mouvement, la cape glissa sur ses épaules. Les pauvres haillons qui lui tenaient lieu de vêtements voilaient à peine sa nudité. Elle avait le corps couvert de crasse, les cheveux emmêlés, et pourtant il émanait d'elle quelque chose de voluptueux, une formidable sensualité. Le regard de Relg tomba sur elle et il se mit à trembler. Alors il fit volte-face, alla se réfugier dans le coin le plus reculé de la grotte, se laissa tomber à genoux, le visage collé au sol, et se mit à prier avec l'énergie du désespoir.

— Il n'est pas net, hein ? fit promptement Taïba.

— Il a des problèmes, répondit Barak. Mais on s'y fait, vous verrez.

— Taïba, venez un peu par ici, ordonna Polgara. Il va falloir vous trouver des vêtements. Vous ne pouvez pas continuer à vous promener sans rien sur le dos. Il fait très froid dehors. Et ce n'est pas la seule raison, conclut-elle en examinant d'un œil critique la tenue pour le moins succincte de l'esclave.

— Je vais regarder dans les paquets, proposa Durnik. Il faudrait aussi que nous trouvions quelque chose à lui mettre, ajouta-t-il avec un mouvement de menton vers l'enfant qui considérait les chevaux avec curiosité. Il ne doit pas avoir très chaud avec sa pauvre petite robe.

— Ne vous en faites pas pour moi, répondit Taïba. Je n'ai rien à faire au-dehors. Dès que vous serez partis, je retournerai à Rak Cthol.

— Qu'est-ce que vous racontez ? se récria tante Pol.

— J'ai un compte à régler avec Ctuchik, trancha Taïba en caressant son couteau rouillé.

— Nous nous en sommes occupés à votre place, ricana Silk, depuis l'entrée de la grotte. Rak Cthol tombe en javelle, et il n'y aurait pas de quoi se salir les pieds avec ce qui reste de Ctuchik.

— Il est mort ? s'exclama-t-elle, suffoquée. Comment ?

— Vous n'allez pas me croire, la prévint Silk avant de tout lui raconter.

— Il a souffert ? demanda-t-elle avec une terrifiante avidité.

— Plus que vous ne pourriez imaginer, lui assura Polgara.

Taïba inspira profondément, mais le souffle lui manqua et elle éclata en sanglots. Tante Pol la prit dans ses bras, la serra contre elle et la réconforta comme elle avait si souvent consolé Garion quand il était petit.

Garion se laissa glisser à terre et s'adossa à la paroi de la grotte. Il n'en pouvait plus. Une immense lassitude le vidait de toute pensée organisée. Le chant de l'Orbe avait repris, comme pour le bercer, cette fois. Sa curiosité était apparemment satisfaite et ses harmoniques semblaient n'avoir d'autre raison d'être que de maintenir le contact. Garion était trop exténué pour songer seulement à se demander pourquoi la pierre trouvait un tel plaisir dans sa compagnie.

Le petit garçon abandonna l'examen des chevaux et s'approcha de Taïba, blottie près de tante Pol. Il tendit la main, l'air étonné, et effleura ses joues baignées de pleurs.

— Que veut-il ? demanda Taïba.

— Ça doit être la première fois qu'il voit des larmes, expliqua tante Pol, un bras passé autour des épaules de Taïba.

La Marague contempla le petit visage solennel levé

vers le sien, puis ce fut comme si le soleil triomphait de la pluie : elle éclata de rire et l'embrassa impulsivement.

Alors le petit garçon eut un sourire rayonnant.

— Mission ? proposa-t-il en lui tendant l'Orbe.

— Non, Taïba. N'y touchez surtout pas, l'adjura calmement Polgara.

Taïba regarda gravement l'enfant en secouant la tête. Le petit garçon poussa un soupir et alla se blottir contre Garion, de l'autre côté de la grotte.

Barak, qui était allé voir un peu ce qui se passait dans la galerie par laquelle ils étaient arrivés, revint sur ces entrefaites.

— Nous sommes cernés par les Murgos, déclara-t-il d'un ton sinistre. Impossible de savoir à quelle distance ils sont avec cette saleté d'écho, mais j'ai bien l'impression qu'ils explorent toutes les grottes et toutes les galeries.

— Assurons-nous donc, Messire, d'une position facile à défendre, et donnons-leur des raisons de s'enquérir de nous ailleurs, suggéra plaisamment Mandorallen.

— Intéressant, commenta Barak, mais je doute fort que ça marche. Ils vont bien finir par nous tomber dessus.

— Je m'en occupe, intervint tranquillement Relg en s'interrompant dans ses prières.

Il se leva, les yeux plus hagards que jamais. Ses dévotions semblaient lui avoir fait à peu près autant de bien qu'un cautère sur une jambe de bois.

— Je vous accompagne, proposa Barak.

— Je ne tiens pas à vous avoir dans les pieds, regimba Relg.

L'instant d'après, il s'engageait dans la galerie qui menait dans les profondeurs de la montagne.

— Qu'est-ce qui lui prend ? s'étonna Barak.

— Notre ami est en proie à une crise mystique, je pense, observa suavement Silk, toujours en faction à l'entrée de la grotte.

— Encore ?

— Bof, ça lui fait une occupation pour les longues soirées d'hiver, commenta le Drasnien.

— Venez plutôt manger, appela tante Pol en disposant des tranches de pain et de fromage sur le dessus de l'un des sacs. Après, Mandorallen, je jetterai un coup d'œil à votre jambe. J'ai l'impression que vous vous êtes fait une belle entaille.

Le casse-croûte avalé, le genou de Mandorallen dûment pansé, Polgara aida Taïba à revêtir les vêtements disparates que Durnik avait extraits des paquetages, puis elle s'occupa du petit garçon. Il répondit à son regard grave par un sérieux imperturbable et tendit ses petits doigts curieux vers la mèche blanche qui ornait le front de la sorcière. Garion se demanda combien de fois il avait pu effleurer ainsi cette mèche, et ce souvenir éveilla en lui un sursaut de jalousie aussi irrationnel que vite réprimé.

Le petit garçon dédia un sourire radieux à tante Pol.

— Mission, déclara-t-il fermement en lui tendant l'Orbe.

— Non, mon petit chou, objecta-t-elle en secouant la tête. J'ai bien peur qu'elle ne me soit pas destinée.

Elle l'habilla comme une poupée de chiffon, de vêtements dont il fallut rouler les manches et qui tenaient avec des bouts de ficelle, puis elle s'assit par terre, le dos appuyé à la paroi, et lui tendit les bras. Le petit garçon grimpa docilement sur ses genoux, l'embrassa, nicha son visage au creux de son cou et s'endormit instantanément en poussant un gros soupir. Elle le contempla avec une étrange expression — un drôle de mélange d'étonnement et de tendresse — et Garion refoula une nouvelle vague de jalousie.

Un crissement sourd retentit dans les grottes, juste au-dessus d'eux.

— Qu'est-ce que c'est que ça ? s'émut Durnik en levant des yeux alarmés.

— Ça doit être Relg, supputa Silk. Il prend des mesures pour barrer la route aux Murgos, on dirait.

— Espérons qu'il ne va pas se laisser emporter par son élan, grommela Durnik avec un regard significatif vers la voûte de la caverne.

— A combien sommes-nous du Val ? intervint Barak.

— Disons quelques semaines, répondit Silk. Tout dépend du terrain et de la rapidité avec laquelle les Grolims vont organiser les poursuites. Si nous arrivons à prendre assez d'avance pour brouiller les pistes et les expédier vers la frontière tolnedraine, à l'ouest, nous devrions pouvoir regagner le Val sans être obligés de nous cacher à tout bout de champ, avec la perte de temps que cela suppose. L'idée de berner le peuple murgo dans son ensemble ne me déplairait pas, je dois dire, conclut-il avec un sourire carnassier.

— Inutile de faire preuve d'une créativité excessive, l'avertit Barak. Hettar, le roi Cho-Hag et la moitié des clans d'Algarie nous attendent au Val. Ils seront affreusement déçus si nous ne leur apportons pas quelques Murgos sur un plateau.

— La vie est pleine de ces petites déceptions, gouailla Silk. Si je me souviens bien, la limite orientale du Val est particulièrement abrupte et il nous faudra bien un jour ou deux pour descendre. Personnellement, je ne me vois pas tenter la manœuvre avec la nation murgo au grand complet en train de claquer des dents derrière mes mollets.

Relg réapparut vers le milieu de l'après-midi. L'exercice physique semblait avoir quelque peu tempéré le tumulte de son esprit, mais il avait toujours les yeux égarés et faisait de son mieux pour éviter ceux de Taïba.

— J'ai obstrué toutes les galeries qui mènent à la grotte, rapporta-t-il laconiquement. Nous n'avons plus rien à craindre.

Polgara semblait assoupie mais elle ne dormait que d'un œil.

— Allez vous reposer, maintenant, lui conseilla-t-elle.

L'Ulgo ne se le fit pas dire deux fois et se fourra sous ses couvertures.

Ils passèrent la fin de la journée dans la grotte, se relayant devant l'étroite ouverture. Par-delà l'éboulis de caillasse entourant la base du pic, des cavaliers sillonnaient de façon erratique le désert de sable noir et de roches érodées par les vents. Les Murgos s'agitaient frénétiquement, mais leurs recherches paraissaient complètement désordonnées.

— On dirait qu'ils ne savent pas très bien par quel bout prendre le problème, observa tout bas Garion qui montait la garde avec Silk.

Le soleil sombra dans un banc de nuages sur l'horizon, maculant le ciel de traînées sanglantes. Un vent rigoureux, charriant un froid poussiéreux, s'insinua dans l'entrée de la caverne.

— Ça, les choses doivent être complètement désorganisées à Rak Cthol, commenta Silk. Quand les Murgos n'ont plus de chef, ils ont tendance à perdre les pédales. Il n'y a plus personne pour leur donner des ordres, alors ils sont tout perturbés.

— Nous risquons d'avoir du mal à sortir d'ici, non ? Ils vont dans tous les sens, sans but ni raison. Comment allons-nous passer entre les mailles du filet ?

— Eh bien, nous allons remonter nos capuchons sur notre tête et nous faufiler au milieu des autres, répondit Silk avec un haussement d'épaules.

Il tira sur le tissu rugueux de sa robe murgo pour se protéger du froid et plongea le regard dans les profondeurs de la grotte.

— Le soleil descend, annonça-t-il.

— Attendons qu'il fasse complètement nuit, déclara Polgara en emmitouflant soigneusement le petit garçon dans une vieille tunique de Garion.

— Quand nous serons à une certaine distance, j'abandonnerai quelques indices de notre passage, reprit Silk. Les Murgos sont parfois un peu durs de la comprenette ; il ne s'agirait pas qu'ils ratent notre piste, n'est-ce pas ? La nuit promet d'être froide, ajouta-t-il pour lui-même en contemplant le coucher de soleil.

— Garion, commença tante Pol en se levant, tu resteras à côté de Taïba, avec Durnik. Elle n'est jamais montée à cheval et elle aura peut-être besoin d'aide, au départ.

— Et le petit garçon ? intervint Durnik.

— Je le prends avec moi.

— Et sire Belgarath ? s'enquit Mandorallen après un

coup d'œil en direction du vieux sorcier toujours inconscient.

— Nous le mettrons en selle le moment venu, répondit Polgara. Je l'aiderai à conserver son assiette. Tant que son cheval ne fera pas d'écart Bon, la nuit ne devrait plus tarder, maintenant.

— Encore un moment, conseilla Silk. Il fait un peu trop clair pour mon goût.

Ils prirent leur mal en patience. Le ciel tourna au violet, puis les premières étoiles glaciales et lointaines piquetèrent le dais nocturne. Bientôt, les Murgos se munirent de torches.

— On y va ? proposa Silk en se levant.

Ils menèrent les chevaux hors de la grotte, leur firent descendre l'éboulis rocheux sans tambour ni trompette et attendirent un moment au bord de l'étendue sablonneuse. Une patrouille de Murgos passa au galop, à quelques centaines de toises.

— Ne nous séparons pas, leur recommanda Silk en enfourchant sa monture.

— Nous sommes loin de la Terre Gâte ? grommela Barak en mettant le pied à l'étrier.

— A deux bonnes journées, en poussant les chevaux. Ou plutôt deux nuits : je ne crois pas que nous ayons intérêt à nous montrer en plein soleil. Nous n'avons pas vraiment des têtes de Murgos.

— Allons-y, ordonna Polgara.

Ils mirent leurs chevaux au pas, puis Taïba prit de l'assurance et Belgarath s'avéra capable de se tenir en selle, même s'il ne pouvait communiquer avec ses compagnons. Alors ils talonnèrent leurs montures et leur firent adopter un petit trot allègre qui leur permettait de couvrir de grandes distances sans fatigue excessive.

En franchissant la première crête, ils tombèrent droit sur un détachement de Murgos brandissant des torches.

— Qui va là ? demanda Silk d'un voix âpre, imitant à s'y méprendre les intonations caractéristiques de la langue murgo. Veuillez vous identifier.

— Nous venons de Rak Cthol, répondit respectueusement l'un des Murgos.

— Je le sais bien, abruti, aboya Silk. Je vous ai demandé de décliner votre identité.

— Troisième Phalange, reprit le Murgo, un peu guindé.

— Ah, tout de même ! Eteignez-moi ces torches ! Vous n'y verriez pas à dix pas à force de vous aveugler comme ça !

Les torches s'éteignirent aussitôt.

— Poursuivez vos recherches vers le nord, ordonna Silk. Ce secteur est déjà couvert par la Neuvième Phalange.

— Mais...

— Vous oseriez discuter mes ordres ?

— Non, mais...

— Alors, exécution !

Les Murgos piquèrent des deux et repartirent au galop dans le noir.

— Pas bête, remarqua Barak d'un ton admiratif.

— Elémentaire, mon cher Barak, fit Silk en haussant les épaules. Ils ne savaient plus à quel saint se vouer ; tu as vu comme ils étaient contents de recevoir des instructions ? Bon, on ne va pas passer Erastide ici !

Ils poursuivirent vers l'ouest sous le ciel glacial et sans lune. Les mauvaises rencontres étaient inévitables ; des hordes de Murgos battaient la campagne à leur recherche. Mais Silk négocia chacune de ces entrevues en douceur, et la nuit passa sans incident significatif.

Vers le matin, le petit homme commença à semer artistement divers objets afin de marquer leur passage.

— Je me demande si je n'en fais pas un peu trop, songea-t-il à haute voix en contemplant une vieille botte abandonnée dans le sable martelé par les sabots de leurs chevaux.

— Qu'est-ce que tu veux dire ? ronchonna Barak.

— La piste, répondit Silk. Tu te souviens, tout de même ? Nous voulions qu'ils nous suivent à la trace. Ils sont censés croire que nous allons vers la Tolnedrie.

— Oui, et alors ?

— Eh bien, je me demandais si je ne forçais pas un peu la dose.

— Là, tu te compliques la vie.

— C'est une question de classe, mon cher Barak, expliqua Silk d'un petit ton dégagé. Il ne faut pas se laisser aller ; on a trop vite fait de céder à la facilité.

En voyant les premiers rayons de lumière gris acier glisser insensiblement dans le ciel venteux, ils s'abritèrent le long de l'une des crêtes qui striaient la Terre Gâte. Durnik, Barak et Mandorallen étendirent leurs toiles de tente entre les pierres d'un étroit ravin, sur le versant ouest, et dissimulèrent leur abri de fortune en le saupoudrant de sable.

— Mieux vaut éviter de faire du feu à cause de la fumée, remarqua Durnik en menant les chevaux sous la toile de tente.

— Nous n'aurions pas volé un repas chaud, mais je suppose que cela devra attendre encore un peu, acquiesça Polgara en opinant du chef.

Aussi mangèrent-ils froid, un petit déjeuner constitué de pain et de fromage, après quoi ils s'installèrent pour dormir, en prévision d'une nouvelle nuit de voyage.

— Je ne sais pas ce que je donnerais pour prendre un bain, pesta Silk en ôtant le sable de ses cheveux.

Le petit garçon le regarda en fronçant légèrement les sourcils et s'approcha de lui.

— Mission ? gazouilla-t-il en lui tendant l'Orbe.

Silk plaça prudemment ses mains derrière son dos et secoua la tête en signe de dénégation.

— C'est tout ce qu'il sait dire ? demanda-t-il à Polgara.

— Ça se pourrait bien.

— Je ne vois vraiment pas où il veut en venir. Qu'est-ce qu'il entend par là ?

— Selon toute apparence, Zedar lui a dit et répété depuis sa plus tendre enfance qu'il avait une mission à remplir : voler l'Orbe. Et ce mot lui est resté dans le crâne.

— C'est un peu déconcertant, commenta Silk en croisant ses mains derrière son dos. Ça paraît si curieusement à propos.

— Il n'a sans doute pas le même mode de pensée que

nous. Son seul but dans la vie devait être de remettre l'Orbe à quelqu'un — n'importe qui, apparemment, poursuivit Polgara en fronçant les sourcils. Il y penserait peut-être un peu moins s'il ne l'avait pas tout le temps à la main. Durnik, vous ne voudriez pas essayer de fabriquer une poche pour la mettre ? Nous la lui accrocherions à la taille.

— Bien sûr, Dame Pol, acquiesça le forgeron. Je me demande comment je n'y ai pas pensé tout seul.

Il se dirigea vers les paquets, y pêcha un vieux tablier de cuir brun constellé de traces de brûlures, tailla un morceau dedans et en fit une sorte de bourse.

— Allez, gamin, héla-t-il lorsqu'il eut fini. Viens un peu par ici.

Le petit garçon l'ignora superbement. Il était absorbé par l'examen d'un petit buisson rabougri à l'autre bout de la ravine.

— Mission ! beugla Durnik.

Le petit garçon leva aussitôt les yeux et s'approcha de Durnik avec un sourire désarmant.

— Tiens, pourquoi l'appelez-vous comme ça ? s'étonna Silk.

— Pourquoi pas ? Il donne l'impression d'aimer ce nom-là et il y répond. Il sera toujours temps de lui en trouver un meilleur plus tard.

— Mission ? répéta l'enfant en tendant l'Orbe à Durnik.

Durnik lui répondit d'un sourire, se pencha et ouvrit la bourse.

— Allez, Mission, mets-moi ça là-dedans. Et puis nous allons l'attacher bien comme il faut pour que tu ne risques pas de la perdre, hein ?

Le petit garçon déposa l'Orbe dans la poche de cuir, l'air ravi.

— Mission ! déclara-t-il avec fermeté.

— Absolument, renchérit Durnik sur le même ton.

Le forgeron tira sur les cordons de la bourse et l'attacha à la corde qui servait de ceinture au petit garçon.

— Et voilà, Mission, nous y sommes. Tout va bien.

Mission examina soigneusement la bourse, tira dessus une ou deux fois comme pour vérifier qu'elle était bien attachée. Puis il éclata d'un petit rire heureux, passa ses bras autour du cou de Durnik et lui planta un gros baiser sur la joue.

— C'est une bonne nature, commenta Durnik, un peu embarrassé.

— Il est parfaitement innocent, précisa tante Pol, penchée sur Belgarath, toujours inconscient. Il n'a aucun sens du bien et du mal. Pour lui, tout est bon.

— Je me demande ce que l'on peut éprouver avec une telle vision du monde, rêvassa Taïba en effleurant doucement le petit visage souriant. Plus de chagrin, de peur ou de douleur. Rien que de l'amour...

A ces mots, Relg releva vivement les yeux. L'air hagard qu'il arborait depuis le sauvetage de l'esclave prisonnière de la roche fit place à l'expression de fanatisme aveugle qui lui était coutumière.

— C'est monstrueux ! hoqueta-t-il.

Taïba braqua sur lui un œil noir.

— En quoi le bonheur serait-il monstrueux ? se récria-t-elle en passant un bras autour du petit garçon.

— Nous ne sommes pas venus au monde pour être heureux, répliqua-t-il en évitant prudemment son regard.

— Et pourquoi donc serions-nous venus au monde, d'après vous ? se rebiffa-t-elle.

— Pour servir notre Dieu et renoncer au péché.

Il refusait obstinément de la regarder, et sa voix semblait un peu moins assurée que d'ordinaire.

— Eh bien, moi, je n'ai pas de Dieu, rétorqua-t-elle, et il est probable que l'enfant n'en a pas non plus, alors si ça ne vous fait rien, nous allons nous efforcer, lui et moi, d'être heureux — et tant pis si ça implique un péché véniel par-ci, par-là.

— Vous n'avez donc aucune moralité ? s'offusqua-t-il.

— Je suis comme on m'a faite, et je ne vois pas pourquoi je devrais m'en excuser. On ne m'a pas demandé mon avis !

— Petit ! appela sèchement Relg. Eloigne-toi tout de suite de cette femme !

Taïba se planta devant lui, le visage de marbre, une flamme de défi dans ses yeux violets.

— Non, mais vous vous croyez où, au juste ?

— Je combattrai le péché où qu'il se trouve !

— Le péché, le péché, le péché ! explosa-t-elle. Vous n'avez que ce mot-là à la bouche !

— Telle est ma seule et unique préoccupation : m'en préserver à tout instant.

— Eh bien, vous ne devez pas rigoler tous les matins ! lança-t-elle dans un grand éclat de rire. Vous n'avez rien de mieux à faire ? Oh, mais j'oubliais ! ajouta-t-elle d'un ton persifleur. Il y a aussi toutes les prières dont vous accablez votre Dieu, toutes ces vociférations à propos de votre vilenie. Il y a des moments où il doit en avoir vraiment ras-le-bol, votre UL, vous ne croyez pas ?

— Que je ne vous entende plus *jamais* prononcer le nom d'UL ! hurla Relg en levant le poing avec colère.

— Et qu'est-ce qui se passerait ? Ah, vous me frapperiez ? Vous pensez si je m'en bats l'œil ! Toute ma vie on m'a tapé dessus. Alors, ne vous gênez pas, Relg ! Allez-y ! Pourquoi ne me frappez-vous pas ?

Elle dressa vers le sien son visage souillé de crasse. Le bras de Relg retomba.

Comprenant qu'elle avait marqué des points, Taïba empoigna le col de la robe de toile grise que Polgara lui avait donnée.

— Je connais un bon moyen de vous en empêcher, Relg, dit-elle en commençant à défaire les boutons de sa robe. Regardez-moi ! D'ailleurs, je n'ai pas besoin de vous le dire, vous n'arrêtez pas de m'observer. Je sens tout le temps vos yeux de braise braqués sur moi, et n'essayez-pas de raconter le contraire. Eh bien, regardez-moi ! Si vous aviez l'âme si pure, mon corps ne vous troublerait pas tant, ajouta-t-elle en continuant à se déboutonner.

Relg avait les yeux qui lui sortaient de la tête.

— Mon corps ne me gêne pas, mais vous, on dirait qu'il vous fait beaucoup d'effet ! Et c'est moi qui aurais l'esprit mal tourné ! Je peux vous plonger dans le péché à tout instant. Je n'ai qu'à faire ça...

Elle écarta les pans de sa robe.

Relg fit volte-face en émettant des bruits étranglés.

— Allons, Relg, vous ne voulez pas regarder ? railla-t-elle tandis qu'il battait en retraite.

— Eh bien, Taïba, vous disposez-là d'un formidable arsenal, la congratula Silk.

— C'était la seule arme dont je disposais dans les quartiers des esclaves, commenta-t-elle. J'ai appris à m'en servir en cas de besoin.

Elle reboutonna sa robe et se retourna vers Mission comme si de rien n'était.

— Qu'est-ce que c'est que tout ce raffut ? marmonna Belgarath en sortant de sa torpeur.

Tout le monde se retourna précipitamment vers lui.

— Relg et Taïba avaient une discussion philosophique sur le fond et la forme, répondit Silk d'un petit ton badin. Certains arguments étaient particulièrement séduisants, je dois dire. Et vous, comment ça va ?

Mais le vieil homme avait à nouveau sombré dans l'inconscience.

— Au moins, il commence à émerger, commenta Durnik.

— Il va lui falloir des jours et des jours pour se remettre, constata Polgara, une main sur le front de Belgarath. Il est encore très faible.

Garion dormit la majeure partie de la journée, roulé dans sa couverture sur le sol inconfortable. Le froid et une pierre qui avait réussi à se fourrer sous sa hanche finirent par le réveiller pour de bon vers la fin de l'après-midi. Silk montait la garde près de l'ouverture de la ravine, le regard perdu dans l'étendue de sable noir et les flaques de sel grisâtres. Tout était calme. En s'approchant du petit homme à la tête de fouine, Garion remarqua que tante Pol tenait Mission blotti contre son cœur et il écarta une bouffée de jalousie. Au moment où il passait devant elle, Taïba murmura quelque chose, mais un rapide coup d'œil lui confirma qu'elle dormait, elle aussi. Relg était allongé non loin de là, et elle semblait tendre la main vers lui dans son sommeil.

Silk avait les yeux bien brillants dans sa petite face de fouine ; il n'avait pas l'air fatigué du tout.

— Bonjour, fit le Drasnien. Ou bonne nuit, je ne sais plus ce qu'il faut dire.

— Tu ne dors jamais ? chuchota Garion.

Inutile de réveiller les autres.

— J'ai piqué un petit roupillon, avoua Silk.

Durnik sortit de sous le toit de toile et les rejoignit en bâillant à se décrocher la mâchoire.

— Je vais prendre la relève. Rien à signaler ? demanda-t-il à Silk en se frottant les yeux dans le soleil déclinant.

— Une poignée de Murgos à quelques lieues au sud, répondit Silk en haussant un sourcil. Je ne crois pas qu'ils aient relevé notre piste. Il va peut-être falloir leur mettre des pancartes.

Garion éprouva une étrange sensation, comme si une masse, une sorte d'oppression, s'appesantissait sur sa nuque. Il jeta un coup d'œil autour de lui, un peu inquiet. Puis, tout à coup, il eut l'impression de recevoir un coup de poignard dans la tête. Il étouffa un petit cri et concentra son pouvoir pour repousser l'attaque.

— Qu'est-ce qui ne va pas ? demanda vivement Silk.

— Un Grolim, répondit Garion entre ses dents serrées, en s'apprêtant a affronter un combat mental.

— Garion !

C'était tante Pol, et sa voix avait des accents impérieux. Il se retourna et plongea sous la tente improvisée, Silk et Durnik sur ses talons.

Elle s'était levée et avait passé ses bras autour de Mission dans une attitude protectrice.

— C'était un Grolim, n'est-ce pas ? demanda Garion d'une voix peut-être un peu plus stridente qu'il n'aurait voulu.

— Il n'était pas seul, précisa-t-elle d'une voix tendue. Maintenant que Ctuchik est mort, les Grolims sont sous la coupe des Grands Prêtres. Ils ont uni leur volonté pour tenter de tuer Mission.

Réveillés par son cri, les autres se levaient péniblement et cherchaient leurs armes.

— Pourquoi en veulent-ils à ce gamin ? s'étonna Silk.

— Ils savent qu'il est seul à pouvoir toucher l'Orbe. Ils doivent se dire que s'il meurt, nous ne pourrons jamais la sortir de Cthol Murgos.

— Qu'allons-nous faire ? se lamenta Garion en regardant autour de lui d'un air désemparé.

— Je vais être obligée de me consacrer à la protection de l'enfant. Recule, Garion.

— Hein ?

— Eloigne-toi de moi, ordonna-t-elle en se penchant pour tracer un cercle dans le sable, autour du petit garçon et d'elle-même. Ecoutez-moi bien, vous autres : tant que nous ne serons pas sortis de là, ne franchissez pas ce cercle. Je ne tiens pas à ce que vous vous fassiez mal.

Elle se redressa, sa mèche blanche flamboyant dans l'ébène de sa chevelure.

— Attends ! s'écria Garion.

— Je ne peux pas. Ils peuvent attaquer à tout moment. A toi de protéger les autres. Fais attention à ton grand-père.

— Moi ?

— Il n'y a que toi qui puisses le faire. Tu as le pouvoir. Sers-t'en.

Elle leva la main.

— Combien sont-ils ? A combien d'entre eux dois-je résister ?

Trop tard. Garion sentait déjà la vague d'énergie et le rugissement familier s'enfler dans son esprit tandis que tante Pol bandait sa volonté. Autour d'elle, l'air se mit à vaciller. On aurait dit le frémissement de l'air chaud par un après-midi d'été. Pour Garion, le champ de force qui l'entourait était littéralement palpable.

— Tante Pol ?

Mais elle ne l'entendait pas. Alors il éleva la voix et se mit à crier.

— Tante Pol !

Elle secoua la tête et tendit un doigt vers son oreille. Il leur sembla qu'elle disait quelque chose, mais aucun son ne franchit l'écran chatoyant.

— Combien sont-ils ? articula Garion.

Elle tendit les deux mains, un pouce replié.

— Neuf ? répéta-t-il.

Elle hocha la tête et referma sa cape autour du petit garçon.

— Alors, Garion ? demanda Silk, ses petits yeux brillants rivés à ceux de Garion. Qu'est-ce qu'on fait ?

— Mais pourquoi tu me demandes ça à moi ?

— Tu l'as entendue. Elle est occupée et Belgarath est toujours dans les vapes ; c'est toi le chef, maintenant.

— *Moi ?*

— Alors qu'est-ce qu'on fait ? insista Silk. Il faut que tu apprennes à prendre des décisions.

— Mais j'en sais rien, moi, bafouilla Garion.

— N'avoue jamais une chose pareille, conseilla Silk. Fais comme si tu savais — même si ce n'est pas le cas.

— Bon, eh bien euh on va attendre la nuit, enfin, je suppose. Et puis on repartira dans la même direction.

— Là, tu vois ! fit Silk avec un grand sourire. Ce n'est pas si difficile !

CHAPITRE III

Un mince croissant de lune effleurait l'horizon lorsqu'ils repartirent, par un froid mortel, à travers l'étendue de sable noir de la Terre Gâte. Garion n'était pas à l'aise dans le rôle dont Silk l'avait investi. Ça ne servait à rien, il en était parfaitement conscient : ils savaient tous où ils allaient et ce qu'ils avaient à faire. S'ils avaient vraiment besoin d'un chef, Silk était l'homme de la situation. Mais le petit homme avait préféré se décharger de ce fardeau sur Garion et semblait maintenant l'observer avec attention pour voir comment il allait s'en sortir.

Il cessa de ratiociner peu après minuit en se retrouvant nez à nez avec une patrouille de Murgos. Six cavaliers débouchèrent au galop d'une crête assez basse et tombèrent droit sur le petit groupe dont il assurait la responsabilité. L'heure n'était plus aux problèmes de préséance. Barak et Mandorallen réagirent aussitôt, en combattants aguerris. Leurs épées jaillirent du fourreau en sifflant et lardèrent, avec une violence fulgurante, les corps vêtus de cottes de mailles des Murgos ébahis. Garion se débattait encore avec son arme que l'un des importuns en robe noire tombait mollement de sa selle tandis qu'un autre poussait un hurlement de douleur mâtinée de surprise et se renversait lentement en arrière, les mains crispées sur sa poitrine. Ce fut une lutte confuse. Les cris des hommes et les hennissements stridents des chevaux terrifiés se mêlaient dans les ténèbres. Epouvanté, l'un des Murgos fit volte-face, s'apprêtant à fuir. Sans prendre le temps de réfléchir, Garion lui barra la route avec son cheval en brandissant son épée, prêt à frapper. Désespéré, le Murgo fit tournoyer son sabre, mais Garion para aisément le coup mal ajusté et envoya voltiger l'arme du Murgo en lui frappant l'épaule. Le tranchant de sa lame pénétra avec un craquement satisfaisant dans la cotte de mailles du Murgo. Garion esquiva habilement un autre coup, tout aussi maladroit, et d'un revers de son épée atteignit le Murgo en plein visage. Les leçons de ses amis semblaient porter leurs fruits. Il maniait le fer dans un style uni, fluide, pas vraiment cheresque, non plus qu'arendais ou algarois, mais un peu tout cela à la fois, et assurément très personnel. Quoi qu'il en soit, le Murgo terrorisé sembla mystifié par cette technique inédite et ses efforts se firent d'autant plus désespérés. Garion esquiva tous ses coups avec une aisance déconcertante et riposta aussitôt en souplesse, faisant mouche à chaque fois. Il sentait flamber dans ses veines un feu ardent, indomptable, et il avait dans la bouche un goût barbare.

Puis Relg surgit de nulle part, déséquilibra le Murgo et lui plongea sa dague terminée en hameçon sous les côtes. L'homme se plia en deux, eut un spasme et tomba de sa selle. Lorsqu'il toucha le sol, il était mort.

— Pourquoi avez-vous fait ça ? protesta Garion sans réfléchir. C'était *mon* Murgo.

Un rire tonitruant, incongru, éclata dans les ténèbres.

— On doit déteindre ! Voilà qu'il devient à moitié sauvage, lui aussi ! s'esclaffa Barak, qui supervisait le carnage.

— Ça, il sait y moudre, approuva Mandorallen.

Garion se sentit envahi d'une exaltation farouche. Il regarda avidement autour de lui à la recherche d'un nouvel adversaire, mais tous les Murgos étaient hors d'état de nuire.

— Il n'y en a plus ? s'étonna-t-il, un peu essoufflé. Enfin, je veux dire nous ferions peut-être mieux d'aller voir s'ils n'ont pas quelques copains à la traîne, non ?

— Si je puis me permettre, Garion, nous *voulons* qu'il

nous suivent à la trace, releva Silk. C'est à toi de voir, bien sûr, mais si nous exterminons tous les Murgos de la région, comment leurs chefs sauront-ils que nous allons à Rak Cthol ?

— Ah oui, reconnut Garion, un peu penaud. J'oubliais ça.

— Il ne faut jamais perdre de vue le plan d'ensemble, Garion, même pendant les échauffourées.

— Je me suis peut-être laissé emporter.

— Un grand chef ne doit pas se laisser emporter.

— D'accord.

Garion commençait à se sentir dans ses petits souliers.

— Moi, ce que j'en dis, rajouta Silk, c'est juste pour voir si tu as bien compris, hein.

Garion s'abstint de répondre. Il entrevoyait pourquoi le petit homme à la tête de fouine avait le don de mettre Belgarath en boule. Le commandement constituait un fardeau assez lourd comme ça ; cet animal n'avait pas besoin d'en rajouter avec ses discours à la noix.

— Ça va, Relg ? demanda Taïba avec une sollicitude étonnante.

L'Ulgo était agenouillé à côté de sa victime.

— Fichez-moi la paix ! riposta-t-il hargneusement.

— Ne dites pas de bêtises. Vous avez mal ? Laissez-moi voir.

— Ne me touchez pas ! s'écria-t-il en reculant précipitamment devant sa main tendue. Belgarion ! dites-lui de s'éloigner de moi.

Garion poussa intérieurement un gémissement de bête blessée.

— Allons, qu'est-ce qui ne va pas, cette fois ? intervint-il tout haut.

— J'ai donné la mort, se lamenta Relg. Je dois me livrer à un certain rituel, réciter des prières purificatoires, et elle m'en empêche.

Garion prit sur lui pour ne pas éclater en imprécations.

— Taïba, s'il vous plaît, articula-t-il le plus calmement possible. Laissez-le seul un moment.

— Je lui ai juste demandé si ça allait, regimba-t-elle. Je n'avais pas l'intention de lui faire du mal.

Garion trouvait tout de même qu'elle regardait l'Ulgo d'une drôle de façon. Puis elle esquissa un petit sourire et tendit brusquement la main vers l'homme agenouillé auprès du cadavre de son ennemi.

— Non ! hoqueta Relg en se recroquevillant sur lui-même.

Taïba poussa un petit gloussement, un sorte de bruit de gorge un peu malicieux, et s'éloigna en fredonnant.

Lorsque Relg eut terminé son rituel de purification, ils remontèrent à cheval et poursuivirent leur chemin. Haut dans le ciel glacé, le mince croissant de lune nimbait les dunes de sable noir d'une lueur surnaturelle. Tout en scrutant les environs dans l'espoir de repérer les menaces éventuelles, Garion jetait des regards en coulisse à tante Pol. Il aurait donné n'importe quoi pour ne pas être ainsi isolé d'elle, mais elle semblait complètement absorbée par le maintien de son bouclier d'énergie. Les yeux perdus dans le vague, le visage figé dans une expression impénétrable, elle serrait Mission contre elle. Garion jeta un coup d'œil plein d'espoir à Belgarath. Si le vieil homme émergeait par instants de sa torpeur, pour l'instant il ne donnait pas l'impression de savoir où il était. Garion poussa un soupir et reprit l'examen fébrile de la piste. Ils chevauchèrent ainsi jusqu'au petit matin, par un froid mordant, sous la morne clarté de cette ébauche de lune jetée dans le ciel criblé d'étoiles.

Tout à coup, un grondement se fit entendre dans la tête de Garion — une sorte de rugissement à l'écho particulier —, et le champ de force qui entourait tante Pol se mit à luire d'un vilain éclat orange. Il fit précipitamment appel à son pouvoir, esquissa un geste et articula une syllabe. Il n'avait pas idée du mot à employer, mais ça ne fit pas un pli : tel un cheval emballé fonçant au milieu d'une basse-cour en train de picorer, son pouvoir dispersa l'agression concertée contre tante Pol et Mission. L'attaque n'était pas l'œuvre d'un esprit unique — il l'avait bien senti —, pourtant le résultat fut le même. Il perçut comme un éclair de douleur, voire de peur, en tout cas très fugitif. La riposte mit en fuite les pouvoirs combinés des assaillants de tante Pol qui s'éparpillèrent sans demander leur reste.

— *Pas mal,* commenta sa voix intérieure. *Peut-être pas encore très élégant, mais assez prometteur.*

— *Ce n'est qu'un début,* se rengorgea Garion. *Je ferai mieux la prochaine fois.*

— *Oui, eh bien ne la ramène pas trop tout de même,* lui conseilla sagement la voix.

Puis elle cessa de jouer les rabat-joie.

Aucun doute, il s'affirmait. Il était surpris par l'aisance avec laquelle il avait dispersé la volonté combinée de ces Grolims que tante Pol avait appelés les Grands Prêtres. Il commençait seulement à comprendre ce que tante Pol et Belgarath voulaient dire en parlant de son « pouvoir ». Apparemment, la plupart des sorciers ne dépassaient jamais une limite donnée, un certain potentiel. Garion se rendait compte non sans surprise qu'il allait déjà très loin. Plus sans doute que bien des hommes passés maîtres dans cette discipline depuis des siècles. Et il commençait seulement à en effleurer les possibilités. La pensée de ce dont il serait peut-être capable au bout du compte avait de quoi faire frémir.

Au moins cela lui donnait-il un minimum d'assurance. Il bomba le torse et poursuivit sa route avec une confiance accrue. Peut-être le commandement n'était-il pas une chose si terrible, après tout. Il fallait s'y habituer, mais une fois qu'on avait pigé le coup, ce n'était pas la mer à boire.

L'horizon avait commencé à blanchir derrière eux lors de l'attaque suivante. Soudain tante Pol, son cheval et le petit garçon disparurent, engloutis dans des ténèbres absolues. Garion réagit aussitôt en agrémentant sa riposte d'un petit raffinement pervers — une sorte de gifle cinglante à l'adresse des esprits réunis pour fomenter l'agression. Il se sentit empli d'une profonde satisfaction en constatant la surprise et la douleur qui s'emparaient de ces esprits tandis qu'ils battaient en retraite devant la rapidité de sa contre-attaque. Il eut une vision fugitive de neuf vieillards en robe noire assis autour d'une table, dans une salle, il n'aurait su dire où. L'un des murs de la pièce était fendu en deux par une énorme fissure, et une partie du plafond s'était effondrée sous l'effet du tremblement de terre qui avait ébranlé Rak Cthol. Huit des vieillards maléfiques avaient l'air surpris et terrifiés ; le neuvième avait perdu connaissance. L'obscurité qui entourait tante Pol se dissipa.

— Qu'est-ce qu'ils fabriquent ? s'indigna Silk.

— Ils essaient de désintégrer le bouclier de tante Pol, expliqua Garion. Je leur ai donné matière à réflexion.

Il n'était pas qu'un peu fier de lui.

Silk le regarda en plissant les yeux.

— N'en remets pas, Garion, suggéra-t-il.

— Il fallait bien faire quelque chose, protesta Garion.

— C'est toujours ce qu'on dit. Je voulais juste te rappeler de ne pas perdre de vue ton objectif principal.

La lumière envahissait maintenant le ciel, à l'est, révélant la muraille édentée qui marquait la limite occidentale de la Terre Gâte.

— A ton avis, Durnik, nous en sommes encore loin ? demanda Garion.

Le forgeron considéra la rangée de pics en plissant les yeux.

— Au moins deux ou trois lieux, estima-t-il. Les distances sont trompeuses sous ce genre de lumière.

— Alors qu'est-ce qu'on fait ? intervint Barak. On établit le campement pour la journée ou on fonce tête baissée ?

— Que suggérez-vous, Mandorallen ? interrogea Garion après un instant de réflexion. Avez-vous prévu de nous faire bifurquer dès que nous serons dans les montagnes ?

— M'est avis qu'il serait plus judicieux de poursuivre un moment sur notre trajectoire, répondit le chevalier d'un ton méditatif. Une frontière naturelle telle que celle qui se dresse devant nous est susceptible d'attirer moult curiosité.

— Là, il marque un point, remarqua Silk.

Garion se gratouilla la joue et remarqua que son duvet avait repoussé.

— Alors nous ferions peut-être mieux de nous arrêter tout de suite, suggéra-t-il. Comme cela, nous pourrons repartir dès le coucher du soleil, nous engager dans les montagnes et avancer un peu avant la nuit. Nous changerons de direction demain matin, dès l'aube. Au moins, à la lumière, nous pourrons voir si nous laissons des traces de notre passage, et les recouvrir éventuellement.

— Pas bête, approuva Barak.

— Bon, alors on va faire comme ça, décida Garion.

Ils cherchèrent une nouvelle crête, un autre ravin, et s'abritèrent derechef sous leur toile de tente. Garion était épuisé, mais la perspective de dormir ne lui disait pas grand-chose — et ce n'était pas seulement le fardeau du commandement. Il redoutait que les Grands Prêtres ne profitent de son sommeil pour les attaquer. Il fit les cent pas en regardant les autres dérouler leurs couvertures et s'arrêta devant tante Pol. Derrière son bouclier frémissant, elle semblait aussi lointaine que la lune. Elle était assise par terre, le dos appuyé au rocher, Mission dans ses bras. Le petit garçon dormait comme un bienheureux. Garion poussa un soupir et se dirigea vers l'entrée de la ravine où Durnik s'occupait des chevaux. Il lui était venu à l'idée que leurs vies étaient suspendues à l'état de leurs montures, et ce n'était pas pour le rassurer.

— Ça va ? fit-il en s'approchant de Durnik.

— Plutôt pas mal, répondit le forgeron. Mais ils ont fait du chemin et ils commencent à s'en ressentir.

— Qu'est-ce qu'on pourrait faire ?

— Peut-être les mettre une semaine au repos dans une bonne pâture, rétorqua Durnik avec un sourire mi-figue, mi-raisin.

— Nous aurions tous bien besoin d'une semaine de repos dans une bonne pâture ! répliqua Garion en riant.

— C'est fou ce que tu as grandi, Garion, remarqua Durnik.

Il souleva le pied d'un cheval et examina son sabot, à la recherche d'entailles ou de blessures.

Garion jeta un coup d'œil à sa manche et vit que son poignet dépassait d'un ou deux bons pouces.

— J'arrive encore à rentrer dans mes vêtements — enfin presque, rectifia-t-il.

— Ce n'est pas ce que je voulais dire, reprit Durnik en

hésitant. Quel effet ça fait, Garion ? Enfin, de pouvoir faire les choses comme ça, quoi ?

— C'est terrifiant, Durnik, avoua calmement Garion. Je n'ai rien demandé à personne, mais on ne m'a pas laissé le choix.

— Il ne faut pas te mettre martel en tête, tu sais, poursuivit Durnik en reposant doucement le pied du cheval. Si ça fait partie de toi, eh bien, c'est comme ça — comme le fait d'être grand, ou blond.

— Ce n'est pas tout à fait la même chose, Durnik. Le fait de mesurer deux mètres ou d'avoir les cheveux blonds n'a jamais tué personne, alors que ça...

Durnik contempla les ombres qui s'allongeaient sous le soleil levant.

— Tu n'as qu'à apprendre à faire attention, et voilà tout. J'avais à peu près ton âge quand je me suis rendu compte que j'étais beaucoup plus fort que les autres garçons du village — peut-être parce que je travaillais à la forge. Et comme je n'avais pas envie de faire mal à mes amis, je ne me battais pas avec eux. Jusqu'au jour où l'un d'eux a commencé à se dire que je devais être un lâche. Il m'a harcelé pendant six mois, et puis j'ai fini par perdre mon sang-froid.

— Tu t'es battu avec lui ?

— Ce n'était pas une vraie bagarre, répondit Durnik en opinant du chef. Il lui a bien fallu se rendre à l'évidence : je n'étais pas un lâche. Par la suite, quand tous ses os se sont ressoudés et qu'il s'est fait à l'idée d'avoir une dent en moins, nous avons réussi à redevenir assez copains.

Garion lui dédia un grand sourire ; Durnik le lui rendit avec une certaine tristesse.

— Evidemment, après, je n'étais pas très fier de moi.

Garion se sentait très proche de ce brave homme simple, solide. Durnik était son plus vieil ami ; il savait pouvoir compter sur lui.

— Ce que j'essaie de dire, Garion, poursuivit Durnik d'un ton grave, c'est que tu ne peux pas passer ta vie à avoir peur de toi-même. Parce que tôt ou tard, tu tomberas sur quelqu'un qui ne comprendra pas, tu seras obligé de lui prouver qu'il ne t'en impose pas, et quand les choses en arrivent là, ça finit toujours mal — pour l'un comme pour l'autre.

— Comme avec Asharak.

Durnik acquiesça d'un hochement de tête.

— En fin de compte, il vaut toujours mieux être ce que l'on est. Il ne sert à rien de se faire passer pour meilleur que l'on n'est, mais se sous-estimer ne vaut guère mieux. Tu comprends ce que je veux dire ?

— Toute la question est de trouver exactement ce que l'on est en réalité, conclut Garion.

— C'est bien ce qui nous vaut toutes sortes de problèmes de temps à autre, constata Durnik en souriant de plus belle.

Puis le sourire s'effaça de son visage et il s'effondra en suffoquant, les mains crispées sur son estomac.

— Durnik ! s'écria Garion. Qu'est-ce qu'il y a, Durnik ?

Mais Durnik était incapable de répondre. Il se tordait de douleur dans la poussière, le visage de cendre.

Garion éprouva une impression curieuse, comme une présence étrangère, et comprit aussitôt. Voyant échouer toutes leurs tentatives pour tuer Mission, les Grands Prêtres dirigeaient leurs attaques sur ses compagnons dans l'espoir de contraindre tante Pol à renoncer à son bouclier protecteur. Une colère effroyable monta en lui. Son sang se mit à bouillir dans ses veines et un cri terrible lui vint aux lèvres.

— *Tout doux,* fit à nouveau sa voix intérieure.

— *Qu'est-ce que je peux faire Sors, va te mettre à l'air libre.*

Sans comprendre, Garion sortit de l'abri en courant et se retrouva dans la lumière blafarde du petit matin.

— *Investis-toi dans ton ombre.*

Il baissa les yeux sur les formes sombres qui s'étendaient sur le sol, devant lui, et obéit à la voix. Il ne voyait pas très bien pourquoi, mais il concentra sa volonté et sa conscience sur son ombre.

— *Allez, remonte jusqu'à eux en suivant leur pensée. Vite !*

Tout à coup, Garion eut l'impression de voler. Il frôla Durnik qui se tordait à terre et repéra, tel un chien de chasse flairant une piste, la provenance des volontés concertées qui avaient frappé son ami. Puis, porté par son ombre, il fila comme l'éclair par-delà les lieues de désert les séparant des ruines de Rak Cthol. Il ne pesait plus rien et tout avait pris une drôle de teinte pourpre.

Il prit conscience de son immensité en pénétrant dans la salle au mur crevassé où les neuf hommes en robes noires s'efforçaient de tuer Durnik en unissant leurs pouvoir mentaux. Ils étaient assis autour d'une table, les yeux braqués sur un rubis étincelant, gros comme un crâne humain. Déformée par les rayons obliques du soleil matinal, l'ombre de Garion prenait des proportions prodigieuses ; il emplissait entièrement l'un des coins de la pièce et dut pencher légèrement la tête pour tenir sous le plafond.

— Maintenant ça suffit ! hurla-t-il à l'attention des vieillards maléfiques. Vous allez ficher la paix à Durnik !

Son apparition subite les fit sursauter et Garion sentit fléchir puis se dissiper les ondes mentales qu'ils projetaient sur Durnik par l'intermédiaire de la pierre. Il fit un pas dans une attitude menaçante et les vit se recroqueviller devant lui dans la lumière pourpre qui altérait ses perceptions.

Puis l'un des vieillards, un aïeul décharné à la longue barbe crasseuse et au crâne dégarni, sembla surmonter sa panique momentanée.

— Tenez bon ! lança-t-il aux autres. Ne relâchez pas votre emprise sur le Sendarien !

— Vous allez le laisser tranquille ! tonna Garion.

— Qui a dit cela ? laissa tomber le vieux marabout d'un ton insultant.

— Moi !

— Et qui es-tu ?

— Belgarion est mon nom. Laissez mes amis en paix.

Le vieil homme éclata de rire, un rire à glacer le sang, comme celui de Ctuchik.

— L'ombre de Belgarion, pour être plus précis, rectifia-t-il. Nous connaissons le truc. Tu peux toujours parler et tenter de nous intimider par des menaces, tu es sans pouvoir sur nous. Tu n'es qu'une ombre incapable d'agir, Belgarion.

— Fichez-nous la paix !

— Et si nous refusons, que feras-tu ? reprit le vieillard avec un mélange d'amusement et de mépris.

— *C'est vrai, ce qu'il raconte ?* fit Garion à sa voix intérieure.

— *Peut-être bien que oui, peut-être bien que non,* répondit la voix. *Certains hommes sont arrivés à transgresser cette règle. Le seul moyen de le savoir, c'est d'essayer.*

La fureur de Garion était sans limite, mais il n'avait pas envie de les tuer.

— Gelez ! ordonna-t-il en focalisant sa pensée sur la notion de froid et de glace puis en lâchant la bride à son pouvoir.

Il se sentait tout drôle — comme s'il était dénué de substance, et le rugissement habituel sonna creux.

L'oiseau de malheur eut un rictus railleur et agita sa barbe avec insolence.

Garion grinça ses dents immatérielles et prit abstraitement son élan avec une concentration terrifiante.

— Brûlez ! ordonna-t-il en déchaînant sa volonté.

Il y eut une étincelle, puis un violent éclair. Le pouvoir de Garion frappa avec toute son énergie la pilosité ornant le menton du vieillard.

Le Grand Prêtre fit un bond sur place et retomba en arrière avec un cri rauque en s'efforçant d'étouffer les flammes qui embrasaient sa barbe.

Stupéfaits et épouvantés, les Grands Prêtres décidèrent de lever la séance et leurs pensées concertées se dispersèrent. Garion déchaîna inexorablement son pouvoir sur eux, tendant devant lui ses bras immenses, renversant les Grands Prêtres comme des quilles sur les dalles de pierre mal équarries et les ramassant l'un après l'autre pour les projeter contre les murs. Les sinistres vieillards se mirent à pousser des couinements de terreur et tentèrent de fuir comme des rats, mais il les poursuivit sans pitié pour leur administrer individuellement leur châtiment. Avec un détachement qui le surprit lui-même, il en fourra un la tête la première dans l'énorme faille et insista au point qu'on ne vit bientôt plus de lui qu'une paire de pieds pris de frénésie.

Puis il se tourna vers le Grand Prêtre au crâne dégarni qui avait réussi à éteindre sa barbe en feu.

— C'est impossible, impossible, protestait le Grand Prêtre, abasourdi. Comment avez-vous réussi ce tour-là ?

— Je vous l'avais dit : je suis Belgarion. Je sais faire des choses que vous ne pourriez même pas imaginer.

— *La pierre,* fit sa voix intérieure. *Ils en ont besoin pour déclencher leurs offensives. Détruis-la.*

— *Comment ?*

— *Elle aussi a ses limites. Regarde.*

Garion s'avisa tout à coup qu'il distinguait la structure interne du rubis qui scintillait de mille feux au milieu de la table. Il vit les lignes de force selon lesquelles étaient organisés ses cristaux — et comprit. Dirigeant son pouvoir sur la pierre, il y déversa toute sa colère. Le joyau se mit à jeter des éclairs et à palpiter tandis que la force s'amplifiait en elle. Puis, avec une détonation fulgurante, elle explosa en fragments infinitésimaux.

— Non ! se lamenta le vieux marabout déplumé. Espèce d'imbécile ! Cette pierre était irremplaçable !

— Ecoute-moi, vieillard, ordonna Garion d'une voix terrible. Tu vas nous laisser en paix. Tu vas cesser de nous importuner et tu ne tenteras plus rien contre nous.

Il tendit son bras fantomatique et plongea la main dans la poitrine du vieillard. Il sentit son cœur palpiter comme un oiseau terrifié et ses poumons se vider. En voyant le poing de Garion s'enfoncer dans sa chair, le Grand Prêtre ouvrit la bouche, le souffle coupé, épouvanté.

— Tu m'as compris ? gronda Garion en écartant lentement les doigts.

Le Grand Prêtre se mit à gargouiller et tenta de saisir le bras qui pénétrait dans ses œuvres vives, mais ses doigts étreignirent le vide.

— Tu m'as compris ? répéta Garion en refermant la main.

Le Grand-Prêtre poussa un cri terrible.
— Tu vas nous laisser tranquilles ?
— Pitié, Belgarion ! Je vais mourir !
— Tu vas nous laisser tranquilles ? tempêta Garion.
— Oui ! Oui ! Tout ce que vous voudrez, mais arrêtez, je vous en prie ! Je vous en supplie ! Je ferai tout ce que vous voudrez. Pitié !
Garion desserra le poing, retira sa main de la poitrine du Grand Prêtre haletant et brandit devant le visage du vieil homme ses doigts crispés comme une serre.
— Regarde bien et n'oublie jamais, articula-t-il avec un calme effroyable. La prochaine fois, je t'arracherai le cœur.
Le Grand Prêtre recula, se ratatina comme une feuille morte. Il ne pouvait détacher ses yeux horrifiés de l'épouvantable main.
— Je vous le promets, balbutia-t-il. Je vous le jure.
— C'est ta vie qui est en jeu, insista Garion en se détournant.
Traversant le vide à la vitesse de l'éclair, il revint à son point de départ et se retrouva soudain debout à l'entrée de la ravine, en train d'observer son ombre qui se reformait lentement sur le sol devant lui. La brume pourpre avait disparu ; chose étrange, il n'était même pas fatigué.
Durnik reprit péniblement son souffle et tenta de se relever.
Garion fit volte-face et se précipita vers lui.
— Ça va ? s'inquiéta-t-il en prenant la main de son ami.
— J'ai eu l'impression qu'on me ravageait les tripes avec un poignard, répondit Durnik d'une voix tremblante. Qu'est-ce qui s'est passé ?
— Les Grands Prêtres grolims ont essayé de te tuer.
Durnik regarda autour de lui en ouvrant des yeux agrandis par l'épouvante.
— Ne t'inquiète pas. Ils ne sont pas près de recommencer.
Garion l'aida à se relever et ils regagnèrent la ravine.
— Tu fais de drôles de progrès, commenta tante Pol en le regardant approcher.

— Il fallait bien que j'assure. Et ton champ de force, il a disparu ?

— Apparemment, je n'en ai plus besoin.

— Joli, intervint Belgarath en se redressant.

Il avait l'air vidé, les traits tirés, mais l'œil vif.

— Peut-être un tantinet exotique, mais pas mal du tout, l'un dans l'autre, ajouta-t-il. L'histoire de la main m'a tout de même paru quelque peu excessive.

— C'était pour qu'il comprenne bien que je ne parlais pas en l'air, si j'ose dire.

Garion était rudement soulagé de constater que son grand-père avait repris connaissance.

— Ça, je crois qu'il a enregistré, reconnut ingénument Belgarath. Bon, il n'y a rien à manger dans le coin ? Pol !

— Alors, ça va mieux, Grand-père ? demanda Garion.

— En dehors du fait que je me sens à peu près aussi balèze qu'un poussin d'un jour et affamé comme une louve qui aurait mis bas neuf petits, ça ne va pas trop mal. Eh, Pol, je ne refuserais pas un petit casse-croûte !

— Je vais voir ce que je peux trouver.

Elle avait déjà commencé à farfouiller dans les ballots.

— Pas la peine de faire de la grande cuisine, va !

Le petit garçon contemplait Garion avec curiosité de ses grands yeux bleus, graves et légèrement étonnés. Tout à coup il éclata de rire et le regarda bien en face.

— Belgarion, dit-il avec un énorme sourire.

CHAPITRE IV

— Pas de regrets, Garion ? questionna Silk.

Le crépuscule avait donné le signal du départ et le petit groupe était reparti vers les pics qui déchiquetaient le firmament clouté d'étoiles.

— A quel propos ?

— Tu ne regrettes pas de renoncer au commandement ?

Le petit Drasnien l'observait avec un intérêt non dissimulé depuis qu'ils avaient levé le camp.

— Non, pourquoi ?

Garion ne voyait vraiment pas où il voulait en venir.

— Tu sais, Garion, il est très important d'apprendre à se connaître soi-même, ajouta gravement Silk. Le pouvoir peut être très doux à certains hommes, et il n'y a pas moyen de savoir comment ils en useront tant qu'on ne leur a pas fourni l'occasion d'essayer.

— Tu t'es donné beaucoup de mal pour pas grand-chose. Je n'aurai sûrement pas très souvent l'occasion d'assumer ce genre de responsabilité.

— On ne sait jamais, Garion. On ne sait jamais...

Ils franchirent l'étendue désolée de sable noir, qui les séparait de la barrière montagneuse. La lune en son premier quartier se leva dans leur dos, baignant toute chose d'une lumière irréelle, glaciale. Les rares buissons d'épineux cramponnés au sol ingrat luisaient de givre. Une heure ou deux peut-être avant minuit, le sol se mit à monter et les sabots de leurs chevaux claquèrent sur la roche : ils quittaient la Terre Gâte. Ils s'arrêtèrent au sommet des premières hauteurs pour regarder derrière eux. Le désert de sable noir était piqueté de petits points brillants : les feux de camp des Murgos. Des torches se déplaçaient imperceptiblement au loin, sur la piste qu'ils avaient suivie.

— Ah, tout de même ! s'exclama Silk à l'attention de Belgarath. Je commençais à me demander s'ils allaient repérer notre trace.

— Espérons qu'ils ne la perdront pas, plaisanta le vieux sorcier.

— Ça, il n'y a pas de danger. J'y ai vraiment mis le paquet.

— Les Murgos ne sont pas des gens fiables.

Belgarath donnait l'impression d'avoir récupéré, mais en voyant ses épaules tombantes, Garion fut soulagé qu'ils n'eussent pas prévu de chevaucher toute la nuit.

De formidables escarpements, aussi arides et rocailleux qu'au nord, dominaient de toute leur hauteur le sol maculé de plaques alcalines. Un vent âpre, glacial, hurlait sans relâche en s'engouffrant entre les parois abruptes, et Garion et ses compagnons durent se cramponner à leurs robes de toile rêche pour ne pas se les laisser arracher. Lorsqu'ils furent bien engagés dans les montagnes, ils s'arrêtèrent pour prendre quelques heures de repos avant le lever du soleil.

Puis les premières lueurs de l'aube effleurèrent l'horizon, et Silk partit en éclaireur. Il revint un peu plus tard, après avoir repéré entre deux flancs de montagne ocres un passage menant vers le nord-ouest. Alors ils sellèrent leurs chevaux et repartirent au petit trot.

— Je pense que nous pouvons nous débarrasser de ces trucs-là, maintenant, déclara Belgarath en tirant sur sa robe murgo.

— Donnez-moi ça, proposa Silk en retenant sa monture. Vous trouverez la faille juste un peu plus loin, indiqua-t-il en tendant le doigt. Allez-y, je vous rattraperai.

— Où vas-tu ? interrogea Barak.

— Je vais prolonger la fausse piste de quelques lieues,

expliqua Silk. Et comme ça, en revenant, je pourrai m'assurer que vous n'avez pas laissé de traces. C'est l'affaire de quelques heures à peine.

— Tu veux que je vienne avec toi ? proposa le grand bonhomme.

— J'irai plus vite tout seul, répondit Silk en hochant la tête.

— Fais bien attention à toi.

— Je fais toujours attention, proclama Silk avec un grand sourire.

Il prit leurs défroques murgos et repartit vers l'est.

Le petit groupe suivit la gorge formée par le lit d'un fleuve asséché depuis des milliers d'années. L'eau avait creusé la roche, mettant au jour de longues strates de pierre rouge, jaune et brune. Les sabots de leurs chevaux semblaient faire un vacarme formidable entre les parois abruptes, et le vent qui s'engageait dans la faille hurlait sans relâche à leurs oreilles.

Taïba se rapprocha de Garion. Elle avait remonté sa cape sur ses épaules mais ne pouvait s'empêcher de trembler.

— Il fait toujours aussi froid par ici ? s'informa-t-elle en ouvrant tout grand ses yeux violets.

— Juste en hiver. En été il doit faire une chaleur accablante, observa Garion.

— Dans les quartiers des esclaves, la température restait constante. On ne savait jamais en quelle saison on était.

Le lit du fleuve décrivit une longue boucle et ils se retrouvèrent face au soleil levant. Taïba étouffa une plainte.

— Qu'est-ce qui ne va pas ? s'inquiéta Garion.

— La lumière ! s'écria-t-elle en portant ses deux mains à son visage. J'ai du feu dans les yeux !

Relg, qui chevauchait juste devant eux et s'était déjà abrité le visage, leur jeta un coup d'œil par-dessus son épaule.

— Tenez, mettez-vous cela sur la tête. Nous serons bientôt de nouveau à l'ombre, assura-t-il d'une voix curieusement neutre en tendant à la Marague l'un des voiles sous lesquels il se garantissait habituellement de la lumière.

— Merci, répondit Taïba en se bandant les yeux. Je ne savais pas que le soleil pouvait briller aussi fort.

— Vous vous y ferez, ajouta Relg. C'est juste une question de temps. Essayez de vous protéger la vue, les premiers jours.

Il semblait sur le point de se retourner et de poursuivre son chemin sans insister lorsqu'il se ravisa et la regarda avec étonnement.

— Vous n'aviez jamais vu le soleil avant ?

— Non. Les autres esclaves m'en avaient parlé, mais c'est tout. Les Murgos n'employaient pas de femmes dans leurs équipes de travail, alors je n'avais jamais eu l'occasion de sortir des quartiers, et il faisait toujours noir, en bas.

— Ça devait être terrible, s'indigna Garion en frémissant.

— Oh, le pire, ce n'était pas le noir, reprit-elle avec un haussement d'épaules. C'était la lumière. Voir la lumière, ça voulait dire que les Murgos descendaient avec des torches pour emmener quelqu'un au Temple et le sacrifier.

Au hasard d'un nouveau coude de la piste, le soleil disparut derrière le flanc de la montagne.

— Merci, dit Taïba en retirant son voile et en le tendant à Relg.

— Gardez-le. Vous en aurez sans doute à nouveau besoin d'ici peu, suggéra-t-il d'une voix étrangement assourdie, emplie d'une douceur insolite.

Puis ses yeux s'égarèrent sur elle, et son visage reprit son expression hagarde.

Garion les observait discrètement depuis leur départ de Rak Cthol. Malgré tous ses efforts, Relg ne pouvait détourner son regard de la Marague qu'il avait été contraint et forcé d'arracher à une mort certaine. Il ne cessait de délirer sur le péché, mais son propos manquait parfois un peu de conviction. Il donnait souvent l'impression de rabâcher machinalement des formules toutes faites, et Garion l'avait vu à plusieurs reprises s'emmêler dans ses litanies en croisant les yeux violets de Taïba. Celle-ci n'y comprenait de toute évidence plus rien. La Marague avait été profondément humiliée par la façon dont Relg l'avait repoussée quand elle voulait simplement le remercier, et elle en avait conçu une vive rancœur. Mais l'examen constant dont elle faisait l'objet contredisait ses discours. Si l'Ulgo disait une chose avec la bouche, ses yeux lui chantaient une tout autre barcarolle, et elle ne savait plus que croire, de ses paroles ou de son regard. C'était bien déconcertant.

— Alors vous êtes restée toute votre vie dans le noir ? interrogea Relg avec curiosité.

— Presque. Je n'ai vu qu'une fois le visage de ma mère. Le jour où les Murgos sont venus la chercher pour l'emmener au Temple. Après, je suis restée toute seule. C'est ça, le plus terrible, la solitude. Le noir n'est rien quand on a de la compagnie.

— Quel âge aviez-vous quand ils ont emmené votre mère ?

— Je n'en sais rien, à vrai dire. Mais je devais être presque femme, puisque peu après les Murgos m'ont donnée à un esclave dont ils étaient contents. Les esclaves qui faisaient les quatre volontés des Murgos, et il y en avait beaucoup, étaient remerciés par des rations supplémentaires de nourriture — ou des femmes. J'ai pleuré à chaudes larmes, au début. Et puis avec le temps, je me suis fait une raison. Au moins, je n'étais plus isolée.

Le visage de Relg se durcit et Taïba surprit son changement d'expression.

— Et qu'aurais-je pu faire ? Un esclave n'est pas propriétaire de son corps. On peut le vendre, le donner à n'importe qui, il n'a pas son mot à dire.

— On peut toujours faire quelque chose.

— Et quoi donc, sans arme pour se battre — ou mettre fin à ses jours ? On ne peut pas s'étrangler soi-même. Vous ne le saviez pas ? fit-elle en regardant Garion. Certains esclaves ont essayé ; eh bien, après avoir sombré dans l'inconscience, on se remet à respirer. C'est bizarre, non ?

— Vous avez essayé de résister ?

Relg avait l'air d'y attacher une terrible importance, allez comprendre pourquoi.

— A quoi bon ? L'esclave à qui ils m'avaient donnée était plus fort que moi. Il m'aurait frappée jusqu'à ce que je me laisse faire, et voilà tout.

— Vous auriez dû résister, objecta Relg, intransigeant. Un peu de souffrance est préférable au péché, or c'est pécher que de s'abandonner de la sorte.

— Vraiment ? C'est un péché que de succomber à l'inéluctable, sans aucun moyen de défense ?

Relg amorça une réponse, mais ce fut comme si les yeux de la femme, plongeant droit dans les siens, lui nouaient la langue. Il balbutia, incapable d'affronter ce regard. Puis il battit en retraite et retourna vers les animaux de bât.

— Pourquoi s'impose-t-il ce combat contre lui-même ? s'étonna Taïba.

— Il est complètement dévoué à UL, son Dieu, expliqua Garion. Il redoute tout ce qui pourrait détourner une partie de ce qu'il croit lui devoir.

— Son Dieu serait-il jaloux à ce point ?

— Non, je ne pense pas. Mais c'est ce qu'il s'imagine.

Taïba gonfla les lèvres en une moue que Garion trouva très sensuelle et jeta un coup d'œil par-dessus son épaule vers le fanatique.

— Vous voulez que je vous dise ? Je pense qu'au fond, il a peur de moi, déclara-t-elle avec un petit rire de gorge, un peu pervers, en levant les bras pour passer ses doigts dans la gloire de ses cheveux d'ébène. C'est bien la première fois que je fais peur à quelqu'un. Et je crois que ça commence à me plaire. Vous voulez bien m'excuser ?

Elle tourna bride sans attendre la réponse et lança sa monture à la suite de l'Ulgo en déroute.

Garion rumina l'affaire en suivant la piste étroite et sinueuse. Taïba recelait des ressources insoupçonnées, et il en arriva à la conclusion que Relg n'était pas sorti de l'auberge.

Il talonna son cheval et se rapprocha de tante Pol qui

menait la marche, Mission dans les bras, pour discuter avec elle des derniers événements.

— Ce ne sont pas tes oignons, tu sais, commenta-t-elle. Relg et Taïba sont de taille à régler leurs problèmes sans que tu t'en mêles.

— J'étais juste un peu intrigué, c'est tout. Relg se torture tellement la cervelle que Taïba ne sait pas par quel bout l'attraper. Qu'est-ce qui leur prend, Tante Pol ?

— Quelque chose de *vraiment* indispensable.

— On pourrait dire ça de presque tout ce qui arrive, Tante Pol, fit-il d'un ton presque accusateur. Y compris de la façon dont nous nous disputons sans arrêt, Ce'Nedra et moi, non ?

— Ce n'est pas tout à fait la même chose, objecta-t-elle, un peu amusée. Mais c'est aussi nécessaire à sa façon.

— C'est ridicule, s'esclaffa-t-il.

— Vraiment ? Alors pourquoi crois-tu que vous passez votre temps à vous crêper le chignon, tous les deux ?

Il n'y avait rien à répondre à cela. Pourtant, cette question l'ennuyait. En même temps, l'évocation du nom de la petite princesse l'avait frappé comme un coup de poignard, et il se rendit compte qu'elle lui manquait. Il chevaucha un moment en silence, en proie à une soudaine mélancolie. Puis il poussa un grand soupir.

— Cœur qui soupire n'a pas ce qu'il désire, insinua Polgara.

— C'est fini, hein ?

— Qu'est-ce qui est fini ?

— Eh bien, tout ça. Bon, nous avons réussi à récupérer l'Orbe ; c'est bien ce que nous avions à faire, non ?

— Oui, mais ce n'est pas tout. Nous avons encore du pain sur la planche. Pour commencer, nous ne sommes pas sortis de Cthol Murgos.

— Tu ne t'en fais pas beaucoup pour ça, hein ?

Puis ce fut comme si les paroles de sa tante avaient soudain réveillé des doutes latents dans son esprit et il la regarda avec appréhension.

— Et si nous ne réussissons pas ? balbutia-t-il. Si nous

échouons. Qu'arrivera-t-il au Ponant si nous n'arrivons pas à ramener l'Orbe à Riva ?

— Les choses prendront une vilaine tournure.

— Ce sera la guerre, hein ? Les Angaraks gagneront, et il y aura des Grolims partout, avec leurs poignards et leurs autels.

L'idée que des Grolims pourraient franchir le portail de la ferme de Faldor le révoltait.

— Ne te monte pas le bourrichon, Garion. Chaque chose en son temps, d'accord ?

— Et si...

— Ecoute, Garion, j'espère que tu ne vas pas te mettre à nous tanner avec des « et si » ? protesta-t-elle d'un air catastrophé. Je ne connais rien de plus ennuyeux.

— Et toi, alors ? Tu n'arrêtes pas de dire « et si »à grand-père, regimba-t-il.

— Ce n'est pas pareil.

Pendant les jours qui suivirent, ils ne ménagèrent pas leurs montures. Ils franchirent une enfilade de cols et de passes sous un vent âpre, impitoyable, qui semblait s'acharner sur eux avec une énergie sadique et chassait les nuages de poussière par-delà l'horizon. Silk rebroussait souvent chemin afin de s'assurer qu'ils n'étaient pas poursuivis, mais leur ruse semblait avoir abusé les Murgos. Ils atteignirent enfin, vers le milieu d'une journée froide et sans soleil, la route des caravanes du Sud qui déroulait ses méandres dans une immense vallée aride. Ils s'abritèrent derrière une colline tandis que Silk partait en éclaireur.

— Es-tu, ami Belgarath, d'avis que Taur Urgas est toujours à notre recherche ? s'informa Mandorallen.

Le chevalier mimbraïque avait de nouveau revêtu son armure.

— Difficile à affirmer, répondit le vieux sorcier. Il est tellement imprévisible.

— Patrouille murgo en vue sur la route des caravanes, annonça Silk en les rejoignant. Attendons un peu. D'ici une demi-heure, elle devrait être hors de vue.

Belgarath acquiesça d'un hochement de tête.

— Vous pensez que nous serons en sûreté, une fois au Mishrak ac Thull ? questionna Durnik.

— Ça, je n'en suis pas trop sûr, grommela Belgarath. Gethel, le roi des Thulls, a une peur bleue de Taur Urgas. Je ne le vois pas porter le pet pour une petite violation de frontière de rien du tout si son voisin s'avisait de nous faire un bout de conduite.

Les Murgos franchirent un pont, vers l'est, et le petit groupe repartit.

Les deux journées suivantes, ils poursuivirent leur chemin vers le nord-ouest à une allure régulière. Le sol se fit de moins en moins rocailleux lorsqu'ils furent au pays des Thulls. Ils arrivèrent au sommet de l'A-pic oriental par une fin d'après-midi brouillasseuse. Dans le lointain, des nuages de poussière trahissaient la présence de patrouilles murgos.

Barak jeta un coup d'œil derrière lui et approcha sa monture de celle de Belgarath.

— Comment est la piste qui mène au Val ?

— Ce n'est pas du nougat.

— Les Murgos sont à moins d'une journée de nous, Belgarath. Si nous devons faire attention où nous mettons les pieds pendant toute la descente, ils nous tomberont dessus avant que nous ayons eu le temps de dire « ouf ».

Belgarath esquissa une moue et lorgna les nuages révélateurs sur l'horizon, au sud.

— Vous avez peut-être raison, admit-il. Nous ferions aussi bien d'y réfléchir.

Il leva la main, ordonnant une halte.

— Nous avons des décisions à prendre, déclara-t-il. Les Murgos sont un peu trop près de nous pour notre santé. La descente va bien nous prendre deux ou trois jours, et il y a des moments où on n'aime pas être bousculé.

— Et si nous reprenions la ravine par où nous sommes venus ? suggéra Silk. En une demi-journée, nous serions en bas.

— Mais sire Hettar et le clan des Algarois du roi Cho-Hag nous attendent dans le Val, objecta Mandorallen. Ne risquons-nous point, en empruntant ce chemin, d'entraîner les Murgos à notre suite dans une région non protégée ?

— Quelle autre solution avons-nous ? rétorqua Silk.

— On pourrait allumer des feux tout du long, suggéra Barak. Hettar comprendrait ce que ça veut dire.

— Et les Murgos, donc ! répliqua Silk. Ils ne dormiraient peut-être pas de la nuit mais nous les aurions juste sur nos talons pendant la descente.

Belgarath haussa un sourcil chagrin.

— Je crains que nous ne soyons obligés de renoncer à notre plan primitif, annonça-t-il. Nous allons être obligés de descendre par la voie la plus rapide, autant dire la ravine. L'ennui, c'est qu'une fois en bas nous serons livrés à nous-mêmes, mais nous n'y pouvons rien.

— Le roi Cho-Hag aura sûrement fait poster des sentinelles tout le long de l'A-pic, supputa Durnik, son bon visage tout préoccupé.

— On peut toujours l'espérer, ajouta Barak.

— Très bien, décréta fermement Belgarath. Nous allons prendre la ravine. Ça ne me plaît pas beaucoup, mais l'éventail de nos possibilités s'est singulièrement réduit. Allez, en route.

Ils arrivèrent vers la fin de l'après-midi au goulet étroit d'où partait la ravine abrupte. Belgarath jeta un coup d'œil au précipice et secoua la tête.

— Je ne descends pas par ce truc-là dans le noir, déclara-t-il. Barak, voyez-vous les Algarois ?

Le grand bonhomme à la barbe rouge scruta la plaine, loin au-dessous.

— J'ai bien peur que non. Vous voulez qu'on allume un feu pour signaler notre présence ?

— Non. Je ne tiens pas à faire de la publicité.

— Moi, je vais en avoir besoin, rétorqua tante Pol. Un petit feu. Vous serez tous bien contents de manger chaud.

— Je ne sais pas si c'est très raisonnable, Pol, objecta Belgarath.

— La journée de demain sera rude, Père, objecta-t-elle. Durnik sait faire des petits feux invisibles de loin.

— Comme tu voudras, Pol, abdiqua le vieil homme.

— Comme toujours, Père.

La nuit leur parut d'autant plus froide qu'ils maintinrent le feu très bas pour ne pas se faire repérer. Ils se levèrent au moment où les premières lueurs de l'aube effleuraient le ciel couvert, vers l'est, et s'apprêtèrent à descendre la faille rocheuse.

— Je vais plier les tentes, annonça Durnik.

— Abattez-les et c'est tout, coupa Belgarath.

Il se retourna et flanqua pensivement de petits coups de pied dans l'un des balluchons.

— Nous ne prendrons que le strict nécessaire, décida-t-il. Nous n'allons pas perdre un temps précieux avec ça.

— Vous ne voulez tout de même pas les abandonner ? s'indigna le forgeron.

— Elles ne feraient que nous embarrasser, et ça allégera les chevaux d'autant.

— Mais... toutes nos affaires ! protesta Durnik.

Silk n'avait pas l'air heureux non plus. Il étala vivement une couverture par terre et commença à farfouiller dans les paquets, ses mains prestes ramenant une quantité invraisemblable de petits objets de valeur et les empilant sur la toile.

— Où as-tu trouvé tout ce fourbi ? s'étonna Barak.

— Oh, çà et là, répondit évasivement Silk.

— Tu as fauché tout ça ?

— Pas tout, se récria Silk. Tu sais depuis combien de temps nous sommes sur la route, Barak ?

— Tu n'as tout de même pas l'intention de descendre dans la ravine avec ça ? reprit Barak, stupéfait, en contemplant le butin de Silk.

Silk évalua mentalement le poids de son trésor et poussa un soupir à fendre l'âme.

— Non, j'ai bien peur que ce ne soit pas possible. Dur, dur, non ? Il va falloir que je recommence de zéro. Enfin, c'est de plumer le gogo qui est marrant, conclut-il en se levant et en éparpillant le fruit de ses rapines avec son pied. Alors, on y va ?

Il s'engagea dans l'ouverture de la faille formée par un ancien cours d'eau asséché qui descendait abruptement vers le pied de l'A-pic.

Délestés de leur fardeau, les chevaux se déplaçaient avec une aisance déconcertante. Ils franchirent tout seuls des obstacles par-dessus lesquels il avait fallu les porter, quelques semaines auparavant, chose dont Garion conservait un souvenir effroyable. A midi, ils avaient fait plus de la moitié du chemin.

Puis Polgara s'arrêta et leva la tête.

— Ça y est, Père, annonça-t-elle calmement. Ils ont trouvé le haut de la ravine.

— Combien sont-ils ?

— Pas plus d'une vingtaine. C'est une patrouille d'éclaireurs.

Loin au-dessus de leurs têtes, ils entendirent le choc retentissant d'une pierre dévalant la pente, bientôt suivie d'une autre.

— C'est bien ce que je craignais, fit amèrement Belgarath.

— Quoi ? interrogea Garion.

— Ils nous balancent des pierres sur la tête, expliqua le vieil homme en remontant sa ceinture d'un coup sec. Bon, continuez, vous autres. Le plus vite possible.

— Tu te sens assez fort, Père ? s'inquiéta tante Pol. Tu n'es pas encore bien remis, tu sais.

— Comme ça, on en aura le cœur net, rétorqua le vieil homme, le visage sombre. Allez-y, vous tous. Vite ! ordonna-t-il d'un ton sans réplique.

Ils repartirent à quatre pattes dans la descente abrupte, mais Garion se débrouilla pour rester à la traîne. Enfin, profitant de ce que Durnik aidait le dernier cheval de bât à franchir un amas de pierres fracassées suivi d'un épaulement rocheux, il s'arrêta pour de bon et tendit l'oreille. Les sabots des chevaux claquaient sur la roche, glissaient dessus, puis il entendit le fracas assourdissant d'une énorme pierre rebondissant sur le versant rocailleux et se rapprochant à une vitesse inquiétante. Mais il reconnut le rugissement, la vague d'énergie bien connue, et un bloc de pierre plus gros que sa tête passa au-dessus de lui dans un sifflement, décrivit une grande courbe depuis l'entrée de la gorge et alla s'abattre à bonne distance de l'éboulis rocheux qui longeait l'immense falaise. Garion repartit avec circonspection vers le haut de la ravine en s'arrêtant tous les deux pas pour écouter.

A un détour du ravin, il se retrouva un peu au-dessus de Belgarath. Garion se recroquevilla pour ne pas se faire voir. Une pierre sensiblement plus grosse que la précédente dévala la gorge étroite en arrachant des fragments de roche à la paroi, rebondissant chaque fois plus haut sur le lit du cours d'eau à sec. Arrivée à une vingtaine de pas de Belgarath, elle heurta violemment le sol et parut s'envoler. Le vieux sorcier transpirait à grosses gouttes et l'effort lui arracha un grommellement qu'il réprima avec un mouvement d'irritation, mais la pierre décrivit une superbe parabole, quitta les limites de la ravine et tomba hors du champ de vision de Garion.

Celui-ci traversa précipitamment le lit encaissé du ruisseau à sec et redescendit de quelques coudées en restant bien plaqué contre la paroi rocheuse et en regardant prudemment derrière lui pour s'assurer que son grand-père ne pouvait pas le voir.

En entendant la pierre suivante foncer sur eux à grand fracas, Garion banda sa volonté. Il avait intérêt à choisir le bon moment. Il jeta un coup d'œil par-dessus son rempart rocheux et regarda le vieil homme, tous ses sens en éveil. Lorsque Belgarath leva la main, Garion concentra son pouvoir, l'unissant à celui de son grand-père dans l'espoir de lui apporter un peu d'aide sans se faire repérer.

Belgarath regarda la pierre s'envoler au loin dans la plaine, se retourna et jeta un coup d'œil implacable dans l'abîme.

— Ça va, Garion, appela-t-il d'un ton glacial. Sors de là que je te voie !

Un peu penaud, Garion regagna le lit du cours d'eau asséché et leva les yeux vers son grand-père.

— Pourquoi ne peux-tu jamais faire ce qu'on te demande ? accusa le vieil homme.

— Je voulais juste t'aider un peu, c'est tout.

— Je t'ai demandé de m'aider ? J'ai l'air d'un infirme ?

— Attention ! En voilà une autre !

— Ne change pas de sujet. Je pense que tu te pousses le bouchon un peu loin, gamin.

— Grand-père ! s'écria Garion d'un ton pressant en tendant le doigt.

Une énorme pierre dévalait la ravine, droit dans le dos du sorcier. Garion projeta son pouvoir sous la roche et la dévia de sa trajectoire.

Belgarath suivit des yeux la pierre qui lui passait au-dessus de la tête.

— Lamentable, Garion, ronchonna-t-il. Vraiment lamentable. Ce n'est pas la peine de les expédier jusqu'à Prolgu, tu sais. Arrête un peu de frimer.

— Je me suis laissé aller, s'excusa Garion. J'y suis allé un peu trop fort.

— Enfin, puisque tu es là..., grommela le vieil homme d'assez mauvaise grâce. Mais occupe-toi de tes pierres et ne te mêle pas des miennes. Je ne tiens pas à ce que tu me déséquilibres en intervenant sans prévenir, comme ça.

— J'ai juste besoin d'un peu de pratique, c'est tout.

— Tu as surtout besoin qu'on t'apprenne les bonnes manières, reprit Belgarath en s'approchant de Garion. On ne s'immisce pas comme ça dans les affaires des autres. C'est très mal élevé, Garion.

— En voilà encore une, annonça poliment Garion. Tu t'en charges ou tu me la laisses ?

— Ne fais pas le malin, gamin.

Puis Belgarath fit volte-face et catapulta hors de la gorge la roche qui fonçait sur eux.

Ils redescendirent de conserve, repoussant à tour de rôle les pierres que les Murgos faisaient rouler dans la ravine. Garion trouvait cela de plus en plus facile, mais Belgarath était trempé de sueur lorsqu'ils arrivèrent au pied de l'A-pic. Garion caressait toujours l'espoir d'aider son grand-père en douce, mais il avait à peine commencé à bander sa volonté que le vieux sorcier lui jeta un regard féroce. Il renonça vite fait à son petit projet.

— Je me demandais où tu étais passé, s'exclama tante

Pol en voyant Garion revenir avec son grand-père, puis elle regarda attentivement Belgarath. Ça va ?

— Mais oui, ça va ! lança-t-il. J'avais toute l'aide qu'on peut désirer. Sauf que je m'en serais bien passé, ajouta-t-il avec un regard noir à l'adresse de Garion.

— Quand nous aurons un moment, il faudra que nous lui apprenions à contrôler le bruit, observa tante Pol. Il fait un potin d'enfer.

— Il a bien d'autres choses à apprendre, ajouta le vieil homme, l'air gravement insulté.

— Et maintenant ? intervint Barak. Vous voulez allumer les feux et attendre ici Hettar et Cho-Hag ?

— Je ne pense pas que ce soit l'endroit rêvé, objecta Silk. Nous allons avoir la moitié des citoyens de Cthol Murgos sur le dos d'un instant à l'autre.

— Le passage est fort étroit, Prince Kheldar, remarqua Mandorallen. Nous pourrions, Messire Barak et moi-même, les retenir une semaine ou plus si nécessaire.

— Voilà que ça le reprend, commenta Barak.

— Ben voyons. Ils n'auraient qu'à vous faire rouler quelques pierres dessus et vous seriez frais, renchérit Silk. D'ailleurs, c'est sur nous qu'ils vont commencer à faire tomber la moitié de la falaise si nous ne nous éloignons pas tout de suite.

Durnik contemplait pensivement l'embouchure de la ravine.

— Et si on les ralentissait en faisant monter quelque chose vers eux ? rêvassa-t-il

— Ah ! ne comptez pas sur moi : je ne suis pas doué pour faire rouler les pierres vers le haut ! rétorqua Barak.

— Je ne pensais pas à ça. Je voyais plutôt quelque chose de léger, reprit Durnik.

— Quel genre ? s'informa Silk.

— De la fumée, par exemple, précisa Durnik. La faille devrait tirer comme une cheminée. Nous pourrions essayer de faire du feu en bas. Tant que le ravin sera plein de fumée, je ne vois pas comment ils pourraient descendre.

— Durnik, vous êtes une mine d'or ! proclama Silk avec un sourire radieux.

CHAPITRE V

Des touffes de ronces et de maigres buissons poussaient au pied de l'A-pic. Ils en eurent bientôt coupé, avec leurs épées, de quoi faire un immense feu de joie.

— Les Murgos ! Vite ! les pressa Belgarath. Il y en a déjà une douzaine dans la descente !

Durnik revint en courant vers le bas de la ravine, un fagot de brindilles dans les bras. Il s'agenouilla et commença à arracher des étincelles à son silex pour les communiquer à la mèche d'amadou qui ne le quittait jamais. Quelques instants plus tard, les premières flammes orange léchaient les rameaux délavés par les intempéries. Le forgeron ajouta peu à peu des bouts de bois plus importants, et, quand son feu eut atteint une taille respectable, il empila les broussailles dessus tout en observant d'un œil critique la direction prise par la fumée. Les buissons s'embrasèrent très vite dans un concert de sifflements et de crépitements, dégageant une vilaine fumée noire. Le nuage plana un moment au-dessus de la fournaise, comme hésitant sur la direction à suivre, puis il s'engouffra dans la ravine.

— Une vraie cheminée, observa Durnik avec satisfaction.

Des cris angoissés et des quintes de toux commencèrent à se faire entendre au-dessus de leurs têtes, dans la faille.

— Combien de temps un individu peut-il avaler de la fumée avant de mourir étouffé ? s'informa Silk en contemplant le brasier.

— Pas longtemps, estima Durnik.

— C'est bien ce que je pensais. Beau petit feu, commenta allègrement le Drasnien en tendant les mains vers la chaleur.

— Ça va les retarder un peu, mais je pense qu'il serait temps de prendre le large, intervint Belgarath en lorgnant le ciel à l'ouest.

Le soleil disparaissait presque derrière les nuages, sur l'horizon.

— Nous allons essayer de les prendre par surprise en longeant un moment la paroi avant de foncer tête baissée, droit devant nous. Il faut que nous soyons à une distance suffisante quand ils s'apercevront de notre manœuvre et commenceront à nous balancer des rochers sur le coin de la figure.

— Hettar n'a pas encore donné signe de vie ? demanda Barak en scrutant la plaine.

— Rien de rien, confirma Durnik.

— Dites, Belgarath, vous savez que nous allons entraîner la moitié de la racaille de Cthol Murgos derrière nous ? souligna Barak.

— Ça, je n'y peux rien. Pour l'instant, le plus urgent c'est de filer d'ici. Si Taur Urgas est dans le secteur, il enverra ses hommes à nos trousses, même s'il doit les jeter personnellement par-dessus la falaise. Allons-y.

Ils suivirent l'A-pic au plus près pendant une bonne demi-lieue, jusqu'à un endroit où les roches éboulées avançaient un peu moins sur la plaine.

— Ça devrait faire l'affaire, déclara Belgarath. En arrivant en terrain plat, foncez à bride abattue. Une flèche tirée du haut de cette falaise devrait porter très loin. Prêts ?

Il parcourut ses compagnons du regard.

— Eh bien, allons-y !

Ils menèrent leurs chevaux par la bride jusqu'au bas du talus formé par l'éboulis rocheux, montèrent rapidement en selle, éperonnèrent leurs montures et s'élancèrent dans la plaine à un train d'enfer.

— Une flèche ! s'écria Silk en regardant par-dessus son épaule.

Sans réfléchir, Garion déchaîna son pouvoir sur le petit point qui fondait vers eux. Il éprouva une sensation étrange, comme si deux vagues d'énergie s'étaient élevées de chaque côté de lui au même instant. La flèche vola en éclats.

Belgarath tira sur ses rênes.

— Vous ne pouvez pas me lâcher un peu le coude, tous les deux ? ragea-t-il.

— Enfin, Père, je voulais juste t'éviter de te fatiguer, répondit fraîchement tante Pol. Et je suis sûre que Garion pense comme moi.

— Vous ne pourriez pas discuter de ça un peu plus tard ? suggéra Silk en jetant par-dessus son épaule un coup d'œil inquiet à la falaise qui les dominait de toute sa hauteur.

Ils repartirent à vive allure dans les longues herbes brunes qui flagellaient les pattes de leurs chevaux. D'autres flèches se mirent à tomber, de plus en plus loin derrière eux au fur et à mesure qu'ils s'éloignaient. Lorsqu'ils furent à quelques centaines de toises de la paroi abrupte, les flèches s'abattaient du sommet de la falaise en une pluie serrée, sifflante.

— Ils ont de la suite dans les idées, hein ? observa Silk.

— C'est une caractéristique de la noble race murgo, remarqua Barak. De vraies têtes de lard.

— Maintenez l'allure ! ordonna Belgarath en prenant la tête. Ils vont bien finir par dénicher une catapulte.

— Ils font descendre des cordes le long de la falaise, annonça Durnik. Dès que les premiers seront en bas, ils éteindront le feu et ils commenceront à faire venir les chevaux.

— Ça leur aura tout de même fait perdre pas mal de temps, commenta Belgarath.

Le crépuscule gagnait la plaine d'Algarie, se substituant aux sinistres nuages qui obscurcissaient le ciel depuis plusieurs jours. Ils poursuivirent leur route à un train d'enfer.

Garion regarda plusieurs fois en arrière sans cesser d'avancer. Il ne tarda pas à repérer des petits points lumineux en mouvement au pied de la muraille de pierre.

— Ils sont arrivés en bas, Grand-père, déclara-t-il. On voit leurs torches.

— Ça devait arriver.

Il était près de minuit lorsqu'ils atteignirent l'Aldur, noire et huileuse entre ses rives blanches de givre.

— Quelqu'un a une idée de la façon dont nous allons trouver le gué dans le noir ? demanda Durnik à la cantonade.

— Je m'en charge, décréta Relg. Il ne fait pas si noir que ça pour moi. Attendez-moi ici.

— Là, nous marquons peut-être un point, remarqua Silk. Nous allons traverser alors que les Murgos vont patauger de ce côté-ci pendant la moitié de la nuit. Nous aurons des lieues d'avance quand ils réussiront à passer.

— Je comptais bien un peu là-dessus, répondit Belgarath d'un petit ton supérieur.

Relg revint au bout d'une demi-heure.

— Ce n'est pas loin, annonça-t-il.

Ils remontèrent en selle et longèrent la rivière à contre-courant dans la froidure de la nuit, puis ils entendirent le murmure caractéristique de l'eau courant sur les pierres.

— C'est tout droit, indiqua Relg.

— Vous ne trouvez pas un peu dangereux de passer le gué dans le noir, comme ça ? objecta Barak.

— Il ne fait pas si noir que ça, répéta Relg. Suivez-moi.

Il remonta encore le courant sur une centaine de toises, puis il talonna son cheval et l'engagea avec assurance dans l'eau miroitante.

Garion sentit sa monture broncher en entrant dans les flots glacés. Durnik le suivit en encourageant de la voix les chevaux de bât maintenant soulagés de leur fardeau.

La rivière n'était pas profonde mais très large : elle faisait près d'un quart de lieue à cet endroit. Ils sortirent du gué trempés jusqu'aux genoux.

— La fin de la nuit promet d'être agréable, observa Silk en secouant une de ses chaussures pleine d'eau.

— Tu devrais être content d'avoir mis la rivière entre Taur Urgas et toi, plaida Barak.

— Ça éclaire un peu la situation, évidemment.

Mais ils n'avaient pas fait un quart de lieue que le palefroi de Mandorallen s'écroulait avec un petit cri de détresse. Le chevalier vida les étriers et tomba dans l'herbe à grand fracas tandis que son immense cheval se débattait, lançant ses jambes devant lui dans un effort désespéré pour se relever.

— Qu'est-ce qui lui prend ? pesta Barak.

Derrière eux, l'un des chevaux de bât s'effondra à son tour en poussant un hennissement de douleur.

— Enfin, Durnik, que se passe-t-il ? appela Garion d'une voix stridente.

— C'est le froid, expliqua Durnik en mettant précipitamment pied à terre. Nous les avons poussés jusqu'aux limites de leurs forces et le froid s'est mis dans leurs muscles quand nous leur avons fait traverser la rivière.

— Qu'allons-nous faire ?

— Il va falloir les bouchonner avec des lainages.

— Comme si nous avions le temps, protesta Silk.

— C'est ça ou continuer à pied, affirma Durnik en retirant sa grosse houppelande de laine et en se mettant à frotter vigoureusement les jambes de son cheval.

— Nous pourrions peut-être faire du feu ? suggéra Garion en se laissant glisser à terre à son tour et en commençant à frictionner sa monture frémissante.

— Il n'y a rien à brûler dans le coin, objecta Durnik. Ce n'est que de la prairie, à perte de vue.

— Sans compter qu'on ferait aussi bien d'allumer un phare à l'attention de tous les Murgos à dix milles à la ronde, ajouta Barak en massant les jambes de son cheval gris.

Ils s'activèrent le plus vite possible, mais le temps que le cheval de Mandorallen et leurs autres montures soient à nouveau sur pied, les premières lueurs de l'aube effleuraient déjà le ciel.

— Ils ne sont pas en état de galoper, déclara Durnik d'un ton sombre. Nous ne devrions même pas les monter.

— Durnik, je sens déjà le souffle humide de Taur Urgas sur ma nuque ! objecta Silk.

— Ils ne tiendront pas une lieue si nous les mettons au galop, répéta obstinément le forgeron. Ils sont au bout du rouleau.

Ils repartirent au pas. Même à cette allure, Garion sentait son cheval trembler sous lui. Ses compagnons se retournaient sans cesse pour scruter les ombres qui reculaient dans la plaine, de l'autre côté du fleuve. En arrivant au sommet de la première rangée de collines, ils distinguèrent dans le clair-obscur de la prairie des formes en mouvement. Puis, comme la lumière triomphait des ténèbres, ils virent une armée de Murgos se diriger vers la rivière. Les étendards noirs de Taur Urgas en personne claquaient au vent, au beau milieu.

Les Murgos déferlaient dans la plaine, telles des vagues immenses qui seraient venues lécher la rive du fleuve. Bientôt, des éclaireurs à cheval partirent à la recherche du gué. La majeure partie de l'armée de Taur Urgas était encore à pied, mais des paquets de chevaux arrivaient de l'arrière, au fur et à mesure que les autres leur faisaient descendre l'étroite faille dévalant l'A-pic.

Silk se tourna vers Belgarath comme les premières unités pataugeaient dans le gué.

— Alors ? l'interpella le petit homme, l'air anxieux.

— Eh bien, pour commencer, nous allons descendre de là. Je ne pense pas qu'ils nous aient encore repérés, mais c'est une question de minutes, je le crains.

Ils gagnèrent une petite vallée nichée au creux des collines. Le vent commençait à chasser les nuages qui bouchaient le ciel depuis plus d'une semaine, et des taches claires, d'un bleu glacial, apparurent avant même le lever du soleil. Ils mirent tous pied à terre.

— A mon avis, commença Belgarath, il va garder le gros de ses troupes de l'autre côté en attendant les chevaux. Il les fera traverser au fur et à mesure que leurs montures arriveront, et ils se déploieront pour partir à notre recherche.

— En tout cas, c'est ce que je ferais à leur place, approuva Barak.

— Il vaudrait mieux les tenir à l'œil, suggéra Durnik en remontant vers le sommet de la colline. Je vous préviens s'ils font quoi que ce soit.

Belgarath faisait les cent pas, perdu dans ses pensées, les mains nouées dans le dos, le visage courroucé.

— Ça ne se passe pas du tout comme prévu, déclara-t-il enfin en se mâchouillant la lèvre inférieure. Je n'avais pas pensé que les chevaux allaient nous jouer ce mauvais tour.

— Il n'y a pas un endroit où on pourrait se cacher ? suggéra Barak.

Belgarath écarta sa proposition d'un mouvement de menton.

— Dans l'herbe ? Il n'y a pas un rocher, une grotte ou un arbre à des lieues à la ronde, et je ne vois pas comment nous pourrions faire disparaître les traces de notre passage dans cette saleté, fulmina-t-il en flanquant un coup de pied dans les hautes herbes. Ça commence à sentir le roussi. Nous sommes livrés à nous-mêmes avec des chevaux fourbus, et le premier endroit où nous pouvons espérer trouver de l'aide, c'est le Val. Je me demande si nous ne devrions pas prendre par le sud et essayer d'y arriver. Nous n'en sommes pas si loin.

— Ça veut dire quoi, « pas si loin » ? releva Silk.

— Une dizaine de lieues.

— Une journée de marche, Belgarath ! Je doute fort que nous ayons un avenir aussi long devant nous.

— Nous serons peut-être obligés de traficoter un peu le temps, admit Belgarath. Je n'aime pas beaucoup ça, mais s'il n'y a pas moyen de faire autrement

Un grondement distant retentit vers le nord. Le petit garçon leva la tête et regarda tante Pol en souriant.

— Mission ? s'informa-t-il.

— Oui, mon petit chou, répondit-elle distraitement.

— Pol, tu ne captes pas trace des Algarois dans les parages ? risqua Belgarath.

Elle hocha la tête en signe de dénégation.

— Je dois être trop près de l'Orbe, Père. Je reçois un écho qui brouille tout à plus d'une demi-lieue à la ronde.

— Elle a toujours fait beaucoup de bruit, ronchonna-t-il.

— Parle-lui, Père, suggéra-t-elle. Elle t'écoutera peut-être.

Il lui jeta un regard noir qu'elle lui retourna avec un calme imperturbable.

— Je me passerais de ce genre de commentaire, Fille, vociféra-t-il enfin.

Le grondement sourd se fit entendre à nouveau, au sud, cette fois.

— Ce n'est tout de même pas le tonnerre à cette époque de l'année ? s'étonna Silk.

— Cette plaine génère un climat particulier, commenta Belgarath. D'ici à la Drasnie, il n'y a que de l'herbe, sur huit cents lieues.

— Alors, insista Barak. Qu'est-ce qu'on fait ? On tente de gagner le Val ?

— Nous n'avons pas le choix, répliqua le vieil homme.

Durnik redescendit la colline.

— Ils traversent la rivière, annonça-t-il, mais ils n'ont pas encore commencé à se disperser. On dirait qu'ils attendent d'être assez nombreux pour entreprendre les recherches.

— Pouvons-nous pousser un peu les chevaux sans trop de dégât ? l'interrogea Silk.

— Oh, guère, répondit le forgeron. Il vaudrait mieux les ménager jusqu'à ce que nous soyons absolument obligés de leur faire sortir ce qu'ils ont encore dans le ventre. Si nous avançons disons une heure en les tenant par la bride, nous pourrons peut-être les mettre au petit galop sur de courtes distances.

— Nous allons longer la crête par-derrière, décréta Belgarath en prenant les rênes de son cheval. Comme cela, nous resterons à l'abri sans perdre Taur Urgas de vue.

Il leur fit emprunter une ligne oblique par rapport au vallon.

Le vent soufflait inlassablement sur la prairie, dispersant les lambeaux déchiquetés des nuées. Le froid glacial, impitoyable, qui les avait transis sur les hauts plateaux de Cthol Murgos et du Mishrak ac Thull, épargnait l'interminable ennui de la plaine algaroise, mais il faisait encore frisquet. Garion, qui traînait son cheval épuisé derrière lui, referma sa cape autour de lui en frissonnant.

Il y eut un nouveau coup de tonnerre, plus bref. Perché sur le cheval de tante Pol, le petit garçon éclata de rire.

— Mission ! décida-t-il.

— Il va nous les brouter longtemps comme ça ? râla Silk.

De temps en temps, sans cesser d'avancer, ils regardaient par-dessus le faîte de la colline. Loin au-dessous d'eux, dans l'immense vallée de l'Aldur, les Murgos passaient le gué par groupes de plus en plus importants. La moitié de l'armée de Taur Urgas avait maintenant atteint la rive occidentale, et la bannière rouge et noir du roi des Murgos flottait, tel un vivant défi, sur le sol Algarois.

— S'ils continuent à débarquer à ce rythme-là, ça va être coton pour les déloger, gronda Barak en lorgnant le spectacle d'un air mauvais.

— Je sais, fit Belgarath. C'est justement ce que je tenais à éviter. Nous ne sommes pas prêts à faire la guerre en ce moment.

L'énorme boule rouge du soleil surgit majestueusement au-dessus de l'A-pic oriental, teintant le ciel de corail et baignant d'une lumière crue les Murgos qui pataugeaient dans la rivière.

— M'est avis qu'il va attendre le grand jour avant de lancer ses hommes à nos trousses, supputa Mandorallen.

— Ce qui ne nous laisse pas beaucoup de répit, acquiesça Barak en observant la bande de clarté qui avançait lentement mais sûrement dans la vallée et effleurait maintenant la colline derrière laquelle ils avançaient. Nous n'avons sûrement guère plus d'une demi-heure devant nous. Au point où en sont les choses, je pense que tout dépend de nos chères montures. Peut-être qu'en changeant de cheval à chaque lieue nous arriverons à aller un peu plus loin.

Le grondement qui leur parvint alors n'était pas celui du tonnerre. Il faisait trembler le sol, du nord au sud.

Alors, tel un flot impétueux déchaîné par la rupture d'un énorme barrage, leur terrible cri de guerre déchirant les cieux, les clans des Algarois surgirent des collines entourant la vallée de l'Aldur, déferlèrent sur les Murgos sidérés, massés le long des berges du fleuve, et s'abattirent comme des hordes de loups sur l'armée divisée de Taur Urgas.

Un cavalier isolé s'écarta de la charge prodigieuse et, gravissant la colline, fonça, sabre au clair, vers Garion et ses amis. Les premiers rayons du soleil levant arrachaient des éclairs à sa lame. Comme le guerrier se rapprochait, Garion reconnut la longue queue de cheval flottant derrière le crâne de l'homme, et une immense vague de soulagement s'empara de lui. C'était Hettar. Ils étaient sauvés.

— Où étiez-vous ? tonna Barak dès que l'Algarois au visage de faucon fut à portée de voix.

— Nous observions la situation, répondit calmement Hettar en retenant sa monture. Nous avons préféré attendre un peu que les Murgos s'éloignent de l'A-pic afin de leur couper toute retraite. Mon père m'a envoyé voir comment vous alliez.

— Trop aimable, railla Silk. Il ne vous serait pas venu à l'idée de nous informer que vous étiez dans les parages ?

— Nous voyions bien que vous n'étiez pas en difficulté, rétorqua Hettar avec un haussement d'épaules, avant de braquer un regard critique sur les chevaux épuisés. Dites donc, vous ne les avez pas ménagés, ajouta-t-il d'un ton accusateur.

— Nous étions un peu pressés, s'excusa Durnik.

— Alors, Belgarath, vous avez l'Orbe ? questionna le grand bonhomme en tournant un regard avide vers la rivière où s'amorçait un combat d'une rare violence.

— Ça n'a pas été tout seul, mais nous avons réussi, acquiesça le vieux sorcier.

— Parfait. Je vais le dire à Cho-Hag. Vous voulez bien m'excuser ?

Il tourna bride, le visage crispé dans une expression farouche, puis il s'arrêta comme s'il avait oublié quelque chose.

— Au fait, dit-il à Barak, félicitations.
— Pour quoi ? s'étonna le gaillard.
— Pour votre fils.
— Hein ? s'exclama Barak, sidéré. Quoi ? Comment ?
— Oh ! comme d'habitude, j'imagine !
— Non, je veux dire : comment le savez-vous ?
— Ah ! Anheg nous a fait passer le message.
— Quand est-il né ?
— Il y a quelques mois.

Hettar jeta un coup d'œil impatient vers la bataille qui faisait rage des deux côtés du fleuve et jusqu'au milieu du gué.

— Il faut vraiment que j'y aille, déclara-t-il. Si je ne me dépêche pas, il ne va plus m'en rester.

Il enfonça les talons dans les flancs de sa monture et dévala la colline à bride abattue.

— Il n'a pas changé, commenta Silk.

Barak était resté pétrifié, un sourire béat inscrit sur sa grosse face envahie par les poils roux.

— Félicitations, Messire, le congratula Mandorallen avec une franche poignée de main.

Le sourire de Barak s'élargit encore un peu.

Il apparut très vite que les Murgos encerclés étaient dans une situation critique. Son armée coupée en deux par la rivière, Taur Urgas était dans l'incapacité absolue de tenter ne fût-ce qu'une retraite en bon ordre. Les hommes qui avaient traversé le fleuve furent très vite submergés par les troupes supérieures en nombre du roi Cho-Hag. Les rares survivants de la brève mêlée plongèrent dans la rivière dans l'espoir de regagner la bannière protectrice du roi des Murgos, mais les guerriers algarois les poursuivirent jusque dans le gué. A une certaine distance en amont, Garion vit même des cavaliers se précipiter dans les eaux glacées et se laisser porter par le courant afin de couper toute retraite aux fuyards. La majeure partie des combats qui se déroulaient dans la rivière était escamotée par les gerbes d'eau soulevées par les sabots des chevaux, mais les corps qui flottaient vers l'aval témoignaient de la sauvagerie des affrontements.

L'espace d'un bref instant, la bannière rouge et noir de Taur Urgas brava l'enseigne bordeaux et blanc du roi Cho-Hag, mais elles se trouvèrent rapidement séparées.

— Dommage, commenta Silk. Ç'aurait pu fournir matière à une rencontre intéressante. Il y a tant d'années que Cho-Hag et Taur Urgas se vouent une haine cordiale.

Le roi des Murgos parvint à faire demi-tour, regagna la rive orientale, rallia ses troupes encore viables et repartit ventre à terre vers l'A-pic, poursuivi par les Algarois. Mais pour la majeure partie de ses hommes, il n'y avait pas d'issue possible. Leurs chevaux n'avaient pas encore descendu l'étroite ravine menant à la plaine, et ils se défendaient à pied. Les clans d'Algarie fondirent sur eux par vagues entières, dans la gloire du petit matin. Assourdis par la distance, des cris d'horreur montèrent vers Garion. Il se détourna, écœuré, incapable de contempler plus longtemps cette boucherie.

Debout tout près de tante Pol, sa petite patte dans la sienne, le petit garçon regarda gravement Garion.

— Mission, déclara-t-il avec une triste conviction.

A la mi-journée, la bataille n'était plus qu'un souvenir. Taur Urgas avait pris la fuite avec les vestiges de son armée en capilotade et remonté la ravine. Le dernier des Murgos abandonnés sur la rive opposée avait rendu l'âme.

— Pour une belle bataille, c'était un belle bataille, commenta Barak d'un ton très professionnel en contemplant les cadavres qui jonchaient les deux berges de la rivière et flottaient mollement en aval du gué.

— La technique de nos cousins Algarois est au-dessus de tout éloge, renchérit Mandorallen. Il faudra un moment à Taur Urgas pour se remettre de la leçon de ce matin.

— Je donnerais cher pour voir sa tête en ce moment, s'esclaffa Silk. Il doit avoir l'écume à la bouche.

Etroitement entouré par sa garde personnelle, le roi Cho-Hag remonta la colline au galop vers eux, son étendard flottant triomphalement au vent, les plaques d'acier qui couvraient sa tunique de cuir noir étincelant au soleil.

— Intéressante matinée, déclara-t-il dans un euphémisme typiquement algarois tout en retenant sa monture. Merci de nous avoir apporté tous ces Murgos.

— Tu vois, Barak, remarqua Silk, il n'y en a pas un pour racheter l'autre.

Le roi des Algarois mit doucement pied à terre avec un sourire rayonnant. Ses pauvres jambes semblaient prêtes à céder, et il se cramponnait à sa selle pour les soulager de son poids.

— Comment cela s'est-il passé à Rak Cthol ? s'informa-t-il.

— Ça a fait du barouf, assura Belgarath.

— Ctuchik allait bien ?

— Moyennement. Mais nous lui avons administré le traitement adapté à son cas. Toute l'affaire s'est terminée par un beau petit tremblement de terre. J'ai bien peur que la majeure partie de Rak Cthol ne soit tombée de son piédestal.

— Comme c'est dommage, ironisa Cho-Hag avec un bon sourire.

— Où est passé Hettar ? s'étonna Barak.

— J'imagine qu'il fait un brin de conduite aux Murgos. Leur arrière-garde étant coupée du reste de l'armée, ils doivent chercher un endroit où se terrer.

— Il n'y a pas beaucoup de cachettes dans cette plaine, n'est-ce pas ? reprit Barak.

— Aucune, vous voulez dire, confirma plaisamment le roi des Algarois.

Une douzaine de chars surgirent au sommet d'une colline, non loin de là, et s'avancèrent à travers les hautes herbes brunes. C'étaient des voitures fermées, des sortes de maisons sur roues, dotées d'un toit et de fenêtres étroites. Un petit escalier menait à la porte, derrière. On aurait dit une ville en marche, songea Garion.

— Hettar en a sûrement pour un moment. Et si nous mangions un morceau ? proposa Cho-Hag. Je voudrais faire savoir le plus vite possible à Anheg et Rhodar ce qui s'est passé ici aujourd'hui, et j'imagine que vous avez aussi des choses à leur raconter. Nous pourrons parler de tout cela en déjeunant.

Quelques-unes des voitures avaient été rapprochées les unes des autres et leurs parois abattues de façon à former une salle à manger spacieuse, basse de plafond, chauffée par des braseros. Des bougies venaient ajouter leur lumière à la vive clarté du soleil hivernal qui entrait par les fenêtres.

Ils firent un festin de viande rôtie, arrosé de bière. Garion n'avait pas eu aussi chaud depuis des mois, et il ne tarda pas à se dire qu'il était beaucoup trop couvert. Il tombait de fatigue et i sentait sale — mais il était au chaud et en sécurité. Une ou deux fois il piqua du nez dans son assiette, et il faillit s'endormir pour de bon pendant que Belgarath racontait leur évasion au roi d'Algarie.

Mais quelque chose alerta Garion dans le récit du vieil homme. Il s'exprimait avec une exaltation inhabituelle, en s'emmêlant un peu la langue, et donnait l'impression de ne pas avoir les yeux en face des trous — des yeux qui brillaient d'ailleurs d'un éclat un peu trop vif.

— Alors comme ça, Zedar a pris la poudre d'escampette, disait Cho-Hag. C'est le seul point noir dans toute l'affaire.

— Zedar n'est pas un problème, rétorqua Belgarath avec un petit sourire hébété.

Il avait une drôle de voix, pas très assurée. Le roi Cho-Hag le dévisagea avec étonnement.

— Vous avez eu une année mouvementée, Belgarath, commenta-t-il.

— Une sacrée année, oui !

Le sorcier leva sa chope de bière avec un sourire. Sa main tremblait violemment. Il la regarda d'un air stupéfait.

— Tante Pol ! s'écria Garion, alarmé.

— Ça va, Père ?

— Mais oui, Pol, très bien.

Il lui dédia un vague sourire en clignant des yeux comme une chouette, se leva d'un bloc et s'approcha d'elle en traînant la jambe. Puis ses yeux se révulsèrent et il s'effondra tel un bœuf frappé par un merlin.

— Père ! s'écria tante Pol en bondissant près de lui.

Garion s'agenouilla précipitamment de l'autre côté du vieillard inconscient.

— Qu'est-ce qui lui arrive ?

Tante Pol ne répondit pas. Penchée sur le vieil homme, elle lui tâta le front puis le poignet, cherchant son pouls, puis elle lui souleva une paupière et scruta son œil blanc, aveugle.

— Durnik ! appela-t-elle. Mon sac à herbes. Vite !

Le forgeron fonça vers la porte.

Le roi Cho-Hag se releva à demi, le visage d'une pâleur mortelle.

— Il n'est pas

— Non, le rassura-t-elle d'une voix tendue. Mais sa vie ne tient qu'à un fil.

— Il a été attaqué par quelque chose ? s'inquiéta Silk.

Le petit homme s'était levé, la main sur sa dague, et ses yeux parcouraient fébrilement la salle.

— Non. Ce n'est pas cela. J'aurais dû m'en douter et le surveiller, se gourmanda-t-elle en palpant la poitrine de son père. Quel vieux fou, orgueilleux et têtu !

— Je t'en prie, tante Pol, gémit Garion, désespéré. Qu'est-ce qu'il a ?

— Il ne s'est jamais vraiment remis de son combat contre Ctuchik, expliqua-t-elle. A force de faire appel à son pouvoir, il s'est complètement vidé. Et puis ces rochers, dans la ravine Mais il ne veut jamais rien entendre. Et voilà ! Maintenant, il a épuisé son énergie vitale, et c'est à peine s'il a encore la force de respirer.

Garion avait glissé ses genoux sous la tête de son grand-père pour lui faire comme un oreiller.

— Garion, aide-moi !

Il comprit sans qu'elle ait besoin de parler. Il lui tendit la main en bandant son esprit et se sentit aussitôt envahi par le rugissement familier.

Elle regardait le visage du vieil homme avec intensité, les prunelles agrandies par l'angoisse.

— Encore !

Elle préleva à nouveau les forces qu'il s'était empressé de rassembler.

— Que faisons-nous ? demanda Garion d'une voix stridente.

— Nous essayons de remplacer une partie de l'énergie qu'il a perdue. Avec un peu de chance Vite, Durnik ! s'écria-t-elle en jetant un coup d'œil vers la porte.

Durnik revint en courant vers elle.

— Ouvrez mon sac, ordonna-t-elle. Donnez-moi la petite fiole noire. Celle qui est scellée au plomb. Et une paire de pincettes métalliques.

— Voulez-vous que je l'ouvre, Dame Pol ? proposa le forgeron.

— Non. Brisez juste le sceau — en faisant bien attention. Et donnez-moi un gant, de cuir, de préférence.

Sans un mot, Silk tira un gantelet de cuir de sa ceinture et le lui tendit. Elle l'enfila, ouvrit le flacon noir, fouilla à l'intérieur avec la pince et en retira avec d'infinies précautions une feuille verte, huileuse.

— Ouvre-lui la bouche, Garion.

Garion introduisit ses doigts entre les dents serrées de Belgarath et lui écarta doucement les mâchoires. Tante Pol tira sur la lèvre inférieure de son père, plongea la feuille luisante à l'intérieur de sa bouche et lui effleura doucement la langue avec, une seule et unique fois.

Belgarath fut agité d'un spasme violent. Ses pieds raclèrent le sol, ses muscles se crispèrent et ses bras se mirent à battre l'air.

— Tenez-le bien, commanda tante Pol.

Elle s'écarta vivement d'eux en prenant bien garde à ne pas les effleurer avec la feuille tandis que Mandorallen et Barak bondissaient sur Belgarath et maintenaient son corps agité de soubresauts.

— Donnez-moi un bol, ordonna-t-elle. Un bol de bois.

Durnik lui tendit l'objet demandé. Elle y déposa la feuille et les pinces, puis elle retira son gant avec beaucoup de soin et le posa par-dessus.

— Emportez ça, demanda-t-elle au forgeron. Et ne touchez le gant sous aucun prétexte.

— Que dois-je en faire, Dame Pol ?

— Emmenez tout ça dehors et brûlez-le — le bol et ce qu'il contient. Et ne laissez personne approcher de la fumée.

— C'est si dangereux que ça ? s'étonna Silk.

— Et pire encore, mais ce sont toutes les précautions que nous pouvons prendre ici.

Durnik ravala sa salive et quitta la voiture en tenant le bol comme si c'était un serpent venimeux.

Tout en observant Belgarath avec attention, Polgara prit un petit mortier, un minuscule pilon, et commença à réduire en poudre des herbes extraites de son sac.

— A combien sommes-nous de la Forteresse, Cho-Hag ?

— Avec un bon cheval, un homme pourrait y arriver en une demi-journée, répondit le roi des Algarois.

— Et en voiture — une voiture menée avec précaution, afin d'éviter les secousses ?

— Deux jours.

A cette réponse, elle fronça les sourcils.

— Enfin, nous n'avons pas le choix, conclut-elle sans cesser de piler ses herbes. Hettar pourrait-il porter un message à la reine Silar ? Il faudrait lui dire que nous aurons besoin d'une chambre chauffée, bien éclairée, avec un bon lit et pas de courants d'air. Durnik, je voudrais que vous conduisiez la voiture. Pas de cahots, même si nous devons y passer une heure de plus.

Le forgeron hocha la tête.

— Il va s'en sortir, hein ? fit Barak d'une voix altérée.

Il était encore sous le choc provoqué par l'effondrement de Belgarath.

— Il est encore trop tôt pour le dire, répondit-elle, une main posée sur la poitrine de son père. Il y a peut-être deux jours qu'il a atteint le point de rupture, mais il n'a pas voulu dételer. Je pense que le pire est passé, mais il n'est pas à l'abri d'une nouvelle crise. Mettez-le au lit — doucement. Et tendez un écran autour de lui ; des couvertures, ce sera parfait. Il lui faut du calme, pas de courants d'air et surtout aucun bruit.

Ils la regardaient en ouvrant de grands yeux, comme pénétrés de la portée de ses instructions.

— Allons, Messieurs, reprit-elle fermement. Sa vie dépend peut-être de notre rapidité d'action.

CHAPITRE VI

La voiture se traînait à une lenteur désespérante. Les nuages hauts, ténus, étaient revenus voiler le soleil, et un ciel de plomb, sans chaleur aucune, pesait sur la morne plaine du sud de l'Algarie. Epuisé, la tête lourde, Garion tournait en rond, le cœur étreint par une angoisse mortelle. Il ne pouvait détacher ses yeux de tante Pol penchée sur Belgarath, toujours inconscient. Pas question de dormir. Une nouvelle crise pouvait se produire à tout moment ; il devait se tenir prêt à intervenir, à joindre ses forces et le pouvoir de son amulette à ceux de sa tante. Sagement assis dans un fauteuil à l'autre bout de la voiture, Mission tenait gravement la bourse que Durnik lui avait faite. Le bourdonnement de l'Orbe résonnait toujours, assourdi mais incessant, aux oreilles de Garion. Des semaines avaient passé depuis leur départ de Rak Cthol, et il s'y était maintenant presque habitué. Mais dans les moments de calme, ou quand il était fatigué, le chant semblait revenir dans toute sa force, lui procurant une sorte de réconfort.

Tante Pol tendit la main et palpa la poitrine de Belgarath.

— Ça ne va pas ? chuchota âprement Garion.

— Mais si, Garion, ça va, répondit-elle calmement. Et je t'en prie, arrête de me demander ça chaque fois que je lève le petit doigt. Si quelque chose ne va pas, je te le dirai.

— Excuse-moi. Je suis inquiet, c'est tout.

Elle se redressa et braqua sur lui son regard inflexible.

— Tu devrais prendre Mission et monter sur le haut de la voiture, avec Silk et Durnik.

— Et si tu as besoin de moi ?

— Je t'appellerai, mon chou.

— J'aimerais mieux rester, Tante Pol.

— Et moi, j'aimerais autant pas. Je t'appellerai si j'ai besoin de toi.

— Mais…

— *Garion !…*

Garion savait qu'il était inutile de discuter. Il prit Mission par la main et l'aida à gravir l'échelle menant sur le toit de la voiture.

— Comment ça va ? demanda Silk.

— Comment veux-tu que je le sache ? Elle m'a fichu dehors, répondit un peu aigrement Garion.

— C'est peut-être bon signe, tu sais.

— Mouais.

Garion jeta un coup d'œil sur les environs. Une rangée de collines s'étirait vers l'ouest, dominée par un immense amas de pierres.

— Regarde, Garion, indiqua Durnik en tendant le doigt. La Forteresse d'Algarie.

— Déjà ? s'étonna Garion.

— Tu veux rire, nous en sommes encore à une bonne journée.

— Ça doit être drôlement haut, dis donc.

— Au moins quatre ou cinq cents pieds, confirma Silk. Elle a été édifiée pierre à pierre par les Algarois. Ils y ont passé des milliers d'années. Ça leur faisait une occupation quand les juments avaient fini de pouliner.

Barak s'approcha à cheval.

— Comment va Belgarath ? s'informa-t-il.

— Moi, je trouve qu'il va un petit peu mieux, répondit Garion. Mais je ne suis pas spécialiste.

— C'est déjà quelque chose. Vous feriez mieux d'éviter de passer par-là, reprit-il à l'attention de Durnik en tendant le doigt vers une sorte de couloir entre deux collines. D'après le roi Cho-Hag, le sol serait un peu rocailleux.

Mission, qui avait suivi le déroulement des opérations depuis le toit de la voiture, descendit vivement à terre et fila le long des pattes des chevaux.

— Rattrape-le, Garion, dit tante Pol. Je crois qu'il vaudrait mieux que je le garde près de moi jusqu'à ce que nous soyons dans la Forteresse.

Garion se précipita derrière le petit garçon, effrayant le poulain qui détala de toute la vitesse de ses petites pattes. Mission lui courut après en poussant des gloussements de joie.

— Mission ! appela Garion.

Tout à coup, le poulain se retourna et se cabra en battant l'air de ses sabots, juste au-dessus de l'enfant. Mission ne s'en émut pas un instant. Il resta planté, tout souriant, devant l'animal. Surprise, la petite bête freina des quatre fers et s'arrêta net. L'enfant éclata de rire et tendit la main. Le poulain ouvrit de grands yeux et renifla sa petite patte avec curiosité. Mission en profita pour lui caresser le nez.

Garion eut l'impression qu'un son étrange, comme un tintement de cloche, retentissait dans un recoin de son esprit. Ce n'était pas la première fois qu'il entendait ce bruit.

— *Voilà,* murmura sa voix intérieure, avec une curieuse satisfaction.

— *Ça veut dire quoi, ça ?* demanda silencieusement Garion.

Il ne devait pas recevoir de réponse. Haussant les épaules, il ramassa Mission pour lui éviter de se faire percuter par le poulain et repartit vers la voiture. L'animal les regarda comme s'il n'en croyait pas ses yeux, puis il trottina derrière eux en flairant l'enfant et en le bourrant de coups de nez. Garion tendit le petit garçon à tante Pol sans un mot et la regarda bien en face. Elle ne dit rien, mais quelque chose dans son expression lui confirma sans ambiguïté qu'un événement majeur venait de se produire.

Il s'apprêtait à remonter en selle quand il se sentit observé. Il se retourna vivement vers l'escorte de la reine Silar. Juste derrière celle-ci, une grande jeune fille aux longs cheveux bruns, presque noirs, braquait sur Garion le regard calme, grave, de ses yeux gris. Elle flatta l'encolure de son cheval rouan qui piaffait nerveusement, le calma d'une parole apaisante et releva la tête pour contempler à nouveau Garion. Il eut le sentiment étrange que son visage ne lui était pas inconnu.

Durnik donna une secousse aux rênes pour faire repartir l'attelage, et la voiture s'ébranla en grinçant à la suite du roi Cho-Hag et de la reine Silar. Ils entrèrent dans la Forteresse par un étroit portail. Garion se rendit tout de suite compte qu'il n'y avait aucun bâtiment à l'intérieur. Le prodigieux édifice n'était qu'un labyrinthe de murailles de pierre d'une vingtaine de pieds de hauteur qui tournaient et viraient sans plan apparent.

— Mais où se trouve la cité, Votre Majesté ? l'interrogea Mandorallen, perplexe.

— Dans l'épaisseur des murs, expliqua le roi Cho-Hag. Nous ne manquons pas de place. Ils sont si hauts et épais !

— Quelle est la raison de tout ceci ?

— C'est un traquenard, répondit le roi en haussant les épaules. Nous laissons les assaillants franchir les portes et nous leur réglons leur compte à l'intérieur. Suivez-moi.

Il leur fit emprunter un étroit passage et ils mirent pied à terre dans une cour, le long de la vaste muraille. Barak et Hettar firent glisser les loquets, abattant la paroi de la voiture. Le grand Cheresque observa Belgarath endormi en se tiraillant la barbe d'un air pensif.

— Il vaudrait peut-être mieux le transporter avec sa litière, suggéra-t-il. Ça serait plus confortable pour lui.

— C'est vrai, acquiesça Hettar.

Les deux hommes grimpèrent dans la voiture et soulevèrent le lit du sorcier.

— Ne le secouez pas trop, les avertit Polgara. Et ne le laissez pas tomber, surtout.

— Ne vous en faites pas, Polgara, assura Barak. Nous tenons bon. Je sais que vous ne me croirez pas, mais nous nous en faisons presque autant que vous à son sujet.

Le petit groupe passa sous un porche voûté, suivit un large corridor éclairé par des torches, monta une volée de marches, emprunta un second couloir et gravit un nouvel escalier.

— C'est encore loin ? gémit Barak. Ça pèse son poids, vous savez.

La sueur lui inondait le visage, coulant dans sa barbe.

— Par ici, répondit la reine d'Algarie.

— Il pourra nous dire merci quand il se réveillera, grommela Barak.

La chambre qui avait été attribuée à Belgarath était une vaste pièce bien aérée, chauffée par des braseros rougeoyants disposés à chaque coin. Une grande fenêtre donnait sur le labyrinthe qui serpentait à l'intérieur des remparts de la Forteresse. Un lit à baldaquin et une grande baignoire de bois occupaient deux des murs.

— Ce sera parfait, fit Polgara d'un ton approbateur. Merci infiniment, Silar.

— Oh ! Polgara ! nous l'aimons tant, répondit doucement la reine Silar.

Polgara tira les rideaux, écarta les couvertures, et les hommes déposèrent Belgarath dans son lit avec une telle délicatesse qu'il n'eut pas un frémissement.

— Il a l'air de reprendre un peu le dessus, fit Silk.

— Tout ce dont il a besoin c'est de repos, de sommeil et surtout de calme, commenta Polgara en braquant un regard déterminé sur le visage du vieil homme endormi.

— Nous allons vous laisser avec votre père, Polgara, reprit la reine Silar en se tournant vers les autres. Voulez-vous nous accompagner dans la grande salle ? Nous allons bientôt souper, et je vais faire apporter de la bière en attendant.

Les yeux de Barak s'illuminèrent. Il se dirigeait vers la porte lorsqu'une voix s'éleva dans son dos.

— Dites, Barak. Vous n'oubliez rien ?

Polgara jeta un coup d'œil significatif vers le lit qu'ils avaient utilisé en guise de civière. Barak poussa un soupir ; Hettar vint à sa rescousse.

— Je vais vous faire monter à dîner, Polgara, déclara la reine.

— Merci, Silar.

Ils s'apprêtaient à quitter la pièce lorsque Polgara se tourna vers Garion.

— Reste un instant, mon chou, ordonna-t-elle. Ferme la porte.

Elle tira un fauteuil à côté du lit du vieil homme. Garion referma la porte derrière les autres et revint vers elle.

— Il va vraiment mieux, tante Pol ?

— Je pense que nous avons évité le pire, assura-t-elle en hochant la tête. On dirait qu'il reprend du poil de la bête. Mais je ne m'inquiète pas tant pour sa santé physique que pour ses facultés spirituelles. C'est de cela que je voulais te parler.

Garion se sentit envahi par une crainte mortelle.

— Son esprit ?

— Pas si fort, mon chou, fit-elle calmement sans quitter son père des yeux. Il faut que cela reste strictement entre nous. Pareil épisode peut avoir de très graves séquelles, et il n'y a pas moyen de savoir s'il s'en remettra. Il se pourrait qu'il en sorte gravement diminué.

— Diminué ? Comment cela ?

— Avec des moyens sensiblement limités — réduits à ceux de n'importe quel vieillard. Il a trop tiré sur la corde. Il est allé si loin qu'il ne retrouvera peut-être jamais son pouvoir.

— Tu veux dire qu'il ne serait plus sorcier ?

— Tu as très bien compris, Garion, alors ne radote pas, dit-elle avec lassitude. Si cela se produit, nous devrons, toi et moi, le cacher aux autres — à tout le monde. Le pouvoir de ton grand-père est la seule chose qui a réussi à tenir les Angaraks en échec pendant toutes ces années. S'il en sort amoindri, nous devrons, toi et moi, faire comme si de rien n'était. Nous essaierons même de lui cacher la vérité dans toute la mesure du possible.

— Mais que ferons-nous sans lui ?

— Nous continuerons, Garion, répondit-elle calmement en le regardant droit dans les yeux. Notre tâche est trop importante ; nous n'allons pas y renoncer parce que l'un de nous reste sur le carreau — même si c'est ton grand-père. Nous luttons contre le temps, Garion. Pour l'accomplissement de la Prophétie, nous devons absolument ramener l'Orbe à Riva avant Erastide, et nous avons encore des gens à récupérer.

— Quels gens ?

— La princesse Ce'Nedra, entre autres.

— Ce'Nedra ?

Garion n'avait jamais tout à fait oublié la petite princesse, mais il ne voyait pas pourquoi sa tante Pol tenait tant à ce qu'elle les accompagne à Riva.

— Tu comprendras en temps utile, mon chou. Tout cela fait partie d'une série d'événements qui doivent se produire dans un ordre déterminé, au moment voulu. En général, le présent est déterminé par le passé. Cette fois, la succession des événements est inversée ; c'est le présent qui dépend de l'avenir. Si nous n'agissons pas exactement comme il faut, les choses tourneront différemment, et je doute fort que ça nous plaise.

— Qu'attends-tu de moi ? demanda-t-il, s'en remettant à elle sans réserve.

— Merci, Garion, répondit-elle simplement avec un sourire de reconnaissance. Lorsque tu rejoindras les autres, ils vont te demander comment va mon père. Je veux que tu fasses bonne figure et que tu leur répondes qu'il va bien.

— Tu veux que je mente.

Ce n'était pas une question.

— Aucun endroit au monde n'est à l'abri des espions, Garion, tu le sais comme moi. En dehors de toute autre considération, nous ne pouvons pas nous permettre de laisser soupçonner aux Angaraks que mon père n'est peut-être plus en possession de tous ses moyens. Tu mentiras à en avoir la langue toute bleue s'il le faut. Le destin du Ponant dépend peut-être de la conviction que tu y mettras.

Il la regarda en ouvrant de grands yeux.

— Si cela se trouve, ces précautions se révéleront inutiles, lui assura-t-elle. Il se peut qu'il récupère toutes ses facultés après une ou deux semaines de repos, mais dans le cas contraire, nous devons être prêts à réagir en douceur.

— Il n'y aurait rien à faire ?

— Nous faisons déjà tout ce qui est en notre pouvoir, Garion. Va retrouver les autres, maintenant. Et souris. Souris à en avoir mal aux mâchoires si nécessaire.

Un petit bruit se fit entendre dans un coin de la pièce. Ils se retournèrent d'un bloc. Mission les regardait de ses grands yeux bleus plus graves que jamais.

— Emmène-le avec toi, demanda tante Pol. Fais-le manger, et ne le perds pas de vue.

Garion acquiesça en silence et fit signe au petit garçon. Mission vint vers lui avec son bon sourire confiant, tapota au passage la main de Belgarath toujours inconscient et suivit Garion hors de la pièce.

Une grande fille aux cheveux bruns, presque noirs, les attendait dans le couloir. Garion la reconnut : elle accompagnait la reine Silar quand elle était venue les accueillir devant la Forteresse. Il remarqua qu'elle avait la peau très claire, presque translucide, et des yeux gris, au regard franc.

— L'Immortel va-t-il vraiment mieux ? demanda-t-elle.

— Beaucoup mieux, répondit Garion avec tout l'aplomb dont il était capable. Il sera sur pied en moins de deux.

— Il semble si faible. Si vieux et si fragile.

— Fragile, Belgarath ? s'exclama Garion en se forçant à rire. Il est bâti à chaux et à sable !

— Il a tout de même sept mille ans.

— Ça ne veut rien dire pour lui. Il a cessé de compter les années depuis bien longtemps.

— Tu es Garion, n'est-ce pas ? La reine Silar nous a parlé de toi en rentrant du Val d'Alorie, l'année dernière. Je te voyais plus jeune, je ne sais pas pourquoi.

— J'ai grandi. J'étais beaucoup plus petit l'an dernier.

— Je m'appelle Adara, reprit la jeune fille, finissant les présentations. La reine Silar m'a demandé de te conduire à la Grande Salle. On ne devrait pas tarder à servir le souper.

Garion inclina poliment la tête. En dépit de l'angoisse qui le torturait, il ne pouvait s'empêcher de penser qu'il aurait dû reconnaître cette belle fille calme. Puis Mission leva les yeux vers elle, lui prit la main, et ils suivirent ainsi le couloir éclairé par les torches.

La salle du trône du roi Cho-Hag se trouvait au rez-de-chaussée. C'était une pièce longue et étroite, garnie de fauteuils et de bancs rembourrés entourant des braseros emplis de braises ardentes. Une immense chope de bière dans son énorme poing, Barak décrivait, en l'enjolivant un peu, leur descente du sommet de l'A-pic.

— Nous n'avions pas vraiment le choix, vous comprenez, disait le grand bonhomme. Depuis plusieurs jours déjà, nous sentions l'haleine fétide de Taur Urgas sur notre nuque ; nous avons pris au plus court.

— C'est fou ce qu'on peut être amené à changer ses plans quand les choses ne se passent pas comme prévu, fit Hettar en hochant la tête d'un air entendu. C'est pour cela que nous avions placé des hommes en vue de toutes les passes connues depuis le sommet de l'A-pic.

— Tout de même, je ne peux pas m'empêcher de penser que vous auriez pu vous manifester, répéta Barak, un peu froissé.

— Nous ne pouvions pas courir ce risque, rétorqua Hettar avec un sourire un peu cruel. Les Murgos auraient pu nous voir, et nous n'avions pas envie de les effrayer. Il aurait été vraiment dommage qu'ils battent en retraite, non ?

— Vous n'avez que ça en tête, hein ?

Hettar médita un instant la question.

— Presque, admit-il.

Puis le souper fut annoncé et tout le monde se dirigea vers la longue table dressée à l'un des bouts de la salle. La conversation devint générale et Garion ne fut pas amené à mentir directement au sujet de la terrifiante possibilité évoquée par tante Pol. Après dîner, il s'assit à côté d'Adara et sombra dans une sorte de demi-sommeil brumeux, ne suivant que d'une oreille l'échange de propos.

Il sursauta en entendant du bruit à la porte. Un garde faisait son entrée.

— Le Prêtre de Belar ! annonça-t-il d'une voix de stentor.

Un grand gaillard en robe blanche entra dans la salle d'un pas conquérant, suivi de quatre personnages insolites. Ils étaient vêtus de fourrures hirsutes et avançaient d'une drôle de démarche, comme s'ils étaient secoués par les vagues. Garion reconnut aussitôt les adorateurs de l'Ours. C'était la copie conforme de ceux qu'il avait vus au Val d'Alorie.

— Honneur à Sa Majesté ! tonna l'homme à la robe blanche.

— Honneur à Toi, Cho-Hag, Chef des Chefs de Clan algarois et Gardien des Confins méridionaux de l'Alorie ! entonnèrent ses séides.

— Oui, Elvar, qu'y a-t-il ? demanda le roi Cho-Hag avec un mouvement de tête assez sec.

— Je suis venu congratuler Sa Majesté à l'occasion de Sa grande victoire sur les forces maléfiques du Dieu des ténèbres, déclama le prêtre.

— Bien aimable, rétorqua sobrement Cho-Hag.

— En outre, poursuivit Elvar, j'ai appris que l'on avait introduit un objet sacré dans l'enceinte de la Forteresse d'Algarie. Sans doute Sa Majesté aura-t-Elle à cœur de le remettre entre les mains des prêtres afin qu'ils en assurent la garde.

Alarmé par la suggestion du prêtre, Garion s'apprêtait à se lever, mais il se figea, ne sachant comment formuler son objection. Mais déjà Mission avançait vers Elvar avec son bon sourire confiant. Les nœuds que Durnik avait si soigneusement faits étaient dénoués et l'enfant sortait l'Orbe de sa bourse pour l'offrir au prêtre surpris.

— Mission ? dit-il.

Le prêtre recula craintivement devant l'Orbe, les yeux exorbités, les mains levées au-dessus de sa tête pour éviter de la toucher.

C'est alors qu'une voix moqueuse s'éleva depuis la porte.

— Allez-y, Elvar, fit Polgara. Que celui qui ne

connaît pas le mal dans le secret de son cœur tende la main et prenne l'Orbe.

— Dame Polgara, balbutia le prêtre. Nous pensions que… Enfin…

— Il n'a pas l'air très sûr de lui, insinua sèchement Silk. Peut-être a-t-il des doutes et des réserves sur sa propre pureté. C'est plutôt gênant pour un prêtre, non ?

Elvar le dévisagea, l'air complètement dépassé par les événements, les mains toujours levées au ciel.

— Il faut se garder d'exiger ce qu'on n'est pas prêt à accepter, Elvar, laissa tomber tante Pol.

— Dame Polgara, bafouilla Elvar. Nous pensions que vous étiez tellement occupée par les soins à donner à votre père que…

Il s'interrompit.

— … Que vous alliez pouvoir vous emparer de l'Orbe avant que j'aie le temps de dire « ouf » ? Réfléchissez un peu, Elvar. Vous pensez que je laisserais l'Orbe tomber entre les pattes des adorateurs de l'Ours ? A moins, évidemment, reprit-elle avec un petit sourire indulgent, que vous ne soyez destiné de toute éternité à la détenir. Eh bien, nous allons en avoir le cœur net. Allez-y, tendez la main et prenez-la !

Elvar blêmit et recula craintivement devant Mission.

— Ce sera tout, Elvar, je crois, décréta fermement le roi Cho-Hag.

Le prêtre regarda autour de lui d'un air désemparé, puis il tourna les talons et quitta précipitamment la salle, suivi de ses adorateurs.

— Dites-lui de la ranger, Durnik, demanda Polgara. Et tâchez de faire quelque chose pour ces nœuds.

— Et si je les scellais au plomb ? proposa le forgeron, réfléchissant tout haut. Ça devrait l'empêcher de la rouvrir.

— Ça vaut toujours le coup d'essayer. Mon père a repris connaissance, annonça-t-elle en les parcourant du regard. Je me suis dit que vous seriez contents de le savoir. Le vieux fou est apparemment plus costaud que nous ne pensions.

Tous les sens en éveil, Garion lui jeta aussitôt un

regard pénétrant. Elle ne leur disait peut-être pas tout. Mais son visage calme était rigoureusement impénétrable.

Soulagé, Barak éclata d'un rire énorme et flanqua une claque de bûcheron dans le dos de Hettar.

— Je vous avais bien dit qu'il s'en remettrait, s'exclama-t-il avec exaltation.

Les autres entouraient déjà Polgara, lui demandant des détails.

— Il est réveillé, ajouta-t-elle. Je ne peux pas vous en dire plus pour l'instant — sinon qu'il a retrouvé son amabilité coutumière. Il a déjà commencé à se plaindre que le matelas était rembourré avec des noyaux de pêche, et à réclamer de la bière.

— Je vais lui en faire porter tout de suite, proposa la reine Silar.

— Non, Silar, répondit fermement Polgara. Pas de bière, du bouillon.

— Ça risque de ne pas beaucoup lui plaire, insinua Silk.

— Comme c'est triste, commenta tante Pol d'une voix fruitée.

Elle allait repartir vers la chambre du malade lorsqu'elle se ravisa et braqua un regard ironique sur Garion, assis non loin d'Adara. Il était un peu rassuré mais s'interrogeait toujours sur l'état de Belgarath.

— Je vois que tu as fait la connaissance de ta cousine, observa-t-elle.

— *Hein ?*

— Ne reste pas le bec ouvert, Garion, ça te donne l'air vraiment idiot. Adara est la fille cadette de la sœur de ta mère. Je ne t'ai jamais parlé d'elle ?

Il aurait reçu la Forteresse sur la tête qu'il n'aurait pas été plus ébahi.

— M'enfin, Tante Pol ! s'exclama-t-il, indigné. Comment as-tu pu oublier une chose aussi importante ?

Apparemment aussi surprise que lui, Adara poussa un petit cri étouffé, jeta ses bras autour de son cou et l'embrassa avec chaleur.

— Cher cousin ! s'écria-t-elle.

Garion regarda d'abord sa tante puis sa cousine en passant alternativement du rouge pivoine à une pâleur mortelle, incapable d'articuler un mot ou même d'enchaîner deux pensées cohérentes.

CHAPITRE VII

Après cela, pendant que tante Pol remettait Belgarath sur pied et que les autres se la coulaient douce, Garion et sa cousine ne se quittèrent plus de la journée. Depuis sa plus tendre enfance, Garion se croyait seul au monde, à part tante Pol. Il avait découvert par la suite que sire Loup — Belgarath — était aussi de sa famille, même éloignée. Mais avec Adara, c'était différent. Ils avaient presque le même âge, et ce fut soudain comme si elle comblait le vide dont il avait toujours souffert. Elle prit aussitôt la place de toutes les sœurs, les cousines et les jeunes tantes dont les autres semblaient avoir des flopées et qu'il n'avait jamais eues.

Elle lui fit visiter la Forteresse d'Algarie du haut en bas, et ils se promenaient main dans la main dans les corridors interminables, déserts. Mais le plus clair de leur temps, ils le passaient à parler. Ils s'asseyaient dans un coin tranquille, leurs deux têtes tout près l'une de l'autre, et bavardaient, riaient, échangeaient des confidences et s'ouvraient leur cœur. Garion découvrit en lui une soif d'épanchement insoupçonnée. Les événements de l'année passée l'avaient amené à se replier sur lui-même, et il lâchait la bonde, libérant un torrent de paroles. Et comme il aimait sa grande et belle cousine, il lui confia des choses qu'il n'aurait jamais dites à personne.

Adara répondait à son affection par un sentiment d'une égale sincérité et recueillait ce flot de confidences avec un intérêt qui amenait Garion à se livrer d'autant plus intimement.

— *Vraiment ?* demanda-t-elle par un magnifique après-midi d'hiver.

Ils étaient assis tout en haut de la Forteresse, dans l'embrasure d'une fenêtre d'où le regard plongeait sur l'océan d'herbe brune courant jusqu'à l'infini.

— Tu es *vraiment* sorcier ?

— J'en ai bien peur.

— *Peur ?*

— Ça s'accompagne de problèmes assez horribles, tu sais. Au début, je ne voulais pas le croire, mais des tas de choses se sont produites parce que je voulais qu'elles arrivent, alors j'ai bien dû me rendre à l'évidence.

— Montre-moi, insista-t-elle.

Il regarda un peu anxieusement autour de lui.

— Je crois qu'il vaudrait mieux pas, s'excusa-t-il. Ça fait une sorte de bruit ; tante Pol l'entendrait et, je ne sais pas pourquoi, mais elle n'apprécierait sûrement pas que j'utilise mon pouvoir juste pour épater la galerie.

— Tu n'as pas peur d'elle, tout de même ?

— Ce n'est pas exactement ça. C'est plutôt que je ne veux pas la décevoir. Je vais essayer de t'expliquer. Nous avons eu une terrible dispute, une fois, en Nyissie. Je lui ai dit des choses que je ne pensais pas vraiment, et elle m'a révélé tout ce qu'elle avait enduré pour moi.

Il jeta un coup d'œil mélancolique par la fenêtre, en songeant aux paroles que tante Pol avait prononcées sur le pont fumant du vaisseau de Greldik.

— Tu te rends compte, Adara : elle m'a consacré un millier d'années de sa vie — enfin, à ma famille, mais ça revient au même, en définitive. Par ma faute, elle a dû renoncer à tout ce qui comptait dans sa vie. Tu imagines le genre de contrainte que ça m'impose ? Je sauterais dans un puits si elle me le demandait. Je préférerais me couper un bras que de lui faire encore du mal.

— Tu l'aimes beaucoup, n'est-ce pas, Garion ?

— Ça va au-delà de l'amour. Je ne crois pas qu'il y ait de terme pour décrire le lien qui nous unit.

Adara lui prit la main sans un mot, les yeux pleins d'une admiration affectueuse.

Plus tard, cet après-midi-là, Garion se rendit seul dans la chambre où tante Pol veillait son patient récalcitrant. Au bout de quelques jours de lit, Belgarath supportait de moins en moins sa réclusion forcée. Il avait l'air grognon même quand il somnolait, adossé à une pile d'oreillers sous son baldaquin. Tante Pol ne quittait pas son chevet. Vêtue de son éternelle robe grise, elle faisait voltiger son aiguille sur une tunique de Garion afin de la mettre à la taille de Mission. Le petit garçon, installé non loin de là, la contemplait avec cet air grave qui n'était pas de son âge.

— Comment ça va ? chuchota Garion en regardant son grand-père assoupi.

— Mieux, répondit-elle tout bas en écartant la tunique. Son caractère empire tous les jours. C'est bon signe.

— Il ne t'a pas donné l'impression de retrouver son tu sais quoi ? murmura Garion avec un geste vague.

— Non. Il est sûrement trop tôt.

— Vous ne pourriez pas arrêter un peu de pérorer ? ronchonna Belgarath, les yeux clos. Comment voulez-vous que je dorme si vous passez votre temps à brailler comme ça ?

— Tiens ! Je croyais que tu n'avais pas envie de dormir, railla Polgara.

— C'était avant, décréta-t-il en ouvrant tout grand les yeux. Où étais-tu passé, toi ? lança-t-il à Garion.

— Garion a fait la connaissance de sa cousine Adara, expliqua tante Pol.

— Il aurait tout de même pu venir me voir de temps en temps, se lamenta le vieil homme.

— Comme si c'était drôle de t'écouter ronfler.

— Je ne ronfle pas, Pol.

— Puisque tu le dis, Père, convint-elle sereinement.

— Et ne prends pas ce ton protecteur avec moi.

— Mais non, Père, mais non. Allons, qu'est-ce que tu dirais d'une bonne tasse de bouillon bien chaud ?

— Je ne veux pas de bonne tasse de bouillon bien chaud. Je veux de la viande — de la viande rouge, saignante. Et une grande chope de bière bien forte.

— Sauf que tu ne peux encore avoir ni viande ni bière, Père. Tu auras ce que je déciderai de te donner, et pour le moment, c'est du bouillon et du lait.

— *Du lait ?*

— A moins que tu ne préfères du gruau ?

Le vieil homme lui jeta un regard de bête blessée. Garion quitta la pièce sur la pointe des pieds.

A partir de ce moment-là, Belgarath remonta régulièrement la pente. Quelques jours plus tard, il était sur pied, malgré les protestations véhémentes de Polgara. Garion, qui les connaissait bien tous les deux, avait percé à jour la raison du comportement de sa tante. Elle n'avait jamais été en faveur du repos prolongé, préférant de loin voir ses patients se lever le plus tôt possible, et le meilleur moyen de faire quitter le lit à son père était encore de faire comme si elle voulait le couver. Mais au-delà de cela, les restrictions qu'elle lui imposait étaient conçues et programmées avec une précision mathématique pour l'exaspérer et forcer son esprit à reprendre son activité. Sans rien exiger de lui qu'il ne pût dominer à tout instant, elle amenait sans cesse sa guérison mentale à suivre le rythme de ses progrès physiques. L'habileté consommée avec laquelle elle régissait la convalescence du vieil homme transcendait la simple pratique médicale ; cela participait du domaine de l'art.

Quand Belgarath parut pour la première fois dans la grande salle du roi Cho-Hag, il trottinait, lourdement appuyé au bras de tante Pol. Il leur parut d'une faiblesse terrifiante. Cette impression devait être démentie un moment plus tard, comme la conversation paraissait l'intéresser. Tout à coup, il n'avait plus l'air aussi amoindri. Le vieil homme ne dédaignait pas de faire un peu de théâtre de temps à autre, et il démontra bientôt qu'en dépit de l'adresse de tante Pol à le manipuler, il n'était pas certain qu'elle eût le dessus. Le spectacle de leurs manœuvres était une joie de tous les instants.

Pourtant, la question primordiale demeurait sans réponse. La guérison mentale et physique de Belgarath semblait maintenant acquise, mais il n'avait pas encore eu l'occasion de mettre son pouvoir à l'épreuve. Et Garion savait que cela devrait attendre.

Ils étaient à la Forteresse depuis une semaine peut-être lorsque Adara vint frapper, tôt un matin, à la porte de Garion. Il sut tout de suite que c'était elle.

— Oui ? fit-il à travers la porte, en enfilant précipitamment une chemise et un pantalon.

— Garion, tu aimerais faire un tour à cheval aujourd'hui ? Il y a du soleil et il fait un peu plus chaud.

— Et comment ! acquiesça-t-il aussitôt en s'asseyant pour enfiler les bottes algaroises que lui avait données Hettar. Une minute, je finis de m'habiller !

— Il n'y a pas le feu ! observa-t-elle. Je vais te faire seller un cheval et aller chercher à manger aux cuisines. Il vaudrait peut-être mieux que tu préviennes dame Polgara. On se retrouve dans les écuries à l'ouest.

— Je n'en ai pas pour longtemps, promit-il.

Tante Pol s'entretenait avec Belgarath et le roi Cho-Hag dans la grande salle. La reine Silar était assise non loin d'eux, devant un grand métier à tisser. Ses doigts vifs comme l'éclair faisaient passer une navette entre la chaîne et la trame avec un petit cliquetis parfaitement soporifique.

— Vous aurez du mal à traverser, disait le roi Cho-Hag. L'hiver est toujours très rigoureux dans les monts d'Ulgolande.

— Il doit y avoir un moyen d'éviter cela, répondit Belgarath, nonchalamment vautré dans un profond fauteuil. Nous retournerons à Prolgu comme nous sommes venus, mais il faut que je parle à Relg. Pourriez-vous l'envoyer chercher ?

Cho-Hag adressa un signe de tête à un serviteur et lui dit quelques mots tandis que Belgarath passait négligemment une jambe par-dessus le bras de son fauteuil et s'y enfouissait encore plus profondément. Le vieil homme portait une tunique de douce laine grise, et bien qu'il fût encore tôt, il tenait une chope de bière à la main.

— Tu ne penses pas que tu en fais un peu trop ? fit tante Pol avec un regard appuyé à la chope.

— Il faut bien que je reprenne des forces, Pol, déclara-t-il d'un petit ton innocent, et la bière est bonne pour le sang. Tu as l'air d'oublier que je suis encore pratiquement invalide.

— Je me demande quel pourcentage de ton invalidité est dû au tonneau de bière de Cho-Hag, commenta-t-elle. Tu avais vraiment une sale tête en descendant, ce matin.

— Je me sens déjà beaucoup mieux, lui assura-t-il avec un sourire en ingurgitant une gorgée de bière.

— Je n'en doute pas. Oui, Garion ?

— Adara m'a proposé d'aller faire un tour à cheval avec elle, commença Garion. Je... enfin, elle a pensé qu'il valait mieux te le dire.

La reine Silar lui dédia un gentil sourire.

— Tu me prives de ma dame de compagnie préférée, Garion, déclara-t-elle.

— Je suis désolé, répondit précipitamment Garion. Nous pouvons rester, si vous avez besoin d'elle.

— C'était juste pour te taquiner, fit la reine en riant. Allez-y et amusez-vous bien.

C'est alors que Relg entra dans la salle, Taïba sur ses talons. La Marague leur avait réservé une drôle de surprise. Une fois baignée et correctement habillée, ce n'était plus l'esclave sale et sans défense qu'ils avaient trouvée dans les grottes de Rak Cthol. C'était une femme aux formes amples et généreuses, à la peau très claire. Elle se déplaçait avec une grâce naturelle et les hommes du clan de Cho-Hag la suivaient des yeux avec une moue appréciative. Elle paraissait parfaitement consciente de leur attitude et, loin de s'en offusquer, semblait plutôt y prendre plaisir et en retirer une certaine assurance. Ses yeux violets jetaient des éclairs, et on la voyait souvent sourire. Mais surtout, elle n'était jamais hors de vue de Relg. Au début, Garion avait cru qu'elle se plaçait dans le champ de vision de l'Ulgo par pure perversité, mais il n'en était plus si sûr maintenant. Elle ne semblait même plus y penser, mais suivait Relg où qu'il aille, parlant rarement, mais sans cesse présente.

— Vous m'avez envoyé chercher, Belgarath ? commença Relg.

Si sa voix avait un peu perdu de sa dureté, son regard était toujours étrangement hagard.

— Ah, Relg ! fit Belgarath avec effusion. C'est gentil d'être venu si vite. Asseyez-vous. Prenez une chope de bière.

— Merci, de l'eau, c'est tout, rétorqua fermement Relg.

— Comme vous voudrez, répondit Belgarath en levant les yeux au ciel. Je me demandais si vous ne connaîtriez pas par hasard un chemin qui irait des grottes de Prolgu aux limites sud de la Sendarie.

— Ça fait une belle trotte, commenta Relg.

— Pas tant que si nous devons traverser les montagnes, souligna Belgarath. Il ne neige pas dans les grottes. Et surtout, il n'y a pas de monstres. Existe-t-il un passage souterrain ?

— Il y en a bien un, admit Relg.

— Vous accepteriez de nous le montrer ? insista le vieil homme.

— S'il le faut, lâcha Relg sans grand enthousiasme.

— Je pense qu'il le faudra, Relg.

— J'espérais pouvoir rentrer chez moi, maintenant que notre voyage était presque terminé, avoua l'Ulgo avec un soupir de regret.

— A vrai dire, il ne fait que commencer, Relg, s'esclaffa Belgarath. Nous ne sommes pas encore au bout de nos peines.

Taïba esquissa un sourire satisfait.

Garion sentit une petite main se glisser dans la sienne et baissa les yeux en souriant vers Mission qui venait d'entrer dans la salle.

— Je peux, tante Pol ? reprit-il. Aller faire un tour à cheval avec Adara, je veux dire.

— Bien sûr, mon chou. Mais pas d'imprudences. Ne fais pas d'esbroufe. Je ne tiens pas à ce que tu te casses quelque chose en tombant de cheval.

Mission lâcha la main de Garion et s'approcha de Relg. Les nœuds de la bourse que Durnik avait si soigneusement scellés au plomb étaient à nouveau défaits. Le petit garçon en tira l'Orbe et la tendit à Relg. L'Ulgo eut un mouvement de recul.

— Mission ? dit-il.

— Vous devriez la prendre, Relg, suggéra Taïba. Qui oserait mettre votre pureté en doute ?

Relg fit un pas en arrière.

— L'Orbe est l'emblème sacré d'une autre religion, déclara-t-il en secouant la tête. C'est celle d'Aldur, pas d'UL. Je ne puis la toucher, ce ne serait pas bien.

Taïba eut un petit sourire entendu. Ses prunelles violettes ne quittaient pas le visage du fanatique.

— Mission, appela tante Pol. Viens un peu par ici.

Il alla docilement vers elle. Elle prit la bourse accrochée à sa ceinture et l'ouvrit en grand.

— Allez, remets ça là-dedans.

Mission rangea l'Orbe en soupirant.

— Mais comment fait-il pour la rouvrir à chaque fois ? se demanda-t-elle *in petto* en examinant les cordons.

Garion et Adara quittèrent la Forteresse et s'éloignèrent dans les collines, vers l'ouest. Le soleil matinal brillait de tous ses feux dans l'azur. Il faisait encore frais mais beaucoup moins froid que la semaine passée. Les sabots des chevaux semblaient éveiller à une vie fugitive l'herbe brune, endormie sous le ciel hivernal. Ils chevauchèrent en silence pendant près d'une heure, puis ils mirent pied à terre sur le versant ensoleillé d'une colline. Ils s'assirent l'un près de l'autre, à l'abri du vent frisquet, et regardèrent la plaine d'Algarie qui courait jusqu'à l'horizon.

— Jusqu'où peut-on aller avec la sorcellerie, Garion ? demanda la jeune fille après un long silence.

— Ça dépend, répondit-il avec un haussement d'épaules. Il y a des gens très puissants ; d'autres qui ne peuvent presque rien faire.

— Et toi, est-ce que... tu pourrais faire pousser des bourgeons sur ce buisson, tout de suite — je veux dire en plein hiver ? reprit-elle très vite, et il comprit que ce n'était pas la question qu'elle avait en tête au départ.

Garion regarda la petite touffe de genêt desséchée en essayant d'imaginer la succession des mesures à prendre pour la faire refleurir.

— Je pense que oui, conclut-il, mais ce n'est pas la

saison. Si je faisais ça, la plante se retrouverait sans défense contre le froid et elle en mourrait.

— Ce n'est qu'un buisson, Garion.

— Pourquoi le tuer ?

Elle évita son regard.

— Tu pourrais faire quelque chose pour moi, Garion ? Une toute petite chose. J'ai besoin de croire à quelque chose, en ce moment.

— Je vais essayer.

Il ne comprenait pas sa soudaine mélancolie.

— Que dis-tu de cela ?

Il ramassa une brindille, la tourna et la retourna entre ses mains en la regardant soigneusement. Puis il l'entoura de plusieurs brins d'herbe sèche, l'observa jusqu'à ce qu'il ait bien en tête ce qu'il voulait faire et l'environna de son pouvoir. Le changement ne se produisit pas tout de suite. Ce fut progressif. Adara ouvrit de grands yeux en voyant le misérable rameau et l'herbe sèche se métamorphoser devant ses yeux.

C'était une petite fleur de rien du tout, d'un bleu lavande très clair, et un peu mal fichue. Ses pétales ne tenaient pas bien, mais son doux parfum semblait porteur des mille promesses de l'été. Garion tendit la fleur à sa cousine, sans un mot. Il se sentait tout drôle. Il n'avait pas entendu le bruit habituel, le rugissement qu'il associait à la sorcellerie, mais plutôt un tintement de cloche, comme dans la cave cristalline où il avait donné vie au poulain. Il n'avait rien tiré de son environnement pour déclencher cette métamorphose ; le pouvoir venait entièrement de lui, et cela lui apportait une joie profonde, à nulle autre pareille.

— Qu'elle est jolie ! s'exclama Adara en recueillant doucement la petite fleur dans ses mains en coupe et en respirant son parfum.

Ses cheveux d'ébène lui masquaient le visage, mais lorsqu'elle releva le menton, des larmes lui emplissaient les yeux.

— Ça soulage un peu, reprit-elle. Un petit moment, en tout cas.

— Qu'est-ce qui ne va pas, Adara ?

Elle ne répondit pas tout de suite et s'absorba dans la contemplation de la plaine brune.

— J'ai entendu les autres parler de Ce'Nedra, commença-t-elle tout à coup. Qui est-ce ?

— Ce'Nedra ? Oh, c'est une princesse impériale — la fille de Ran Borune, l'empereur de Tolnedrie.

— Comment est-elle ?

— Toute petite — elle a du sang de Dryade. Elle a les cheveux roux, les yeux verts, et un caractère épouvantable. C'est une sale gosse trop gâtée. J'ai l'impression qu'elle ne me porte pas dans son cœur.

— Mais tu pourrais y remédier, n'est-ce pas ? fit Adara en riant entre ses larmes.

— Comment cela ?

— Tu n'aurais qu'à...

Elle esquissa un geste vague.

— Oh !... Non. On ne peut guère intervenir sur les pensées et les sentiments des autres. C'est que... eh bien, on n'aurait pas de prise, tu comprends. Je ne saurais même pas par où commencer.

Adara le regarda un moment puis elle enfouit son visage dans ses mains et éclata en sanglots.

— Que se passe-t-il ? demanda-t-il, alarmé.

— Rien, répondit-elle. Rien d'important.

— Mais si, c'est important. Pourquoi pleures-tu ?

— J'espérais... Quand j'ai appris que tu étais sorcier, puis quand tu as fait cette fleur, j'ai cru que tu pouvais tout changer. Je me suis dit que, peut-être, tu pourrais faire quelque chose pour moi.

— Je ferais n'importe quoi, Adara. Tu le sais bien.

— Mais c'est impossible, Garion. Tu viens de le dire toi-même.

— Que voulais-tu que je fasse ?

— Je pensais que tu pourrais peut-être faire en sorte que quelqu'un tombe amoureux de moi. C'était stupide, hein ?

— Qui cela ?

Elle le regarda avec une calme dignité, les yeux encore pleins de larmes.

— Ce n'est pas très important. Tu ne peux rien y

faire, et moi non plus. Je sais maintenant que c'était une idée idiote. Allons, oublions tout cela. Si nous rentrions ? dit-elle en se levant. Il ne fait pas tout à fait aussi beau que je pensais ; je commence à avoir froid.

Ils remontèrent à cheval et repartirent en silence vers les formidables murailles de la Forteresse. Ils n'échangèrent plus une parole. Adara n'avait pas envie de parler et Garion ne savait que dire.

La fleur qu'il avait créée resta là, abandonnée. Protégée du vent sur le versant chauffé par le doux soleil hivernal, la fleur qui n'existait pas jusque-là se gonfla d'une extase silencieuse, végétative, et fructifia. Une petite poche s'ouvrit dans son cœur, libérant des graines infinitésimales qui se glissèrent le long des herbes hivernales et se nichèrent dans la terre gelée en attendant le printemps.

CHAPITRE VIII

Les filles d'Ulgolande avaient la peau très claire, les cheveux d'un blond presque blanc et d'immenses yeux noirs. La princesse Ce'Nedra était assise, rose rouge dans un jardin de lis, au milieu d'une douzaine d'entre elles. Elles observaient tous ses mouvements avec une sorte d'étonnement bienveillant, comme conquises par la petite étrangère palpitante de vie qui avait fait brutalement irruption dans leur existence. Mais elles n'étaient pas seulement fascinées par ses couleurs, déjà assez étonnantes en elles-mêmes. Les Ulgos étaient, par nature, un peuple grave et réservé, peu porté aux éclats de rire et aux grands déballages de sentiments. Or Ce'Nedra avait une sensibilité à fleur de peau. Aussi regardaient-elles, médusées, les états d'âme et les émotions se succéder, fugitifs, sur son adorable petit visage. Ses taquineries, pas toujours innocentes, souvent même un peu osées, les faisaient rougir et pouffer d'un rire nerveux. Elle provoquait leurs confidences, et celles qui étaient devenues ses compagnes de chaque instant lui avaient toutes, à un moment ou à un autre, ouvert leur cœur.

Il y avait de mauvais jours, évidemment ; des jours où Ce'Nedra était d'une humeur massacrante, rageait, tempêtait et les envoyait aux cent diables. Alors les grands yeux doux des petites Ulgos s'emplissaient de larmes et elles fuyaient en se promettant bien de ne plus jamais l'approcher. Puis, l'orage passé, elles revenaient timidement et la retrouvaient souriante et radieuse, comme si de rien n'était.

C'était un moment difficile pour la princesse. Elle ne savait pas à quoi elle s'engageait en acceptant sans réserve d'obéir à UL et de rester dans les grottes quand les autres partiraient pour Rak Cthol. Toute sa vie, Ce'Nedra avait été au cœur des événements, et voilà qu'elle était reléguée sur une voie de garage, obligée de supporter le passage des heures dans une inaction exaspérante. Elle n'était pas faite pour attendre, et ses éclats, qui faisaient s'envoler ses compagnes comme des colombes effrayées, étaient au moins en partie dus à son oisiveté forcée.

Ses sautes d'humeur étaient surtout éprouvantes pour le Gorim, ce fragile vieillard. Le saint homme menait depuis des centaines d'années une vie contemplative, et Ce'Nedra avait surgi au milieu de ce calme comme une tornade. Elle passait parfois les bornes, et pourtant il supportait patiemment ses accès de mauvaise humeur, ses crises de larmes et ses vociférations inexpliquées comme il endurait ses soudaines démonstrations d'affection, quand elle jetait ses bras autour de son cou avec exubérance et couvrait de baisers son visage sidéré.

Les jours où Ce'Nedra était bien lunée, elle invitait ses jeunes compagnes à la rejoindre sous les colonnes, au bord du lac entourant l'île du Gorim, et elles bavardaient ou jouaient aux petits jeux qu'elle avait inventés. Alors les ténèbres retentissaient du babil et des rires des adolescentes. Parfois, quand elle était d'humeur pensive, le Gorim l'emmenait faire une petite promenade dans son monde silencieux, afin d'admirer les étranges splendeurs des grottes, des cavernes et des galeries souterraines qui truffaient la montagne sous la cité abandonnée de Prolgu. Un observateur superficiel aurait pu penser que la princesse était esclave de sa sensibilité explosive au point d'en oublier son environnement, mais c'était loin d'être le cas. Même en pleine crise, les rouages de sa petite cervelle continuaient à fonctionner, observant, analysant, interrogeant. Le Gorim se rendit compte non sans surprise qu'elle avait l'esprit vif et une excellente mémoire. Lorsqu'il lui raconta l'histoire de son peuple, elle lui posa des questions pertinentes, motivées par un profond intérêt pour la signification profonde des contes et des légendes.

La princesse apprit bien des choses au cours de ces conversations. Elle comprit que la religion était au centre de la vie ulgo. Le thème principal, la morale de toutes leurs légendes se ramenait à un devoir de soumission absolue à la volonté d'UL. Les Tolnedrains avaient toujours la possibilité d'ergoter ou de tenter de marchander avec leur Dieu. C'est ce que Nedra attendait d'eux, et il semblait prendre presque autant de plaisir que son peuple à ce petit jeu. L'esprit ulgo, lui, était incapable d'une telle familiarité.

— Nous n'étions rien, moins que rien,expliquait le Gorim. Nous n'avions pas de domicile et pas de Dieu, nous étions des réprouvés errant dans le monde avant qu'UL consente à être notre Dieu. Qu'un seul Ulgo lui déplaise et il nous abandonnera, tel est du moins ce qu'insinuent certains fanatiques. Je ne prétends pas pénétrer la complexité de l'âme d'UL, mais je ne crois pas qu'il soit si exigeant. Pourtant, il n'a pas tout de suite accepté d'être notre Dieu, aussi est-il sans doute préférable de ne pas l'offenser.

— Mais il vous aime, objecta rapidement Ce'Nedra. N'importe qui aurait pu le voir sur son visage lorsqu'il nous est apparu, l'autre fois.

— J'espère ne pas l'avoir trop déçu, fit le Gorim, pensif.

— Ne dites donc pas de bêtises, répondit la princesse, un peu cavalièrement peut-être. Bien sûr, qu'il vous aime. Le monde entier vous aime !

Impulsivement, comme pour faire valoir ses arguments, elle planta un tendre baiser sur sa joue pâle.

— Chère enfant, observa le Gorim avec un sourire, vous avez si bon cœur... Pour vous, tout ceux que vous aimez devraient automatiquement s'aimer. Il n'en va pas toujours ainsi, hélas. Bien des gens, dans nos grottes, ne m'aiment pas tant que cela.

— C'est stupide, déclara-t-elle. Le fait d'échanger des

invectives avec quelqu'un ne veut pas dire qu'on ne l'aime pas. J'adore mon père, et pourtant nous passons notre temps à nous chamailler. Nous adorons cela.

Ce'Nedra savait qu'elle pouvait tranquillement employer des termes comme « bêtises » et « stupide » avec le Gorim. Elle l'avait mis dans sa poche et savait qu'il lui passerait tout.

Son entourage ne s'en serait peut-être pas aisément laissé convaincre, pourtant le comportement de Ce'Nedra avait subi des changements subtils, certes, mais bien distincts. Aussi impulsive qu'elle pût sembler au peuple grave et réservé de ces grottes, elle s'accordait dorénavant un instant de réflexion — aussi bref fût-il — avant d'agir ou de parler. Il lui était arrivé de se fourrer dans des situations embarrassantes, et s'il y avait une chose que Ce'Nedra ne pouvait pas supporter, c'était bien de se sentir embarrassée. Peu à peu, imperceptiblement, elle avait appris la valeur de la maîtrise de soi, même minimale, et il lui arrivait parfois d'avoir l'air très comme il faut.

Elle avait aussi eu tout le temps de méditer le problème de Garion. Ses longues semaines d'absence lui avaient paru d'une rigueur particulière, inexplicable. C'était comme si elle avait perdu quelque chose de très précieux, et cette perte lui laissait un douloureux sentiment de vide. D'ordinaire, ses sentiments étaient si confus et changeaient à une telle rapidité qu'elle n'avait pas le temps de se pencher dessus pour les étudier. Mais cette impression de manque persistait depuis si longtemps qu'elle était bien obligée de voir les choses en face.

Ça ne pouvait pas être de l'amour. Il était hors de question qu'elle tombe amoureuse d'un marmiton de campagne, aussi mignon soit-il. Elle était princesse impériale et son devoir était d'une clarté limpide : si elle avait la moindre raison de soupçonner que ses sentiments avaient franchi la barrière de la simple amitié, elle avait l'obligation absolue d'y mettre aussitôt fin. Or Ce'Nedra n'avait vraiment pas envie d'envoyer promener Garion et de ne plus jamais le revoir. Cette seule idée faisait trembler son petit menton. Ainsi, de toute évidence, ce qu'elle éprouvait n'était pas — ne pouvait pas être — de l'amour. Elle se sentit bien mieux après avoir tiré cela au clair. Cette éventualité l'avait troublée, mais la logique prouvait sans doute possible qu'elle n'avait rien à craindre de ce côté-là. C'était tout de même bien réconfortant d'avoir la logique pour soi.

Elle aurait enfin pu se détendre si l'attente ne s'était tant prolongée, devenant insupportable. Où étaient ses amis ? Quand allaient-ils enfin revenir ? Que pouvaient-ils bien faire, qu'est-ce qui les retenait si longtemps ? Plus leur absence s'éternisait, plus il lui arrivait de perdre sa maîtrise — conquise de haute lutte — sur sa petite personne. Et plus ses compagnes aux cheveux de lin et aux yeux noirs apprenaient à guetter avec appréhension les signes imperceptibles annonçant une éruption imminente.

Enfin, le Gorim lui annonça avoir reçu un message de ses amis : ils étaient sur le chemin du retour. L'impatience de la petite princesse ne connut plus de bornes. Elle commença aussitôt ses préparatifs, longs et élaborés. Elle les saluerait comme il convenait, bien sûr. Pas d'enthousiasme puéril et déplacé. Cette fois, elle se montrerait impassible, réservée, impériale — en un mot, très adulte. Evidemment, il fallait qu'elle se prépare à jouer son rôle.

Elle hésita des heures sur le choix de la robe idéale et finit par opter pour une robe ulgo, d'un blanc chatoyant. Seulement les longues robes ulgos étaient un peu trop sobres au goût de Ce'Nedra. Elle voulait avoir l'air réservé, mais pas à ce point-là. Elle ôta pensivement les manches de la robe et en modifia légèrement le décolleté. Un laçage élaboré du corselet et de la taille avec une fine cordelette dorée soulignerait un peu certains détails. Elle étudia d'un œil critique le résultat de ses efforts et le trouva conforme à ses aspirations.

Restait le problème des cheveux. Le style sauvageonne, la crinière sur les épaules, qu'elle affectionnait depuis toujours était à proscrire. Elle allait les relever, les remonter sur sa tête en une souple masse de boucles et les laisser cascader élégamment sur l'une de ses épaules pour apporter une touche de couleur à la blancheur virginale de son corselet. Voilà, ça serait très bien. Elle s'affaira sur sa chevelure au point d'en avoir mal aux bras, puis, quand ce fut fini, elle étudia l'effet produit par l'ensemble : sa robe, ses cheveux et son expression de dignité impériale. Pas mal, se félicita-t-elle. Garion en aurait les yeux qui lui sortiraient de la tête. La petite princesse exultait.

Le jour fatidique arriva enfin. Ce'Nedra avait à peine dormi. Elle était assise, tout énervée, dans le cabinet maintenant si familier du Gorim. Il lisait un long parchemin en enroulant le haut d'une main tout en déroulant le bas de l'autre tandis qu'elle faisait des bonds sur place en mâchonnant distraitement une mèche de ses cheveux.

— Vous m'avez l'air bien agitée aujourd'hui, mon enfant, observa-t-il.

— C'est qu'il y a si longtemps que je ne l'ai... les ai pas vus, répondit-elle très vite. Vous êtes sûr que je suis présentable ?

Il n'y avait que six ou huit fois qu'elle lui posait la question depuis le matin.

— Vous êtes éblouissante, mon enfant, lui assura-t-il pour la sixième ou huitième fois.

Elle lui dédia un sourire rayonnant.

Un serviteur entra dans le bureau du Gorim.

— Vos hôtes sont arrivés, Très Saint Homme, annonça-t-il avec une courbette respectueuse.

Ce'Nedra eut l'impression que son cœur allait se décrocher.

— Si nous allions les saluer, mon enfant ? suggéra le Gorim en posant son parchemin et en se levant.

Ce'Nedra résista à l'impulsion de bondir de son fauteuil et de jaillir de la pièce au grand galop. Elle reprit son empire sur elle-même d'une poigne de fer et avança au côté du Gorim en se répétant intérieurement : « De la réserve, de la dignité, surtout. Une dignité impériale. »

Ses amis entrèrent dans la grotte du Gorim, épuisés et couverts de la poussière des grands chemins. Ils n'étaient pas seuls ; il y avait des étrangers avec eux. Mais les yeux de Ce'Nedra ne cherchaient qu'un visage.

Il avait l'air plus vieux que dans ses souvenirs et ses traits, déjà si sérieux, arboraient une gravité nouvelle. Il avait de toute évidence vécu des choses importantes pendant son absence, et la princesse éprouva un pincement au cœur à l'idée d'avoir été exclue d'événements cruciaux pour lui.

Puis elle crut que son sang se glaçait dans ses veines. Qu'est-ce que c'était que l'horrible fille qui se pavanait à côté de lui ? Et pourquoi était-il si déférent à l'égard de cette espèce de grande asperge ? Ce'Nedra serra les dents en observant le jeune homme perfide qui s'approchait des eaux calmes du lac. A la minute où il était sorti de son champ de vision, il avait plongé tête baissé dans les bras de la première venue. Non, comment avait-il osé lui faire ça *à elle* ?

Le groupe s'engagea sur la chaussée et Ce'Nedra sentit le cœur lui manquer. En plus, elle était jolie. Ses longs cheveux noirs, brillants, encadraient un visage parfait. Ce'Nedra chercha désespérément un défaut, une imperfection – zéro sur toute la ligne. Même sa façon de bouger : elle semblait flotter sur un petit nuage. Des larmes de frustration se mirent à lui piquer les yeux.

Des retrouvailles et des présentations qui s'ensuivirent, la princesse en détresse ne perçut qu'un bredouillis incohérent. Elle s'inclina distraitement devant le roi des Algarois et sa séduisante épouse. Elle salua aimablement la femme à la beauté resplendissante – Taïba, comme l'appela Polgara. Le moment qu'elle redoutait approchait inéluctablement.

– Et voici Adara, fit tante Pol en indiquant la superbe créature plantée à côté de Garion.

Pour un peu, Ce'Nedra se serait mise à pleurer. Ce n'était pas juste ! Même le nom de la fille était beau. Elle n'aurait pas pu être affublée d'un affreux sobriquet ?

– Son Altesse impériale la princesse Ce'Nedra, reprit dame Polgara, le regard braqué sur la petite princesse.

Adara s'inclina avec une grâce qui fit à Ce'Nedra l'effet d'un coup de poignard en pleine poitrine.

— Il y a si longtemps que j'ai envie de rencontrer Votre Altesse, dit la grande fille d'une voix vibrante, musicale.

Argh.

— Tout le plaisir est pour moi, répondit Ce'Nedra d'un ton hautain, supérieur.

Elle lui aurait volontiers arraché les yeux, mais elle ne se départit pas de son silence et de sa dignité. Toute manifestation de trouble, la plus infime trace de désarroi dans son expression ou sa voix, et la victoire de la rivale haïe était consommée. Ce'Nedra n'était pas une princesse — une *femme* — pour rien. Elle n'allait pas lui octroyer cette ultime satisfaction. Sa douleur était aussi réelle que si elle s'était trouvée aux mains du bourreau, mais elle resta stoïquement drapée dans toute la noblesse impériale dont elle était capable. Elle se blinda en se récitant son pedigree, se remémorant sévèrement son rang. Une princesse impériale ne pleurait pas. La fille de Ran Borune ne reniflait pas. Le fleuron de la Tolnedrie ne pouvait pas éprouver de chagrin parce qu'un garçon de ferme avait décidé d'en aimer une autre.

— Pardonnez-moi, Dame Polgara, commença-t-elle en portant le dos de sa main tremblante à son front. J'ai une effroyable migraine, tout à coup. Vous voudrez bien m'excuser…

Sans attendre de réponse, elle tourna les talons et se dirigea lentement vers la maison du Gorim. Au passage, elle s'arrêta devant Garion.

— J'espère que tu seras très heureux, mentit-elle.

Le visage grave de Garion se mua aussitôt en la plus stupéfaite des physionomies.

Ça passait les bornes. Elle se devait absolument de dissimuler ses sentiments à cette Adara, mais Garion, c'était une autre affaire. Elle allait lui faire connaître sa façon de penser.

— Je te méprise, Garion, murmura-t-elle avec une terrible intensité. Et je ne veux plus jamais poser les yeux sur toi.

Il cligna des yeux.

— Tu ne pourrais même pas imaginer à quel point ta vue m'est insupportable, ajouta-t-elle.

Sur quoi elle entra dans la maison du Gorim, la nuque raide, la tête haute.

Une fois à l'intérieur, elle courut se réfugier dans sa chambre, se jeta sur son lit et éclata en sanglots, le cœur crevé.

Un pas léger se fit entendre près de la porte. C'était dame Polgara.

— Allons, Ce'Nedra, dit-elle. Qu'est-ce que c'est que ça ?

Elle s'assit au bord du lit et posa une main sur l'épaule de la petite princesse en pleurs.

— Oh ! Dame Polgara ! gémit Ce'Nedra en se jetant tout à coup dans les bras de Polgara. Je l'ai p-e-e-erdu. Hi-i-i-il est amoureux d'e-e-elle !

— Qui cela, mon petit chou ? fit calmement Polgara.

— Ga-a-arion. Il est amoureux de cette Adara, il ne sait même plus que j'e-e-existe !

— Espèce de petite oie, la gourmanda gentiment Polgara.

— Il l'aime, n'est-ce pas ? demanda Ce'Nedra.

— Mais bien sûr, mon petit chou.

— Je le savais, se lamenta Ce'Nedra en versant un nouveau tombereau de larmes.

— C'est bien normal, poursuivit Polgara. C'est tout de même sa cousine.

— Sa cousine ?

Ce'Nedra releva vivement son visage ruisselant de larmes.

— La fille de la sœur de sa mère, expliqua Polgara. Enfin, vous saviez bien que la mère de Garion était algaroise ?

Ce'Nedra acquiesça en silence.

— Et c'est tout ?

Ce'Nedra hocha la tête. Elle avait soudain cessé de pleurer.

Dame Polgara tira un mouchoir de sa manche et le tendit à la jeune fille.

— Mouchez-vous, mon petit. Il ne faut pas renifler comme ça. C'est très vilain.

Ce'Nedra obtempéra sans discuter.

— Vous avez donc fini par en prendre votre parti, observa dame Polgara. Je me demandais combien de temps vous alliez y mettre.

— Mon parti de quoi ?

Polgara lui jeta un long regard inflexible. Ce'Nedra baissa les yeux en piquant un fard.

— Voilà qui est mieux, déclara Polgara. Personne ne peut me cacher quoi que ce soit, Ce'Nedra. Inutile d'essayer. Vous vous compliqueriez inutilement la vie.

Ce'Nedra ouvrit de grands yeux tandis que les implications de son aveu tacite lui apparaissaient dans toute leur horreur.

— C'est impossible, hoqueta-t-elle. Cela ne se peut pas.

— Comme mon père aime tant à le rappeler, tout est possible, ou presque, déclara Polgara.

— Que vais-je faire ?

— D'abord, vous allez vous passer la figure à l'eau, ordonna Polgara. Vous avez une tête à faire peur. Il y a des filles qui peuvent pleurer sans s'enlaidir, mais vous n'avez pas la carnation voulue. Je vous conseille d'éviter de pleurer en public si vous pouvez vous arranger autrement.

— Je ne voulais pas parler de ça, rétorqua Ce'Nedra. Que vais-je faire pour Garion ?

— Je ne pense pas qu'il y ait quoi que ce soit à faire, mon chou. Les choses finiront bien par se tasser.

— Mais je suis princesse et lui eh bien, c'est Garion et voilà tout. Nous ne pouvons pas

— Tout finira par s'arranger, Ce'Nedra. Faites-moi confiance. J'ai l'habitude de ce genre de chose. Maintenant, vous feriez mieux d'aller vous laver la figure.

— Je me suis complètement ridiculisée tout à l'heure, n'est-ce pas ? reprit Ce'Nedra.

— Rien d'irréparable, répondit calmement Polgara. Nous mettrons cela sur le compte de la joie des retrouvailles après une aussi longue absence. Car vous êtes heureuse de nous revoir, n'est-ce pas ?

— Oh ! Dame Polgara ! fit Ce'Nedra en se jetant à son cou, riant et pleurant à la fois.

Les ravages des larmes de Ce'Nedra une fois réparés, les deux femmes rejoignirent les autres dans le cabinet du Gorim.

— Ça va mieux, mon enfant ? demanda doucement le Gorim, son cher vieux visage tout soucieux.

— Une petite crise de nerfs, Très Saint, le rassura dame Polgara. Notre princesse est tendue comme la corde d'un arc, ainsi que vous l'avez sans doute remarqué.

— Je suis désolée de m'être enfuie comme ça, Adara, s'excusa Ce'Nedra. C'était stupide de ma part.

— Votre Majesté ne saurait être stupide, répondit Adara.

— Oh ! que si ! affirma Ce'Nedra en relevant son petit menton. J'ai tout autant qu'une autre le droit de me ridiculiser en public.

Adara éclata de rire et l'incident fut oublié.

Il y avait tout de même encore un petit problème. Ce'Nedra s'avisa qu'elle était peut-être allée un peu trop loin dans sa déclaration de haine, car Garion arborait une expression perplexe, voire un peu froissée. La petite princesse décida hautainement d'ignorer la blessure d'amour-propre qu'elle lui avait infligée. Elle avait assez dégusté pendant cette terrible scène sur la rive de l'île du Gorim, c'était un peu son tour de souffrir — pas trop, bien sûr, mais assez quand même. Après tout, il l'avait bien cherché. Elle le laissa donc souffrir un certain temps — c'est-à-dire qu'elle *espérait* qu'il souffrait — puis elle lui parla avec chaleur, sinon affection, comme si aucune parole méprisante n'avait jamais franchi ses lèvres. Le visage de Garion trahit une stupeur encore accrue. Elle lui dédia alors son sourire le plus éclatant et, après en avoir noté les effets dévastateurs avec la satisfaction que l'on imagine, elle l'ignora superbement.

Par la suite, elle resta impérialement assise sur un banc à côté d'Adara pendant que Belgarath et dame Polgara racontaient leur terrifiante expédition à Rak Cthol. La princesse les écoutait d'une oreille distraite en méditant la sidérante découverte de l'heure précédente. Soudain, elle se sentit observée et leva les yeux. Le petit garçon blond que dame Polgara appelait Mission la regardait avec gravité. Il y avait quelque chose d'étrange dans ses yeux. Tout à coup, elle sut avec une certitude absolue que son regard plongeait droit dans son cœur. Puis il s'approcha d'elle et elle se sentit envahie par une joie profonde, sans raison particulière. L'enfant fourra sa menotte dans l'espèce d'aumônière accrochée à sa taille et en sortit une pierre ronde, grise, qu'il lui tendit en souriant.

— Mission ? dit-il.

L'espace d'un instant, Ce'Nedra eut l'impression de voir une faible lueur bleue vaciller au cœur de la pierre.

— N'y touchez pas ! ordonna dame Polgara d'un ton si impérieux que Ce'Nedra se figea la main au-dessus de la pierre. Durnik ! reprit la sorcière, d'une voix étrangement plaintive cette fois.

— Ecoutez, Dame Pol, je ne sais plus quoi faire, répondit le forgeron, déconcerté. J'ai tout essayé, il réussit chaque fois à la rouvrir.

— Dites-lui de la remettre en place, lui enjoignit-elle, un tantinet excédée.

Durnik s'agenouilla près de l'enfant et ouvrit la bourse sans dire un mot. Le petit garçon laissa tomber la pierre dedans. Durnik referma la poche en serrant les nœuds de toutes ses forces. Quand il eut fini, le petit garçon lui passa affectueusement les bras autour du cou. Un peu embarrassé, le forgeron s'apprêtait à l'emmener, mais l'enfant se déroba, grimpa sur les genoux de Ce'Nedra, l'embrassa gravement, se blottit dans ses bras et s'endormit comme un bienheureux.

Ce'Nedra était agitée de sentiments nouveaux pour elle. Elle n'avait jamais été aussi heureuse de toute sa vie, elle n'aurait su dire pourquoi. Elle tenait le petit garçon contre elle, le protégeant de ses bras, la joue doucement posée sur ses boucles blondes. Pour un peu, elle lui aurait chanté une berceuse.

— Il va falloir faire vite, disait Belgarath au Gorim. Même avec l'aide de Relg, il nous faudra bien une semaine pour arriver à la frontière et nous aurons encore toute la Sendarie à traverser. Il peut y avoir beaucoup de neige en cette période de l'année. Pour tout arranger, c'est la saison des orages dans la Mer des Vents, et Riva est très loin de la côte.

A ces mots, Ce'Nedra sortit brutalement de sa rêverie. Depuis qu'elle avait quitté Tol Honeth et le palais impérial avec Jeebers, une seule idée la mobilisait tout entière : elle n'irait pas à Riva. Si elle avait pu donner, en certaines occasions, l'impression de céder sur ce point précis, ce n'était qu'un subterfuge. Le moment était venu d'affirmer sa position. La raison de son refus obstiné d'obéir aux dispositions des Accords de Vo Mimbre n'était plus tout à fait aussi claire dans son esprit ; il s'était passé toutes sortes de choses, et elle avait bien changé. Pourtant une certitude demeurait : peu importe qui elle était maintenant, *elle ne mettrait pas les pieds à Riva*. C'était une question de principe.

— Je suis sûre qu'en Sendarie je ne devrais pas avoir de mal à rejoindre une garnison impériale, déclara-t-elle d'un ton détaché, comme si l'affaire était entendue.

— Et pourquoi feriez-vous une chose pareille, mon petit chou ? demanda dame Polgara.

— Comme je vous le disais, je n'irai pas à Riva, répondit Ce'Nedra. Les légionnaires prendront les dispositions nécessaires pour mon retour à Tol Honeth.

— Il faudra assurément que vous alliez voir votre père, fit très calmement tante Pol.

— Vous voulez dire que vous me laisserez partir ?

— Je n'ai pas dit ça. Je suis sûre que nous trouverons un bateau à destination de Tol Honeth vers la fin du printemps ou le début de l'été. Les Riviens ont de fréquents échanges avec l'Empire.

— Je pense que vous ne m'avez pas bien comprise, Dame Polgara. J'ai dit que je n'irais pas à Riva — sous aucun prétexte.

— J'ai bien entendu, Ce'Nedra. Mais vous vous trompez. Vous irez à Riva. Vous avez un rendez-vous, vous vous rappelez ?

— Je n'irai pas !

La voix de Ce'Nedra avait grimpé d'une octave ou deux.

— Oh ! mais si, vous irez !

La voix de Polgara était d'un calme trompeur ; elle avait des accents presque métalliques.

— Je refuse d'y aller ! déclara la princesse.

Elle était sur le point de continuer lorsqu'un petit doigt lui effleura doucement les lèvres. Dans son sommeil, l'enfant avait tendu la main vers sa bouche. Elle secoua la tête, agacée.

— Je vous ai déjà dit plusieurs fois que jamais je ne...

Le petit garçon lui caressa à nouveau les lèvres en levant sur elle le regard calme et rassurant de ses yeux endormis. Ce'Nedra perdit le fil de son discours.

— Je n'irai pas à l'Ile des Vents, conclut-elle assez pitoyablement. Un point c'est tout.

Sauf que ça n'avait pas tellement l'air d'être tout.

— Nous avons déjà eu cette conversation, observa Polgara.

— Vous n'avez pas le droit...

Les paroles de Ce'Nedra moururent dans le silence. Ses pensées s'égaraient à nouveau. L'enfant avait les yeux bleus, si incroyablement bleus Elle n'arrivait pas à en détourner son regard. Elle avait l'impression de s'engloutir dedans. Elle secoua la tête. Ça ne lui ressemblait vraiment pas d'oublier ainsi ce qu'elle avait à dire. Elle fit un effort de concentration.

— Je refuse de m'humilier en public, décréta-t-elle. Je ne resterai pas plantée à la cour du roi de Riva comme une mendiante pendant que tous les Aloriens me regarderont en riant sous cape.

Ah ! ça allait mieux ! Elle avait surmonté sa distraction passagère. Elle baissa les yeux par inadvertance, rencontra à nouveau ceux de l'enfant et ce fut comme si une tempête soufflait sur ses idées.

— Je n'ai même plus une seule robe mettable, ajouta-t-elle lamentablement.

Mais qu'est-ce qui lui avait pris de dire ça ?

Polgara s'abstint de répondre aux balbutiements de la petite princesse et se contenta de braquer sur elle un regard plein d'une infinie sagesse. Ce'Nedra continua à marmonner des arguments dérisoires, mais plus elle ergotait et plus elle se rendait compte qu'elle n'avait pas de vraie raison de refuser d'aller à Riva. Son obstination avait quelque chose de frivole, presque puéril. Pourquoi en faisait-elle toute une histoire, grand Dieu ? Le petit garçon la regardait en souriant d'un air encourageant. Elle lui rendit son sourire malgré elle, désarmée, et tenta un baroud d'honneur.

— Ce n'est qu'une vieille formalité ridicule, Dame Polgara, déclara-t-elle. Il n'y aura personne pour m'attendre à la Cour du roi de Riva. Il n'y a jamais eu personne. La lignée de Riva est éteinte. Je suis vraiment obligée d'y aller ? conclut-elle en détournant les yeux du visage de l'enfant.

Dame Polgara hocha gravement la tête.

Ce'Nedra poussa un soupir à fendre l'âme. Pourquoi toutes ces chicaneries ? Au fond, ce n'était qu'un voyage de rien du tout. Ça ne présentait aucun danger, et si ça leur faisait plaisir, à quoi bon s'entêter ?

— Oh ! très bien ! capitula-t-elle. Après tout, si vous y tenez tant que ça, je me fiche pas mal d'aller à Riva.

Elle se sentit étrangement mieux après avoir prononcé ces paroles. L'enfant se remit à sourire, lui tapota doucement la joue et se rendormit dans ses bras. Emplie d'un bonheur aussi soudain qu'inexplicable, la princesse posa le menton sur ses boucles et commença à le bercer doucement en chantonnant tout bas.

Deuxième Partie

RIVA

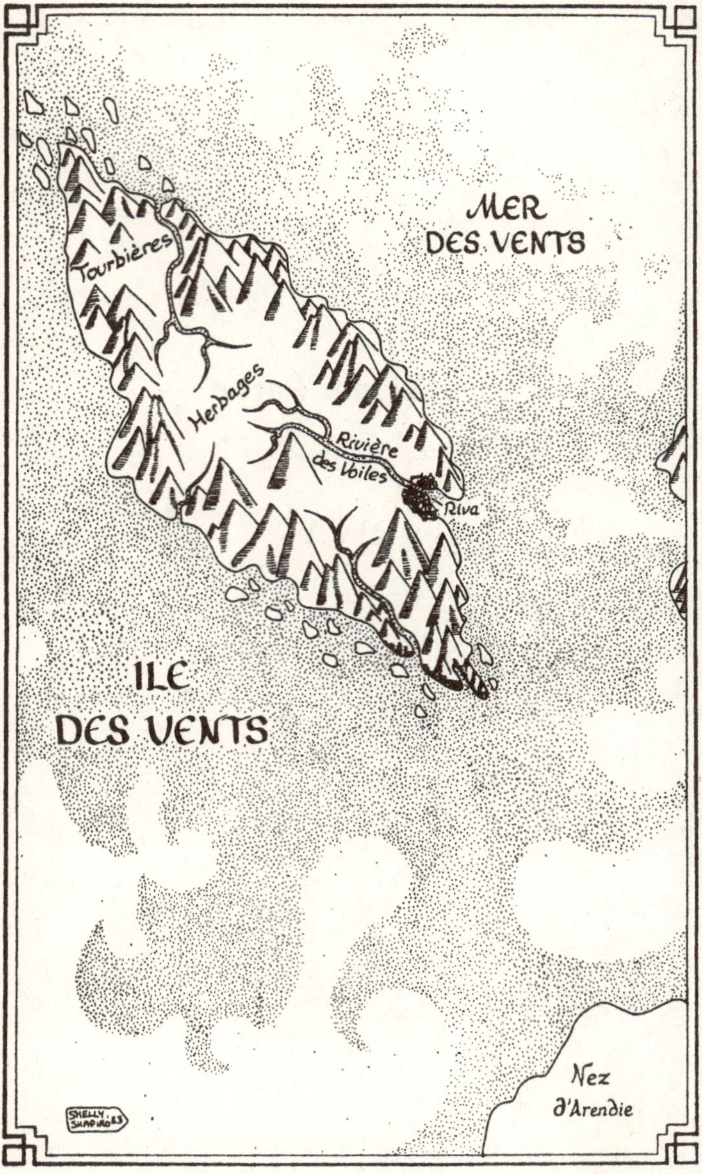
MER
DES VENTS
Tourbières
Herbages
Rivière
des Voiles
Riva
ILE
DES VENTS
Nez
d'Arendie
SHELLY SHAPIRO '83

CHAPITRE IX

Relg les guida de nouveau dans le silence et l'obscurité des grottes et Garion détesta ce parcours tout autant que les précédents. Il avait l'impression d'avoir quitté Prolgu depuis une éternité. Ce'Nedra avait gratifié le vieux Gorim si fragile d'adieux à n'en plus finir et assez lacrymaux. Garion ne comprenait rien à la princesse et il se livra à toutes sortes de conjectures sur son cas en trébuchant dans le noir. Il s'était passé quelque chose à Prolgu. Ce'Nedra n'était plus la même. Le changement était très subtil, mais il avait le don de lui taper sur les nerfs.

Après d'innombrables journées dans les galeries tortueuses et qui sentaient le moisi, ils retrouvèrent enfin l'air libre et la lumière. Ils débouchèrent par une ouverture irrégulière, obstruée par les broussailles, dans la paroi abrupte d'un étroit ravin. Il neigeait très fort au dehors mais il n'y avait pas un souffle de vent et de gros flocons planaient doucement dans l'air.

— Dites, Relg, vous êtes sûr que nous sommes bien en Sendarie ? gronda Barak en fonçant tête baissée à travers les fourrés.

Relg se nouait un voile sur le visage pour se protéger les yeux de la lumière.

— Nous ne sommes plus en Ulgolande, répondit-il en haussant les épaules.

— Il y a des tas d'endroits qui ne sont pas l'Ulgolande, lui rappela aigrement Barak.

— Ça ressemble un peu à la Sendarie, observa le roi Cho-Hag en se penchant sur sa selle pour contempler la neige qui tombait doucement devant la grotte. Comment pourrions-nous savoir quelle heure il est ?

— C'est très difficile à dire quand il neige autant, Père, dit Hettar. D'après les chevaux, il ne serait pas loin de midi, mais leur notion du temps est plutôt vague.

— Formidable, persifla Silk. Nous ne savons pas où nous sommes ni l'heure qu'il est. Ça démarre en beauté.

— Ce n'est pas grave, Silk, coupa Belgarath avec lassitude. Prenons au nord. Nous finirons bien par tomber sur la Grand-Route du Nord.

— Parfait, acquiesça Silk. Où est le nord ?

Garion regardait avec attention son grand-père s'extraire du boyau. Le visage du vieil homme était creusé de fatigue et de vilains cernes noirs soulignaient ses yeux. Tante Pol avait eu beau dire qu'il était de force à voyager, Belgarath n'était pas encore tout à fait remis, malgré plus de deux semaines de convalescence à la Forteresse.

En débouchant dans le ravin enneigé, ils revêtirent leurs lourdes houppelandes et sanglèrent leurs chevaux.

— L'endroit n'a pas l'air très accueillant, remarqua Ce'Nedra à l'attention d'Adara, en jetant un regard critique alentour.

— C'est un pays de montagne, riposta aussitôt Garion, volant à la défense de son pays natal. Ce n'est pas pire que l'est de la Tolnedrie.

— Je n'ai jamais dit ça, Garion, répliqua-t-elle d'un ton particulièrement exaspérant.

Ils chevauchaient depuis plusieurs heures quand ils entendirent des coups de hache dans les profondeurs de la forêt.

— Des bûcherons, observa Durnik. Je vais leur demander notre chemin.

Il se dirigea vers l'origine du bruit et revint peu après, assez démoralisé.

— Nous allions droit au sud, annonça-t-il.

— Naturellement, commenta Silk d'un ton sardonique. Et on sait quelle heure il est ?

— C'est la fin de l'après-midi. D'après les bûcherons, en prenant par l'ouest, nous devrions tomber sur une route qui va vers le nord-ouest. La Grand-Route du Nord est à une vingtaine de lieues de ce côté-ci de Muros.

— Essayons de la trouver avant la nuit, suggéra Belgarath.

Il leur fallut plusieurs jours pour descendre des montagnes et encore plusieurs autres pour traverser les grandes solitudes de la Sendarie orientale puis gagner les plaines plus peuplées qui entouraient le lac Sulturn. Il neigea presque sans discontinuer, et les routes très fréquentées du sud et du centre de la Sendarie traçaient de vilaines balafres de boue sur les collines immaculées. Ils formaient maintenant un groupe important et étaient presque toujours obligés de se séparer pour dormir dans les auberges des petits villages bien propres blottis sous la neige. La princesse Ce'Nedra qualifia souvent de « bizarres » les villages et les auberges, et Garion commença à trouver un peu offensante sa prédilection pour ce terme.

Il ne reconnaissait pas la Sendarie qu'il avait quittée il y avait maintenant plus d'une année. Dans presque toutes les bourgades, Garion remarquait des signes de mobilisation. Des milices communales manœuvraient dans la boue sur les places de village ; de vieilles épées, des piques tordues, longtemps oubliées dans des greniers poussiéreux ou des caves humides, avaient été exhumées et débarrassées de leur rouille en prévision de la guerre que tout le monde sentait approcher. De braves fermiers, de paisibles villageois faisaient des efforts souvent dérisoires pour se donner de grands airs martiaux. Leurs uniformes de fortune étaient de toutes les nuances possibles de rouge, de vert et de bleu, et leurs étendards bariolés montraient assez combien de jupons tant aimés avaient été sacrifiés à la cause. Pourtant, ces gens simples n'avaient pas l'air de plaisanter. Les jeunes gens se pavanaient avec leurs uniformes devant les villageoises et leurs aînés s'efforçaient d'avoir l'air de vrais vétérans, mais dans tous les villages le climat était à la gravité. La Sendarie se préparait tranquillement à la guerre.

Tante Pol contemplait pensivement ce spectacle. A Sulturn, elle sembla prendre une décision.

— Père, commença-t-elle alors qu'ils entraient en ville, tu devrais continuer tout droit vers Sendar avec Cho-Hag et les autres. Nous allons faire un petit détour, Durnik, Garion et moi.

— Où allez-vous ?

— Voir Faldor.

— Faldor ? Pour quoi faire ?

— Nous avons laissé des choses derrière nous, Père. Tu nous a fait partir si vite que c'est à peine si nous avons eu le temps de faire nos paquets.

Elle avait répondu d'un ton tellement anodin que Garion soupçonna aussitôt une feinte. Belgarath haussa rapidement un sourcil, à peu près certain, lui aussi, qu'elle ne lui disait pas tout.

— Nous commençons à être vraiment à la bourre, Pol, protesta le vieil homme.

— Nous avons amplement le temps, Père. Ça ne fait pas un grand détour. Nous vous rattraperons d'ici à quelques jours.

— C'est si important que ça, Pol ?

— Oui, Père. Je crois que oui. Tu surveilleras Mission pour moi, s'il te plaît. Je n'ai pas envie de l'emmener.

— Comme tu voudras, Pol.

La princesse Ce'Nedra éclata d'un petit rire argentin. Elle contemplait les efforts maladroits d'un groupe de miliciens qui tentaient d'effectuer un « demi-tour droite » sans se prendre les pieds dans leurs armes. Tante Pol se tourna vers le joyau éclatant de l'Empire.

— J'emmène celle-ci avec moi à la place, ajouta-t-elle sans changer d'expression.

Ce'Nedra éleva de vigoureuses protestations en apprenant qu'elle n'irait pas tout droit à Sendar et au confortable palais du roi Fulrach, mais ses objections laissèrent tante Pol de glace.

— Dis, Garion, elle n'écoute jamais ce qu'on lui dit ? grommela la petite princesse comme ils chevauchaient derrière tante Pol et Durnik sur la route de Medalia.

— Elle écoute toujours, rétorqua Garion.

— En tout cas, elle ne change pas souvent d'avis.

— Pas souvent. Mais elle écoute.

Tante Pol leur jeta un coup d'œil par-dessus son épaule.

— Mettez votre capuche, Ce'Nedra, ordonna-t-elle. Il se remet à neiger et je ne tiens pas à ce que vous ayez la tête mouillée.

La princesse inspira profondément comme si elle s'apprêtait à répondre.

— A votre place, je ne dirais rien, lui conseilla doucement Garion.

— Mais...

— Elle n'est pas d'humeur à discuter en ce moment.

Ce'Nedra lui jeta un regard noir mais releva sa capuche sans un mot.

La neige tombait moins dru quand ils arrivèrent à Medalia, ce soir-là. Ce'Nedra eut la réaction prévue face au piètre confort de l'auberge. Garion observa que ses sautes d'humeur évoluaient selon une progression immuable. Elle ne commençait jamais au plus fort de sa voix mais gravissait les échelons de l'échelle chromatique dans un crescendo impressionnant. Elle atteignait le contre-ut lorsque quelque chose lui coupa le sifflet.

— Quelle charmante petite fille bien élevée, nota calmement tante Pol. Les vieilles amies de Garion vont être très impressionnées, vous ne trouvez pas ?

Durnik se détourna en réprimant un sourire.

— Ça, c'est sûr, Dame Pol.

Ce'Nedra s'interrompit au beau milieu de sa tirade, le bec ouvert. Garion fut sidéré de son soudain silence.

— Je crois que j'ai été un peu ridicule, observa-t-elle enfin d'une voix posée, presque douce.

— Oui, mon chou. Un peu, acquiesça tante Pol.

— Pardonnez-moi, vous tous, ajouta-t-elle d'une voix melliflue.

— N'en faites pas trop, Ce'Nedra, conseilla tante Pol.

Vers la mi-journée du lendemain, ils quittèrent la route d'Erat pour emprunter le chemin menant à la ferme de Faldor. L'excitation de Garion, qui allait croissant depuis le matin, devint presque intolérable. Il reconnaissait tout, maintenant, les bornes, les buissons, les arbres... Là-bas, cet homme sur ce cheval à cru, on aurait dit le vieux Cralto parti faire une course pour Faldor. Mais oui ! Et ce travailleur solitaire ? Il ne put résister à la vue de la grande silhouette familière qui débarrassait une rigole des feuilles et des brindilles accumulées. Il enfonça les talons dans les flancs de sa monture, sauta une barrière en souplesse et s'élança au galop à travers les champs enneigés.

— Rundorig ! s'écria-t-il en tirant sur la bride de son cheval et en bondissant à terre.

— Votre Honneur ? répondit Rundorig tout étonné, les yeux papillotants.

— Rundorig, c'est moi... Garion. Tu ne me reconnais pas ?

— Garion ? fit Rundorig.

Il le dévisagea en clignant des yeux, puis ce fut comme si le soleil se levait dans la brume et la lumière fut.

— Ça alors ! Ma parole, c'est vrai, c'est bien Garion ! s'émerveilla-t-il.

— Eh oui, Rundorig ! s'exclama Garion en tendant la main pour serrer celle de son ami.

Mais Rundorig se fourra les poings dans le dos et recula d'un pas.

— Tes habits, Garion ! Fais attention. Je suis plein de boue.

— Je me fiche pas mal de mes vêtements, Rundorig. Tu es mon ami.

Le grand gaillard secoua la tête avec obstination.

— Tu vas mettre plein de boue sur tes beaux habits. Nous aurons tout le temps de nous serrer la main quand je me serai lavé. Où as-tu eu d'aussi belles affaires ? reprit-il en contemplant Garion avec stupeur. Et une épée ? Il vaudrait mieux que Faldor ne la voie pas. Il n'apprécie pas les armes, tu sais.

Les choses ne se passaient pas tout à fait comme prévu.

— Et Doroon ? s'informa Garion. Et Zubrette ?

— Doroon est parti l'été dernier, répondit Rundorig

après un moment de réflexion. Je pense que sa mère s'est remariée. En tout cas, ils ont une ferme, de l'autre côté de Winold. Et Zubrette — eh bien, nous avons commencé à sortir ensemble peu après ton départ, balbutia-t-il en baissant les yeux, embarrassé. Garion, il y a pour ainsi dire quelque chose entre nous, ajouta-t-il en rougissant jusqu'aux oreilles.

— Eh bien, c'est formidable, Rundorig ! s'exclama très vite Garion pour dissimuler une pointe de déception.

Mais Rundorig était déjà passé à l'étape suivante.

— Je sais que vous vous aimiez bien tous les deux, reprit-il, son long visage exprimant une profonde détresse. Il faudra que je lui parle, décida-t-il en relevant ses yeux pleins de larmes. Les choses ne seraient jamais allées aussi loin entre nous si nous avions su que tu reviendrais un jour.

— Rundorig, je ne suis pas revenu pour de bon, lui assura promptement Garion. Nous sommes juste passés vous rendre une petite visite et prendre certaines affaires que nous avions laissées ici, mais nous allons repartir.

— Tu es revenu pour Zubrette aussi ? avança Rundorig d'une voix blanche, bouleversée par l'angoisse, qui déchira le cœur de Garion.

— Je n'ai même plus de maison, commença-t-il très calmement. Une nuit je couche dans un palais ; le lendemain, je dors dans la boue, au bord de la route. Qui pourrait lui souhaiter une vie pareille ?

— Je crois que si tu le lui demandais, elle te suivrait quand même. Elle supporterait tout pour être à tes côtés.

— Eh bien, nous ne la laisserons pas faire, n'est-ce pas ? Pour moi, vos accordailles sont officielles.

— Je ne pourrais jamais lui mentir, objecta le grand gaillard.

— Moi si, décréta platement Garion. Surtout si c'est pour lui éviter de vivre comme une vagabonde. Tu n'as qu'à fermer la bouche et me laisser parler. Comme au bon vieux temps, ajouta-t-il avec un grand sourire.

Les coins de la bouche de Rundorig se relevèrent lentement.

Le portail était ouvert, et le bon, l'honnête Faldor, s'empressait déjà autour de tante Pol, Durnik et Ce'Nedra en se frottant les mains avec une joie indicible. Le grand fermier était plus maigre que jamais, et son long visage semblait s'être encore allongé pendant leur année d'absence. Pourtant, si ses tempes étaient un peu plus grises, son cœur n'avait pas changé.

La princesse Ce'Nedra se tenait un peu en retrait du groupe avec une réserve de bon aloi. Garion scruta attentivement son visage, à l'affût du moindre signe alarmant. Si quelqu'un pouvait flanquer son petit plan par terre, c'était bien elle ; mais en dépit de tous ses efforts, il ne put déchiffrer son expression.

Puis Zubrette descendit de la galerie intérieure qui entourait la cour. Elle était plus belle que jamais avec sa robe de campagne et ses cheveux d'or. Un millier de souvenirs lui revinrent en bloc, accompagnés d'une réelle douleur à l'idée de ce qu'il allait être obligé de faire. Ils avaient grandi ensemble. Ils étaient si proches qu'un étranger n'aurait jamais compris ce qui passa entre eux dans un seul regard — le regard par lequel Garion lui mentit. Les yeux de Zubrette étaient pleins d'amour, ses douces lèvres s'écartaient déjà comme pour acquiescer à la demande qu'elle était presque sûre de lui entendre formuler. Et Garion lui répondit d'un regard amical, voire affectueux, mais pas amoureux. Son visage exprima une totale incrédulité puis s'empourpra lentement. Garion éprouva une douleur poignante en voyant l'espoir mourir dans ses yeux bleus. Pire encore, il s'interdit de se départir de sa feinte indifférence. Zubrette grava d'un air désenchanté chacun de ses traits dans sa mémoire, comme si elle se fabriquait des souvenirs pour le restant de ses jours. Puis elle leur tourna le dos et s'éloigna en invoquant une tâche quelconque. Garion sut que dorénavant elle l'éviterait et qu'il la voyait pour la dernière fois de sa vie.

C'était la seule chose à faire, mais il sortait de là le cœur crevé. Garion échangea avec Rundorig un rapide coup d'œil exprimant tout ce qui devait l'être. Il regarda tristement s'éloigner la fille qu'il avait toujours pensé épouser un jour, puis elle disparut au coin d'un bâtiment. Il poussa un soupir à fendre l'âme et se retourna. Ce'Nedra n'avait pas perdu une miette de ce qu'il venait de faire, et elle avait bien compris combien cela lui avait coûté. Il lut clairement cela dans le regard qu'elle posait sur lui, un regard plein de sympathie et curieusement interrogateur.

Malgré l'insistance de Faldor, Polgara refusa tout de go le rôle d'invitée d'honneur. On aurait dit que les doigts la démangeaient de toucher une dernière fois les objets familiers de sa cuisine. Sitôt qu'elle y fut entrée, sa cape retrouva sa place à une patère, un tablier lui ceignit la taille et ses mains se remirent au travail. Ses instructions demeurèrent aimables pendant une bonne minute avant de devenir des ordres, et ce fut comme si rien n'avait changé. Plantés sur le seuil de la cuisine, Garion et la princesse Ce'Nedra regardaient Faldor et Durnik arpenter la cour les mains dans le dos et jeter un coup d'œil dans les granges en parlant de la pluie et du beau temps.

— Tu veux bien me montrer la ferme, Garion ? lui demanda tout bas la petite princesse.

— Si vous voulez.

— Dame Polgara aime donc tant faire la cuisine ? fit-elle en regardant tante Pol rouler une pâte à tarte en fredonnant gaiement.

— Je crois, oui, répondit Garion. C'est un endroit en ordre, et c'est une femme ordonnée. Les victuailles y entrent par un bout, le dîner en sort par l'autre

Il parcourut du regard la salle aux poutres basses, aux murs ornés de poêles et de chaudrons étincelants. La boucle était bouclée.

— C'est là que j'ai grandi, reprit-il tout bas. J'imagine qu'il y a pire.

Ce'Nedra glissa sa main dans la sienne. Il y avait quelque chose d'interrogateur dans ce contact, comme si elle n'était pas sûre de la façon dont ce geste serait reçu. Ça lui faisait tout drôle et c'était en même temps plutôt réconfortant. Elle avait une main minuscule ; il oubliait parfois combien elle était petite. Elle semblait particulièrement fragile et vulnérable en cet instant précis, et

Garion se sentit tout à coup très protecteur, il n'aurait su dire pourquoi. Il se demanda s'il devait passer un bras autour de ses épaules.

Ils firent le tour du domaine ensemble. Ils entrèrent dans les étables, les écuries et les poulaillers. Ils arrivèrent enfin à la grange qui avait toujours été la cachette favorite de Garion.

— C'est là que je venais quand tante Pol avait quelque chose à me demander, lui confia-t-il avec un petit rire désabusé.

— Tu n'aimais pas travailler ? s'étonna Ce'Nedra. Tout le monde a l'air très actif, ici.

— Ce n'était pas le travail qui me faisait peur, mais elle me demandait parfois des choses qui ne me plaisaient pas, précisa Garion.

— Comme de récurer les chaudrons ? insinua-t-elle, les yeux pétillants.

— Ce n'était pas ce que je préférais, en effet.

Ils s'assirent dans la paille douce, odorante, de la grange. Ce'Nedra, les doigts maintenant étroitement noués à ceux de Garion, traçait distraitement des dessins sur le dos de sa main avec son autre index.

— Tu as été très brave tout à l'heure, Garion, déclara-t-elle gravement.

— Brave ?

— Tu as renoncé à quelque chose de très important pour toi.

— Oh ! Zubrette. Je me suis dit que c'était la meilleure chose à faire. Rundorig l'aime. Il saura s'occuper d'elle d'une façon dont je serais probablement incapable.

— Je ne vois pas pourquoi.

— Zubrette a besoin qu'on prenne soin d'elle. Elle est intelligente et jolie, mais pas très courageuse. Elle se sauvait toujours quand il y avait un problème. Il lui faut quelqu'un pour veiller sur elle, la protéger et lui tenir chaud — quelqu'un qui pourra lui consacrer toute sa vie. Je ne crois pas être en mesure de le faire.

— Si tu étais resté ici, à la ferme, tu l'aurais épousée, n'est-ce pas ?

— Sans doute, admit-il. Seulement je ne suis pas resté à la ferme.

— Ça ne t'a rien fait de renoncer à elle comme ça ?

— Si, avoua Garion dans un grand soupir. Si, ça m'a fait quelque chose, mais ça valait mieux pour tout le monde — enfin, je crois. J'ai l'impression que je vais passer une bonne partie de ma vie sur les routes, et on ne peut pas demander à une Zubrette de dormir par terre.

— Dis donc, vous n'avez jamais hésité à me le demander à moi, souligna Ce'Nedra, un peu indignée.

— C'est pourtant vrai, convint Garion en la regardant. Je n'y avais jamais pensé. Il faut croire que vous avez plus de cran.

Ils repartirent dès le lendemain matin, après des adieux interminables et mille promesses de retour.

— Alors, Garion ? demanda tante Pol comme ils franchissaient une colline, quittant à jamais la ferme de Faldor.

— Alors quoi ?

Elle lui jeta un long regard silencieux.

Il poussa un soupir. Décidément, il était inutile d'essayer de lui cacher la moindre chose.

— Nous ne reviendrons jamais, n'est-ce pas ?

— Non, mon chou.

— Je m'étais toujours imaginé que nous pourrions peut-être retourner à la ferme quand tout serait fini, mais ça ne sera pas possible, hein ?

— Non, mon Garion. Mais il fallait que tu reviennes pour t'en rendre compte. C'était la seule façon de te débarrasser de ces souvenirs que tu traînais depuis tous ces mois. Je ne veux pas dire que la ferme de Faldor n'est pas un bon endroit. Seulement ce n'est pas un endroit pour toi.

— Nous avons fait tout ce détour pour que je me rende compte de ça ?

— C'était capital, Garion. J'ai eu beaucoup de plaisir à revoir Faldor, bien sûr, et j'avais laissé à la cuisine des choses auxquelles je tenais beaucoup. Des choses qui m'appartenaient depuis très longtemps et que je n'avais pas envie de perdre.

Une idée traversa tout à coup l'esprit de Garion.

— Et Ce'Nedra ? Pourquoi as-tu insisté pour qu'elle nous accompagne ?

Tante Pol jeta un coup d'œil par-dessus son épaule à la petite princesse qui les suivait, les yeux perdus dans le vague.

— Ça ne pouvait pas lui faire de mal. Et il était important qu'elle voie certaines choses.

— Je n'y comprendrai jamais rien, c'est sûr.

— Non, mon chou. Probablement pas, acquiesça-t-elle.

Ils retrouvèrent la route de Sendar, la capitale, et repartirent vers l'est dans la plaine centrale, d'une blancheur immaculée. Il ne faisait pas particulièrement froid, mais le ciel était couvert et il neigea par rafales toute la journée du lendemain et le surlendemain matin. Près de la côte, le vent se leva et ce qu'ils voyaient de la mer entre les dunes n'était pas très encourageant. De grandes vagues à la crête déchiquetée couraient sous le vent furieux.

Ils arrivèrent au palais du roi Fulrach huit jours à peine avant Erastide. Belgarath était planté devant une fenêtre et contemplait la mer déchaînée comme si c'était une immense injure personnelle. Autant dire qu'il était d'une humeur massacrante.

— C'est très gentil de nous avoir rejoints, dit-il à tante Pol d'un ton sarcastique comme elle entrait avec Garion dans le théâtre de ses ruminations.

— Tu pourrais être aimable, Père, objecta-t-elle en retirant calmement sa cape bleue et en la posant sur le bras d'un fauteuil.

— Tu vois ça, Pol ? ragea-t-il en tendant un index furieux vers la fenêtre.

— Oui, Père, répondit-elle sans regarder mais en le dévisageant attentivement. Tu ne te reposes pas assez, accusa-t-elle sobrement.

— Comment veux-tu que je me repose avec tout ça ? tempêta-t-il en agitant le doigt vers la croisée.

— Tu t'agites trop, Père, et ce n'est pas bon. Tu devrais essayer de garder ton sang-froid.

— Il faut que nous soyons à Riva pour Erastide, Pol.

— Oui, Père. Je sais. Tu as pris ton cordial ?

— Il n'y a pas moyen de discuter avec elle, pesta le vieil homme en s'adressant à Garion. Tu es bien d'accord, hein ?

— Voyons, Grand-père, tu n'espères tout de même pas que je vais répondre à une question pareille ? Surtout devant elle, ajouta-t-il *mezzo voce*.

— Traître, marmonna le vieillard d'un ton méprisant assorti d'une œillade noire.

Mais les préoccupations de Belgarath étaient sans fondement. Quatre jours avant Erastide, la silhouette maintenant familière du vaisseau du capitaine Greldik émergea d'une violente tempête de grêle et entra dans le port. Son mât, sa coque, étaient couverts de glace et sa grand-voile était déchirée en deux.

Sitôt arrivé au palais, le marin barbu fut escorté vers la salle où Belgarath l'attendait en compagnie du colonel — naguère capitaine — Brendig, le baronnet calme et pondéré qui avait si brillamment réussi leur arrestation à Camaar, tant de mois auparavant. L'ascension de Brendig avait été très rapide, et il comptait maintenant, avec le comte de Seline, au nombre des conseillers les plus écoutés du roi Fulrach.

— C'est Anheg qui m'envoie, rapporta laconiquement Greldik. Il vous attend à Riva, avec Rhodar et Brand. Tout le monde commençait à se demander ce que vous fabriquiez.

— Eh bien, j'attendais de trouver un capitaine de vaisseau assez inconscient pour s'aventurer au large par ce temps, rétorqua agressivement Belgarath.

— Bon, eh bien maintenant je suis là ! Il faut que je rafistole ma voile, mais il n'y en a pas pour des années. Nous serons prêts à partir dès demain matin. Il n'y a rien à boire dans le coin ?

— Comment est la mer ? reprit Belgarath.

— Ça clapote, ça clapote, admit Greldik en haussant vaguement les épaules. Enfin, ça va mieux une fois qu'on a passé la jetée, ajouta-t-il avec un coup d'œil aux vagues de douze pieds qui s'écrasaient, glauques et écumantes, sur les quais verglacés du port, juste au-dessous d'eux.

— Eh bien, nous partirons demain matin à la première heure, décida Belgarath. Nous sommes une vingtaine. Vous aurez assez de place pour tout le monde ?

— On en trouvera. J'espère que vous n'avez pas l'intention d'emmener des chevaux. J'ai passé une semaine à nettoyer la cale, l'autre fois.

— Un seul, répondit Belgarath. Un poulain qui ne peut pas se passer de Garion. Il ne fera pas beaucoup de dégâts. Vous n'avez besoin de rien ?

— Si : d'un verre, répliqua Greldik, les yeux pleins d'espoir.

Le lendemain matin, la reine Layla de Sendarie fit une crise de nerfs en apprenant qu'elle accompagnerait le groupe à Riva. La grassouillette petite femme du roi Fulrach avait une horreur absolue des traversées en mer — même par temps calme. La seule vue d'un bateau la faisait trembler de tous ses membres. Quand Polgara lui apprit qu'il lui fallait venir avec eux à Riva, elle s'effondra comme une baudruche.

— Tout ira bien, Layla, lui répétait constamment Polgara en essayant de calmer son agitation. Je ne permettrais pas qu'il vous arrive quoi que ce soit.

— Nous allons tous périr noyés comme des rats, gémit la reine Layla, terrorisée. Oh ! mes pauvres enfants orphelins !

— Bon, maintenant ça suffit ! s'exclama Polgara.

— Les monstres marins vont nous dévorer, ajouta la reine, morbide. Ils vont nous broyer les os avec leurs horribles dents !

— Il n'y a pas de monstres dans la Mer des Vents, Layla, objecta Polgara avec une patience d'ange. Nous sommes obligés d'y aller. Nous devons tous être à Riva le jour d'Erastide.

— Vous ne pourriez pas dire aux autres que je suis malade — mourante ? implora la reine Layla. Si ça peut vous aider, je vais mourir pour de bon. Honnêtement, Polgara, je veux bien mourir, ici, tout de suite. Mais par pitié, ne m'obligez pas à monter sur cet horrible navire. Je vous en conjure !

— Vous commencez à m'agacer, Layla, la gourmanda fermement Polgara. Vous n'avez pas le choix, et nous non plus. Tout le monde doit venir à Riva : Fulrach, Seline, Brendig et vous. Cette décision a été prise longtemps avant votre naissance. Maintenant, arrêtez ces simagrées et faites vos malles.

— Je ne peux pas ! sanglota la petite reine en se laissant tomber dans un fauteuil.

Il y avait une sorte de compassion dans le regard que Polgara braqua sur la petite reine paniquée, mais cela ne se sentit pas dans sa voix.

— Levez-vous, Layla, ordonna-t-elle sèchement. Levez-vous et emballez vos vêtements. Vous allez à Riva. Vous irez, quand bien même je devrais vous traîner au vaisseau et vous attacher au mât.

— Vous n'oseriez jamais faire une chose pareille ! hoqueta la reine Layla, émergeant de son hystérie aussi subitement que si on lui avait jeté un seau d'eau glacée. Vous ne me feriez tout de même pas ça !

— Ah non ? insinua Polgara. Je pense que vous devriez faire vos paquets, Layla.

La reine se releva mollement.

— J'aurai le mal de mer à chaque vague, promit-elle.

— Si ça peut vous faire plaisir, ma chère, répondit Polgara d'un ton suave en tapotant gentiment la joue rebondie de la petite reine.

CHAPITRE X

Il leur fallut deux jours pour aller de Sendar à Riva. Le vaisseau courait grand largue sur la mer moutonnante, roulant et tanguant dans les creux, sa voile rapiécée gonflée comme un ballon sous le ciel d'un gris sale, menaçant. C'était à croire que Greldik prenait plaisir à foncer dans les vagues noires, monstrueuses, faisant jaillir des gerbes d'écume qui gelaient en touchant le bordage. Les cabines étant surpeuplées, Garion passa le plus clair de son temps sur le pont. Il tenta diverses tactiques pour s'abriter du vent sans se fourrer dans les jambes des matelots et finit évidemment par se retrouver à la proue. Là, le dos collé au bastingage, le capuchon de sa cape bleue rabattu jusqu'aux yeux pour se protéger du crachin, il se consacra à de sérieuses réflexions.

Garion ruminait des pensées presque aussi sombres que le temps. Pendant les quinze derniers mois, sa vie avait été tout entière axée sur la quête de l'Orbe et il n'avait pas eu le temps de réfléchir à l'avenir. Or l'aventure était à présent presque terminée et il commençait à se demander comment les choses allaient se passer une fois que l'Orbe aurait retrouvé sa place à la Cour du roi de Riva. Ses compagnons n'auraient aucune raison de rester ensemble. Barak retournerait au Val d'Alorie ; Silk partirait certainement pour d'autres cieux offrant des perspectives plus intéressantes ; Hettar, Mandorallen et Relg rentreraient chez eux. Même Ce'Nedra regagnerait Tol Honeth après avoir assisté aux cérémonies de présentation dans la salle du trône. Ils reprendraient tous une vie normale. Ils se promettraient de se revoir, et ils seraient sans doute sincères, mais Garion savait qu'une fois séparés il ne les verrait plus jamais ensemble.

Il s'interrogeait aussi sur sa propre existence. En revenant à la ferme de Faldor, il en avait à jamais refermé la porte derrière lui — en admettant qu'elle eût été encore ouverte. Les éléments d'information réunis au cours de l'année écoulée lui avaient fait comprendre sans doute possible qu'il ne serait pas en position de décider par lui-même pendant un bon moment.

— *Vous n'avez pas l'intention de me dire ce que je suis censé faire maintenant, j'imagine ?*

Il ne s'attendait pas vraiment à recevoir une réponse satisfaisante de l'autre conscience qui habitait son esprit.

— *C'est un peu prématuré,* répondit sa voix sèche.

— *Demain, nous serons à Riva,* souligna Garion. *Dès que nous aurons remis l'Orbe à sa place, cette partie de l'aventure sera terminée. Vous ne pensez pas qu'il serait temps de me donner un ou deux tuyaux sur la suite des événements ?*

— *Je ne voudrais pas te gâcher le plaisir.*

— *Vous savez, il y a des moments où je me dis que vous faites des mystères pour le seul plaisir d'agacer les gens.*

— *En voilà une idée intéressante.*

A partir de là, la conversation ne les mena nulle part.

Vers midi, la veille d'Erastide, le vaisseau couvert de glace de Greldik louvoya et entra dans le port de la cité de Riva, niché dans une anfractuosité de la côte orientale de l'Ile des Vents. Le port et la ville étaient abrités derrière un promontoire rocheux battu par les vents. Riva était une cité fortifiée, ainsi que le constata aussitôt Garion. Les quais étaient adossés à une haute et épaisse muraille. L'étroite piste de gravier qui disparaissait sous la neige, de chaque côté des jetées, n'entrait pas dans la ville. Un groupe de bâtiments de fortune et de tentes multicolores se dressaient sur la grève, blottis contre les remparts de la ville. Des hommes se hâtaient de traverser la petite enclave, sous le vent âpre. Garion crut reconnaître parmi eux des marchands tolnedrains et quelques Drasniens.

La cité proprement dite s'élevait, altière, en haut d'une pente raide. C'était une ville en terrasse, dont les maisons constituaient autant de formidables marches. En guise de fenêtres, les bâtiments étaient percés de meurtrières tournées vers le port. Garion vit tout de suite l'avantage stratégique d'une telle construction. La cité était une succession de barrières. Franchir les portes de la ville n'eût pas mené loin : chacun des gradins était aussi imprenable que la muraille principale. Les tours, les chemins de ronde de la forteresse juchée au sommet de la lugubre cité et qui la dominait telle une obscure menace étaient gris et inquiétants comme tout le reste. Les bannières bleu et blanc de Riva claquaient dans le vent au-dessus des toits, découpant les nuages noirs qui fuyaient dans le ciel hivernal.

Debout sur le quai, devant les portes de la ville, le roi Anheg de Cherek et Brand, le Gardien de Riva, vêtus, l'un de peaux de bêtes, l'autre de la cape grise des Riviens, attendaient que les matelots de Greldik eussent amené le vaisseau à quai. Lelldorin de Wildantor était planté à côté d'eux, un grand sourire accroché à la face, ses cheveux d'or rouge coulant sur sa cape verte. Garion le dévisagea un moment comme s'il n'en croyait pas ses yeux, puis il poussa un cri de joie et, passant par-dessus le bastingage, bondit sur le quai de pierre pour rejoindre son ami. Garion et le jeune Asturien échangèrent une accolade digne de deux ours, riant, se flanquant de grandes claques sur les épaules.

— Tu vas bien ? demanda Garion. Enfin, tu es complètement remis ?

— En pleine forme ! assura Lelldorin en riant.

— Ouais, tu disais ça même à l'article de la mort, rétorqua Garion d'un air dubitatif.

— Non, je t'assure, protesta l'Asturien. Je me porte vraiment comme un charme. La jeune sœur du baron Oltorain a réussi, avec des emplâtres et des potions au goût affreux, à extraire le venin de l'Algroth qui courait dans mes veines et à me remettre sur pied. C'est une fille merveilleuse.

A ces mots, ses yeux se mirent à étinceler.

— Quel bon vent t'amène à Riva ? s'étonna Garion.

— Je n'ai reçu que la semaine dernière le message de Dame Polgara me demandant de venir ici le plus vite possible. J'étais encore au château du baron Oltorain, expliqua Lelldorin avec un toussotement gêné. J'avais retardé mon départ à plusieurs reprises, pour toutes sortes de raisons. Enfin, je suis parti dès que j'ai reçu son ordre. Tu étais certainement au courant pour cette dépêche ?

— C'est la première fois que j'en entends parler, déclara Garion en jetant un coup d'œil en direction de tante Pol.

Celle-ci descendait du bateau et prenait pied sur le quai, la reine Silar et la reine Layla à sa suite.

— Où est Rhodar ? demandait Cho-Hag.

— Il est resté à la Citadelle, répondit Anheg avec un haussement d'épaules. Il n'était pas vraiment utile qu'il traîne sa grosse bedaine jusqu'ici pour remonter toutes ces marches aussitôt après.

— Comment va-t-il ? s'enquit le roi Fulrach.

— Je crois qu'il a un peu maigri. L'imminence de la paternité semble avoir eu un certain impact sur son appétit.

— Pour quand la naissance est-elle prévue ? questionna la reine Layla, dévorée de curiosité.

— Ça, Layla, je serais bien incapable de vous le dire, avoua le roi de Cherek. Je ne me rappelle jamais ce genre de détail. Porenn est restée à Boktor. Le voyage était trop long pour elle. En revanche, Islena est venue.

— Garion, il faut que je te parle, reprit Lelldorin, tout excité.

— Avec plaisir, acquiesça Garion.

Ils firent quelques pas sur le quai enneigé, s'éloignant un peu du tumulte des retrouvailles.

— J'ai peur que Dame Polgara ne m'en veuille, commença tout bas Lelldorin.

— Et pourquoi t'en voudrait-elle ? s'enquit Garion, en proie à un horrible soupçon.

— Eh bien… Disons que certaines choses ont pour ainsi dire mal tourné en cours de route.

— Comment cela ? Qu'est-ce qui a « pour ainsi dire mal tourné » ?

— J'étais chez le baron Oltorain, raconta Lelldorin.

— Ça, j'ai compris.

— Ariana — damoiselle Ariana, c'est-à-dire la sœur du baron Oltorain...

— La petite Mimbraïque qui t'a remis sur pied ?

— Tu te souviens d'elle ! s'exclama Lelldorin avec ravissement. Tu te rappelles comme elle est belle, comme

— Ne nous écartons pas du sujet, Lelldorin, ordonna fermement Garion. Tu me disais donc que tante Pol allait t'en vouloir.

— J'y arrive, Garion. Eh bien... Pour dire les choses en deux mots, nous sommes devenus, euh, amis, Ariana et moi.

— Je vois.

— Oh ! rien de mal ! je t'assure, ajouta promptement le jeune Asturien. Mais nous avions tant d'amitié l'un pour l'autre que euh, nous ne voulions pas être séparés. A vrai dire, reprit Lelldorin, et son visage semblait implorer l'indulgence de son ami, c'était très grave. Ariana m'a révélé que si je partais sans elle, elle en mourrait.

— Elle exagérait peut-être un peu, non ? souffla Garion.

— Comment aurais-je pu courir ce risque ? se récria Lelldorin. Les femmes sont tellement plus fragiles que nous. Et puis, Ariana est médecin ; elle était bien placée pour savoir si elle allait mourir, non ?

— Sûrement, assura Garion avec un soupir. Allez, Lelldorin, crache le morceau, va. Je suis prêt à tout entendre.

— Je ne voulais de mal à personne, se lamenta Lelldorin.

— Mais non, bien sûr.

— Enfin, nous sommes partis du château un soir, très tard, Ariana et moi. Je connaissais le chevalier qui montait la garde sur le pont-levis, et comme je ne voulais pas lui faire de mal, je lui ai tapé sur la tête.

Garion le regarda en clignant des yeux.

— Je savais qu'il serait moralement obligé de tenter de nous arrêter, expliqua Lelldorin. Alors plutôt que de le tuer, je lui ai flanqué un coup sur la tête.

— Vu comme ça, évidemment...

— Ariana est sûre qu'il ne mourra pas.

— Et pourquoi en serait-il mort ?

— Je crains d'avoir cogné un peu fort.

Les autres avaient tous débarqué, à présent, et s'engageaient derrière Brand et le roi Anheg dans l'escalier abrupt, couvert de neige, qui menait aux niveaux supérieurs de la ville. Garion et Lelldorin les suivirent, fermant la marche.

— Et tu penses que tante Pol va t'en vouloir pour cela, déduisit Garion.

— C'est-à-dire... Ce n'est pas tout à fait fini, Garion, avoua Lelldorin. Il y a d'autres petites choses.

— Quel genre ?

— Eh bien, ils nous ont un peu poursuivis, alors j'ai dû tuer quelques-uns de leurs chevaux.

— Je vois.

— J'ai pris bien garde de viser les chevaux et pas les hommes. Qu'est-ce que j'y peux, moi, si le baron Oltorain n'a pas réussi à dégager son pied de l'étrier ?

— Bon, il est dans quel état ?

Garion s'attendait au pire, à présent.

— Rien de très grave. Enfin, je ne pense pas. Peut-être une jambe cassée. De toute façon, il se l'était déjà brisée le jour où sire Mandorallen lui a fait vider les étriers.

— Continue.

— Mais le prêtre, lui, il l'a bien cherché, déclara Lelldorin avec chaleur.

— Le prêtre ?

— Le prêtre de Chaldan, à la petite chapelle. Comme Ariana n'était pas en mesure de fournir un document établissant le consentement de sa famille, il a refusé de nous marier. Dans des termes très insultants, je t'assure.

— Et qu'est-ce que tu lui as cassé, à lui ?

— Oh ! juste quelques dents ! J'ai arrêté de taper dès qu'il a accepté de procéder à la cérémonie.

— Ainsi donc, tu es marié ? Félicitations. Je suis sûr que vous serez très heureux quand tu sortiras de prison.

— Nous ne sommes mariés que sur le papier, Garion, déclara Lelldorin en se redressant de toute sa hauteur. Jamais je n'aurais profité de la situation, tu penses bien. Seulement la réputation d'Ariana aurait pu en souffrir si l'on avait appris que nous voyagions tous les deux comme ça. Le mariage n'avait d'autre but que de sauver les apparences.

Tandis que Lelldorin poursuivait le récit de son voyage- catastrophe en Arendie, Garion observait avec curiosité la cité de Riva. Les rues couvertes de neige, bordées de bâtiments massifs, d'un gris uniforme, avaient quelque chose de lugubre. Les rares guirlandes de pin et les fanions multicolores accrochés en l'honneur d'Erastide semblaient ajouter à la tristesse de la ville. Pourtant, des odeurs très intéressantes émanaient des cuisines où les mets traditionnels rôtissaient et frémissaient sous l'œil attentif des maîtresses de maison riviennes.

— C'est tout ? insista Garion. Récapitulons : tu as enlevé et épousé la sœur du baron Oltorain sans le consentement de son frère, cassé la jambe dudit baron, estropié plusieurs de ses sujets — dont un prêtre. Tu es sûr que tu n'as rien oublié ?

— Eh bien... il y a encore une petite chose, répondit Lelldorin en se renfrognant.

— Ah ! tu vois !

— Je suis vraiment désolé pour Torasin.

— Ton cousin ?

Lelldorin opina du chef avec tristesse.

— Nous sommes allés nous réfugier chez mon oncle Reldegin, et Torasin a fait des remarques au sujet d'Ariana — c'est vrai qu'elle est mimbraïque, et Torasin est incroyablement sectaire. J'ai protesté avec modération. Enfin, je pense, tout bien considéré. Mais il n'a pas aimé que je lui fasse descendre l'escalier sur les fesses et il a insisté pour que nous nous battions en duel.

— Et tu l'as tué ? s'exclama Garion, atterré.

— Bien sûr que non. Je lui ai juste un petit peu passé mon épée au travers de la jambe.

— Enfin, Lelldorin, comment peut-on juste un petit peu traverser la jambe de quelqu'un ? releva Garion, exaspéré.

— Je te déçois, hein, Garion ?

Le jeune Asturien avait l'air au bord des larmes.

Garion leva les yeux au ciel et déclara forfait.

— Non, Lelldorin, je ne suis pas déçu. Un peu étonné, peut-être, mais pas vraiment déçu. Bon, c'est tout, cette fois ? Tu es sûr de ne pas en oublier ?

— Eh bien, je serais comme qui dirait hors la loi en Arendie.

— Comme qui dirait, hein ?

— Si j'ai bien compris, la couronne a mis ma tête à prix, avoua Lelldorin.

Garion fut pris d'un fou rire.

— Jamais un véritable ami ne rirait de mes malheurs, se lamenta le jeune homme, froissé.

— Tu as réussi à te fourrer dans tous ces ennuis en une seule semaine ?

— Rien de tout ça n'est vraiment ma faute, Garion. J'ai peut-être un peu perdu le contrôle de la situation, mais c'est tout. Tu crois que dame Polgara va m'en vouloir ?

— Je vais lui parler, promit impulsivement Garion. Peut-être que s'ils en appellent au roi Korodullin, Mandorallen et elle, ils arriveront à le convaincre de lever la sentence.

— C'est vrai que sire Mandorallen et toi vous avez réglé son compte à Nachak le Murgo et ses acolytes dans la salle du trône de Vo Mimbre ? coupa Lelldorin avec autant de suite dans les idées qu'un chiot de trois semaines.

— Je pense que l'histoire a été un peu déformée, rectifia Garion. J'ai dénoncé Nachak et Mandorallen a proposé de le défier en combat singulier pour prouver la véracité de mes dires. Alors les hommes de Nachak ont attaqué Mandorallen, et Barak et Hettar sont entrés dans la danse. En fait, c'est Hettar qui a tué le Murgo. Nous avons réussi à ne pas vous mêler à tout ça, Torasin et toi.

— Tu es un véritable ami, Garion.

— Ici, disait Barak. Elle est venue *ici* ? — Avec Islena et moi, confirma le roi Anheg.

— Et...

Le roi Anheg hocha la tête.

— Elle a amené ton fils et tes filles. L'arrivée du petit dernier semble l'avoir considérablement amadouée.

— Comment est-il ? demanda avidement Barak.

— C'est une grosse brute de gamin aux cheveux rouges, répliqua Anheg en éclatant de rire. On l'entend brailler à une lieue quand il a faim.

Barak se fendit d'un sourire béat.

Ils arrivèrent enfin en haut des marches et débouchèrent sur une place encaissée entre les murailles. Deux petites filles en robe verte, à peine plus âgées que Mission, les attendaient impatiemment.

— Papa ! piaula la plus jeune des deux en courant vers Barak, ses longues tresses blond-roux flottant sur son dos.

L'immense bonhomme la cueillit dans ses grands bras et planta de gros baisers sonores sur ses joues rouges comme des pommes. La seconde petite fille était la copie conforme de sa sœur, avec un ou deux ans de plus peut-être. Elle les rejoignit avec une dignité impressionnante et fut aussitôt balayée par l'étreinte de son père.

— Mes filles, annonça fièrement Barak à ses compagnons. Gundred, reprit-il en fourrant sa grande barbe rousse dans la figure de l'aînée, lui arrachant des gloussements de joie. Et la petite Terzie, ajouta-t-il avec un sourire attendri à la seconde.

— Papa, on a un petit frère ! proclama gravement l'aînée.

— Non, ce n'est pas possible ! s'exclama Barak, feignant un immense étonnement.

— Oh ! tu le savais ! Nous voulions être les premières à te le dire, accusa Gundred, boudeuse.

— Il s'appelle Unrak, et il a les cheveux roux, juste comme toi, déclara Terzie. Mais il n'a pas encore de barbe.

— Ça viendra, la rassura Barak.

— Il crie tout le temps, rapporta Gundred, et il n'a pas de dents.

Puis le vaste portail de la citadelle s'ouvrit en grand devant la reine Islena, en manteau de cour pourpre. Elle était accompagnée de Merel, vêtue d'une robe verte, et d'une jeune et jolie Arendaise aux cheveux blonds. La femme de Barak portait fièrement un paquet enveloppé dans une couverture.

— Salut à toi, Barak, comte de Trellheim, mon époux. J'ai rempli mon ultime devoir. Voici ton fils Unrak, l'héritier des Trellheim, déclama-t-elle d'un ton solennel en lui tendant le ballot.

Barak posa doucement ses filles à terre, s'approcha de sa femme et lui prit le balluchon des mains avec une expression bizarre. De ses gros doigts tremblants, il écarta tout doucement les langes et posa pour la première fois les yeux sur le visage de son fils. Garion vit juste que le bébé avait le poil roux comme Barak.

— Salut à toi, Unrak, héritier des Trellheim, mon fils, tonna Barak en l'embrassant.

Comme les favoris de son père lui chatouillaient le nez, l'enfant se mit à roucouler et à gazouiller, puis il lui agrippa la barbe à deux mains et enfonça son museau dedans comme un petit chiot.

Barak esquissa une grimace.

— Il a de la poigne, commenta-t-il à l'attention de sa femme.

Merel écarquilla légèrement les yeux avec une expression indéchiffrable.

— Je vous présente mon fils Unrak, annonça Barak à la compagnie en levant le bébé pour que tous puissent l'admirer. Il est encore trop tôt pour affirmer quoi que ce soit, mais il promet.

— Mon Seigneur et Maître est donc content de moi ? reprit la femme de Barak en se redressant avec fierté.

— Au-delà de toutes mes aspirations, Merel, affirma-t-il.

Puis, tenant le bébé d'un seul bras, il la prit dans l'autre et l'embrassa avec enthousiasme. L'étonnement de Merel sembla s'accroître encore.

— Entrons, suggéra un peu brusquement le roi Anheg. Il ne fait pas chaud dehors et je ne tiens pas à ce que les larmes me gèlent dans la barbe. C'est que je suis un grand sentimental.

Comme Lelldorin et Garion entraient dans la forteresse, la jolie Arendaise aux cheveux blonds s'approcha d'eux.

— Garion, je te présente Ariana, fit Lelldorin, extatique.

L'espace d'un trop bref instant, Garion conçut un mince espoir pour son impossible ami. Damoiselle Ariana, la jeune et jolie Mimbraïque, donnait — peut-être était-ce la conséquence de ses études médicales — l'impression d'avoir les pieds sur terre. Mais le regard qu'elle rendit à Lelldorin dissipa aussitôt toute espérance. Ses yeux exprimaient une absence de raison à faire frémir. Ariana ne risquait pas d'empêcher Lelldorin de foncer tête baissée dans les aventures les plus désastreuses. Elle aurait plutôt tendance à l'y inciter en applaudissant des deux mains.

— Mon Seigneur attendait avec impatience Ton arrivée, indiqua-t-elle à Garion comme ils suivaient les autres le long d'un interminable couloir de pierre.

La façon dont elle prononçait ce « Mon Seigneur » en disait long comme le bras : si Lelldorin s'imaginait encore avoir conclu un mariage de pure forme, elle était d'un avis différent.

— Nous sommes très bons amis, enchaîna Garion.

Il jeta un regard alentour, un peu embarrassé par la façon dont les tourtereaux se regardaient dans le blanc de l'œil.

— Voilà donc la Cour du Roi de Riva, observa-t-il pour dire quelque chose.

— Tel est en général le nom qu'on lui donne, confirma Ariana. Mais les Riviens l'appellent autrement. Messire Olban, le plus jeune fils du Gardien de Riva, qui nous a fort gracieusement fait faire le tour de la forteresse, la désigne sous le nom de Citadelle. La Cour du roi de Riva n'est que la salle du trône.

— Ah ! ah ! fit Garion. Je vois.

Il détourna précipitamment les yeux, peu désireux de voir le regard de la jeune fille abdiquer toute intelligence pour s'abîmer dans la contemplation de Lelldorin.

Ils entrèrent dans une vaste salle à manger aux poutres basses, baignée de la lumière dorée d'une multitude de chandelles. Un bon feu pétillait dans une cheminée aux proportions d'une grotte. Le roi Rhodar de Drasnie, vêtu de son éternelle robe rouge, emplissait de sa vaste masse un fauteuil placé au bout d'une longue table, devant les vestiges d'un déjeuner mythologique. Sa couronne était négligemment accrochée à son dossier et son visage rond, rougeaud, luisait de sueur.

— Ah ! tout de même ! grommela-t-il.

Il s'approcha d'eux d'une démarche majestueuse, donna affectueusement l'accolade à Polgara, embrassa les reines Silar et Layla et serra cordialement les mains de Cho-Hag et Fulrach.

— Il y avait longtemps, ajouta-t-il avant de se tourner vers Belgarath. Qu'est-ce qui vous a retenus ?

— Ça fait une trotte, Rhodar, protesta le vieux sorcier en retirant sa cape et en allant se chauffer les fesses devant la cheminée. On ne va pas d'ici à Rak Cthol en une semaine, vous savez.

— Je me suis laissé dire que vous aviez fini par vider votre querelle, Ctuchik et vous ? reprit le roi.

Silk eut un petit rire sardonique.

— Ce fut une magnifique petite rencontre, mon oncle.

— Je regrette d'avoir raté ça, déclara Rhodar en jetant à Ce'Nedra et Adara un coup d'œil à la fois inquisiteur et ouvertement admiratif. Mesdames, fit-il en s'inclinant cérémonieusement devant elles. Si quelqu'un voulait bien nous présenter, je serais plus qu'heureux de vous octroyer quelques royaux baisers.

— Attention, Rhodar. Si Porenn te prend à faire la bise aux jolies filles, elle va te découper les tripes à la scie, déclara le roi Anheg avec un gros rire.

Pendant que tante Pol faisait les présentations, Garion recula de quelques pas pour réfléchir aux catastrophes que Lelldorin avait provoquées en une petite semaine de rien du tout. Il allait falloir des mois pour défaire cet infernal imbroglio, et rien ne prouvait qu'il ne recommencerait pas. Ou plutôt, qu'il ne recommencerait pas à la minute où il se retrouverait livré à lui-même.

— Dis donc, il a pris un coup de soleil, ton ami ? insinua la princesse Ce'Nedra en le tirant par la manche.

— Comment ça, « un coup de soleil » ? Par ce temps-là ?

— Tu veux dire qu'il est toujours comme ça ?

— Ah, Lelldorin... Eh bien, disons que c'est un garçon très spontané, et qu'il lui arrive de parler ou d'agir sans prendre le temps de réfléchir.

La loyauté l'engageait à présenter les choses sous leur meilleur jour.

— Ecoute, Garion, commença Ce'Nedra d'un ton très direct. Je connais les Arendais. Eh bien, c'est le pire que j'aie jamais rencontré. Il est tellement Arendais qu'on pourrait presque dire que c'est un handicap.

Garion vola au secours de son ami.

— Il n'est pas si mauvais.

— Il ne manquerait plus qu'il morde ! Quant à son Ariana, c'est peut-être une belle fille et un médecin compétent, mais elle est totalement dénuée de la moindre parcelle de discernement.

— Ils sont amoureux, avança Garion, comme si c'était une explication.

— Je ne vois pas le rapport.

— L'amour transforme les gens. On dirait que ça oblitère leur jugement, ou je ne sais quoi.

— Mais c'est fascinant, ça, dis-moi. Continue.

Garion était trop absorbé pour remarquer l'intonation inquiétante de sa voix.

— Dès qu'un individu tombe amoureux, c'est comme si la cervelle lui dégoulinait par les oreilles, poursuivit-il d'un ton pénétré.

— Voilà une façon pittoresque de présenter les choses.

Garion rata *aussi* le second avertissement.

— C'est presque comme une maladie, ajouta-t-il.

— Tu veux que je te dise quelque chose, Garion ?

proposa la princesse d'un ton parfaitement anodin. Il y a des moments où tu me rends malade.

Sur ce, elle tourna les talons, le laissant planté là.

— Mais qu'est-ce que j'ai fait ? objecta-t-il, abasourdi.

Elle l'ignora superbement.

— Et si vous nous montriez l'Orbe, Belgarath ? suggéra le roi Rhodar, après dîner.

— Demain midi, promit le vieillard. Vous la verrez quand elle reprendra sa place dans la Cour du roi de Riva.

— Nous l'avons déjà vue, Belgarath, protesta le roi Anheg. Quel mal y aurait-il à ce que nous y jetions un coup d'œil tout de suite ?

Belgarath secoua la tête d'un air buté.

— J'ai mes raisons, Anheg. Il se pourrait qu'elle vous réserve une surprise, demain, et je ne voudrais pas la déflorer.

— Rattrapez-le, Durnik, enjoignit Polgara.

Mission s'était laissé glisser de son siège et s'approchait du roi Rhodar en tripotant les cordons de l'aumônière accrochée à sa taille.

— Oh ! non, mon petit ami ! fit Durnik en le ceinturant et en le prenant dans ses bras.

— Quel bel enfant, admira la reine Islena. A qui est-il ?

— C'est notre petit voleur, expliqua Belgarath. Zedar l'a trouvé je ne sais où et l'a élevé dans une innocence absolue. Pour l'instant, il semble être seul au monde à pouvoir toucher l'Orbe.

— Elle est dans cette bourse ? s'enquit Anheg.

— Il nous a causé bien du souci avec tout le long du chemin, assura Belgarath en hochant la tête. Il veut la donner à tout le monde. S'il vous tend quelque chose, je ne vous conseille pas d'accepter.

— Je m'en garderais bien, le rassura Anheg.

Mission parut aussitôt oublier l'Orbe, comme chaque fois qu'on en détournait son attention. Son regard tomba sur le bébé que Barak tenait dans ses bras, et dès que

Durnik l'eut posé à terre, il alla le voir de plus près. Unrak lui retourna son regard, et une étrange reconnaissance sembla passer entre eux. Mission embrassa doucement Unrak, qui s'empara en souriant du doigt de l'étrange petit garçon. Puis Gundred et Terzie s'approchèrent d'eux à leur tour, et la grosse face de Barak se dressa au milieu de ce bouquet de petites têtes. Il leva sur sa femme des yeux pleins de larmes, et le regard qu'elle lui rendit avait quelque chose d'étrangement tendre. C'était la première fois que Garion la voyait sourire à son mari.

CHAPITRE XI

Une tempête venue du nord-ouest se déchaîna cette nuit-là sur l'Ile des Vents. Des vagues énormes se fracassaient en rugissant sur les falaises, le vent s'acharnait sur les antiques murailles de la forteresse ancrée dans le roc inébranlable et la citadelle de Poing-de-Fer semblait frémir dans la tourmente.

Le vent vociférait, la grêle tambourinait sur les volets, des courants d'air furieux s'engouffraient tout à coup dans les couloirs, faisant claquer les portes dans les moments où revenait le silence, plus oppressant encore que le tumulte. Garion dormit d'un sommeil agité, hanté de rêves étranges. Un événement inexpliqué, d'une importance prodigieuse, allait se produire et il avait toutes sortes de préparatifs à faire, il ignorait pourquoi et nul n'était en mesure de lui dire comment s'y prendre. Tout le monde avait l'air terriblement pressé et on n'arrêtait pas de le bousculer, le faisant passer d'une tâche à l'autre, l'empêchant de finir ce qu'il commençait. Tout se passait comme si la tourmente s'était mise de la partie : à force de vacarme, par les coups de boutoir de ses gigantesques vagues, l'ennemi vitupérant s'efforçait de rompre la concentration absolue nécessaire à l'accomplissement de sa tâche.

— Tu es prêt ?

C'était tante Pol. Elle le casquait d'une casserole à long manche, lui tendait un bout de bois et un couvercle de chaudron en guise d'épée et de bouclier.

— Que dois-je faire ? demanda-t-il.

— Tu sais bien, répondit-elle. Dépêche-toi. Le temps presse.

— Non, Tante Pol. Non, vraiment, je ne...

— Mais si, voyons. Allez, ne perds pas de temps.

Il jeta autour de lui un regard plein d'appréhension, ne sachant plus à quel saint se vouer. Rundorig était planté non loin de là, l'air un peu stupide comme toujours. Il avait lui aussi une casserole sur la tête, un couvercle de chaudron en lieu et place d'écu et il brandissait un sabre de bois. Ils semblaient avoir quelque chose à faire ensemble. Garion dédia un grand sourire à son ami, qui le lui rendit.

— Très bien, l'encouragea tante Pol. Maintenant, tue-le. Vite, Garion, il faut que ce soit fini avant le dîner.

Il fit volte-face et la dévisagea, incrédule. Tuer Rundorig ? Mais quand il se tourna à nouveau vers lui, ce n'était pas Rundorig. Un faciès mutilé, hideux, le contemplait sous la casserole qui le coiffait.

— Non, pas comme ça, disait impatiemment Barak. Tiens-la à deux mains, braquée sur son poitrail, la pointe vers le bas pour qu'il ne la fasse pas dévier avec ses défenses en chargeant. Allez, Garion, recommence. Et tâche d'y arriver, cette fois. Nous n'avons pas la journée devant nous, tu sais.

Le grand bonhomme poussa du pied le sanglier mort. L'animal se releva, enfonçant ses sabots dans la neige. Barak jeta un rapide coup d'œil à Garion.

— Tu es prêt ?

Il se retrouva alors dans une plaine étrange, dépourvue de couleur. Il y avait comme des statues autour de lui. Non, pas des statues — des silhouettes. Le roi Anheg — ou quelqu'un qui lui ressemblait — était là, avec le roi Korodullin, la reine Islena, le comte de Jarvik, et même Nachak, l'ambassadeur murgo à Vo Mimbre.

— Quelle pièce veux-tu déplacer ? fit tout à coup la voix sèche qui partageait sa conscience.

— Je ne connais pas la règle du jeu, objecta Garion.

— Ça n'a pas d'importance. A toi de jouer.

Garion se retourna. L'une des silhouettes se jetait sur

lui. Elle portait une robe à capuchon et ses yeux fous lui sortaient de la figure. Garion leva la main sans réfléchir, pour parer l'attaque.

— C'est le coup que tu veux tenter ? reprit la voix.

— Je n'en sais rien.

— Il est trop tard pour changer d'avis. Tu l'as touché. A partir de maintenant, tu joues tout seul.

— C'est l'une des règles ?

— C'est comme ça. Tu es prêt ?

Puis il reconnut l'odeur de la terre et des chênes centenaires.

— Tu devrais vraiment apprendre à tenir ta langue, Polgara, conseillait Asharak, le Murgo, avec un sourire mielleux.

Il frappa sauvagement tante Pol en plein visage.

— C'est encore à toi, coupa sa voix sèche. Tu ne peux tenter qu'un mouvement.

— C'est vraiment indispensable ? Il n'y a pas moyen de faire autrement ?

— C'est le seul coup possible. Tu ferais mieux de te dépêcher.

Garion poussa un grand soupir et tendit la main. De sa paume jaillit une flamme qui embrasa Asharak.

Un courant d'air impétueux força la porte de la chambre que Garion partageait avec Lelldorin, les réveillant en sursaut.

— J'y vais, proposa Lelldorin en repoussant ses couvertures et en se précipitant sur les dalles glacées du sol.

— Ça va encore souffler longtemps comme ça ? ronchonna Garion. Comment veulent-ils qu'on dorme avec tout ce boucan ?

Lelldorin referma la porte et Garion l'entendit farfouiller dans le noir. Il y eut un cliquetis, un raclement et une étincelle jaillit pour s'éteindre presque aussitôt. L'amadou prit à la seconde tentative. Le jeune Asturien souffla sur la mèche pour aviver la flamme et alluma une chandelle.

— Tu as une idée de l'heure ? questionna Garion.

— L'aube ne devrait pas se lever avant plusieurs heures, assura Lelldorin.

— J'ai l'impression qu'il fait nuit depuis dix ans, gémit Garion.

— Nous pouvons bavarder un peu, proposa Lelldorin. Espérons que la tempête se calmera avant le lever du jour.

— Tout plutôt que de rester allongé comme ça dans le noir à bondir à chaque bruit, acquiesça Garion en se redressant et en remontant sa couverture sur ses épaules.

— Alors, Garion, il a dû t'en arriver des choses depuis la dernière fois qu'on s'est vus ? amorça Lelldorin en regagnant son lit.

— Un tas de choses, renchérit Garion. Et pas que des bonnes, d'ailleurs.

— Tu as beaucoup changé, remarqua Lelldorin.

— On m'a fait changer, nuance. Je n'étais pas toujours d'accord. Mais toi aussi tu as changé, tu sais.

— Moi ? s'esclaffa tristement Lelldorin. J'ai bien peur que non, mon pauvre vieux. Le pétrin dans lequel je me suis fourré la semaine dernière prouve suffisamment que je suis bien toujours le même.

— Ça, il faudra pas mal de pommade à tante Pol pour arranger les choses. Le plus drôle, c'est qu'il y a une sorte de logique perverse dans tes actes. Rien n'était idiot en soi. C'est juste quand on additionne le tout que ça prend des allures de catastrophe.

— En attendant, nous sommes condamnés à l'exil perpétuel, ma pauvre Ariana et moi, conclut Lelldorin avec un grand soupir.

— Ça s'arrangera, voyons, le rassura Garion. Ton oncle finira bien par passer l'éponge, et Torasin aussi, va. Il t'aime trop pour rester longtemps fâché. Le baron Oltorain t'en veut sûrement à mort, mais c'est un Arendais mimbraïque. Tu as agi par amour, il te pardonnera. Maintenant, il faudra peut-être attendre que sa jambe guérisse. Ça, c'était une vraie bourde, Lelldorin. Tu n'aurais pas dû lui casser la jambe.

— La prochaine fois, j'essaierai d'éviter, promit aussitôt Lelldorin.

— La prochaine fois ?

Ils éclatèrent de rire. Ils parlèrent encore pendant près d'une heure, leur chandelle vacillant au gré des vents coulis éveillés par la tourmente, puis le vent sembla tomber un peu et les deux jeunes gens eurent l'impression que leurs paupières s'alourdissaient.

— On essaie de dormir un peu ? suggéra Garion.

— Je vais souffler la bougie, approuva Lelldorin. Tu es prêt ? fit-il en se dirigeant vers la table.

Garion sombra presque aussitôt dans le sommeil. Un murmure sibilant se fit alors entendre à son oreille, et il sentit un contact rêche et froid.

— Tu es prêt ? siffla la voix.

Il se tourna et braqua un regard hagard sur le visage de la reine Salmissra, un visage qui hésitait entre les traits féminins, ceux du serpent et tous leurs intermédiaires.

Il se retrouva sous la voûte étincelante de la grotte des Dieux. Sans réfléchir, il s'approcha du poulain mort-né, tendit la main dans le silence absolu de la mort et effleura la petite épaule luisante comme une châtaigne.

— Tu es prêt ? lui demanda calmement Belgarath.

— Je crois.

— Très bien. Concentre ton pouvoir dessus et pousse.

— Elle est beaucoup trop lourde, Grand-père.

— Tu n'as pas besoin de la soulever, Garion. Pousse-la. Si tu t'y prends bien, elle devrait basculer. Allez, dépêche-toi. Nous n'avons pas que ça à faire.

Garion commença à concentrer son pouvoir.

Tout à coup, il fut assis à flanc de coteau avec Adara, sa cousine. Il tenait à la main une brindille et quelques herbes sèches.

— Tu es prêt ? lui demanda sa voix intérieure.

— Qu'est-ce que ça peut faire ? rétorqua Garion. Ça changerait quelque chose ?

— Tout dépend de toi et de la façon dont tu le feras.

— Ce n'est pas une très bonne réponse.

— Ce n'était pas une très bonne question. Si tu es prêt, change ces fétus en fleur.

Garion s'exécuta et contempla le résultat d'un œil critique.

— Ce n'est pas une très belle fleur, hein ? s'excusa-t-il.

— Ça fera l'affaire, assura la voix.

— Je vais la refaire.

— Et celle-ci ?

— Je vais la...

Garion leva la main pour détruire la fleur qu'il venait de rater.

— C'est interdit, tu sais, lui rappela la voix.

— C'est moi qui l'ai faite, non ?

— Et alors ? Tu ne peux pas la défaire. Allez, ça ira. Viens, maintenant. Il faut nous dépêcher.

— Je ne suis pas encore prêt.

— Tant pis. Nous ne pouvons plus attendre.

Garion se réveilla, la tête étrangement vide, comme si son sommeil agité lui avait fait plus de mal que de bien. Lelldorin dormait à poings fermés. Garion s'habilla dans le noir, quitta la pièce sur la pointe des pieds et s'engagea dans les couloirs à peine éclairés de la Citadelle de Poing-de-Fer. Il n'arrivait pas à oublier son rêve étrange. Il était toujours en proie à ce sentiment d'urgence absolue et à l'impression curieuse que tout le monde attendait quelque chose de lui.

Il arriva dans une cour battue par les vents, aux pierres noires luisantes de givre et dont les coins disparaissaient sous des monceaux de neige. L'aube commençait à poindre et le haut des remparts qui ceignaient la cour se découpait avec netteté sur le ciel où les nuages fuyaient dans le vent.

Les écuries se trouvaient de l'autre côté de la cour ; il sentait leur chaleur, l'odeur de la paille et des chevaux. Durnik en avait déjà trouvé le chemin. Le forgeron n'était pas à l'aise avec les grands de ce monde ; il leur préférait bien souvent la compagnie des bêtes.

— Toi non plus tu n'arrivais pas à dormir ? observa-t-il en regardant entrer Garion.

— J'aurais aussi bien fait de ne pas me coucher du tout, répliqua Garion en haussant les épaules. J'ai l'impression d'avoir du foin à la place de la cervelle.

— Joyeux Erastide, Garion, dit alors Durnik.

— C'est vrai, c'est Erastide ! Joyeux Erastide, Durnik.

Dans la panique, il avait failli oublier. Le poulain qui dormait dans une stalle du fond flaira l'odeur de Garion et se mit à hennir tout doucement. Le forgeron et le jeune garçon s'approchèrent de lui.

— Joyeux Erastide, Cheval, fit Garion en guise de salut.

Le poulain le bourra affectueusement de coups de nez.

— Qu'est-ce que tu en penses, Durnik ? reprit-il en caressant les oreilles du poulain. La tempête est passée ou elle va remettre ça ?

— Je crois que c'est fini ; ça se sent. A moins, bien sûr, que le temps n'ait une odeur différente sur cette île.

Garion opina du chef, flatta l'encolure du poulain et repartit vers la porte.

— Je crois que je ferais mieux d'y aller. Tante Pol m'a raconté une histoire de vêtements, hier soir. Si je traîne trop, elle va m'envoyer chercher et je finis toujours par le regretter.

— La raison est la fille de l'âge, commenta Durnik avec un grand sourire. Si on me cherche, je ne bouge pas d'ici.

Garion étreignit rapidement l'épaule du forgeron et partit à la recherche de tante Pol.

Il la trouva dans l'appartement qui semblait avoir été réservé à son usage personnel, des siècles auparavant. Elle était en compagnie des autres femmes : Adara, Taïba, la reine Layla et Ariana, la Mimbraïque ; la princesse Ce'Nedra trônait au milieu.

— Tu es bien matinal, constata tante Pol.

Elle apportait une retouche mineure à la robe de Ce'Nedra et son aiguille voltigeait sur la soie crémeuse.

— Je n'arrivais pas à dormir, expliqua-t-il en regardant la princesse avec un certain étonnement.

Elle n'était pas tout à fait comme d'habitude.

— Ne me regarde pas comme ça, Garion, lança-t-elle d'un ton un peu pincé.

— Qu'est-ce que vous avez fait à vos cheveux ?

Sa chevelure de flammes était arrangée d'une façon plutôt sophistiquée : le dessus et les tempes étaient retenus par un diadème d'or orné de feuilles de chêne, le derrière de sa tête s'ornait de nattes assez compliquées et la masse cuivrée cascadait doucement sur l'une de ses frêles épaules.

— Ça te plaît ?

— Ce n'est pas comme d'habitude, remarqua-t-il.

— Ça, Garion, nous en sommes bien conscientes, lâcha-t-elle, sublime en tournant sur elle-même pour jeter un regard critique à son reflet dans le miroir. Je ne suis pas vraiment convaincue pour les tresses, Dame Polgara, s'inquiéta-t-elle. Les Tolnedraines ne se tressent pas les cheveux. Comme cela, j'aurais plutôt l'air d'une Alorienne.

— Pas tout à fait, Ce'Nedra, murmura Adara.

— Vous voyez ce que je veux dire, Adara — toutes ces blondes avec une poitrine de vache laitière et une peau de crémière.

— Il n'est pas un peu tôt pour s'habiller ? s'étonna Garion. Grand-père dit que nous ne devons apporter l'Orbe dans la salle du trône qu'à midi.

— Ça ne nous laisse pas trop de temps, Garion, riposta tante Pol en coupant le fil avec ses dents et en reculant pour admirer la robe de Ce'Nedra. Qu'en dites-vous, Layla ?

— On dirait vraiment une princesse, Pol, s'extasia la reine Layla.

— Mais *c'est* une princesse, Layla, lui rappela tante Pol avant de se tourner vers Garion. Va prendre ton petit déjeuner et demande qu'on t'indique les bains. Ils sont dans l'aile ouest. Quand tu te seras lavé, tu te raseras. Et tâche de ne pas te couper. Je ne tiens pas à te voir inonder tes habits de sang.

— Il faut vraiment que je mette tout ça ?

Elle lui jeta un regard qui valait une réponse. A cette question et à toutes celles qu'il aurait pu avoir l'idée de lui poser.

— Je vais chercher Silk, acquiesça-t-il précipitamment. Il saura où se trouvent les bains.

— C'est ça, approuva-t-elle fermement. Ne te perds pas. Le moment venu, je veux que tu sois prêt.

Garion hocha la tête et sortit. Les paroles de sa tante faisaient étrangement écho à celles de son rêve et il s'en étonnait encore en partant à la recherche de Silk.

Il trouva le petit homme dans une vaste salle éclairée par des torches, dans l'aile ouest de la Citadelle. Tout le monde était là : les rois, Brand, Belgarath et les autres amis de Garion. Ils mangeaient des gâteaux en buvant du vin chaud épicé.

— Où étais-tu passé ? s'exclama Lelldorin. Tu étais déjà parti quand je me suis réveillé.

— Je n'avais plus envie de dormir, riposta Garion.

— Pourquoi ne m'as-tu pas réveillé ?

— Je n'allais tout de même pas te priver de sommeil parce que je n'arrivais pas à me rendormir.

Voyant qu'ils étaient plongés dans une grande discussion, Garion s'assit tranquillement en attendant l'occasion de parler à Silk.

— Je pense que Taur Urgas doit être assez en rogne, déclarait Barak.

Le grand bonhomme était vautré dans un fauteuil à haut dossier. Son visage disparaissait dans l'ombre de la torche qui brûlait derrière lui.

— Relg enlève Silk à son nez et à sa barbe, Belgarath supprime Ctuchik et lui démolit Rak Cthol en récupérant l'Orbe, et pour finir Cho-Hag et Hettar exterminent la moitié de son armée quand il tente de nous poursuivre. Décidément, ce n'est pas une bonne année pour le roi des Murgos.

Le ricanement du grand Cheresque fit trembler les ombres. Pendant un instant, l'espace d'un battement de paupières, Garion crut voir un ours énorme, hirsute, assis à sa place. Garion se frotta les yeux et tenta de chasser le rêve éveillé qui l'avait poursuivi toute la matinée.

— Je ne comprends pas très bien : ce Relg serait entré dans la roche pour sauver le prince Kheldar ? intervint le roi Fulrach en fronçant les sourcils. Vous voulez dire qu'il peut passer au travers ?

— Il faut le voir pour le croire, Fulrach, répliqua Belgarath. Montrez-lui, Relg.

Le fanatique ulgo regarda le vieil homme puis s'approcha du mur de pierre, juste à côté de la vaste fenêtre. Silk se retourna aussitôt en frissonnant.

— Je ne m'y ferai jamais, confia-t-il à Garion.

— Tante Pol m'a dit de te demander où étaient les bains, l'informa tranquillement Garion. Elle veut que je me lave et que je me rase. J'imagine qu'après je suis censé me mettre sur mon trente et un.

— Je vais avec toi, proposa Silk. Je suis sûr que ces messieurs vont être fascinés par le petit numéro de Relg et qu'ils vont lui demander de le bisser. Où est-ce qu'il en est ?

— Il a enfoncé le bras dans le mur et il remue les doigts de l'autre côté de la fenêtre, raconta Garion.

Silk lui jeta un coup d'œil par-dessus son épaule, se mit à trembler de tous ses membres et se détourna précipitamment.

— Ça me caille le sang dans les veines, déclara-t-il, révulsé. Allons plutôt nous baigner.

— Je vous accompagne, annonça Lelldorin.

Les trois hommes quittèrent la salle sans autre forme de procès.

Les bains se trouvaient dans une cave voûtée sous l'aile occidentale de la Citadelle. Des sources chaudes sortaient de la roche en bouillonnant, emplissant d'une vapeur à l'odeur légèrement soufrée les salles dallées, éclairées par quelques torches. Un serviteur leur tendit des serviettes et plongea sans un mot dans la vapeur pour régler les valves permettant d'ajuster la température de l'eau.

— Dans ce grand bassin, plus on va vers le fond et plus l'eau devient chaude, expliqua Silk à ses compagnons tandis qu'ils se déshabillaient. Il y en a qui disent qu'il faut avancer jusqu'à ce qu'on ne puisse plus supporter la chaleur ; moi, je préfère choisir une zone à la température idéale et mariner un moment.

Il commença à faire trempette.

— Tu es sûr que nous sommes tranquilles ? s'inquiéta

Garion. Je n'aimerais pas qu'une bande de filles fasse irruption pendant que je prends mon bain.

— Les bains des femmes sont séparés, le rassura Silk. Les Riviens ne plaisantent pas avec ce genre de chose. Ils sont loin d'être aussi libérés que les Tolnedrains.

— Vous êtes sûr que ce n'est pas dangereux de se baigner en hiver ? s'informa Lelldorin en lorgnant l'eau fumante d'un air suspicieux.

Garion plongea dans la piscine et s'éloigna rapidement de l'eau tiède du bord pour gagner la chaleur. Plus loin, la vapeur formait d'épaisses volutes, et les deux torches fixées dans des anneaux sur le mur du fond disparurent bientôt dans une sorte de brume rougeâtre. Les murs carrelés renvoyaient les voix et les clapotis de l'eau avec un bruit creux, caverneux, assez étrange. Il se trouva soudain isolé de ses amis derrière un rideau de brume opaque, grisâtre. Il se détendit dans l'eau chaude et succomba à l'envie de flotter dans une semi-conscience, de se laisser vider de tout souvenir — du passé comme de l'avenir. Il se renversa langoureusement en arrière et, sans trop savoir pourquoi, plongea sous le miroir noir, fumant. Il n'aurait su dire combien de temps il était resté à flotter, les yeux fermés, tous ses sens suspendus, mais son visage finit par remonter à la surface et il se redressa, l'eau dégoulinant de ses cheveux, le long de ses épaules. Il se sentait étrangement purifié par son immersion. Puis au-dehors le soleil creva un instant les nuages déchiquetés, et une colonne de lumière passant à travers une petite fenêtre grillagée tomba soudain droit sur lui. Diffusée par la vapeur, la lumière semblait frémir d'un feu opalescent.

— *Salut à toi, Belgarion,* fit sa voix intérieure. *Loué sois-tu en ce jour d'Erastide.*

Elle lui parut anormalement dépourvue d'ironie, et ses paroles semblaient investies d'une étrange signification.

— *Merci,* répondit solennellement Garion.

Et ils n'échangèrent plus un mot.

Il regagna à travers les tourbillons de fumée la partie plus fraîche de la piscine où Silk et Lelldorin bavardaient sans s'en faire, immergés jusqu'au cou dans l'eau chaude.

Une demi-heure avant midi, Garion suivit, en réponse à une convocation de tante Pol, un long corridor de pierre menant à une pièce située à quelques pas des immenses portes sculptées donnant sur la Cour du roi de Riva. Il avait mis son meilleur pourpoint, son plus beau pantalon et bien astiqué ses demi-bottes de cuir souple. Tante Pol portait une robe à capuchon d'un bleu profond, ceinturée à la taille. Pour une fois, Belgarath, lui aussi vêtu de bleu, n'avait pas l'air de sortir d'une poubelle. Le vieil homme s'entretenait très sérieusement avec tante Pol ; leur conversation n'avait pas sa gouaille habituelle. Tout habillé de lin blanc, Mission les regardait avec gravité, sagement assis dans un coin de la petite pièce.

— Tu es beau comme tout, Garion, déclara tante Pol en remettant de l'ordre dans ses cheveux blonds.

— On n'entre pas ? s'étonna Garion.

La salle commençait à se remplir de Riviens en capes grises et d'autres visiteurs vêtus de couleurs plus vives.

— Si, Garion, tout de suite. Dans combien de temps, Père ?

— Un quart d'heure.

— Tout est prêt ?

— Demande à Garion, rétorqua le vieil homme. J'ai fait tout ce qui était de mon ressort. Le reste dépend de lui.

Tante Pol tourna alors vers Garion son regard grave. La mèche blanche qui surmontait son front luisait comme de l'argent dans le minuit de sa chevelure.

— Alors, Garion. Tu es prêt ?

Il la regarda, stupéfait.

— J'ai fait un rêve très bizarre, cette nuit, révéla-t-il. Tout le monde me posait cette question. Qu'est-ce que cela veut dire, tante Pol ? Pour quoi devrais-je être prêt ?

— Tout s'expliquera dans un instant, répliqua Belgarath. Sors ton amulette, qu'on la voie.

— Je pensais qu'elle devait demeurer cachée.

— Aujourd'hui ce n'est pas la même chose, répondit le vieil homme. En fait, ce jour n'a rien à voir avec aucun de ceux que j'ai vécus ; et je ne suis pas né d'hier.

— Parce que c'est Erastide ?

— En partie.

Belgarath passa une main sous sa robe et en tira son propre médaillon d'argent. Il y jeta un rapide coup d'œil.

— Il commence à s'user, remarqua-t-il. Comme moi, sans doute, conclut-il avec un sourire.

Tante Pol tira sa propre amulette. Belgarath et elle prirent chacun la main de Garion, puis ils fermèrent le cercle.

— Il y avait bien longtemps, Pol, que nous attendions ce moment, confia Belgarath.

— Oui, Père.

— Pas de regrets ?

— Je m'en accommoderai, Vieux Loup Solitaire.

— Eh bien, allons-y.

Garion se dirigeait déjà vers la porte.

— Pas toi, Garion, intervint tante Pol. Attends-nous ici avec Mission. Vous nous rejoindrez plus tard.

— Tu enverras quelqu'un nous chercher, hein ? Sinon, comment saurons-nous que nous devons entrer ?

— Tu le sauras, lui assura Belgarath.

Et ils le laissèrent seul avec Mission.

— Eh bien, on ne peut pas dire qu'ils soient très prodigues d'explications ! se plaignit Garion. Enfin, j'espère que nous ne ferons pas de bêtises.

Mission lui sourit avec confiance et glissa sa petite main dans la sienne. A son contact, le chant de l'Orbe emplit à nouveau l'esprit de Garion, balayant tous ses soucis et ses doutes. Il n'aurait su dire combien de temps il resta planté là, la menotte de l'enfant dans sa main, bercé par ces harmoniques.

— *Le moment est enfin venu, Belgarion.*

C'était comme si la voix venait du dehors et n'était plus confinée au seul esprit de Garion. L'expression de Mission révélait clairement qu'il l'entendait aussi.

— *C'est ce que l'on attend de moi ?* questionna Garion.

— *En partie.*

— *Et qu'est-ce qu'ils font là-dedans ?* reprit Garion en regardant vers la porte avec curiosité.

— *Ils préparent ceux qui sont dans la salle à ce qui va arriver.*

— *Ils seront prêts ?*

— *Et toi ?* Il y eut une pause, puis : *Tu es prêt, Belgarion ?*

— *Oui,* répondit Garion. *Quoi qu'il arrive, je pense que je suis prêt.*

— *Eh bien, allons-y.*

— *Vous me direz ce que je dois faire ?*

— *S'il le faut.*

La petite main de Mission dans la sienne, Garion se dirigea vers l'immense porte sculptée. Il s'apprêtait à la pousser lorsqu'elle s'ouvrit inexplicablement devant lui sans qu'il la touche.

Deux gardes étaient plantés dans le corridor, à quelques pas de la porte. Ils regardèrent, pétrifiés, Garion et Mission s'approcher. Garion leva à nouveau la main; l'énorme porte de la Cour du roi de Riva s'ouvrit en silence en réponse à sa seule main.

La Cour du roi de Riva était une immense salle voûtée, aux poutres supportées par de formidables piliers fabuleusement sculptés. Les murs étaient garnis de branches et de bannières, et des centaines de chandelles brûlaient dans des candélabres de fer. Des blocs de tourbe rayonnaient d'une chaleur odorante dans trois grandes fosses de pierre creusées à même le sol. Un vaste chemin de tapis bleu menait des portes au trône. La salle était comble, mais c'est à peine si Garion remarqua la foule. Son esprit semblait tout entier occupé par le chant de l'Orbe qui emplissait maintenant sa conscience. Stupéfait, la tête vide de toute pensée, de toute crainte ou de tout embarras, il avançait, Mission tout près de lui, vers le fond de la salle où tante Pol et Belgarath l'attendaient debout chacun d'un côté du trône adossé à la muraille.

Le trône du roi de Riva avait été sculpté dans un unique bloc de basalte. Son dossier, ses accoudoirs étaient de la même hauteur, et il en émanait une puissance qui semblait plus éternelle que les montagnes elles-mêmes. Une immense épée était accrochée au-dessus, la pointe vers le bas.

Quelque part dans la citadelle, une cloche avait

commencé à sonner à toute volée et son bourdonnement se mêlait à présent au chant de l'Orbe. Garion et Mission suivirent le long tapis qui menait vers le fond de la salle. Au fur et à mesure qu'ils passaient devant les candélabres, la flamme des chandelles baissait inexplicablement et se réduisait à un point lumineux. Aucun courant d'air ne justifiait l'extinction des bougies qui mouraient l'une après l'autre, sans un vacillement. Et l'obscurité peu à peu emplissait la salle.

Lorsqu'ils arrivèrent au bout de la salle, Belgarath les regarda gravement pendant un moment, le visage impénétrable.

— Contemplez l'Orbe d'Aldur, annonça-t-il enfin d'une voix solennelle à la foule assemblée dans la Cour du roi de Riva.

Mission lâcha la main de Garion, ouvrit la bourse et plongea la main à l'intérieur. Puis il se tourna vers les ténèbres de la salle, sortit la pierre ronde, grise, de son aumônière et l'éleva de ses deux mains afin que tous puissent la voir.

Le chant de l'Orbe devint prodigieux ; il s'y mêlait à présent comme un immense frémissement. Le bruit semblait croître et s'enfler, encore et toujours. Dans la pierre que Mission tenait au-dessus de sa tête brillait comme une tête d'épingle de lumière bleue, intense, et ce point lumineux se dilatait tandis que le frémissement s'amplifiait. Planté à côté de l'enfant, Garion regarda les visages assemblés autour de lui. Il reconnaissait les plus proches : Barak, Lelldorin, Hettar, Durnik, Silk et Mandorallen. Ce'Nedra était assise dans une stalle royale, à côté de l'ambassadeur de Tolnedrie, Adara et Ariana juste derrière eux. Elle avait vraiment l'air d'une princesse impériale. Mais d'autre visages se superposaient à ces têtes familières, des figures étranges, sévères, chacune investie d'une identité unique, si puissante, que l'on eût dit un masque. L'Ours terrifiant était indissociable de Barak tandis que Hettar portait en lui l'essence de milliers et de milliers de chevaux. Silk était accompagné de la silhouette du Guide et Relg, de l'Aveugle. Lelldorin était l'Archer et Mandorallen, le

Chevalier Protecteur. La forme douloureuse de la Mère de la Race qui N'était Plus semblait planer au-dessus de Taïba, son chagrin pareil à celui de Mara. Ce'Nedra n'était plus une princesse mais une reine — celle que Ctuchik avait appelée la Reine du Monde. Et Durnik, le bon, le solide Durnik, était planté là, ses deux vies bien en évidence sur la figure. Abasourdi, les oreilles pleines de cet étrange bruit, Garion contempla ses amis dans la lumière bleue qui montait de l'Orbe et réalisa avec stupeur qu'il percevait pour la première fois ce que Belgarath et tante Pol voyaient depuis toujours.

La voix calme et douce de tante Pol s'éleva derrière lui.

— Tu as mené ta tâche à bien, Mission. Tu peux transmettre l'Orbe, maintenant.

Le petit garçon eut un gloussement ravi, se retourna et offrit l'Orbe étincelante à Garion. Garion contempla la pierre à l'éclat ardent sans comprendre. Il ne pouvait pas la toucher. Prendre l'Orbe, c'était la mort.

— *Tends la main, Belgarion, et reçois de cet enfant ce qui t'est dû de toute éternité.*

C'était la voix familière, et en même temps c'était autre chose. En tout cas, quand elle parlait, il était impossible de refuser. Garion obéit sans s'en rendre compte.

— Mission ! déclara l'enfant en déposant fermement l'Orbe dans la main tendue de Garion.

Au contact de la marque qu'il avait dans la paume, Garion sentit frémir la pierre. Elle était vivante, animée d'une vie particulière. Il contempla, incrédule, le feu intense qui brûlait dans sa main nue.

— *Remets l'Orbe à sa place, sur le pommeau de l'épée du roi de Riva,* lui ordonna la voix.

Garion se tourna aussitôt, sans réfléchir. Il monta sur le siège du trône de basalte puis sur la large marche formée par son dossier et ses accoudoirs. Il leva les bras, prenant appui sur la garde de l'énorme épée pour conserver son équilibre, et plaça l'Orbe sur le pommeau de l'arme. Il y eut un déclic, faible mais bien audible, au moment où le joyau et l'épée ne firent qu'un à nouveau, et Garion sentit la force vive de l'Orbe fuser dans la garde qu'il tenait d'une main. La formidable lame se mit à luire et le bruit frémissant gravit une nouvelle octave. Puis l'immense arme se détacha soudain du mur où elle était fixée depuis des siècles et des siècles. Garion rattrapa la garde à deux mains en se tournant à demi pour l'empêcher de tomber à terre. Dans la salle, la foule réprima un halètement.

Il manqua perdre l'équilibre, car elle semblait ne rien peser. L'épée était tellement immense qu'il n'aurait pas dû pouvoir la soulever, et encore bien moins la brandir ; mais comme il se cambrait, les pieds écartés, les épaules appuyées au mur, la pointe de l'épée se leva avec aisance et l'immense lame se dressa droit devant lui. Il la regarda, sidéré, tandis qu'une étrange vibration se faisait sentir entre ses mains crispées sur la garde. L'Orbe jeta une langue de feu palpitant. Puis le frémissement qui emplissait la tête de Garion s'enfla en un crescendo triomphant et l'épée du roi de Riva lança une immense flamme bleue, éblouissante. Alors, sans savoir pourquoi, Garion prit le glaive flamboyant à deux mains, l'éleva au-dessus de sa tête et le contempla avec stupeur.

— Que se réjouisse l'Alorie car le roi de Riva est revenu ! clama Belgarath d'une voix pareille au tonnerre. Que tous s'inclinent devant Belgarion, roi de Riva et suzerain du Ponant !

Mais au cœur du tumulte qui s'ensuivit, accompagnant ce qui semblait être des millions de voix exaltées résonnant d'un bout à l'autre de l'univers, on entendit soudain un bruit métallique, comme si la porte d'une tombe scellée par la rouille venait de s'ouvrir. A ce bruit, Garion se sentit glacé jusqu'aux moelles. Une voix caverneuse s'éveilla, s'arrachant à des siècles et des siècles de sommeil, un cri de rage surgit des ténèbres de la mort et s'éleva du tombeau pour réclamer du sang.

Garion resta planté là, médusé, privé de pensée, son épée flamboyante dressée au-dessus de la tête, tandis que les Aloriens assemblés dégainaient leur arme dans un formidable bruissement de métal et la brandissaient en signe de salut.

— Salut à toi, Belgarion, mon roi ! tonna Brand, le gardien de Riva.

Il se laissa tomber sur un genou en tirant sa lame du fourreau. Ses quatre fils s'agenouillèrent derrière lui en dardant à leur tour leur épée vers lui.

— Loué sois-tu, Belgarion, roi de Riva ! s'écrièrent-ils.

— Salut à toi !

Ce cri ébranla la cour du roi de Riva. Une forêt d'épées étincela à la lueur bleue du glaive flamboyant que Garion tenait entre ses mains. Quelque part au cœur de la Citadelle, une cloche se remit à sonner à toute volée. Comme la nouvelle se répandait dans la cité qui retenait son souffle au-dessous d'eux, d'autres cloches se mirent en branle, joignant leur carillon au sien. Et le chant de joie de l'airain retentit dans les roches et la pierre, annonçant aux flots glacés de la mer le retour du roi de Riva.

Mais quelqu'un dans la salle du trône ne partageait pas l'allégresse générale. A l'instant où la flamme de l'épée avait révélé l'identité de Garion, la princesse Ce'Nedra avait compris ce qui échappait encore au jeune garçon — cette chose si troublante qu'elle ne pouvait détacher ses yeux de lui et le contemplait, blême et atterrée. Alors la princesse impériale Ce'Nedra s'était levée d'un bond, le visage d'une pâleur mortelle, les yeux écarquillés par la consternation, en poussant un gémissement d'horreur et d'indignation mêlées.

Et d'une voix qui s'éleva jusqu'aux poutres sculptées de la voûte elle s'écria :

— *OH ! NON !*

CHAPITRE XII

Le pire, c'était tous ces gens qui lui faisaient des courbettes. Garion n'avait pas la moindre idée de ce que l'on attendait de lui en retour. Devait-il rendre la révérence, incliner légèrement la tête, les ignorer, faire comme s'il ne voyait rien, ou autre chose encore ? Et que fallait-il répondre quand on l'appelait « Votre Majesté » ?

La journée de la veille était encore très confuse dans son esprit. Il croyait se souvenir d'avoir été présenté au peuple de la cité — debout sur les remparts de la Citadelle de Poing-de-Fer, au-dessus de la foule en liesse, l'immense épée qui semblait sans poids jetant des flammes dans ses mains. Mais aussi stupéfiants qu'ils fussent, les événements visibles étaient sans importance comparés à ceux qui s'étaient déroulés à un autre niveau de réalité. Des forces prodigieuses avaient convergé au moment de la révélation du roi de Riva, et Garion était encore un peu hébété par tout ce qu'il avait vu et perçu lors de ce moment d'éblouissement où il avait enfin eu la révélation de son identité.

Il y avait eu des congratulations sans fin et des quantités de préparatifs en vue du couronnement, mais tout cela se mélangeait dans sa tête. Même si sa vie en dépendait, il n'aurait pu fournir un compte rendu rationnel et cohérent du déroulement des opérations.

Et cette nouvelle journée promettait d'être encore pire si possible. Il n'avait pas bien dormi. D'abord, le grand lit des appartements royaux où on l'avait mené en grande pompe la veille au soir était parfaitement inconfortable. C'était un monument couvert d'un dais et drapé de tentures de velours rouge où il aurait pu coucher à l'aise avec son cheval, sauf qu'il avait l'impression de s'enfoncer dans des sables mouvants. Depuis plus d'un an, Garion dormait à la dure et le matelas rembourré du lit royal était trop moelleux pour lui. Ensuite, il avait la certitude absolue qu'à la minute où il se lèverait, l'attention générale se porterait à nouveau sur lui.

L'un dans l'autre, décida-t-il, il serait peut-être tout aussi simple de rester au lit. Plus il y réfléchissait, plus ça lui paraissait une bonne idée. Mais la porte de la chambre à coucher royale n'était pas fermée à clé. Elle s'ouvrit sans ménagements peu après le lever du soleil et Garion entendit quelqu'un fourgonner dans les parages. Il jeta un coup d'œil curieux entre les draperies pourpres de son catafalque. Un serviteur ouvrait les rideaux de la fenêtre et tisonnait le feu. Mais l'attention de Garion fut immédiatement attirée par un immense plateau d'argent couvert de victuailles, posé sur la table devant la cheminée. Son nez identifia aussitôt la saucisse et le jambon, le pain juste sorti du four — et le beurre. Il y avait *du beurre* sur ce plateau, c'était sûr. Son estomac commença à faire valoir son point de vue avec véhémence.

Le valet jeta un coup d'œil circulaire comme pour s'assurer que tout était en ordre, puis s'approcha du lit, l'air pas commode. Garion plongea aussitôt sous les couvertures.

— Le petit déjeuner de Sa Majesté est servi, annonça fermement le domestique en tirant les rideaux et en les attachant aux montants du lit.

Garion respira un grand coup. Bon, apparemment ce n'était pas lui qui décidait s'il pouvait faire la grasse matinée ou non.

— Merci, répondit-il.

— Sa Majesté a-t-elle besoin d'autre chose ? demanda le valet avec empressement en lui présentant une robe de chambre.

— Euh... non... Non, pas pour l'instant, merci.

Il s'extirpa du lit royal et descendit les trois marches couvertes de tapis. Le serviteur l'aida à enfiler sa robe de chambre, s'inclina et quitta la pièce en silence. Garion s'assit devant la table, souleva le couvercle du plateau et attaqua son petit déjeuner avec énergie.

Le jeune roi de Riva ne se leva pas tout de suite après avoir mangé. Il resta quelque temps dans son grand fauteuil de velours bleu à regarder par la fenêtre, perdu dans ses pensées. La tempête qui ravageait les côtes depuis plusieurs jours avait fini par se calmer — au moins pour l'instant. Le soleil hivernal brillait de tous ses feux dans le ciel d'un bleu intense, faisant étinceler les pics enneigés qui dominaient la ville.

Une idée le taquinait ; une chose entendue un jour était restée tapie dans un coin de sa mémoire et il n'arrivait pas à remettre le doigt dessus. Pourtant, il lui semblait bien que c'était important ; ça avait un rapport avec Ce'Nedra. La petite princesse avait quitté la salle du trône du roi de Riva presque au moment où l'épée flamboyante révélait son identité, la veille. Il était à peu près sûr que tout cela était lié : le souvenir qui lui échappait et son départ précipité. Il y avait des gens avec qui il valait mieux laisser passer l'orage avant de vider l'abcès, mais ce n'était pas la bonne façon d'agir avec Ce'Nedra, il le savait bien. Il ne fallait pas la laisser ruminer ; cela ne faisait qu'envenimer les choses. Garion poussa un soupir et commença à s'habiller.

Il s'engagea dans les couloirs d'une démarche assurée, suscitant des regards surpris et des courbettes hâtives. Il fut bientôt obligé de se rendre à l'évidence : les événements de la veille l'avaient à jamais privé de son anonymat. Quelqu'un — il ne parvint pas à distinguer son visage — allait jusqu'à le suivre, sans doute dans l'espoir de lui rendre un service. L'individu, un homme en cape grise et qui marchait sans bruit, gardait ses distances, mais il l'apercevait de temps à autre, loin derrière lui, au hasard des couloirs. Garion n'aimait pas se savoir suivi, quelle que fût la raison de cette filature, mais il résista à l'envie de revenir sur ses pas et d'ordonner à l'homme de lui lâcher le mollet.

La suite de la princesse Ce'Nedra se trouvait juste après les appartements de tante Pol, le long du même couloir. Garion prit son courage à deux mains et frappa à l'huis.

— Majesté, fit la servante de Ce'Nedra, surprise, en s'inclinant.

— Voulez-vous demander à Son Altesse si je pourrais lui dire deux mots ?

— Certainement, Majesté, répondit la fille en filant dans la pièce voisine.

Il y eut un bref conciliabule puis Ce'Nedra fit irruption dans l'antichambre. Elle portait une robe toute simple, et son visage était aussi pâle que la veille.

— Majesté, dit-elle d'une voix glaciale avant d'esquisser une petite courbette bien raide qui en disait plus long qu'un discours.

— Il y a quelque chose qui ne va pas ? commença abruptement Garion. Vous voulez que nous en parlions ?

— Comme Votre Majesté voudra, répliqua-t-elle.

— Est-ce vraiment nécessaire ?

— Je ne vois pas de quoi Votre Majesté veut parler.

— Vous ne pensez pas que nous nous connaissons assez pour être honnêtes l'un envers l'autre ?

— Mais bien sûr. Autant m'habituer tout de suite à obéir à Votre Majesté.

— Enfin, qu'est-ce que ça signifie ?

— Ne faites pas semblant de l'ignorer, lança-t-elle.

— Ce'Nedra, je n'ai pas la moindre idée de ce que vous voulez dire.

Elle le dévisagea un moment d'un air soupçonneux, puis son regard s'adoucit un peu.

— Après tout, c'est possible, murmura-t-elle. Tu n'as jamais lu les Accords de Vo Mimbre ?

— Vous m'avez appris à lire vous-même, il y a six ou huit mois. Et vous êtes bien placée pour savoir quels livres j'ai lus ; c'est vous qui me les avez pour la plupart donnés.

— C'est pourtant vrai. Attends un peu. Je reviens.

Elle fila dans la pièce voisine et réapparut un instant plus tard avec un parchemin roulé.

— Je vais te les lire moi-même, déclara-t-elle. Certains mots sont un peu difficiles.

— Je ne suis pas stupide à ce point, objecta-t-il.

Mais elle avait déjà commencé sa lecture.

— ... Quand reviendra le roi de Riva, il établira sa souveraineté et sa domination sur les Royaumes du Ponant, et tous lui jureront fidélité. Le Suzerain prendra pour épouse une princesse impériale de Tolnedrie et...

— Attendez une minute, coupa Garion d'une voix étranglée.

— Il y a quelque chose qui t'échappe ? Pour moi, c'est clair comme de l'eau de roche.

— Vous pourriez répéter la dernière phrase, s'il vous plaît ?

— Le Suzerain prendra pour épouse une princesse impériale de Tolnedrie.

— Il y a une autre princesse en Tolnedrie ?

— Pas que je sache.

— Alors, ça veut dire que...

Il s'interrompit et resta le bec ouvert à la dévisager.

— Exactement, confirma-t-elle d'une voix tranchante comme un couperet.

— C'est pour cela que vous vous êtes sauvée en courant, hier ?

— Je ne me suis pas sauvée en courant.

— Vous ne voulez pas m'épouser, conclut-il d'un ton presque accusateur.

— Je n'ai pas dit ça.

— Alors vous voulez bien m'épouser ?

— Je n'ai pas dit ça non plus. Mais quelle importance, au demeurant. Nous n'avons pas le choix, ni l'un ni l'autre.

— C'est ça qui vous ennuie ?

— Bien sûr que non. J'ai toujours su que je ne choisirais pas mon mari moi-même.

Et son regard planait, hautain, au-dessus de lui.

— Alors où est le problème ?

— Je suis une princesse impériale, Garion.

— Je sais.

— Je ne suis pas habituée à être l'inférieure de qui que ce soit.

— L'inférieure ? Mais de qui, ou de quoi ?

— Les Accords spécifient que tu es Suzerain — Roi des Rois du Ponant.

— Et alors ?

— Alors, Votre Majesté, vous me surpassez en rang.

— Et c'est ça qui vous rend malade ?

— Avec la permission de Votre Majesté, coupa-t-elle avec un regard acéré comme une dague, je crois que j'aimerais me retirer.

Elle quitta la pièce sans lui laisser le temps de répliquer.

Après son départ, Garion resta un moment les yeux dans le vide. C'était le bouquet. Il envisagea d'aller pleurer dans le giron de tante Pol, mais plus il réfléchissait, plus il était convaincu de ne pouvoir compter sur sa sympathie. Trop de petits détails commençaient à s'assembler tout à coup comme les pièces d'un puzzle. Tante Pol était l'instrument de cette idée absurde, et elle avait tout mis en œuvre pour qu'il n'ait aucune chance d'y couper. Il avait besoin de parler à quelqu'un — un homme plutôt dépourvu de scrupules et à la cervelle assez tordue pour trouver une échappatoire. Il quitta l'antichambre de Ce'Nedra et partit à la recherche de Silk.

Le petit homme n'était pas dans sa chambre, et le valet qui faisait le lit s'excusa en balbutiant et en s'inclinant avec frénésie de ne pas savoir où l'on pouvait le trouver. Garion battit précipitamment en retraite.

Les appartements que Barak partageait avec sa femme et ses enfants étaient juste un peu plus loin, dans le couloir. Garion alla le voir en ignorant le serviteur en cape grise qu'il savait le suivre comme son ombre.

— Barak, fit-il en toquant à la porte du grand Cheresque. C'est moi, Garion. Je peux entrer ?

Dame Merel ouvrit aussitôt et s'inclina respectueusement.

— Oh ! non, je vous en prie ! l'implora Garion.

— Tiens, Garion ! Quel bon vent t'amène ? s'exclama Barak.

Il était assis dans un fauteuil recouvert d'une tapisserie verte et faisait sauter son bébé sur ses genoux.

— Je cherche Silk, déclara Garion en entrant dans la vaste pièce confortable, pleine de vêtements et de jouets d'enfant.

— Tu en fais une tête, remarqua le grand bonhomme. Il y a quelque chose qui ne va pas ?

— Je viens d'apprendre des nouvelles un peu préoccupantes, expliqua Garion en réprimant un frisson. Il faut que je parle à Silk. Il trouvera peut-être une solution.

— Vous voulez manger quelque chose ? proposa Dame Merel.

— Je viens de prendre mon petit déjeuner, merci.

Il la regarda un peu plus attentivement. D'habitude elle avait des tresses plutôt austères, mais cette fois ses cheveux blonds encadraient doucement son visage, et si elle portait son éternelle robe verte, son attitude avait perdu un peu de sa raideur coutumière et Barak semblait plus détendu que d'ordinaire en sa présence.

Puis les deux filles de Barak entrèrent dans la chambre, tenant Mission par la main. Les trois enfants s'installèrent dans un coin et commencèrent à jouer à un jeu où l'on gloussait et pouffait beaucoup.

— Je crois que mes filles ont décidé de l'accaparer, fit Barak avec un grand sourire. Voilà tout à coup que j'ai des femmes et des enfants jusque par-dessus la tête, et le plus drôle, c'est que je ne trouve pas ça ennuyeux du tout.

Merel lui jeta un petit sourire presque timide, puis un éclat de rire attira son attention vers les enfants.

— Les filles l'adorent, observa-t-elle avant de revenir à Garion. Vous avez remarqué qu'on a du mal à soutenir son regard ? On dirait qu'il lit dans notre cœur comme dans un livre.

— Je me demande si ça ne vient pas de son air confiant, répondit Garion. Tu as une idée de l'endroit où je pourrais trouver Silk ? demanda-t-il à Barak.

— Promène-toi un peu dans les couloirs en tendant l'oreille, s'esclaffa Barak. Ce sale petit voleur n'a pas arrêté de faire rouler les dés depuis notre arrivée. Durnik est peut-être au courant. Il se terre dans les écuries. Il n'est pas à l'aise avec les royaux personnages.

— Et moi donc, murmura Garion.

— Mais vous êtes un royal personnage, lui rappela Merel.

— Ça n'arrange rien, au contraire.

On pouvait regagner les écuries par une enfilade de couloirs et de corridors un peu à l'écart, et Garion décida de passer par là plutôt que d'emprunter les couloirs plus prestigieux où il risquait de tomber sur des membres de la noblesse. Ces dégagements étaient surtout fréquentés par les domestiques qui allaient aux cuisines et en revenaient, et Garion se dit que la majeure partie du petit personnel ne l'avait probablement pas encore vu. Il fonçait — tête baissée pour éviter d'être reconnu — dans l'un des couloirs, quand il aperçut à nouveau l'homme qui le suivait depuis la minute où il avait mis le nez hors de ses royaux appartements. Finalement, l'irritation l'emporta sur le souci de préserver son incognito et Garion fit volte-face pour affronter l'homme attaché à ses pas.

— Je sais que vous êtes là ! déclara-t-il. Sortez un peu de votre trou que je vous voie !

Il attendit en tapant impatiemment du pied. Le couloir resta vide et silencieux.

— Sortez de là tout de suite ! répéta Garion avec une autorité surprenante.

Mais personne ne lui répondit, pas un mouvement, aucun bruit. Garion songea un instant à rebrousser chemin pour coincer le serviteur opiniâtre qui le suivait pas à pas, mais au même moment, un valet surgit, un plateau couvert d'assiettes sales dans les mains, de l'endroit d'où venait Garion.

— Vous avez vu quelqu'un par là ? interrogea Garion.

— Où ça ? fit le serviteur.

Il n'avait apparemment pas reconnu son roi.

— Là, dans le couloir.

— Pas depuis que je suis sorti de chez le roi de Drasnie, répondit le domestique en secouant la tête. Vous me croirez si je vous dis que c'est son troisième petit déjeuner ? Je n'ai jamais vu personne manger comme ça. Vous ne devriez pas rester par ici, enchaîna-t-il en jetant à Garion un regard un peu étonné. Si le chef cuistot vous attrape, il va vous faire fouetter. Il n'aime pas qu'on traîne dans les parages quand on n'a rien à y faire.

— J'allais juste aux écuries, se justifia Garion.

— Eh bien, à votre place, je ne m'éterniserais pas dans le coin. Le chef cuistot n'est pas commode.

— Je m'en souviendrai, lui assura Garion.

Lelldorin sortait des écuries. Il traversa la cour enneigée et s'approcha de Garion.

— Tu as donc réussi à t'échapper ? s'étonna-t-il.

Puis il se ravisa et le gratifia d'une profonde révérence.

— Oh ! non, Lelldorin ! Pas toi, je t'en prie ! gémit Garion.

— La situation est un peu embarrassante, non ? convint Lelldorin.

— Rien n'a changé entre nous jusqu'à ce qu'on me dise le contraire, décréta fermement Garion. Tu as une idée de l'endroit où je pourrais trouver Silk ?

— Je l'ai vu ce matin. Il allait aux bains. Il n'avait pas l'air frais. Je pense qu'il a un peu fait la fête, hier soir.

— Allons le chercher, décida Garion. Il faut que je lui parle.

Ils trouvèrent Silk assis dans une pièce carrelée pleine de vapeur d'eau. Le petit homme suait à grosses gouttes, une serviette autour des reins.

— Tu es sûr que c'est bon pour ce que tu as ? interrogea Garion en agitant sa main devant lui pour chasser un tourbillon de vapeur.

— Rien ne pourrait être bon pour moi ce matin, répliqua Silk d'un ton funèbre.

Il posa ses coudes sur ses genoux et se prit la tête à deux mains.

— Ça ne va pas ? Tu es malade ?

— A crever.

— Tu savais bien que ça allait te mettre dans cet état, alors pourquoi tu as bu comme un trou, hier soir, hein ?

— Ça paraissait une bonne idée sur le coup. Enfin, je

crois. Au bout d'un moment, j'ai perdu la notion des choses.

Un serviteur apporta une chope débordante de mousse au grand malade qui la vida à moitié.

— Vous croyez que c'est raisonnable ? protesta Lelldorin.

— Peut-être pas, admit Silk en frissonnant, mais c'est ce que j'ai trouvé de mieux pour l'instant. Je suis dans un état épouvantable, répéta-t-il avec un nouveau frémissement. Vous vouliez me voir ?

— J'ai un problème, balbutia Garion. Je préférerais que ça reste entre nous, fit-il avec un coup d'œil à Lelldorin.

— Je m'y engage sur l'honneur, promit aussitôt Lelldorin.

— Merci, Lelldorin.

Tout plutôt que d'essayer de lui expliquer pourquoi il n'avait pas besoin de sa parole.

— Je viens de lire, ou plutôt, on m'a lu les Accords de Vo Mimbre, reprit Garion. Vous saviez que j'étais censé épouser Ce'Nedra ?

— Tiens, je n'avais pas envisagé les choses sous cet angle, avoua Silk. Mais les Accords font bien allusion à un détail de ce genre, n'est-ce pas ?

— Félicitations, Garion ! s'exclama Lelldorin en lui flanquant une grande claque dans le dos. C'est une très jolie fille.

Garion préféra laisser passer.

— Tu ne vois pas comment je pourrais échapper à ça ? poursuivit-il à l'intention de Silk.

— Pour l'instant, Garion, je ne suis vraiment pas en état de penser à autre chose qu'à mon cas, qui est désespéré. Mais mon petit doigt me dit que les carottes sont cuites. Tous les royaumes du Ponant sont signataires des Accords — et je pense que la Prophétie n'est pas étrangère à l'affaire non plus.

— J'oubliais ça, reconnut lugubrement Garion.

— Je suis sûr qu'ils te laisseront le temps de te faire à cette idée, assura Lelldorin.

— Et à elle, combien de temps tu crois qu'il va lui

falloir pour s'y faire ? Je suis allé lui parler, ce matin. On aurait dit un chat accroché aux rideaux et qui se laisse lentement descendre.

— Au fond, elle ne te déteste pas, tu sais, révéla Silk.

— Ce n'est pas le problème. Elle s'est fourré dans la tête que j'étais d'un rang plus élevé que le sien, et elle ne peut pas digérer ça.

Silk eut un pauvre petit rire.

— Si tu étais vraiment mon ami, tu n'aurais pas envie de rire, accusa Garion.

— Ta princesse attache donc une telle importance au rang ? s'étonna Lelldorin.

— Elle en fait tout un fromage, répondit aigrement Garion. Je pense qu'elle se répète six ou huit fois par heure qu'elle est princesse impériale. Ça lui tient beaucoup à cœur. Et voilà qu'un paysan tombé du ciel lui passe devant le nez. Elle n'encaisse pas ça — et je ne vois pas comment ça s'arrangerait. Bon, et toi, tu crois que tu as une chance d'aller mieux aujourd'hui ? conclut-il en regardant Silk sous le nez.

— Qu'est-ce que tu as en tête au juste ?

— Tu connais les environs ?

— Evidemment.

— Je me demandais si je ne devrais pas aller faire un tour en ville, sans tambours ni trompettes et habillé comme tout le monde. Je ne connais rien aux Riviens, et voilà que

La voix lui manqua.

— Et voilà que tu te retrouves sur leur trône, acheva Lelldorin à sa place.

— Ce n'est peut-être pas une mauvaise idée, mais il faut que je réfléchisse et ma cervelle n'est pas en état de fonctionner pour l'instant, ergota Silk. Cela dit, c'est aujourd'hui ou jamais. Ton couronnement est prévu pour demain. Après, tu peux dire adieu à la liberté.

Garion n'avait pas envie d'y songer.

— J'espère que vous ne m'en voudrez pas, mais je vais tâcher de refaire un peu surface avant, ajouta Silk en piquant du nez dans sa chope. En fait, je me fiche pas mal que vous m'en vouliez ou non ; c'est un cas de force majeure.

Une heure plus tard, le petit homme à la tête de fouine avait récupéré grâce à un traitement aussi peu orthodoxe que redoutablement efficace : après s'être imbibé de vapeur brûlante et de bière glacée en quantités à peu près égales, il avait piqué une tête dans un bassin d'eau froide. Il en était ressorti tout bleu et tremblant de la tête aux pieds, mais en gros, sa gueule de bois n'était plus qu'un souvenir. Il choisit des vêtements ordinaires pour ses compagnons et lui-même et ils quittèrent la citadelle par une porte dérobée. Garion regarda plusieurs fois derrière lui en sortant. Apparemment, il avait réussi à semer le serviteur obstiné qui ne l'avait pas lâché d'une semelle de toute la matinée.

En se promenant dans la ville, Garion fut à nouveau frappé par son austérité. Les façades étaient lourdes, d'un gris uniforme et totalement dépourvues d'ornements extérieurs comme de couleurs. La cape grise qui était l'élément caractéristique du costume national rivien donnait aux rares passants la même apparence de tristesse. A l'idée de croupir jusqu'à la fin de ses jours dans un endroit aussi rébarbatif, Garion sentait son sang se glacer dans ses veines.

Ils suivirent une longue rue sous le pâle soleil hivernal, l'odeur iodée du port leur piquant les narines. Tout à coup, de la maison devant laquelle ils passaient s'éleva un chœur de voix claires, enfantines, qui se fondaient en harmonies subtiles. Garion n'en revenait pas de la complexité du chant.

— C'est le passe-temps national, lui expliqua Silk. Les Riviens sont très musiciens. J'imagine que ça les aide à supporter la tristesse du patelin. Sans vouloir offenser Ta Majesté, ton royaume n'est pas un endroit très folichon. L'un de mes vieux amis habite pas loin d'ici, enchaîna-t-il en regardant autour de lui. Si on allait le voir ?

Il leur fit descendre un long escalier menant à une rue parallèle. Silk s'approcha à grands pas d'un bâtiment fermement planté à flanc de colline, à quelques toises de là, et frappa à la porte. Un Rivien vêtu d'une tunique de cuir constellée de traces de brûlures ouvrit au bout d'un instant.

— Ce bon vieux Radek ! s'exclama-t-il, surpris. Ça fait un bail !...

— J'avais envie de voir ce que devenait mon vieil ami Torgan, rétorqua Silk avec un grand sourire.

— Entrez, entrez, fit Torgan en ouvrant largement sa porte.

— Tu t'es un peu agrandi à ce que je vois, commenta Silk en observant le décor.

— Les affaires marchent assez bien, lui confia modestement Torgan. Les parfumeurs de Tol Borune achètent tous les flacons qu'ils peuvent trouver.

Le Rivien était un grand gaillard aux joues rondes, toutes roses, un peu inattendues sous ses cheveux gris. Il jeta un regard étonné à Garion et fronça légèrement les sourcils comme si son visage lui rappelait quelque chose. Garion se détourna aussitôt sous prétexte d'examiner une rangée de minuscules fioles joliment disposées sur une table voisine.

— Tu ne fais plus que des bouteilles, alors ? reprit Silk.

— Oh ! on essaie toujours de produire quelques belles pièces ! rectifia-t-il un peu tristement. L'un de mes apprentis est un pur génie. Je lui laisse un peu de temps pour faire ce qu'il veut. Si je l'obligeais à souffler des bouteilles toute la journée, il finirait par me quitter, je le crains.

Torgan ouvrit une petite vitrine et en sortit un petit paquet emballé dans un carré de velours.

— Voilà un échantillon de son travail, annonça-t-il en déroulant le tissu.

C'était un roitelet aux ailes à demi déployées, perché sur un rameau garni de feuilles et de bourgeons. Chaque plume était visible, tellement la pièce était détaillée.

— Prodigieux, fit Silk, le souffle coupé, en examinant l'oiseau au plumage de cristal. C'est une splendeur, Torgan. Comment arrive-t-il à obtenir des teintes aussi stupéfiantes ?

— Ça, je n'en ai pas idée, admit Torgan. Il fait ses mélanges sans mesurer et le rendu des couleurs est parfait. Je vous dis que c'est un génie.

Il remballa soigneusement l'oiseau de cristal et le remit dans la vitrine.

Derrière l'atelier, les appartements rayonnaient de chaleur, de joie de vivre et de couleurs. Toutes les pièces regorgeaient de coussins multicolores, des tableaux ornaient les murs. Les apprentis de Torgan donnaient l'impression d'être plutôt des membres de la famille que ses ouvriers, et tandis qu'ils donnaient vie au verre en fusion, sa fille aînée jouait de la harpe, ses doigts effleurant les cordes, en faisant jaillir des cascades de musique.

— C'est le jour et la nuit avec l'extérieur, observa Lelldorin avec une indicible surprise.

— Comment cela ? interrogea Silk.

— Dehors, les rues sont grises et tristes. Une fois la porte franchie, tout est chaud et coloré.

— Ça surprend toujours les étrangers, acquiesça Torgan en souriant. Nos maisons sont comme nous : d'un abord austère, par nécessité, car la cité de Riva a été conçue pour la défense de l'Orbe et que chaque bâtiment fait partie des fortifications. Mais si nous ne pouvons changer la façade de nos maisons, à l'intérieur règnent l'art, la poésie, la musique. Quant à la cape que nous portons tous, c'est un vêtement utile, léger, chaud, presque imperméable — tissé avec la laine de nos chèvres, qui ne prend pas la teinture et reste toujours grise. Mais pour être gris au-dehors, nous n'en aimons pas moins la beauté.

Garion croyait commencer à comprendre les habitants de cette île d'apparence si rébarbative. La réserve et la froideur des Riviens n'était qu'une façade. Leurs capes grises dissimulaient des trésors.

Les apprentis soufflaient presque tous les petites fioles délicates qui constituaient l'essentiel du commerce avec les parfumeurs de Tol Borune. Seul dans son coin, un jeune homme blond, au regard intense, façonnait un vaisseau de verre chevauchant une vague de cristal. L'apprenti leva la tête et ouvrit de grands yeux en voyant Garion, puis il retourna très vite à son ouvrage.

Ils avaient regagné le devant de la boutique et s'apprêtaient à prendre congé lorsque Garion demanda à revoir le délicat oiseau de cristal perché sur son rameau étincelant. La pièce était d'une telle beauté qu'il en avait le cœur serré.

— Cela plaît à Votre Majesté ? fit une voix douce. Le jeune apprenti les avait suivis sans bruit.

— J'étais sur la place, hier, quand Brand vous a présenté au peuple, expliqua-t-il. Je vous ai tout de suite reconnu.

— Comment vous appelez-vous ? s'enquit Garion, curieux.

— Joran, Votre Majesté.

— Nous pourrions peut-être faire l'impasse sur les « Majesté » ? suggéra Garion d'un ton plaintif. Je ne suis pas à l'aise avec ces salamalecs. Tout cela m'est tombé dessus de façon tellement inattendue.

Joran lui dédia un grand sourire.

— On raconte toutes sortes de choses en ville. Selon certaines rumeurs, vous auriez été élevé par Belgarath le Sorcier dans sa tour du Val d'Aldur.

— En fait, j'ai toujours vécu en Sendarie avec ma tante Pol, la fille de Belgarath.

— Polgara la Sorcière ? releva Joran, impressionné. Est-elle aussi belle qu'on le dit ?

— C'est ce que j'ai toujours pensé.

— Peut-elle vraiment se changer en dragon ?

— Sans doute — à condition d'en avoir envie. Elle préfère en général se transformer en chouette. Elle aime beaucoup les oiseaux, j'ignore pourquoi. En tout cas, ils le lui rendent bien. Ils n'arrêtent pas de lui raconter des histoires. — Quelle chose étonnante, s'émerveilla Joran. Je donnerais n'importe quoi pour faire sa connaissance.

Il hésita un instant et esquissa une moue pensive.

— Pensez-vous que cette petite chose lui plairait ? balbutia-t-il enfin en effleurant le roitelet de cristal.

— Si cela lui plairait ? répéta Garion. Elle en raffolerait, j'en suis sûr.

— Pourriez-vous le lui donner de ma part ?

— Joran ! s'exclama Garion, surpris. Je ne peux pas accepter. C'est un objet de grande valeur, et je n'ai pas d'argent pour vous l'acheter.

— Ce n'est que du verre, lui rappela Joran avec un petit sourire timide. Autant dire du sable fondu — et le sable est la chose la moins chère du monde. Si vous pensez qu'il lui plaira, je le lui offrirai avec joie. Voulez-vous le lui donner pour moi, je vous en prie ? Dites-lui que c'est un cadeau de Joran, le souffleur de verre.

— Je n'y manquerai pas, Joran, promit Garion, en serrant impulsivement la main du jeune homme. Je serai heureux et fier de le lui offrir de votre part.

— Je vais l'emballer, décréta Joran. Mieux vaut éviter de faire passer le verre du chaud au froid.

Il tendait la main pour prendre un carré de velours lorsqu'il s'immobilisa.

— Je ne suis pas tout à fait honnête avec vous, avoua-t-il un peu penaud. Ce roitelet est une très belle pièce, et si les nobles de la Citadelle le voient, ils me demanderont tous de faire quelque chose pour eux. Il me faudra de l'argent si je veux ouvrir un jour mon échoppe, et

Il jeta à la fille de Torgan un regard éloquent.

— ... Et vous ne pourrez pas vous marier avant d'avoir votre propre affaire, subodora Garion.

— Votre Majesté fera un souverain d'une grande sagesse, déclara gravement Joran.

— Si l'on accepte de passer sur les gaffes que je ferai les premières semaines, ajouta Garion d'un ton lugubre.

Plus tard, cet après-midi-là, il apporta l'oiseau de cristal à tante Pol dans ses appartements privés.

— Qu'est-ce que c'est ? demanda-t-elle en prenant le petit paquet.

— Un cadeau d'un jeune souffleur de verre que j'ai rencontré en ville, répondit Garion. Il s'appelle Joran. Il a absolument insisté pour que je te le donne. Fais attention, je crois que c'est assez fragile.

Tante Pol déballa soigneusement le petit objet de cristal. Elle écarquilla lentement les yeux en admirant l'oiseau délicatement ciselé.

— Oh ! Garion ! murmura-t-elle. Je n'ai jamais rien vu de plus beau de toute ma vie.

— Il travaille pour un certain Torgan. Son patron dit qu'il a de l'or dans les mains. Il est vraiment génial. Il voudrait faire ta connaissance.

— J'aimerais bien le rencontrer, moi aussi, soufflat-elle, les yeux perdus dans la contemplation de ce petit miracle de finesse.

Elle posa doucement le roitelet de cristal sur une table, les mains tremblantes, les yeux pleins de larmes.

— Qu'est-ce qu'il y a, tante Pol ? s'inquiéta Garion.

— Rien, Garion. Rien du tout.

— Alors pourquoi tu pleures ?

— Tu ne comprendrais pas, mon chou, déclara-t-elle en le prenant dans ses bras et en le serrant impétueusement contre elle.

Le couronnement était prévu pour le lendemain, à midi. La Cour du roi de Riva était pleine à craquer de nobles et de membres de la famille royale, et les cloches de la cité sonnaient à tout rompre.

De son couronnement, Garion ne devait garder qu'un souvenir très vague. Il transpirait sous son manteau de cour bordé d'hermine, et la couronne d'or toute simple que le diacre lui plaça sur la tête pesait son poids. Il fut surtout frappé par la lumière bleue, intense, qui baignait la salle tout entière et s'amplifiait au fur et à mesure qu'il avançait vers le trône. Comme chaque fois qu'il s'approchait d'elle, l'Orbe d'Aldur lui emplit les oreilles de son étrange exaltation. Son chant retentissait en cet instant avec une puissance telle que c'est à peine s'il entendit les hurlements de joie de la foule massée à la Cour du roi de Riva lorsqu'il se retourna et lui fit face, revêtu de son manteau de cérémonie, ceint de sa couronne.

Mais il saisit très clairement une voix.

— *Salut à toi, Belgarion,* fit très doucement l'autre conscience qui l'habitait.

CHAPITRE XIII

Assis sur son trône, Belgarion, le roi de Riva, broyait du noir en écoutant Valgon, l'ambassadeur de Tolnedrie, débiter ses litanies. Garion n'était pas à la noce. Il n'avait plus un moment à lui, et il s'était rendu compte qu'il avait bien des choses à apprendre : par exemple, il était rigoureusement incapable de donner un ordre et ne savait pas comment faire pour congédier les serviteurs qui lui couraient sur le haricot. Où qu'il aille, il était suivi. Il avait fini par renoncer à surprendre le pot de colle, garde du corps, valet ou messager trop zélé, attaché à ses pas.

Il avait beau demander grâce sur tous les tons, ses amis s'obstinaient à lui donner du « Majesté » et n'avaient pas l'air très à l'aise en sa présence. D'ailleurs, tout le monde se comportait comme s'il n'était plus tout à fait lui-même. Il ne se sentait pas différent et son miroir lui disait qu'il n'avait pas changé, mais il était blessé par leur air soulagé chaque fois qu'il s'éloignait. Alors il se retirait dans sa coquille et léchait ses plaies en silence.

Tante Pol était toujours à ses côtés, mais là non plus, rien n'était comme avant. Avant, c'est lui qui jouait les comparses ; maintenant, les rôles étaient inversés, et cela lui semblait parfaitement contre nature.

— C'est une proposition des plus généreuses — si Votre Majesté veut bien me permettre, déclara Valgon en achevant la lecture du dernier traité proposé par Ran Borune.

L'ambassadeur de Tolnedrie était un homme sardonique, au nez aquilin et au port aristocratique. C'était un Honeth, un membre de la famille fondatrice de l'Empire, dont étaient en outre issues trois dynasties d'empereurs. Il avait du mal à dissimuler son mépris pour les Aloriens. Valgon était une plaie pour Garion. Il ne se passait guère de jour que l'empereur ne lui fasse parvenir une nouvelle convention ou un traité de commerce inédit. Garion avait bientôt compris que les Tolnedrains étaient très inquiets de ne pas avoir sa signature sur un seul bout de parchemin et agissaient en vertu de la théorie selon laquelle un malheureux à qui on n'arrête pas de fourrer des documents sous le nez finit toujours par signer rien que pour avoir la paix.

La contre-offensive de Garion était simple : il refusait de signer quoi que ce soit.

— *C'est exactement la même chose que la semaine dernière,* observa la voix de tante Pol dans le silence de son esprit. *Ils se sont contentés d'intervertir les clauses et de changer quelques mots. Envoie-le promener.*

Garion regarda l'ambassadeur à l'air suffisant avec quelque chose qui ressemblait de près à de l'aversion.

— C'est hors de question, déclara-t-il sans ambages. Enfin, Valgon, continua Garion, coupant court à ses protestations, ce protocole est identique à celui de la semaine dernière, vous le savez aussi bien que moi. Je vous avais dit *non* et c'est toujours *non*. Je ne concèderai pas à la Tolnedrie un statut privilégié dans les échanges avec Riva. Je n'accepterai jamais de demander la permission à Ran Borune avant de signer un nouveau traité avec une autre nation, et je refuse toute modification des termes des Accords de Vo Mimbre. Maintenant, vous voudrez bien demander à Ran Borune de cesser de m'importuner tant qu'il ne sera pas revenu à la raison.

— Majesté ! s'exclama Valgon, choqué. On ne parle pas ainsi à l'empereur de Tolnedrie !

— Je lui parlerai comme bon me semble. Vous avez ma — *notre* permission de vous retirer.

— Majesté...

— Vous pouvez disposer, Valgon, trancha Garion.

L'ambassadeur se redressa de toute sa hauteur, s'inclina avec froideur et s'éloigna à grands pas.

— Pas mal, commenta le roi Anheg d'une voix traînante.

Il était avec les autres rois, dans le coin un peu à l'écart où ils avaient l'habitude de se réunir. La présence de ces royaux observateurs mettait Garion très mal à l'aise. Il se sentait continuellement observé et jugé, il savait qu'ils pesaient et commentaient chacun de ses mouvements, de ses paroles et de ses décisions. Les premiers mois, il ne pourrait pas éviter de faire des bourdes, il en était bien conscient, mais il aurait de beaucoup préféré les commettre sans témoins. Comment dire à ce troupeau de souverains de lui lâcher un peu le coude ?

— Un peu abrupt tout de même, non ? objecta le roi Fulrach.

— Il apprendra à faire preuve de diplomatie avec le temps, assura le roi Rhodar. Je pense que Ran Borune trouvera rafraîchissante la réponse de notre Belgarion — sitôt qu'il sera remis de la crise d'apoplexie provoquée par sa franchise.

Les rois et les nobles assemblés se mirent à hurler de rire et Garion tenta sans succès de se retenir de rougir.

— Ils ne pourraient pas la fermer un peu ? chuchota-t-il hargneusement à tante Pol. Je ne peux pas éternuer sans qu'ils en fassent une exégèse.

— Ne ronchonne pas, mon chou, répondit-elle calmement. Après tout, tu n'as pas été très aimable. Tu es sûr de tenir vraiment à adopter ce ton avec ton futur beau-père ?

C'était bien la dernière chose que Garion avait envie de s'entendre rappeler. L'idée d'épouser la princesse Ce'Nedra lui inspirait les plus grandes réserves. Il l'aimait bien — beaucoup, même — mais force lui était de conclure que Ce'Nedra ne ferait pas une bonne épouse. Elle avait beau être intelligente, elle était trop gâtée et plus têtue qu'une charrette à bœufs. Elle ne lui pardonnait pas sa soudaine ascension, et il était sûr et certain qu'elle prendrait un plaisir pervers à lui rendre la vie impossible. Assis sur son trône, en butte aux facéties des rois d'Alorie, Garion se prit à regretter d'avoir jamais entendu parler de l'Orbe.

Comme toujours lorsqu'il y pensait, il leva les yeux sur elle. Elle brillait sur le pommeau de l'énorme épée accrochée au-dessus de sa tête. Il trouvait d'une exaspérante fatuité la façon dont elle se mettait à flamboyer chaque fois qu'il s'asseyait sur le trône, à croire qu'elle se félicitait de lui, Belgarion de Riva, comme s'il était sa création personnelle. Garion ne comprenait pas l'Orbe. Il y avait en elle une prodigieuse avidité ; il le savait pour avoir tenté de l'approcher mentalement avant de battre en retraite. Garion avait eu l'occasion d'être effleuré par les esprits des Dieux, mais la conscience de l'Orbe était d'une nature radicalement différente. Elle recélait une puissance dont il n'avait pas idée. Surtout, il trouvait parfaitement irrationnel son attachement pour lui, Garion. Il se connaissait ; il avait la douloureuse certitude de n'être pas digne de tout cet amour. Pourtant, il n'avait qu'à s'en approcher pour qu'elle se mette à briller d'un éclat insoutenable et lui emplisse l'esprit de son chant ; ce chant étrange, pénétrant, qu'il avait pour la première fois entendu dans la tourelle de Ctuchik et qui lui faisait l'effet d'une invitation pressante. S'il la prenait, son pouvoir s'unirait au sien et tout leur serait possible, il le savait. Torak avait élevé l'Orbe pour fendre le monde ; il n'aurait qu'à la brandir à son tour pour refermer cette blessure. Le plus alarmant c'est que sitôt qu'il formulait cette idée, l'Orbe commençait à lui fournir des indications circonstanciées sur la façon de procéder.

— *Fais un peu attention, Garion.*

C'était la voix de tante Pol qui le rappelait à l'ordre. Enfin, il voyait le bout des corvées de la matinée. Il y eut encore quelques requêtes, puis un message de félicitations assez particulier arrivé le matin même de Nyissie. La signature était celle de Sadi, l'eunuque, et le ton en était décidément conciliatoire. Garion décida d'y réfléchir à deux fois avant de pondre une réponse. Il n'était pas près d'oublier ce qui s'était passé dans la salle du trône de Salmissra, et guère pressé de normaliser les relations avec le peuple des serpents.

Ayant expédié les affaires courantes, il s'excusa et quitta la salle du trône. Il avait trop chaud sous son manteau de cour doublé d'hermine et la couronne commençait à lui faire mal à la tête. Il n'avait qu'une envie : regagner ses appartements et se mettre à son aise.

Les gardes postés à la porte latérale de la salle du trône s'inclinèrent avec respect sur son passage et s'apprêtèrent à l'escorter.

— Je ne vais nulle part, déclara Garion au sergent de service. Je regagne mes appartements et je connais le chemin. Allez plutôt déjeuner avec vos hommes.

— Sa Majesté est trop aimable, répondit le sergent. Aura-t-Elle besoin de nous après ?

— Je ne sais pas encore. Je vous le ferai savoir.

Le sergent tira sa révérence et Garion s'engagea dans un couloir mal éclairé qu'il avait découvert deux jours après son couronnement. Ce passage relativement peu fréquenté et sur lequel ne s'ouvraient que de rares portes constituait le chemin le plus direct entre les appartements royaux et la salle du trône, et surtout il permettait à Garion d'aller et venir avec un minimum de cérémonial. Les bras de lumière, assez éloignés les uns des autres, ne diffusaient qu'une maigre clarté, et Garion trouvait un certain réconfort dans ce clair-obscur, comme s'il lui restaurait son anonymat.

Il poursuivit son chemin, perdu dans ses pensées. La guerre imminente entre le Ponant et les royaumes angaraks était au premier rang de ses préoccupations. C'est à lui, le Suzerain du Ponant, que reviendrait l'obligation de mener le Ponant contre les multitudes angaraks de Kal-Torak, réveillé de son sommeil. Comment pourrait-il affronter un adversaire aussi redoutable ? Le seul nom de Torak lui glaçait le sang dans les veines. Et que connaissait-il aux armées et aux batailles ? Il gâcherait tout, c'était fatal, et Torak écraserait les forces du Ponant d'un seul coup de son poing ganté de fer.

Même la sorcellerie resterait vaine. Il ne dominait pas encore assez son pouvoir pour risquer la confrontation avec Torak. Tante Pol ferait de son mieux pour l'aider, bien sûr, mais sans Belgarath, leurs chances de succès étaient infimes ; or rien ne leur permettait de savoir si ses facultés n'avaient pas irrémédiablement souffert de sa prostration.

Garion ne voulait pas y songer. Seulement ses autres problèmes n'étaient guère moins préoccupants. Tôt ou tard, il lui faudrait affronter l'hostilité inébranlable de Ce'Nedra. Si seulement elle voulait bien se montrer raisonnable, Garion était sûr qu'il ne serait bientôt plus question de cette infime différence de rang. Il aimait bien Ce'Nedra. Il était même prêt à admettre qu'elle lui inspirait des sentiments un peu plus profonds. Elle pouvait — quand elle avait besoin de quelque chose, en général — être absolument adorable. S'ils parvenaient à surmonter ce problème mineur, tout pourrait s'arranger.

Il fit quelques pas en caressant cette idée qui illuminait considérablement son horizon lorsqu'il entendit un bruit furtif dans son dos. Il poussa un soupir en faisant des vœux pour que son chaperon trouve un autre jeu, puis il poursuivit son chemin en haussant les épaules, perdu dans ses réflexions sur la question nyissienne.

L'avertissement fut sec et vint au dernier moment.

— *Attention !* lança sa voix intérieure.

Garion réagit instantanément, sans prendre le temps de se demander le pourquoi et le comment. Il se jeta à plat ventre, faisant tomber sa couronne à terre. Un poignard heurta le mur de pierre dans une grande gerbe d'étincelles et rebondit, glissant sur les dalles. Garion poussa un juron, roula sur lui-même et se releva d'un bond, sa dague à la main. Ulcéré par cette soudaine attaque, il s'élança dans le couloir en se prenant les pieds dans les pans de son manteau bordé d'hermine.

Garion n'eut que le temps d'apercevoir un bout de cape grise et le lanceur de poignard disparut dans une anfractuosité du mur, à quelques dizaines de pas de là. Garion entendit claquer une lourde porte. Il se jeta dessus et l'ouvrit. Elle donnait sur un long passage obscur — et désert.

Il avait les mains qui tremblaient, de colère plus que de peur. Il envisagea l'espace d'un instant d'appeler la garde, mais chassa presque aussitôt cette idée. Plus il réfléchissait, plus il lui paraissait dangereux de poursuivre son assaillant. Sa seule arme était sa dague, et la pensée de se retrouver nez à nez avec un ennemi pourvu d'une épée ne lui souriait guère. D'autant qu'il avait peut-être des complices ; ces corridors déserts et mal éclairés ne constituaient assurément pas l'endroit rêvé pour une rencontre au sommet.

Il s'apprêtait à refermer la porte lorsque quelque chose attira son regard. Il y avait un petit bout de tissu gris, par terre, juste à côté du chambranle de la porte. Garion le ramassa et s'approcha d'un bras de lumière. C'était un petit coin de tissu de laine de deux pouces de large à peine, et qui semblait venir d'une cape rivienne. Dans sa hâte, l'assassin avait dû claquer la porte sur l'ourlet de sa cape, abandonnant ce petit bout de tissu derrière lui. Garion fronça les sourcils et retourna en courant à l'autre extrémité du couloir, ne s'arrêtant que le temps de récupérer sa couronne et le poignard de son agresseur. Il jeta un coup d'œil autour de lui. Le corridor était désert et paraissait soudain un peu inquiétant. Si le candidat au régicide revenait avec trois ou quatre complices, Garion pouvait numéroter ses abattis. Tout bien considéré, il avait peut-être intérêt à regagner ses pénates au plus vite — et à verrouiller sa porte. Comme il n'y avait pas de témoins, il releva les pans de son manteau de cour avec un manque de dignité aussi total que peu royal et fila tel un lapin vers son terrier.

Arrivé devant chez lui, il entra en coup de vent, s'enferma à double tour et resta un instant l'oreille collée à la porte, à l'affût du moindre bruit.

— Sa Majesté a un problème ?

Garion fit un bond plus haut que lui et se retourna. Le valet ouvrit de grands yeux en voyant les dagues que son roi tenait à la main.

— Euh... non, non, répondit très vite Garion en s'efforçant de masquer sa confusion. Aidez-moi à enlever ça.

Il s'énerva un moment sur les brandebourgs de son manteau de cour, mais il n'arrivait à rien avec ses dagues et sa couronne. Il expédia négligemment la couronne dans un fauteuil, rengaina sa dague et posa l'autre sur la table cirée, avec le petit bout de tissu.

Le valet l'aida à retirer son manteau et le plia avec soin sur son bras.

— Sa Majesté veut-elle que je la débarrasse ? demanda-t-il en contemplant d'un air légèrement dégoûté la dague et le petit bout de chiffon qui déparaient la table.

— Non, refusa fermement Garion, puis une idée lui vint à l'esprit. Vous savez où est mon épée ?

— L'épée de Sa Majesté est dans la salle du trône.

— Non, pas celle-là. L'autre. Celle que j'avais en arrivant ici.

— Elle ne devrait pas être difficile à retrouver, supputa le valet, un peu dubitatif.

— Eh bien, cherchez-la. J'aimerais bien l'avoir à portée de la main. Et tâchez aussi de me trouver Lelldorin de Wildantor. J'ai quelque chose à lui dire.

— Tout de suite, Majesté.

Le valet s'inclina et quitta la pièce en silence.

Garion prit la dague et l'examina attentivement. C'était une arme banale, lourde, solide, sans autre ornement ou marque distinctive qu'un anneau métallique autour de la poignée. La pointe s'était légèrement tordue en heurtant le mur de pierre. Celui qui l'avait lancée y était allé de bon cœur. Garion éprouva une sensation très désagréable entre les omoplates. Cet objet ne lui serait pas d'un grand secours. Il y en avait certainement des centaines comme lui à la Citadelle. Mais le morceau de tissu constituait peut-être une trouvaille intéressante. Quelque part dans la forteresse, un homme avait une cape au coin arraché. Et il y avait gros à parier que la cape déchirée et ce bout de chiffon s'assembleraient comme les pièces d'un puzzle.

Lelldorin arriva une petite demi-heure plus tard.

— Tu m'as fait appeler, Garion ? commença-t-il.

— Assieds-toi, Lelldorin, commanda Garion.

Il s'installa confortablement dans un fauteuil, près de la table, et attendit ostensiblement que son valet quitte la pièce.

— J'ai comme un problème, reprit-il, et je me suis dit que je pouvais peut-être faire appel à toi.

— Tu n'as même pas besoin de te poser la question, Garion, répondit gravement le jeune Asturien.

— Il faut que ça reste entre nous, ajouta prudemment Garion. Je ne veux pas que ça se sache.

— Tu as ma parole d'honneur, répliqua aussitôt le jeune Asturien.

Garion fit glisser le poignard vers son ami, sur la surface luisante de la table.

— Je revenais ici, il y a juste un moment, quand quelqu'un m'a lancé ça.

Lelldorin étouffa une exclamation de surprise.

— Une trahison ? souffla-t-il en ouvrant de grands yeux.

— Ou une rancune personnelle, rectifia Garion. Je n'ai pas la moindre idée de ce dont il peut s'agir.

— Il faut alerter la garde, décréta Lelldorin en se relevant d'un bond.

— Surtout pas, objecta fermement Garion. Si je fais ça, ils vont me mettre sous globe. Je n'ai déjà plus beaucoup de liberté de manœuvre, je ne tiens pas à perdre le peu qu'il m'en reste.

Lelldorin se rassit et examina l'arme.

— Tu n'as pas vu celui qui a fait ça ?

— De dos seulement. Il portait une cape grise.

— Comme tous les Riviens.

— Nous ne partons quand même pas les mains vides, observa Garion en tirant le fragment de lainage de sa tunique. Après avoir lancé sa dague, il s'est enfui par une porte. Il l'a refermée sur le bout de sa cape et l'a déchiré.

Lelldorin examina le petit morceau de tissu.

— On dirait un coin, remarqua-t-il.

— C'est bien mon impression, acquiesça Garion. Ouvrons l'œil. Nous tomberons peut-être sur un individu dont la cape a un coin en moins. Nous n'aurons plus qu'à essayer de faire main basse dessus pour vérifier si c'est le bout qui manque.

Lelldorin opina du chef.

— Quand nous aurons retrouvé notre homme, je veux que tu me le laisses, spécifia-t-il en durcissant le ton. Un roi n'est pas censé se mêler personnellement de ce genre de chose.

— Il se pourrait que je décide de changer la règle du jeu, insinua Garion d'un air sinistre. Je n'aime pas qu'on me lance des couteaux. Mais commençons par le retrouver.

— Je m'y mets tout de suite, décida Lelldorin en quittant son fauteuil. J'examinerai toutes les capes de Riva s'il le faut, mais nous retrouverons ce traître, Garion, je te le promets.

Garion se sentit un peu mieux après cela. Pourtant, vers la fin de l'après-midi, c'est un jeune roi très méfiant qui se rendit — sous bonne escorte — aux appartements privés du Gardien de Riva. Il regardait constamment autour de lui tout en marchant, et sa main n'était pas loin de la garde de son épée.

Il trouva Brand assis devant une harpe. Ses grosses pattes semblaient caresser les cordes de l'instrument, leur arrachant des pleurs. Garion trouva curieusement doux et pensif le visage du grand bonhomme ordinairement rébarbatif, et sa plaintive mélodie lui parut d'autant plus belle qu'elle était inattendue.

— Vous jouez très bien, Messire, le complimenta-t-il avec respect comme les dernières larmes de la mélodie perlaient sur les cordes.

— Je m'exerce souvent, Majesté, répondit Brand. Il m'arrive parfois, lorsque je joue, d'oublier que ma femme n'est plus à mes côtés.

Il se leva, carra les épaules, et toute douceur abandonna son visage.

— En quoi puis-je servir Sa Majesté le roi Belgarion ?

Garion s'éclaircit la gorge avec quelque nervosité.

— Je ne parle pas très bien, avoua-t-il, mais je vous en prie, prenez ce que je vais vous dire comme je voudrais que vous l'entendiez, et non comme il se peut que ça sorte.

— Certainement, Majesté.

— Je n'ai jamais voulu tout cela, vous le savez,

commença Garion avec un geste vague englobant toute la citadelle. Je veux parler de la couronne, de la royauté et tout ce qui s'ensuit. J'étais très heureux sans ça.

— Oui, Majesté ?

— Ce que j'essaie de dire c'est que eh bien, vous étiez le chef, ici, jusqu'à mon arrivée.

Brand hocha sobrement la tête.

— Je n'avais vraiment pas envie de devenir roi, enchaîna précipitamment Garion, et sûrement pas l'intention de prendre votre place.

Un sourire s'inscrivit lentement sur la physionomie de Brand.

— Je me demandais pourquoi Sa Majesté paraissait si mal à l'aise quand Elle me voyait entrer. Est-ce là ce qui La gênait tant ?

Garion hocha la tête en silence.

— Vous n'êtes ici que depuis un mois, Belgarion, et vous ne nous connaissez pas encore très bien, reprit Brand. Nous ne sommes pas des gens comme les autres. Depuis plus de trois mille ans — depuis le jour où Poing-de-Fer a mis le pied sur cette île — nous nous consacrons à la protection de l'Orbe. C'est devenu notre seule raison d'être, et je pense que l'individualisme qui prime chez les autres hommes nous est à peu près étranger. Vous savez pourquoi je m'appelle Brand ?

— Je ne me le suis jamais demandé, avoua Garion.

— J'ai un autre nom, bien sûr, continua Brand, mais je ne dois même pas le prononcer. Dans notre langue, Brand signifie à la fois *glaive*, *flambeau* et *âme sauve*. Tous les Gardiens reçoivent ce nom en signe de renoncement à la gloire inhérente à leur mission. Nous servons l'Orbe ; tel est notre unique but. Pour être tout à fait honnête, je suis plutôt soulagé de votre arrivée. Le moment approchait où j'allais être amené à désigner mon successeur — avec l'aide de l'Orbe, bien sûr. Mais je ne voyais vraiment pas qui choisir. Vous me tirez une épine du pied.

— Nous pouvons donc être amis ?

— Je pense que nous le sommes déjà, Belgarion, répondit gravement Brand. Nous servons le même maître, et rien ne rapproche autant les hommes.

Garion hésita.

— Je ne m'en sors pas trop mal ? balbutia-t-il.

Brand réfléchit un instant.

— Je n'aurais peut-être pas agi tout à fait comme vous en certaines occasions, mais cela n'a rien d'étonnant. Rhodar et Anheg n'ont pas toujours les mêmes réactions non plus. Chacun sa méthode.

— Ils n'arrêtent pas de se moquer de moi — Anheg, Rhodar et les autres. J'ai droit à leurs remarques finaudes chaque fois que je prends une décision.

— Ne vous en faites pas trop pour cela, Belgarion. Ce sont des Aloriens ; les Aloriens ne prennent rien au sérieux. Ils se gaussent aussi les uns des autres, vous savez. Tant qu'ils plaisantent, vous pouvez être sûr que tout va bien. C'est le jour où vous les verrez devenir très graves et très sérieux que vous risquez d'avoir des ennuis.

— Je n'avais jamais vu les choses sous cet angle, convint Garion.

— Vous vous y ferez avec le temps, lui assura Brand.

Garion se sentit mieux après son entretien avec Brand. Il s'apprêtait à regagner — toujours sous bonne garde — la suite royale lorsqu'il se ravisa et décida d'aller voir sa tante Pol. Sa cousine Adara était assise à côté d'elle et la regardait ravauder une vieille tunique de Garion. La jeune fille se leva en hâte et le gratifia d'une révérence.

— Je t'en prie, Adara. Pas quand nous sommes seuls. J'en vois assez comme ça toute la journée, fit-il, meurtri, avec un geste en direction de la partie plus officielle du bâtiment.

— Comme Sa Majesté voudra, rétorqua-t-elle.

— Et ne m'appelle pas comme ça. Pour toi, je serai toujours Garion tout court.

Elle le dévisagea gravement de ses beaux yeux pareils à deux lacs tranquilles.

— Non, mon cousin, objecta-t-elle. Tu ne seras plus jamais « Garion tout court ».

Il poussa un soupir en s'avisant de la vérité de sa réflexion.

— Si vous voulez bien m'excuser, reprit-elle alors, il faut que j'aille voir la reine Silar. Elle n'était pas très bien, et elle dit toujours que ma compagnie lui fait du bien.

— Ta compagnie nous fait du bien à tous, observa Garion, sans trop réfléchir.

Elle lui dédia un sourire affectueux.

— Allons, tout espoir n'est peut-être pas perdu pour lui, avança tante Pol en continuant à manier l'aiguille.

— Il n'a jamais été foncièrement mauvais, Dame Polgara, plaida Adara avec un coup d'œil à Garion.

Puis elle quitta discrètement la pièce sur une inclinaison de tête.

Garion marcha de long en large pendant un moment avant de se laisser tomber dans un fauteuil. Il s'était passé des tas de choses ce jour-là et il en voulait au monde entier.

Tante Pol cousait toujours, imperturbablement.

— Pourquoi fais-tu ça ? demanda enfin Garion. Je ne remettrai jamais cette vieillerie.

— Elle a besoin d'être réparée, mon chou, répliqua-t-elle placidement.

— Il y a des centaines de gens dans le coin qui pourraient le faire à ta place.

— Je préfère le faire moi-même.

— Ecoute, laisse ça. J'ai à te parler.

Elle posa la tunique de côté et braqua sur lui un regard interrogateur.

— Et de quoi Sa Majesté veut-elle S'entretenir ? — Tante Pol ! se lamenta-t-il. Pas toi, je t'en prie !

— Alors ne me donne pas d'ordres, mon chou, riposta-t-elle en reprenant sa tunique.

Garion la regarda coudre un moment en se demandant par quel bout commencer. Une étrange pensée venait de lui traverser l'esprit.

— Pourquoi fais-tu ça, Tante Pol ? interrogea-t-il, vraiment intéressé, cette fois. Il est probable que personne ne la remettra jamais ; c'est une perte de temps.

— C'est de mon temps qu'il s'agit, mon chou, lui rappela-t-elle.

Elle leva sur lui un regard indéchiffrable. Puis, sans un mot, elle leva la tunique d'une main et passa délicatement l'index de l'autre sur la déchirure. Garion sentit un champ de force très léger, accompagné d'une sorte de chuchotement. L'accroc se referma devant ses yeux et ce fut comme si le tissu n'avait jamais été abîmé.

— Tu vois maintenant à quel point il est inutile que je la raccommode.

— Alors pourquoi le fais-tu ?

— Parce que j'aime coudre, mon chou, expliqua-t-elle.

D'un coup sec, elle déchira à nouveau la tunique, puis elle reprit son aiguille et recommença patiemment à la réparer.

— La couture occupe les mains et les yeux tout en libérant l'esprit. C'est très relaxant.

— Tu sais, Tante Pol, il y a des moments où je te trouve horriblement compliquée.

— Oui, mon chou. Je sais.

Garion arpenta à nouveau la pièce pendant un moment, puis il s'agenouilla soudain auprès d'elle et, repoussant son ouvrage, posa sa tête sur ses genoux.

— Oh ! Tante Pol ! gémit-il, au bord des larmes.

— Qu'est-ce qu'il y a, mon chou ? questionna-t-elle en lui caressant doucement les cheveux.

— Je me sens si seul.

— C'est tout ?

Il leva la tête et la regarda, incrédule. Il ne s'attendait vraiment pas à cela. Elle le serra contre son cœur.

— Tout le monde est seul, mon chou. Nous nous frottons les uns aux autres, mais au bout du compte, nous sommes tout seuls au monde. Tu t'y feras, tu verras.

— Personne ne veut plus parler avec moi — enfin, pas comme avant. Et tout le monde me fait des courbettes en m'appelant « Majesté ».

— C'est normal ; tu es leur roi, après tout.

— Mais je n'ai pas envie d'être leur roi !

— Ça, personne n'y peut rien. Tel était le destin de ta famille. Tu n'as jamais entendu parler du prince Gared ?

— Je ne crois pas. Qui est-ce ?

— Quand les assassins nyissiens ont tué le roi Gorek et toute sa famille, il a survécu au massacre. Il s'est échappé en se jetant dans la mer.

— Quel âge avait-il ?

— Six ans. C'était un petit garçon très courageux. Tout le monde a cru qu'il s'était noyé et que son corps avait été emporté par les flots. Nous ne les avons pas détrompés, ton grand-père et moi. Pendant treize cents ans, nous avons caché les descendants du prince Gared. Pendant des générations, ils ont vécu une petite vie tranquille, dans l'ombre, dans le seul but de te permettre à toi d'accéder au trône — et voilà que tu déclares que tu n'en veux pas ?

— Je ne connais pas tous ces gens, dit-il d'un ton morne.

Il se conduisait comme un sale gosse, il le savait bien, mais il n'y pouvait rien.

— Tu penses que cela t'aiderait si tu les connaissais — certains d'entre eux, tout au moins ?

La question le prit au dépourvu.

— En tout cas, ça ne peut pas te faire de mal, décréta-t-elle. Viens.

Elle reposa son ouvrage et se leva, l'entraînant vers la grande baie vitrée protégée par un petit balcon d'où l'on dominait toute la cité. Dans l'un des coins, une gouttière percée avait donné naissance, à la saison froide, à un rideau de glace noire, étincelante, qui s'incurvait par-dessus la balustrade et s'étalait par terre.

Tante Pol ouvrit la fenêtre. Un courant d'air glacé s'engouffra dans la pièce, faisant vaciller les chandelles.

— Regarde la glace, Garion, dit-elle en lui indiquant la noirceur éclatante. Regarde dans l'épaisseur de la glace.

Il s'exécuta et sentit s'enfler le pouvoir de sa tante.

Il y avait quelque chose dans la glace — quelque chose d'informe au début, mais qui se précisa lentement. C'était, il s'en aperçut au bout d'un moment, la silhouette d'une jeune femme blonde, d'une grande beauté et au doux sourire. Elle avait l'air très jeune et ses yeux plongeaient droit dans ceux de Garion. Il eut l'impression d'entendre un chuchotement.

— Mon bébé ! faisait une voix. Mon petit Garion.

Garion se mit à trembler de tous ses membres.

— Maman ? souffla-t-il.

— Il est si grand, maintenant, poursuivit la voix. C'est presque un homme.

— Et déjà un roi, Ildera, murmura tout bas tante Pol.

— C'était donc bien *l'élu*, exulta le fantôme de la mère de Garion. Je le savais ! Je le sentais quand je le portais dans mon sein.

Une seconde forme avait commencé à émerger à côté de la première. Celle d'un grand jeune homme aux cheveux noirs, dont le visage lui était étrangement familier. Garion perçut aussitôt la ressemblance avec le sien.

— Salut à toi, Belgarion, mon fils, lui dit la seconde silhouette.

— Papa ! répondit Garion.

Il aurait été bien en peine d'articuler quoi que ce fût d'autre.

— Notre bénédiction est sur toi, Garion, reprit le second fantôme.

— Je vous ai vengés, Père ! fit Garion, plus fort, comme les deux silhouettes commençaient à s'estomper.

Il lui semblait important qu'ils le sachent. Mais il ne devait jamais savoir avec certitude s'ils l'avaient entendu.

Tante Pol était appuyée à la vitre, l'air épuisée.

— Ça va ? s'inquiéta Garion.

— C'est très difficile, mon chou, expliqua-t-elle avec lassitude en se passant une main sur le visage.

Une autre étincelle s'animait déjà dans les profondeurs de la glace et une forme familière apparut — celle du loup bleu qui s'était joint à Belgarath pour combattre Grul l'Eldrak dans les montagnes d'Ulgolande. La louve resta un moment assise à les regarder, puis elle se métamorphosa fugitivement en une chouette au plumage de neige avant de prendre la forme d'une femme à la crinière fauve et aux yeux d'or. Son visage ressemblait tant à celui de tante Pol que Garion ne pouvait s'empêcher de faire aller son regard de l'une à l'autre pour les comparer.

— Tu l'as rouverte, Polgara, protesta tout bas la femme aux yeux d'or.

Elle avait la voix chaude et douce comme un soir d'été.

— Oui, mère, confirma tante Pol. Je vais la refermer tout de suite.

— Ça ne fait rien, Polgara, poursuivit la femme-loup. Comme cela, j'ai pu faire sa connaissance. On en retrouve bien la trace, observa-t-elle en dévisageant Garion. Un peu dans les yeux et dans la forme de la mâchoire. Il sait ?

— Pas tout, Mère, répondit tante Pol.

— Ça vaut peut-être mieux, reconnut Poledra.

Puis une autre silhouette émergea des ténèbres de glace. Les cheveux de la seconde femme rayonnaient comme le soleil et elle ressemblait plus encore à tante Pol que Poledra.

— Polgara, ma chère sœur, s'exclama-t-elle.

— Beldaran, répondit tante Pol d'une voix pleine d'affection.

— Et Belgarion, ajouta la toute première aïeule de Garion. L'ultime fleuron de mon amour pour Riva.

— Notre bénédiction est avec toi, Belgarion, déclara Poledra. Adieu donc pour l'instant, mais sache que nous t'aimons.

Et les deux femmes disparurent.

— Tu penses que cela t'a aidé ? demanda tante Pol d'une voix altérée par l'émotion, les yeux pleins de larmes.

Garion était trop abasourdi pour répondre. Il se contenta de hocher la tête.

— Eh bien, je suis contente de ne pas avoir fait cela pour rien, conclut-elle. Maintenant, referme la fenêtre, mon chou. Ne laissons pas entrer l'hiver.

CHAPITRE XIV

En ce premier jour de printemps, le roi Belgarion de Riva se rongeait les sangs. Il avait vu approcher le seizième anniversaire de la princesse Ce'Nedra avec une anxiété croissante. Eh bien, la date fatidique était arrivée et il était au bord de la panique. Il ne se sentait pas à son aise dans le pourpoint de brocart bleu sombre sur lequel une demi-douzaine de tailleurs s'étaient affairés pendant des semaines. Il était un peu trop serré aux entournures et le col raide lui grattait le cou. Sa couronne d'or lui semblait particulièrement lourde et plus il s'agitait, plus son trône lui paraissait inconfortable.

La Cour du roi de Riva avait été soigneusement décorée pour l'occasion, mais les étendards et les guirlandes de pâles fleurs printanières ne pouvaient faire oublier la terrible rigueur de l'immense salle du trône. Pourtant, les notables bavardaient et riaient entre eux comme si de rien n'était, cruellement indifférents au sort qui l'attendait. Garion l'avait vraiment mauvaise.

Tante Pol était debout à la gauche du trône dans une nouvelle robe argentée, un diadème d'argent dans les cheveux. Belgarath était nonchalamment vautré à sa droite, son beau pourpoint vert tout neuf déjà chiffonné.

— Ne te tortille pas comme ça, mon chou, recommanda calmement tante Pol.

— Tu en as de bonnes, toi, accusa Garion.

— Essaie de ne pas y penser, lui conseilla Belgarath. Tout sera fini dans un instant.

Puis Brand, plus lugubre que jamais, entra dans la salle par une porte latérale et s'approcha de l'estrade.

— Majesté, un Nyissien se présente à la porte de la Citadelle, annonça-t-il tout bas. Il dit qu'il est envoyé par la reine Salmissra pour assister à la cérémonie.

— Enfin, Tante Pol, c'est impossible ! s'exclama Garion, surpris.

— Pas tout à fait, répondit-elle. Mais je pense plutôt que c'est une invention diplomatique. Les Nyissiens ne tiennent sûrement pas à ce que tout le monde ait vent de l'état de leur reine.

— Que dois-je faire ? s'informa Garion.

— Laisse-le entrer, suggéra Belgarath avec un haussement d'épaules.

— Ici ? fit Brand, choqué. Un Nyissien dans la salle du trône ? Belgarath, vous n'êtes pas sérieux.

— Brand, Garion est le Roi des Rois du Ponant, et ça inclut la Nyissie, rétorqua le vieil homme. Je ne pense pas que le peuple des serpents nous soit d'une aide considérable à l'avenir, mais nous pouvons tout de même être polis.

Le visage de Brand se figea dans une moue réprobatrice.

— Quelle est la décision de Sa Majesté ? demanda-t-il en s'adressant directement à Garion.

— Eh bien, commença Garion. On ne peut tout de même pas le laisser dehors.

— Ne tergiverse pas, Garion, le tança vertement tante Pol.

— Pardon, fit très vite Garion.

— Et ne t'excuse pas, ajouta-t-elle. Un roi n'a pas à se justifier.

Il lui jeta un regard désarmé puis se tourna vers Brand.

— Faites escorter l'émissaire de Nyissie jusqu'à nous, ordonna-t-il d'un ton implacable.

— Au fait, Brand, insinua Belgarath. A votre place, je ferais en sorte que les populations ne s'excitent pas sur le sujet. Le Nyissien a statut d'ambassadeur ; sa mort subite constituerait une fâcheuse rupture de protocole.

Brand s'inclina, tourna les talons et quitta la salle comme s'il avait avalé une canne.

— Franchement, Père, tu crois que c'était nécessaire ? accusa tante Pol.

— Ah ! Pol, il y a des rancunes qui ont la vie dure ! se récria Belgarath. Mieux vaut parfois mettre les pieds dans le plat ; ça évite les malentendus par la suite.

Garion eut un sursaut en voyant entrer l'émissaire de la reine des Serpents. C'était Sadi, le chef des eunuques du palais de Salmissra. Le petit bonhomme maigrichon aux yeux morts et au crâne rasé portait une robe nyissienne bleu-vert, aux reflets irisés. Il s'approcha du trône et exécuta une curieuse révérence sinueuse.

— Les hommages de Salmissra, reine éternelle du Peuple des Serpents, à Sa Majesté Belgarion de Riva, entonna-t-il de sa voix de contralto si singulière.

— Bienvenue à vous, Sadi, répliqua solennellement Garion.

— Ma reine vous adresse ses félicitations en ce beau jour, reprit Sadi.

— Ça, ça m'étonnerait, laissa tomber Garion en se remémorant la terrifiante métamorphose qu'avait subie Salmissra.

— Pas précisément, Majesté, admit Sadi sans le moindre embarras. Mais je suis sûr qu'elle l'aurait fait si nous avions réussi à lui faire comprendre de quoi il retournait.

— Comment va-t-elle ? s'enquit Garion.

— Pas très bien, répondit platement Sadi. Ce n'est pas nouveau. Par bonheur, après avoir mangé elle fait toujours une sieste d'une semaine ou deux. Elle a mué, le mois dernier, et elle n'était pas à prendre avec des pincettes. C'était effroyable, marmonna-t-il en levant les yeux au ciel. Elle a mordu trois domestiques. Ils sont tous morts sur le coup, bien sûr.

— Elle est venimeuse ? releva Garion, stupéfait.

— Elle l'a toujours été, Majesté.

— Ce n'est pas ce que je voulais dire.

— Pardonnez mon badinage, s'excusa Sadi. A en juger par les réactions des gens qu'elle a mordus, je dirais qu'elle est au moins dix fois plus mortelle qu'un cobra ordinaire.

— Elle est vraiment malheureuse ?

Garion éprouvait une curieuse pitié pour la reine et sa hideuse transformation.

— En fait, ce n'est pas facile à dire, Majesté, répondit Sadi en se forçant à l'objectivité. Comment savoir ce que peut penser et ressentir un serpent ? Quand elle a enfin réussi à trouver le moyen de communiquer avec nous, elle avait l'air de s'être faite à sa nouvelle forme. Nous la nourrissons, nous veillons à sa propreté. Tant qu'elle a son miroir et quelqu'un à mordre quand elle est de mauvaise écaille, elle semble assez satisfaite de son sort.

— Elle se regarde toujours dans son miroir ? On se demande comment elle peut encore en avoir envie.

— Notre race a des serpents une vision différente de la vôtre, Majesté, expliqua Sadi. Pour nous, ce sont des créatures assez séduisantes, et notre reine en constitue somme toute un magnifique spécimen. Sa nouvelle peau est très jolie et on dirait qu'elle en est très fière.

Il se tourna vers tante Pol et s'inclina profondément devant elle.

— Dame Polgara, la salua-t-il.

— Sadi, répondit-elle avec un bref hochement de tête.

— Permettez-moi de vous transmettre les plus chaleureux remerciements du gouvernement de Sa Majesté.

Tante Pol haussa un sourcil interrogateur.

— Le gouvernement, Ma Dame — pas la reine en personne. Votre euh intervention, dirons-nous, a grandement simplifié les choses au palais. Nous n'avons plus à nous inquiéter des caprices et des appétits particuliers de Salmissra. Nous régnons par collèges et c'est à peine si nous avons encore besoin de recourir au poison. Il y a des mois que personne n'a tenté de m'empoisonner. Sthiss Tor est désormais une ville très calme et très civilisée. Permettez-moi aussi de vous complimenter pour Sa Majesté, poursuivit-il avec un rapide coup d'œil à Garion. C'est une grande réussite. Elle semble avoir considérablement mûri. Elle était assez inexpérimentée lors de notre dernière rencontre.

— Qu'est devenu Issus ? éluda Garion.

— Issus ? répéta Sadi en haussant les épaules. Oh ! pas grand-chose ! Il doit gagner sa vie comme tueur à gages. On le retrouvera un jour en train de flotter, le ventre en l'air, sur la rivière. C'est généralement ainsi que finissent les individus de ce genre.

Une sonnerie de trompes retentit soudain derrière les portes colossales, à l'autre bout de la salle. Garion sursauta et se sentit tout à coup la bouche sèche.

Les lourdes portes s'ouvrirent en grand devant un détachement de légionnaires tolnedrains, en colonne par deux. Leurs cuirasses brillaient comme des miroirs, le plumet de leurs casques ondulait tel un fleuve écarlate. Leur participation à la cérémonie avait mis Brand en rage. Le Gardien de Riva avait passé plusieurs jours à arpenter la Citadelle en proie à une rumination morose quand il avait su que Garion avait accordé à l'ambassadeur Valgon une escorte digne de ce nom pour la princesse Ce'Nedra. Brand détestait les Tolnedrains et se réjouissait par avance de contempler l'humiliation de la gloire impériale en voyant Ce'Nedra entrer, solitaire et désolée, à la Cour. La présence des légionnaires réduisait cet espoir à néant, et la déception de Brand faisait peine à voir. Pourtant, si grand que fût le désir de Garion de se concilier les bonnes grâces de Brand, il ne serait jamais allé jusqu'à donner aux relations officielles entre sa promise et lui-même un coup d'envoi en forme d'affront public. Garion était tout disposé à admettre les lacunes de son éducation, mais pas à s'avouer stupide à ce point.

Puis Ce'Nedra fit son entrée, la main posée avec légèreté sur le bras de Valgon. Elle était en tout point impériale. Garion la contempla, bouche bée. Les Accords de Vo Mimbre spécifiaient qu'elle devait se présenter dans sa robe de mariée, mais Garion ne s'attendait pas à cette splendeur. Elle portait une robe à traîne de brocart blanc et or, entièrement brodée de perles. Ses cheveux de flamme étaient relevés en boucles sophistiquées et cascadaient sur son épaule gauche. Son diadème d'or retenait un court voile qui adoucissait plus qu'il ne les dissimulait ses yeux verts, brillants comme des agates dans son visage lumineux. Elle était petite mais parfaite, et incroyablement exquise.

Ce'Nedra et Valgon avancèrent à une allure pleine de majesté entre les deux rangées de légionnaires aux cuirasses étincelantes et s'arrêtèrent devant le trône.

Impassible, Brand prit solennellement des mains de Bralon, son fils aîné, le bâton symbole de sa charge et en frappa trois fois le sol.

— Sa Majesté impériale Ce'Nedra, princesse de l'empire de Tolnedrie, annonça-t-il d'une voix de stentor. Votre Majesté souhaite-t-elle lui accorder audience ?

— Je recevrai la princesse, déclara Garion en se redressant un tantinet.

— La princesse Ce'Nedra peut approcher du trône, proclama Brand.

Il ne faisait que prononcer les paroles rituelles, prévues par le protocole, mais elles avaient été de toute évidence choisies afin de bien montrer que l'empire de Tolnedrie se présentait en suppliant à la Cour du roi de Riva. Les yeux de Ce'Nedra jetaient des flammes et Garion se prit à gémir intérieurement. La petite princesse glissa tout de même jusqu'à l'endroit prévu, juste devant l'estrade, et fit une révérence impériale. On aurait vainement cherché la moindre trace de soumission dans ce geste.

— La princesse est autorisée à s'exprimer, tonna Brand.

L'espace d'un instant, Garion eut une envie démente de l'étrangler.

Ce'Nedra se redressa de toute sa petite taille, le visage aussi froid qu'une mer hivernale.

— Moi, Ce'Nedra, fille de Ran Borune XXIII et princesse impériale de Tolnedrie, je me présente, conformément aux exigences du Traité et de la Loi, devant Sa Majesté Belgarion de Riva, déclama-t-elle. Ainsi l'empire de Tolnedrie démontre-t-il une nouvelle fois sa volonté de faire honneur à ses obligations telles que spécifiées par les Accords de Vo Mimbre. Puissent les autres royaumes attester de l'obéissance respectueuse de la Tolnedrie et suivre son exemple dans la réponse à ses engagements. Je déclare devant cette assemblée être vierge, célibataire et en âge de me marier. Sa Majesté consentira-t-Elle à me prendre pour épouse ?

Garion avait mûrement pesé sa réponse. Sa voix intérieure lui avait calmement suggéré un moyen d'esquiver des années de discorde maritale. Il se leva et dit :

— Moi, Belgarion, roi de Riva, consens ici à prendre pour épouse et pour reine la princesse impériale Ce'Nedra. Je déclare en outre qu'elle régnera à mes côtés, à Riva et partout où s'étendra l'autorité du trône.

Un murmure de surprise parcourut la salle comme une houle et Brand devint d'une pâleur mortelle. Ce'Nedra braqua sur Garion un regard perplexe de ses yeux légèrement adoucis.

— Sa Majesté est trop bonne, répliqua-t-elle en s'inclinant avec grâce.

Sa voix avait un peu perdu de son tranchant. Elle jeta un regard en coulisse à Brand. Le Gardien de Riva s'étouffait dans son coin.

— Sa Majesté m'autorise-t-Elle à me retirer ? requit-elle d'un ton suave.

— Son Altesse a la permission de prendre congé de Nous, répondit Garion en se laissant aller sur son trône.

Il transpirait à grosses gouttes.

La princesse tira sa révérence, les yeux pétillants de malice, et quitta la salle, escortée de ses légionnaires.

Les portes monumentales se refermèrent à grand fracas dans son dos et la foule fut parcourue par une rumeur courroucée où l'adjectif « scandaleux » revenait avec une fréquence considérable.

— Voilà, Majesté, une décision sans précédent, protesta Brand.

— Pas tout à fait : le trône d'Arendie est occupé conjointement par le roi Korodullin et la reine Mayaserana, que je sache, riposta Garion avec un coup d'œil suppliant à Mandorallen.

— Sa Majesté dit vrai, Messire Brand, confirma Mandorallen, étincelant dans son armure. Et je puis Lui assurer que notre royaume ne souffre point de la dualité du pouvoir.

— L'Arendie c'est l'Arendie, objecta Brand. Ici, on est à Riva. La situation n'est pas comparable. Jamais un royaume d'Alorie n'a été dirigé par une femme.

— Comme ça, vous pourrez étudier les avantages possibles de la situation, suggéra le roi Rhodar. Je puis vous dire par exemple que ma propre épouse joue dans les affaires drasniennes un rôle sensiblement plus important que ne le prévoit la coutume.

Brand fit un effort visible pour reprendre son calme, mais son visage était toujours d'une pâleur de cire.

— Puis-je me retirer, Majesté ? demanda-t-il.

— Si vous y tenez, accorda calmement Garion.

Les choses ne se passaient pas très bien. Il n'avait pas prévu qu'il allait achopper sur le conservatisme de Brand.

— C'est une notion intéressante, mon chou, déclara tranquillement tante Pol. Mais tu ne penses pas que tu aurais pu te renseigner un peu avant de faire cette déclaration en public ?

— Cela devrait aider à consolider les relations avec la Tolnedrie, non ?

— Certes, admit-elle. D'ailleurs, je n'ai pas dit que c'était une mauvaise idée ; je pense simplement que tu aurais pu prévenir certaines personnes avant. Pourquoi ris-tu ? protesta-t-elle en regardant Belgarath.

Le sorcier se gondolait à côté du trône.

— Les adorateurs de l'Ours vont en faire une attaque d'apoplexie collective, s'esclaffa-t-il.

Elle écarquilla légèrement les yeux.

— Par tous les Dieux d'Alorie ! Je les oubliais, ceux-là.

— Ils risquent de ne pas aimer ça, hein ? ajouta Garion. Surtout que Ce'Nedra est tolnedraine.

— Je crois que tu peux compter sur eux pour prendre le mors aux dents, conclut le vieux sorcier en riant de plus belle.

Les jours suivants, les salles ordinairement lugubres de la Citadelle resplendirent de mille couleurs. Les invités et autres envoyés officiels étaient venus en masse, et tout ce beau monde bavardait, échangeait des ragots ou menait ses affaires dans des coins tranquilles. Les précieux présents apportés pour fêter l'occasion couvraient plusieurs tables alignées le long des murs, dans la salle du trône. Mais Garion n'avait pas le loisir d'aller voir les cadeaux. Il passait ses journées enfermé avec ses conseillers, l'ambassadeur de Tolnedrie et l'état-major de ce dernier, à mettre au point les détails du contrat de fiançailles.

Garion avait quelque peu rompu avec la tradition ; Valgon faisait des pieds et des mains pour s'insinuer dans la brèche et en tirer tous les avantages possibles tandis que Brand s'efforçait de multiplier les clauses et les stipulations afin de restreindre strictement l'autorité de Ce'Nedra. Pendant qu'ils discutaillaient, le regard de Garion s'égarait de plus en plus souvent par la fenêtre ouverte. Les premières touches de vert printanier effleuraient les sinistres falaises de l'île, sous le ciel d'un bleu intense. De petits nuages blancs, cotonneux, couraient sous le vent – le vent qui lui apportait parfois le chant d'une bergère gardant son troupeau, dans le lointain. Sa voix avait quelque chose de pur, de spontané, comme si elle se croyait seule à des centaines de lieues à la ronde. Puis les dernières notes s'estompaient. Alors Garion poussait un profond soupir et tentait de s'intéresser aux fastidieuses négociations.

Mais il avait du mal à se concentrer en ces premiers jours du printemps. Il ne pouvait pas rechercher lui-même l'homme à la cape déchirée et devait s'en remettre entièrement à Lelldorin pour mener les investigations. Lelldorin n'était pas toujours très fiable, et la recherche d'un candidat au régicide semblait embraser l'imagination de ce jeune enthousiaste. Il arpentait la Citadelle en tous sens en jetant autour lui des regards torves et lui rapportait l'insuccès de ses recherches avec des murmures de conspirateur. Garion avait peut-être fait une erreur en faisant appel à lui, mais quelle autre solution avait-il ? Ses autres amis auraient aussitôt poussé des cris d'orfraie et rameuté la garde, et l'affaire aurait été mise sur la place publique. Or Garion ne voulait pas de cela. Tant qu'il n'avait pas trouvé qui avait lancé le poignard, et pourquoi, il se refusait à décider de son sort. Trop d'autres choses pouvaient être en jeu. Il ne pouvait compter que sur Lelldorin pour garder le secret, même si le fait de le lâcher dans la Citadelle avec une telle mission n'était pas sans danger. Lelldorin avait le chic pour déclencher des catastrophes à partir de rien du tout, et Garion s'en faisait presque autant à cause de lui qu'à l'idée qu'un autre poignard fendait peut-être déjà les ténèbres pour plonger entre ses côtes.

Xéra, la cousine de Ce'Nedra, figurait au nombre des invités. Elle représentait personnellement la reine Xantha. D'abord intimidée, la Dryade perdit bientôt de sa réserve — surtout quand elle se retrouva au centre de l'attention d'un essaim de jeunes nobles très empressés.

Garion trouva un peu curieux le cadeau de la reine Xantha. Xéra offrit, de sa part, au couple royal deux glands germés, soigneusement emballés dans des feuilles. Mais Ce'Nedra fut ravie. Elle insista pour planter aussitôt les deux graines et se précipita dans le petit jardin privé jouxtant les appartements royaux.

— Ça doit être rudement bien, commenta Garion d'un air dubitatif en regardant sa princesse à genoux dans la glèbe humide, préparer fébrilement la terre à recevoir le présent de la reine Xantha.

Ce'Nedra leva sur lui un regard acéré.

— Je pense que Sa Majesté n'a pas mesuré la portée de ce cadeau, décréta-t-elle de ce ton formaliste, haineux, qu'elle avait adopté avec lui.

— Ça suffit, trancha Garion. J'ai un nom et je suis sûr que vous ne l'avez pas oublié.

— Si Sa Majesté insiste, répondit-elle d'un ton hautain.

— Ma Majesté insiste. Qu'y a-t-il de si important dans ces deux noix ?

Elle lui jeta un coup d'œil presque compatissant.

— Tu ne comprendrais pas.

— Je comprendrais si vous preniez la peine de m'expliquer.

— Très bien, lança-t-elle de ce ton supérieur qui avait le don de l'exaspérer. Ce gland vient de mon arbre personnel. L'autre est celui de la reine Xantha.

— Et alors ?

— Tu vois comme il est incurablement stupide, se lamenta la princesse en prenant sa cousine à témoin.

— Ce n'est pas une Dryade, Ce'Nedra, souligna calmement Xéra.

— C'est visible.

Xéra se tourna vers Garion.

— Les glands ne viennent pas vraiment de ma mère, expliqua-t-elle. Ce sont des présents des arbres eux-mêmes.

— Pourquoi ne le disiez-vous pas tout de suite ?

Elle eut un reniflement méprisant et retourna à ses travaux de jardinage.

— Ce'Nedra les liera alors que ce ne seront encore que de jeunes pousses, poursuivit Xéra. Les pousses s'entremêleront en croissant, s'enlaçant l'une l'autre pour ne former qu'un seul arbre. C'est le symbole du mariage chez les Dryades. Les deux ne formeront qu'un — comme Ce'Nedra et vous.

— Ça, ça reste à voir, commenta Ce'Nedra dans un reniflement en fouissant activement la terre.

Garion poussa un gros soupir.

— J'espère que les arbres ont de la patience.

— Ils ont toutes les patiences, Garion, assura Xéra.

Elle fit un petit geste que Ce'Nedra ne pouvait voir et Garion la suivit à l'autre bout du jardin.

-Elle vous aime, vous savez, lui dit calmement Xéra. Elle ne veut pas l'admettre, mais elle vous aime de tout son cœur. Je la connais assez pour le savoir.

— Alors, pourquoi se conduit-elle comme ça ?

— Elle n'aime pas qu'on lui force la main, c'est tout.

— Mais je n'y suis pour rien, moi. Pourquoi s'en prend-elle à moi ?

— Et à qui voudriez-vous qu'elle s'en prenne ?

Garion n'avait pas réfléchi à cela. Il quitta le jardin sur la pointe des pieds, réconforté par les paroles de Xéra. Elle lui avait au moins laissé entrevoir une solution à l'un de ses problèmes. Ce'Nedra bouderait et fulminerait un moment, puis — quand elle l'aurait suffisamment torturé — elle se calmerait. Peut-être pourrait-il accélérer le processus en souffrant un peu plus ostensiblement.

En attendant, il n'avait pas beaucoup avancé sur les autres sujets. Il était toujours censé lever une armée contre Kal-Torak ; personne ne pouvait dire si Belgarath disposait encore de son pouvoir ; et Garion avait tout lieu de penser que quelque part dans la Citadelle, un individu aiguisait un nouveau poignard destiné à son anatomie. Il poussa un soupir et regagna ses appartements afin d'y ruminer en paix.

Un peu plus tard, on vint lui dire que tante Pol voulait lui parler chez elle. Il s'y rendit immédiatement et la trouva assise au coin du feu, en train de raccommoder, comme de bien entendu. Belgarath était vautré, les pieds en l'air et une chope à la main, dans un bon fauteuil, de l'autre côté de la cheminée. Il avait retrouvé ses vieux vêtements.

— Tu voulais me voir, tante Pol ? demanda Garion en entrant.

— Oui, mon chou. Assieds-toi. Ecoute, Père, tu trouves qu'il a l'air très royal, toi ? lança-t-elle en le regardant d'un air critique.

— Lâche-le un peu, Pol. Il n'y a pas si longtemps qu'il s'y est mis.

— Vous le saviez depuis le début, hein ? accusa Garion. Enfin, qui j'étais.

— Naturellement, répondit tante Pol de cet air d'évidence qui avait le don de le mettre hors de lui.

— Eh bien, si tu voulais que je me conduise comme un roi, il fallait m'en parler. Comme ça, j'aurais peut-être eu le temps de m'y faire.

— Il me semble que nous avons déjà eu cette conversation il y a un moment, lui rappela Belgarath. Si tu voulais te donner la peine de réfléchir un peu, je suis sûr que tu comprendrais pourquoi nous ne t'avons rien dit.

— Peut-être, concéda Garion d'un air dubitatif. Mais ça va trop vite pour moi. Je n'ai même pas eu le temps de m'habituer à l'idée d'être un sorcier, et il faut maintenant que je me conduise comme un roi. Ça me perturbe complètement.

— Tu es souple et adaptable, Garion, déclara tante Pol en reprenant son aiguille.

— Tu ferais mieux de lui donner l'amulette, Pol, rappela Belgarath. La princesse ne devrait plus tarder.

— J'allais le faire, Père, assura-t-elle en posant son ouvrage.

— De quoi s'agit-il ? s'enquit Garion.

— La princesse a un cadeau pour toi, lui expliqua tante Pol. Une bague. Un peu mastoc, mais je compte sur toi pour la remercier comme il convient.

— Il faudrait peut-être que je lui donne quelque chose en échange, non ?

— J'y ai pensé, mon chou, répliqua-t-elle en prenant un petit coffret gainé de velours sur la table, à côté de son fauteuil. Tu vas lui offrir ça.

Elle tendit la boîte à Garion.

La boîte contenait une médaille d'argent, un peu plus petite que celle de Garion. L'avers représentait avec une profusion de détails l'arbre immense qui se dressait, solitaire et majestueux, au centre du Val d'Aldur. Ses branches enlaçaient une couronne. Garion prit l'amulette dans la main droite pour voir si elle recélait le même genre de pouvoir que la sienne. Il y avait bien quelque chose, mais ce n'était pas du tout pareil.

— Elle ne ressemble pas aux nôtres, conclut-il.

— Non, confirma Belgarath. Enfin, pas tout à fait. Ce'Nedra n'est pas sorcière ; elle ne pourrait pas utiliser une amulette comme les nôtres.

— Tu as dit « pas tout à fait ». Elle renferme donc tout de même une sorte de pouvoir.

— Cela lui donnera une certaine capacité de pénétration, nota le vieil homme. Si elle a la patience d'apprendre à s'en servir.

— Qu'entends-tu au juste par « pénétration » ?

— La faculté de voir et d'entendre des choses qu'elle

ne pourrait pas voir ou entendre sans cela, précisa Belgarath.

— Hm, hm. C'est tout ce que j'ai besoin de savoir avant son arrivée ?

— Dis-lui juste que c'est un héritage de famille, suggéra tante Pol. Elle appartenait à ma sœur Beldaran.

— Tu devrais la garder, tante Pol, objecta Garion. Je trouverai bien un autre présent pour la princesse.

— Non, mon chou. Beldaran veut qu'elle l'ait.

Garion trouvait un peu déconcertante la manie de sa tante de faire parler au présent des gens morts depuis des éternités mais il préféra laisser tomber.

On frappa légèrement à la porte.

— Entrez, Ce'Nedra, répondit tante Pol.

La petite princesse portait une petite robe verte toute simple, légèrement décolletée, et arborait une expression quelque peu soumise.

— Venez vous asseoir près du feu, invita tante Pol. Les soirées sont encore fraîches à cette époque de l'année.

— Il fait toujours aussi froid et humide à Riva ? protesta Ce'Nedra en s'approchant du feu.

— Nous sommes bien au nord de Tol Honeth, soùligna Garion.

— C'est ce que j'avais cru remarquer, releva-t-elle d'un petit ton acide.

— Je m'étais toujours imaginé qu'il était d'usage d'attendre la célébration du mariage pour commencer à se chamailler, observa finement Belgarath. Les usages auraient donc changé ?

— C'est juste pour nous exercer, Belgarath, commenta malicieusement Ce'Nedra. Nous nous entraînons pour plus tard.

— Vous pouvez être vraiment charmante, quand vous voulez, s'esclaffa le vieil homme.

Ce'Nedra esquissa une petite révérence moqueuse et se tourna vers Garion.

— En Tolnedrie, la coutume veut que la fiancée offre un objet de valeur à son futur époux, déclara-t-elle en lui tendant une lourde bague ornée de pierres étincelantes. Cet anneau a appartenu à Ran Horb II, le plus grand de tous les empereurs de Tolnedrie. Le porter t'aidera *peut-être* à devenir un meilleur roi.

Garion poussa un soupir. C'était reparti pour un tour.

— Je serai heureux et fier de porter cet anneau, répondit-il d'un ton aussi anodin que possible. J'ai aussi quelque chose pour vous, poursuivit-il en lui tendant la petite boîte de velours. C'était à la femme de Riva Poing-de-Fer, la sœur de tante Pol.

Ce'Nedra prit la petite boîte et l'ouvrit.

— Oh ! Garion ! C'est merveilleux ! s'exclama-t-elle en prenant le pendentif et en se tournant vers les flammes. L'arbre a l'air si vrai, on a l'impression de sentir les feuilles !

— Merci, releva modestement Belgarath.

— C'est vous qui l'avez fait ? s'émerveilla la princesse.

Le vieil homme hocha la tête.

— Nous vivions au Val quand Polgara et Beldaran étaient petites. Il n'y avait pas beaucoup d'orfèvres là-bas. Il a bien fallu que je leur fasse leurs amulettes moi-même. Aldur m'a aidé pour les plus petits détails.

— C'est un cadeau princier, Garion.

La petite jeune fille rayonnait littéralement et Garion se reprit à espérer en l'avenir.

— Aide-moi à le mettre, ordonna-t-elle en se tournant.

Elle lui tendit les deux bouts de la chaîne d'une main en relevant sa lourde masse de cheveux de flammes de l'autre.

— Vous acceptez ce présent, Ce'Nedra ? questionna tante Pol avec une insistance particulière.

— Bien sûr, répondit la princesse.

— Sans réserve et de votre plein gré ? la pressa tante Pol, le regard intense.

— J'accepte ce présent, Dame Polgara, répéta Ce'Nedra. Mets-le-moi, Garion. Et fais bien attention, je ne tiens pas à le perdre.

— Je ne pense pas que vous ayez à vous en faire pour cela, la rassura Belgarath.

Les doigts un peu tremblants, Garion attacha le curieux fermoir. Il eut l'impression que le pouce et l'index le démangeaient lorsque les deux bouts de la chaîne se rejoignirent avec un petit déclic parfaitement audible.

— Prends son amulette dans ta main, Garion, commanda tante Pol.

Ce'Nedra leva son petit menton et Garion referma la main sur son médaillon. Puis tante Pol et Belgarath posèrent leurs mains sur la sienne et ce fut comme si une sorte de fluide passait de leurs mains dans le pendentif de Ce'Nedra.

— Maintenant, Ce'Nedra, vous êtes unie à nous, annonça tranquillement tante Pol. Unie par un lien que rien ne pourrait rompre.

Ce'Nedra la regarda d'un air intrigué, puis elle écarquilla lentement les yeux, comme prise d'un terrible soupçon.

— Enlève-moi ça ! ordonna-t-elle sèchement à Garion.

— Il ne peut pas, l'informa Belgarath en s'asseyant et en reprenant sa chope de bière.

Ce'Nedra tirait sur la chaîne à deux mains.

— Vous allez vous écorcher le cou et c'est tout, mon chou, l'avertit gentiment tante Pol. La chaîne est incassable, trop courte pour passer par-dessus votre tête, et rien ne pourrait la couper. Ainsi, vous ne risquez pas de la perdre.

— C'est toi qui as fait ça ! tempêta la princesse en regardant Garion.

— Mais qu'est-ce que j'ai fait ?

— Tu m'as mis cette chaîne d'esclave au cou ! Cela ne te suffisait pas de me voir me prosterner devant toi, il fallait encore que tu m'enchaînes.

— Mais je ne savais pas ! protesta-t-il.

— Menteur ! s'écria-t-elle.

Puis elle tourna les talons et quitta la pièce en pleurant à chaudes larmes.

CHAPITRE XV

Garion avait le bourdon. La perspective d'une nouvelle journée de cérémonies et d'audiences lui était insupportable et il s'était levé tôt pour s'esquiver avant que son secrétaire particulier ne vienne, avec son infernale courtoisie et une liste longue comme le bras, bloquer toute sa journée. Garion avait beau se dire qu'il fallait bien gérer l'emploi du temps du roi et que cet inoffensif personnage faisait juste son métier, il ne pouvait plus le voir en peinture. Tous les matins après le petit déjeuner, il frappait respectueusement à la porte de la chambre à coucher royale, entrait avec une courbette et entreprenait d'organiser, minute après minute, la journée du jeune roi. Garion avait la conviction morbide qu'en cherchant bien, on aurait trouvé, dans un endroit secret et bien gardé, la Grande Liste qui dressait son emploi du temps jusqu'au dernier jour de sa vie — y compris ses royales funérailles.

Il n'allait tout de même pas se laisser gâcher une aussi belle journée par un cérémonial guindé et des conférences sinistres. Un soleil radieux avait surgi de la Mer des Vents, teintant d'un rose émouvant les champs de neige qui coiffaient les pics escarpés. Une brume bleutée tapissait le creux des vallées ombreuses, au-dessus de la ville. Un souffle printanier forçait impétueusement les portes-fenêtres de son petit jardin. Il fallait qu'il s'échappe, même pour une heure. Garion enfila précipitamment un pantalon, une tunique, de souples bottes riviennes, choisissant à dessein les vêtements les moins royaux de sa royale garde-robe, et se glissa hors de chez lui en ceignant son épée au passage. Il envisagea un instant de congédier sa garde privée, mais décida prudemment de s'abstenir.

L'homme qui avait tenté de le trucider courait toujours, et les recherches de Garion et Lelldorin n'avaient pas avancé d'un poil. En attendant, ils avaient découvert que les Riviens n'étaient pas très soigneux. La cape grise n'était pas une tenue de cérémonie mais un vêtement utilitaire, peu fragile, un cache-misère qu'on mettait pour avoir chaud, et bon nombre de ces pèlerines étaient dans un état lamentable. Pour tout arranger, avec l'arrivée du printemps, les hommes n'en auraient bientôt plus besoin et le seul indice de l'identité de l'attaquant serait enfermé au fond d'un placard.

Garion ruminait ces sombres pensées tout en errant dans les corridors silencieux de la Citadelle, suivi à distance respectueuse par deux gardes en cottes de mailles. L'attentat ne pouvait être l'œuvre d'un Grolim. La faculté particulière de tante Pol à repérer l'esprit des Grolims l'aurait aussitôt alertée. L'aspirant régicide avait peu de chances d'être un étranger ; ils étaient trop peu nombreux dans l'île pour que cela fût très vraisemblable. Ça ne pouvait être qu'un Rivien. Mais pourquoi un Rivien aurait-il eu envie de tuer le roi qui venait de revenir après treize cents ans d'absence ?

La complexité du problème lui arrachait des soupirs et il laissa son esprit vagabonder vers d'autres sujets. Il aurait donné n'importe quoi pour être à nouveau Garion tout court. Il n'avait pas de plus cher désir. Il aurait voulu se réveiller dans une de ces auberges loin de tout, s'éloigner à cheval dans la lumière argentée du petit matin vers le sommet de la première colline venue pour voir ce qu'il y avait derrière. Mais il était devenu un personnage public et cette liberté lui était maintenant refusée, se dit-il avec un nouveau soupir. Il n'aurait plus jamais un moment à lui, il en avait la triste certitude.

Il passait devant une porte ouverte quand il entendit tout à coup une voix familière.

— Le péché s'insinue dans notre esprit lorsque nous laissons vagabonder nos pensées, déclamait Relg.

Garion s'arrêta et, d'un geste, intima le silence à ses gardes.

— Mais pourquoi tout serait-il péché ? plaida Taïba.

Ils étaient ensemble, fatalement. Garion était à peu près certain qu'ils n'en avaient conscience ni l'un ni l'autre, néanmoins ils ne se quittaient pour ainsi dire plus depuis que Relg avait sauvé Taïba, emmurée vivante dans les grottes de Rak Cthol. En outre, il avait perçu des signes de malaise non seulement sur le visage de Taïba mais aussi sur celui de Relg lorsqu'ils se trouvaient séparés. Une force inexorable les rapprochait.

— Le monde est plein de péché, accusa Relg. Nous devons constamment nous garder contre lui. Nous devons sans cesse préserver notre pureté contre toutes les formes de tentation.

— Ça doit être très ennuyeux, commenta Taïba, légèrement amusée.

— Je pensais que vous veniez chercher un enseignement, se plaignit Relg. Si c'est pour vous moquer de moi, je m'en vais sur-le-champ.

— Oh ! rasseyez-vous, Relg ! Nous n'arriverons à rien si vous prenez tout le temps la mouche.

— Vous n'avez vraiment aucun sens de la religion ? reprit-il au bout d'un moment, l'air vraiment intrigué.

— Dans les quartiers des esclaves, la religion c'était la mort. Cela voulait dire avoir le cœur arraché.

— C'était une perversion grolim. Vous n'avez pas de religion à vous ?

— Les esclaves étaient issus de tous les coins du monde et priaient toutes sortes de Dieux — en général pour les implorer de leur apporter la mort.

— Et votre propre peuple ? Quel est son Dieu ?

— On m'a dit qu'il s'appelait Mara. Mais nous ne lui adressions plus nos prières depuis qu'il nous avait abandonnés.

— Il n'appartient pas à l'homme de juger les Dieux, décréta Relg d'un ton rigoureux. Le devoir de l'homme est de glorifier son Dieu et de lui offrir ses prières, même si elles restent sans réponse.

— Et les devoirs des Dieux envers les hommes, alors ? s'indigna-t-elle. Les Dieux seraient-ils à l'abri des carences humaines ? Un Dieu qui laisserait réduire ses enfants en esclavage, en animaux de boucherie — ou permettrait que ses filles soient, sur un caprice de leur maître, données en récompense à d'autres comme je l'ai moi-même été, un tel Dieu ne mériterait-il pas d'être accusé de négligence ?

Relg remâcha un moment cette pénible question.

— Je pense, Relg, que vous menez une existence très privilégiée, reprit Taïba. Et que vous avez une idée bien étriquée de la souffrance humaine, de ce que les hommes peuvent infliger à leurs pareils — avec le consentement aveugle de leurs Dieux, selon toute apparence.

— Vous auriez dû vous tuer, dit-il avec obstination.

— Pour quoi faire ?

— Pour éviter la souillure, bien sûr.

— Relg, je commence à penser qu'il vous manque une case. Je ne me suis pas tuée parce que je n'étais pas prête à mourir. Même dans les quartiers des esclaves, la vie peut être douce, et la mort est amère. Ce que vous appelez la souillure est une chose bien insignifiante — et même pas forcément désagréable.

— Pécheresse ! hoqueta-t-il.

— C'est vraiment une idée fixe. La cruauté, le manque de compassion sont des péchés. Mais *ça* ? J'en doute fort. Je commence à me poser des questions à votre sujet, Relg. Peut-être votre UL n'est-il pas si sévère et rigoureux que vous semblez le penser. Vous croyez vraiment que c'est lui qui exige toutes ces prières, ces rites et ces gesticulations ? Et si ce n'était qu'une façon de vous cacher de lui ? Vous pensez qu'en l'invoquant bien fort et en vous frappant le front par terre vous allez l'empêcher de lire dans votre cœur ?

Relg s'étranglait d'indignation.

— Si nos Dieux nous aimaient, ils voudraient pour nous une vie pleine de joie, poursuivait-elle sans rémission. Mais vous détestez cette notion, peut-être parce qu'elle vous fait peur. Pourtant la joie n'est pas un péché, Relg ; la joie est une forme d'amour, et je crois que les dieux trouvent cela bien — même si vous n'êtes pas de cet avis.

— Vous êtes irrémédiablement pervertie.

— Possible, convint-elle d'un air dégagé, mais au moins, je regarde la vie en face, moi. Elle ne me fait pas peur et je n'essaie pas de m'en cacher.

— Pourquoi faites-vous cela ? demanda-t-il d'un ton presque tragique. Pourquoi me suivez-vous sans cesse de vos yeux railleurs ?

— Je ne sais pas, avoua-t-elle, troublée. Vous n'êtes pas vraiment beau. Depuis que nous avons quitté Rak Cthol, j'ai vu des douzaines d'autres hommes plus séduisants. Au début, je faisais cela pour vous agacer. Je savais que vous aviez peur de moi et cela m'amusait presque, mais je me demande depuis quelque temps s'il n'y a pas autre chose. C'est déconcertant. Vous êtes comme vous êtes, je suis comme je suis, mais pour je ne sais quelle raison, j'ai envie d'être avec vous. Dites-moi, Relg, continua-t-elle au bout d'un moment, et essayez d'être honnête : vous voudriez vraiment que je m'en aille, et ne jamais me revoir ?

— Puisse UL me pardonner ! gémit Relg après un long silence pénible.

— Je suis sûre qu'il vous pardonnera, lui assura-t-elle gentiment.

Garion s'éloigna sans bruit de la porte ouverte. Une chose jusqu'alors incompréhensible commençait à s'éclaircir.

— *C'est vous qui faites ça, hein ?* demanda-t-il en silence.

— *Evidemment,* répondit sa voix intérieure.

— *Mais pourquoi eux ?*

— *Parce que c'est nécessaire, Belgarion. Je ne fais rien par caprice. Nous agissons tous par nécessité. Même moi. En fait, ce qui se passe entre Relg et Taïba ne te concerne ni de près ni de loin.*

Garion fut un peu piqué au vif.

— *Je pensais que eh bien*

— *Tu pensais être l'unique objet de mon attention, le centre de l'univers ? Eh bien non. Il y a des quantités d'autres choses d'une égale importance, et Relg et Taïba constituent le pivot de l'une d'elles. Ton rôle dans cette affaire précise est des plus marginaux.*

— *Ils vont être désespérément malheureux si vous les forcez à vivre ensemble,* accusa Garion.

— *Ça n'a rigoureusement aucune importance. Il faut qu'ils soient ensemble. Et puis tu te trompes. Ils mettront un moment à s'y faire, mais quand ils y seront habitués, ils seront très heureux tous les deux. L'obéissance à la nécessité apporte tout de même sa rétribution.*

Garion médita un instant cette idée, puis ses problèmes personnels s'imposèrent de nouveau à lui. Et comme toujours lorsqu'il était préoccupé, il alla trouver sa tante Pol. Il la trouva confortablement assise au coin du feu, dans ses appartements. Elle sirotait une bonne tasse de thé en regardant par la fenêtre la boule orange du soleil embraser les champs de neige sur les hauteurs de la ville.

— Tu es bien matinal, aujourd'hui, observa-t-elle en le voyant entrer.

— Il faut que je te parle, expliqua-t-il. Et ma seule chance d'arriver à faire à peu près ce que je veux c'est de sortir de chez moi avant l'arrivée du type qui tient mon emploi du temps. Je n'ai pas une minute à moi, se lamenta-t-il en se laissant tomber dans un fauteuil.

— Tu es un personnage important, maintenant, mon chou.

— Ce n'est pas moi qui l'ai voulu, lui rappela-t-il en contemplant un moment le paysage par la fenêtre. Grand-père est complètement remis, maintenant, hein ? demanda-t-il abruptement.

— Qu'est-ce qui te fait penser ça ?

— Eh bien, l'autre jour, quand nous avons donné l'amulette à Ce'Nedra, il n'a pas euh ?

— La majeure partie du pouvoir venait de toi, mon chou, lui révéla-t-elle.

— J'ai senti autre chose.

— C'était peut-être moi, Garion. Le contact était assez ténu, et je ne puis affirmer s'il a joué son rôle ou non.

— Nous devons absolument trouver un moyen d'en avoir le cœur net.

— Le seul moyen serait qu'il fasse une tentative.

— Très bien. Allons quelque part avec lui et demandons-lui d'essayer. Une petite chose, peut-être, au départ.

— Et quelle explication lui donnerons-nous ?

— Comment, il n'est pas au courant ? s'exclama Garion en se redressant précipitamment.

— Ça se peut, mais j'en doute.

— Tu ne lui as rien dit ?

— Bien sûr que non. S'il a le moindre doute sur ses capacités, il manquera son coup, et s'il le rate une fois, tout est perdu.

— Je ne comprends pas.

— Tout est dans la certitude que ça va marcher. Si on n'en est pas absolument sûr, ça ne marche pas. Voilà pourquoi nous ne pouvons rien lui dire.

Garion réfléchit un instant.

— Ça se défend, mais tu ne trouves pas ça un peu risqué ? Tu te rends compte, s'il essayait de recourir à la magie pour écarter un grand danger et se rendait compte tout à coup qu'il n'en est plus capable ?

— Eh bien, ce serait à nous d'y remédier, mon chou.

— Ça n'a pas l'air de te tracasser.

— La peur n'évite pas le danger, Garion.

La porte s'ouvrit en coup de vent et la reine Layla entra comme une tornade, échevelée, la couronne en bataille.

— Je suis à bout, Polgara, tempêta-t-elle. Je suis vraiment à bout. Il faut que vous lui parliez. Oh ! excusez-moi, Majesté, je ne vous avais pas vu ! ajouta la petite reine grassouillette avec une révérence gracieuse à l'adresse de Garion.

— Votre Altesse, répondit Garion en se levant précipitamment pour s'incliner devant elle en retour.

— A qui devrais-je parler, Layla ? questionna tante Pol.

— A Anheg. Il oblige mon pauvre mari à boire avec lui toutes les nuits jusqu'à point d'heure. Ce matin,

Fulrach est tellement mal en point qu'il n'arrive même plus à soulever sa tête de l'oreiller. Cette grande brute de Cheresque est en train de me lui esquinter la santé !

— Anheg aime beaucoup votre mari, Layla. C'est sa façon de lui témoigner son amitié.

— Ils ne pourraient pas être aussi amis et boire un peu moins ?

— Je vais lui parler, ma chère, promit tante Pol.

La reine Layla s'inclina à nouveau devant Garion et s'éloigna, un peu rassérénée.

Garion remettait le handicap de Belgarath sur le tapis quand la servante de tante Pol annonça la reine Merel.

La femme de Barak entra dans la pièce, la mine lugubre et salua cérémonieusement Garion.

— Majesté, commença-t-elle.

Garion se leva à nouveau et lui rendit poliment sa courbette. Il commençait à en avoir plein le dos.

— Il faut que je vous parle, Polgara, annonça Merel.

— Mais certainement, approuva tante Pol. Tu veux bien nous laisser, Garion ?

— J'attends dans la pièce à côté, proposa-t-il.

Il passa la porte mais — la curiosité prenant le pas sur les bonnes manières — ne la referma pas complètement.

— Ils n'arrêtent pas de me l'envoyer dans les gencives, laissa échapper Merel avant même qu'il ait quitté la pièce.

— Quoi donc, Merel ?

— Coment dire, bredouilla Merel, avant de poursuivre d'une voix plus ferme. Nous n'avons pas toujours été dans les meilleurs termes, mon époux et moi-même.

— Ce n'est pas un secret, admit diplomatiquement tante Pol.

— C'est bien le problème, se lamenta Merel. Tout le monde rit sous cape en attendant que je redevienne comme avant. Eh bien, poursuivit-elle d'un ton tranchant, ils peuvent toujours courir, ça n'est pas près d'arriver.

— Je suis heureuse de vous l'entendre dire, déclara tante Pol.

— Oh ! Polgara ! reprit Merel avec un petit rire

désarmé. On dirait vraiment un gros nounours hirsute, mais il est si gentil au fond. Comment se fait-il que je ne m'en sois pas rendu compte plus tôt ? Tout ce temps perdu

— Vous n'étiez pas mûre, Merel, observa tante Pol. La maturation de certaines personnes est un peu plus lente, et voilà tout.

Après le départ de Merel, Garion revint et contempla sa tante avec stupeur.

— C'est toujours comme ça ? s'étonna-t-il. Tous ceux qui ont des ennuis viennent te voir ?

— De temps en temps. Les gens ont l'air de penser que je suis pleine de sagesse. Comme ils savent déjà quoi faire, la plupart du temps, je n'ai qu'à les écouter, abonder dans leur sens et leur apporter le soutien d'une conversation anodine pour qu'ils soient contents. Je consacre un certain temps à ces visites, tous les matins. Si on a besoin de parler à quelqu'un, on sait où me trouver. Tu veux du thé ?

Il refusa d'un signe de tête.

— Ça doit être un fardeau incroyable d'assumer tous ces problèmes, non ?

— Cela ne me pèse pas, Garion. La plupart du temps, on me soumet de petits imbroglios domestiques. Je prends un certain plaisir à régler des questions qui ne mettent pas en jeu le sort de la planète. Et puis, il est toujours agréable de recevoir des visites, quelle qu'en soit la raison.

Mais la visiteuse suivante avait de plus graves soucis. En entendant la servante annoncer que la reine de Cherek voulait s'entretenir en privé avec dame Polgara, Garion s'éclipsa. Pourtant, succombant encore une fois à la curiosité, il resta derrière la porte de la pièce voisine et tendit l'oreille.

— J'ai tout essayé, Polgara, commença Islena, mais Grodeg ne veut pas me lâcher.

— Le Grand Prêtre de Belar ?

— Oui. Il sait tout, naturellement, confirma Islena. Ses séides lui ont rapporté la moindre de mes imprudences. Il menace de tout raconter à Anheg si je tente d'abjurer le culte de l'Ours. Comment ai-je pu être si stupide ? Il me tient à la gorge.

— Jusqu'à quel point avez-vous été imprudente, Islena ? — J'ai pris part à certains rites, avoua Islena. J'ai mis certains membres du culte en poste au palais. J'ai passé des informations à Grodeg.

— Quel genre de rites, Islena ?

— Pas ceux-là, Polgara, s'offusqua Islena. Je ne m'abaisserais jamais à cela.

— Alors vous avez assisté à quelques cérémonies anodines avec des gens vêtus de peaux d'ours, vous avez laissé entrer une poignée d'adorateurs au palais — où il y en avait sûrement déjà une bonne douzaine, de toute façon — et vous avez colporté des ragots de palais sans importance ? Parce que ce n'étaient que des ragots inoffensifs, n'est-ce pas ?

— Je n'ai révélé aucun secret d'Etat, Polgara, si c'est ce que vous voulez dire, confirma la reine avec raideur.

— Dans ce cas, je ne vois pas comment Grodeg pourrait avoir prise sur vous, Islena.

— Que dois-je faire, Polgara ? implora la reine d'une voix angoissée.

— Allez trouver Anheg. Et racontez-lui tout.

— Je ne peux pas.

— Il le faut. Autrement, Grodeg vous forcera à faire pire. En fait, la situation pourrait tourner à l'avantage d'Anheg. Dites-moi exactement ce que vous savez du culte.

— Ils ont commencé à créer des chapitres parmi les paysans, par exemple.

— Tiens, ça, c'est nouveau, nota tante Pol d'un ton rêveur. Jusque-là, le culte s'était toujours cantonné à la noblesse et aux prêtres.

— Je ne peux pas l'affirmer, reprit Islena, mais je pense qu'ils se préparent à une action majeure — une sorte d'affrontement.

— Il faudra que j'en parle à mon père, commenta tante Pol. Il se pourrait qu'il ait envie de prendre des mesures. Tant que le culte restait le hochet des prêtres et de la petite noblesse, ce n'était pas très important, mais s'il se mêle de soulever la paysannerie, c'est une autre paire de manches.

— J'ai entendu raconter d'autres choses encore, poursuivit Islena. Je pense que les adorateurs de l'Ours tentent d'infiltrer le système de renseignement de Rhodar. S'ils arrivent à mettre des hommes à eux en place à Boktor, ils auront accès à la plupart des secrets d'Etat du Ponant.

— Je vois, fit tante Pol d'une voix polaire.

— Une fois, j'ai écouté ce que racontait Grodeg, poursuivit Islena d'un air dégoûté. Il ne savait pas encore que je ne voulais plus entendre parler de lui. Il lisait les augures et interprétait les signes dans les cieux en évoquant le retour du roi de Riva. Les adorateurs de l'Ours prennent le terme de Roi des Rois du Ponant au pied de la lettre. A mon avis, leur but est d'élever Belgarion à la dignité d'empereur de tout le Ponant : l'Alorie, la Sendarie, l'Arendie, la Tolnedrie et même la Nyissie.

— Ce n'est pas du tout ainsi que ce titre doit être compris, objecta tante Pol.

— Je sais, répondit Islena, mais c'est bien ce que Grodeg aimerait lui faire dire. Il est aveuglé par le fanatisme. Il voudrait convertir tout le peuple du Ponant à Belar — au fil de l'épée si nécessaire.

— L'imbécile ! ragea tante Pol. S'il continue, il va mettre le Ponant à feu et à sang. Même les Dieux vont finir par en venir aux mains. Mais qu'est-ce que les Aloriens peuvent bien avoir dans le ventre pour vouloir aller toujours plus au sud ? Ces frontières ont été établies par les Dieux eux-mêmes. Bon, il est temps de mettre fin aux agissements de Grodeg une bonne fois pour toutes. Allez immédiatement voir Anheg. Racontez-lui tout ça et dites-lui que je veux lui parler. J'imagine que mon père aussi aura envie de s'entretenir avec lui.

— Anheg ne me pardonnera jamais, Polgara, fit Islena en blêmissant.

— Mais si, mais si, lui assura tante Pol. Il vous en sera même très reconnaissant quand il comprendra que vous avez pris tous ces risques pour dévoiler les projets de Grodeg. Faites-lui croire que vous vous êtes mêlée aux séides de Grodeg pour leur soutirer des informations. Voilà un motif parfaitement respectable — tout à fait digne d'une bonne épouse.

— Je n'avais pas pensé à ça, souffla Islena, un peu ragaillardie. C'était vraiment très courageux de ma part, n'est-ce pas ?

— Absolument héroïque, Islena, renchérit tante Pol. Allez voir Anheg, maintenant.

— J'y vais tout de suite, Polgara.

Il y eut un bruit de pas rapides, déterminés, puis une porte se referma.

— Sors de là, Garion, commanda tante Pol.

Il ouvrit la porte.

— Tu as tout entendu, hein ?

Ce n'était pas vraiment une question.

— C'est-à-dire que...

— Il faudra que nous parlions de ça un jour, déclara-t-elle. Mais ce n'est vraiment pas le moment. Va tout de suite me chercher ton grand-père. Je me fiche pas mal de ce qu'il est en train de faire. J'ai besoin de lui parler.

— Mais comment saurons-nous s'il est encore capable de faire quelque chose ? rappela Garion. S'il a perdu son pouvoir...

— Il y a bien des sortes de pouvoir, Garion. La sorcellerie n'est que l'un d'eux. Allez, ramène-le-moi tout de suite.

— Oui, tante Pol.

Il était déjà à mi-chemin de la porte.

CHAPITRE XVI

Huit jours après la fin des interminables tractations qui avaient accompagné l'établissement du contrat de fiançailles, le Grand Prêtre de Belar arriva du Val d'Alorie. C'était un grand gaillard imposant, haut de sept pieds, à la longue barbe grise et aux yeux de braise enfoncés sous des sourcils noirs, broussailleux. Il était escorté de deux douzaines d'hommes à l'air pas commode.

Barak, Silk et Garion regardaient, du haut des murailles de la Citadelle, le Grand Prêtre et ses guerriers engoncés dans leurs peaux de bêtes escalader l'escalier du port sous le chaud soleil printanier.

— Le culte de l'Ours dans toute sa splendeur, observa aigrement Barak.

— Je ne lui ai jamais donné l'autorisation d'amener ses soldats, s'indigna Garion.

— Il l'a prise tout seul, rétorqua Silk. Grodeg est très bon à ce jeu-là.

— Eh bien, à ce jeu-là, il va se retrouver aux oubliettes, tempêta Garion. Au fait, j'ai des oubliettes ?

— On pourrait toujours en improviser, répondit Barak avec un grand sourire. Les bonnes caves bien humides, ça se trouve. Mais il faudra que tu fasses venir des rats : l'île en est cruellement dépourvue, c'est bien connu.

— Tu te moques de moi, accusa Garion en devenant d'un joli rose.

— Tu sais bien que je n'oserais jamais faire une chose pareille, voyons, protesta Barak en se tiraillant la barbe.

— A ta place, avant de fourrer Grodeg au bloc, j'en toucherais tout de même un mot à Belgarath, suggéra Silk. Ce genre de facétie pourrait avoir de fâcheux retentissements sur le plan politique. Cela dit, ne te fais pas embobiner ; il serait vraiment regrettable qu'il oublie des hommes à lui en repartant. Il tente en vain depuis vingt ans de mettre un pied dans l'Ile des Vents. Même Brand n'a pas eu l'audace de le laisser aller si loin.

— Brand ?

— Enfin, ça saute aux yeux. Je n'irai pas jusqu'à dire que Brand compte parmi les adeptes du culte, mais il les a à la bonne.

Garion accusa le coup.

— Que ferais-tu à ma place ? s'informa-t-il, un peu écœuré.

— N'essaie pas de politicailler avec ces gens-là, l'avertit Barak. Grodeg est venu procéder à la cérémonie de fiançailles, eh bien il vous fiance et il repart, un point c'est tout.

— Mais il va me demander audience, s'alarma Garion. Il va s'évertuer à me convaincre d'envahir les royaumes du Sud afin de convertir les Arendais, les Tolnedrains et les Nyissiens au culte de Belar.

— Qui t'a raconté ça ? s'enquit Silk, intéressé.

— Je préférerais parler d'autre chose, esquiva Garion.

— Belgarath est au courant ?

— Tante Pol le lui a dit.

Silk se mordilla pensivement un ongle.

— Fais l'andouille, conseilla-t-il enfin.

— Hein ?

— Fais semblant d'être un pauvre cul-terreux totalement dépourvu d'idée sur les événements. Grodeg va se démancher pour te parler entre quatre-z-yeux en espérant t'arracher des concessions. Contente-toi de hocher la tête en souriant niaisement, et chaque fois qu'il fait une suggestion, envoie chercher Belgarath. Laisse-lui croire que tu es incapable de décider tout seul.

— Mais il va me trouver complètement... euh...

— Et qu'est-ce que tu as à ficher de son opinion ?

— D'accord, mais tout de même

— Ça va le rendre dingue, souligna Barak avec un sourire pervers. Il va te prendre pour l'idiot du village, une vraie poire prête à cueillir, mais il ne tardera pas à comprendre que s'il veut t'avoir, il devra d'abord se payer Belgarath. Sale coup pour lui. On parie combien qu'il s'arrache la barbe de frustration avant de partir ? conclut-il en regardant Silk avec admiration.

— Ça, il va souffrir, fit celui-ci, la bouche en cœur.

Les trois hommes se regardèrent avec un grand sourire, puis ils éclatèrent de rire.

La cérémonie de fiançailles devait avoir lieu le lendemain. Il y avait encore eu une belle partie de bras de fer quand il avait fallu désigner celui qui entrerait le premier à la Cour du Roi de Riva, mais Belgarath avait résolu le problème en suggérant que Garion et Ce'Nedra fassent leur entrée bras dessus, bras dessous.

— On prépare un mariage, oui ou non ? avait-il souligné. Donnons au moins à l'affaire une apparence de cordialité.

Le moment fatidique approchait, et Garion était sur des charbons ardents. La princesse boudait depuis l'incident de l'amulette et il était à peu près sûr que ça allait barder. Il eut la surprise de la retrouver radieuse dans la petite antichambre où ils attendaient que les invités officiels soient installés dans la salle du trône. Garion ne tenait pas en place. Il faisait les cent pas en rajustant nerveusement ses atours tandis que Ce'Nedra guettait avec une patience toute impériale la sonnerie de trompes qui devait annoncer leur entrée.

— Garion ? commença-t-elle au bout d'un moment.

— Oui ?

— Tu te rappelles le jour où nous nous sommes baignés ensemble dans la Sylve des Dryades ?

— Nous ne nous sommes jamais baignés *ensemble*, rectifia précipitamment Garion en rougissant jusqu'à la racine des cheveux.

— Oui, bon, *presque*, fit-elle avec désinvolture. Tu te

rends compte que Dame Polgara n'a pas arrêté de nous jeter dans les bras l'un de l'autre depuis le début ? Elle savait ce qui allait arriver, n'est-ce pas ?

— Oui, admit Garion.

— Elle s'est acharnée à nous mettre en présence l'un de l'autre dans l'espoir qu'il se passerait quelque chose entre nous.

Garion rumina un instant.

— C'est probable, conclut-il. Elle adore organiser la vie des gens pour eux.

— Quand je pense à toutes ces occasions manquées, reprit Ce'Nedra avec un grand soupir de regret.

— *Ce'Nedra !* s'étouffa Garion.

Elle eut un petit gloussement machiavélique et soupira de plus belle.

— Maintenant, tout ça va être affreusement officiel, et sûrement beaucoup moins drôle.

Garion était à présent rouge comme une pivoine.

— Enfin, poursuivit-elle, tu te souviens, le jour où nous nous sommes baignés ensemble : je t'avais demandé si tu voulais m'embrasser ?

Garion hocha la tête, trop agité pour se risquer à parler.

— Eh bien, je n'ai jamais eu ce baiser, reprit-elle d'un ton malicieux, et je crois que j'en voudrais bien maintenant.

Elle se leva, traversa la petite pièce et vint vers lui.

— Tu me dois un baiser, Belgarion de Riva, décréta-t-elle en empoignant fermement le devant de son pourpoint avec ses deux petites mains. Et une Tolnedraine obtient toujours son dû.

Elle braqua sur lui un regard d'une ardeur redoutable derrière le rideau de ses cils.

A cet instant, une fanfare éclatante retentit de l'autre côté de la porte.

— Je pense que nous devrions y aller, balbutia Garion, en plein désarroi.

— Ils peuvent attendre un peu, murmura-t-elle en passant ses bras autour de son cou.

Garion croyait s'en tirer avec un bécot à la va-vite,

mais la princesse avait une autre idée sur la question. Et une force surprenante dans ses petits bras. Elle glissa ses doigts dans ses cheveux et le baiser n'en finissait plus. Garion avait les jambes en coton.

— Aah, souffla Ce'Nedra quand elle consentit à le lâcher.

— Nous ferions mieux d'y aller, suggéra Garion comme les trompes sonnaient à nouveau.

— Voilà, voilà. Je ne suis pas chiffonnée ? fit-elle en tournant sur elle-même.

— Non, répondit-il. Tout est en place.

Elle secoua la tête d'un air réprobateur.

— Essaye d'y mettre un peu du tien, la prochaine fois, conseilla-t-elle. Sans ça, je vais commencer à me demander si tu me prends au sérieux.

— Ce'Nedra, je ne vous comprendrai jamais.

— Je sais, commenta-t-elle avec un petit sourire énigmatique en lui tapotant doucement la joue. Et tu peux compter sur moi pour ne rien y changer. Bon, on y va ? Ce n'est pas bien de faire attendre ses invités.

— C'est ce que je dis depuis tout à l'heure.

— Tout à l'heure, nous étions occupés, déclara-t-elle avec un superbe aplomb. Un instant, fit-elle en le recoiffant avec ses doigts. Là, ça va mieux. Allez, donne-moi le bras.

Garion s'exécuta et la princesse posa la main sur son bras. Il ouvrit la porte à la troisième sonnerie de trompes, et ils entrèrent dans la salle. Un frémissement d'excitation parcourut l'assistance. Prenant exemple sur Ce'Nedra, Garion avança d'un pas lent, majestueux, le visage impassible, très royal.

— Ne fais pas la tête ; un brin de sourire, chuchota-t-elle. Et hoche un peu la tête. C'est comme ça qu'on fait.

— Puisque vous le dites, répondit-il. Je n'y connais vraiment rien.

— Tu t'en sors très bien, assura-t-elle.

Le couple royal traversa la salle en souriant, saluant parfois l'assistance d'un hochement de tête, et se dirigea vers le fauteuil placé sur le devant. Garion tint courtoisement le dossier du siège tandis que la princesse s'asseyait, puis il s'inclina, gravit les marches du trône et s'y installa. L'Orbe d'Aldur sembla briller d'un feu plus vif, comme toujours. Mais cette fois, son éclat semblait légèrement teinté de rose.

Grodeg inaugura la cérémonie de fiançailles en débitant une invocation d'une voix tonitruante. Le Grand Prêtre de Belar avait résolu de profiter de la cérémonie pour faire tout un show.

— Quel vieux moulin à paroles, marmotta Belgarath, posté à la droite du trône, sa place préférée.

— Qu'est-ce que tu faisais là-dedans avec Ce'Nedra ? demanda tante Pol.

— Euh, rien, répondit Garion en piquant un fard.

— Vraiment ? Et ça vous a pris tout ce temps ? Comme c'est bizarre.

Puis Grodeg commença la lecture du contrat de fiançailles. Pour Garion, ce n'était que du charabia. A la fin de chaque clause, le Grand Prêtre s'interrompait et braquait sur lui un regard rigoureux.

— Sa Majesté Belgarion de Riva accepte-t-elle cette clause ? demandait-il alors.

— J'accepte, acquiesçait Garion.

— Son Altesse Ce'Nedra de l'empire de Tolnedrie accepte-t-elle cette clause ? interrogeait-il ensuite.

— J'accepte, répondait la princesse d'une voix claire.

— Hé, Garion, ça va vous deux ? demanda Belgarath, affectant d'ignorer le prêtre à la voix mortelle.

— Comment tu veux que je le sache ? répondit Garion, désarmé. Je ne sais pas ce qu'elle va inventer d'une minute à l'autre.

— C'est la règle du jeu, commenta tante Pol.

— Et bien sûr, tu n'as pas d'explication à me fournir.

— Non, mon chou, répondit-elle avec un petit sourire aussi équivoque que celui de Ce'Nedra.

— Ben voyons, grommela-t-il.

Pendant la fastidieuse lecture du document qui engageait irrémédiablement son existence, Garion songea à l'invitation assez ouverte de Ce'Nedra à la chiffonner un peu. Plus il y réfléchissait, plus il trouvait intéressante l'idée d'un soupçon de chiffonnage, dans les limites de la décence. Si la princesse ne repartait pas tout de suite après la cérémonie, peut-être pourraient-ils en parler un moment dans un coin tranquille. Mais dès la fin de la pompeuse bénédiction du Grand Prêtre, les jeunes filles de la Cour entourèrent Ce'Nedra et l'emmenèrent célébrer l'événement entre elles. Des gloussements et autres petits coups d'œil à la dérobée qu'elles lui lancèrent en s'éloignant il déduisit que la conversation promettait d'être d'une grande franchise, sinon polissonne. Moins il en saurait, mieux cela vaudrait.

Comme l'avaient prédit Silk et Barak, le Grand Prêtre de Belar tenta à plusieurs reprises de s'entretenir en privé avec le jeune roi. Chaque fois, Garion le gratifia d'un numéro de niaiserie à grand spectacle et envoya chercher Belgarath. Si bien que Grodeg quitta l'Ile le lendemain même, avec ses hommes au complet. Pour couronner le tout, Garion se fit un devoir d'accompagner l'ecclésiastique fulminant jusqu'à son bateau et d'assister à son départ en compagnie de Belgarath, afin de lui éviter d'oublier par mégarde un membre du culte de l'Ours derrière lui.

— Qui a eu cette idée ? s'informa Belgarath tandis qu'ils remontaient les marches de la Citadelle.

— Silk et moi, annonça fièrement Garion.

— J'aurais dû m'en douter.

— Je pense que ça ne s'est pas mal passé du tout, se félicita Garion.

— Si je puis me permettre, tu t'es fait un ennemi dangereux.

— On s'en remettra.

— « On » ? Tu en prends un peu à ton aise, Garion, le gourmanda Belgarath.

— On est dans le même bateau, Grand-père, pas vrai ?

Belgarath le regarda un instant, désarmé, et éclata de rire.

Ils ne devaient pas avoir beaucoup d'occasions de rire après le départ de Grodeg. Une fois les cérémonies officielles terminées, les rois d'Alorie, le roi Fulrach et divers conseillers et généraux se mirent au travail et attaquèrent un grave sujet : la guerre.

— Selon les derniers rapports que j'ai reçus de Cthol Murgos, Taur Urgas s'apprêterait à soulever les Murgos au sud de Rak Hagga dès que le temps se gâtera sur la côte orientale, annonça le roi Rhodar.

— Et les Nadraks ? s'informa le roi Anheg.

— On dirait qu'ils se mobilisent, mais les Nadraks posent toujours le même problème. Ils roulent pour eux, et les Grolims ont bien du mal à les faire rentrer dans le rang. Alors que les Thulls se contentent d'obéir aux ordres.

— Tout le monde se fiche des Thulls, observa Brand. La seule chose vraiment déterminante, c'est de savoir combien de Malloréens s'engageront dans la bataille, face à nous.

— Ils sont en train de s'installer un camp de base à Thull Zelik, rapporta Rhodar. Eux aussi ils attendent que le temps se gâte dans la mer Orientale.

— Les Malloréens sont de piètres marins, rappela le roi Anheg en fronçant pensivement les sourcils. Ils ne bougeront pas avant l'été, et même après ils ne s'éloigneront guère de la côte nord, jusqu'à Thull Zelik. Il faut que nous armions le plus vite possible une flotte à nous dans la Mer Orientale. Si nous parvenions à envoyer par le fond suffisamment de leurs vaisseaux et de leurs soldats, nous devrions arriver à les dissuader d'entrer en guerre. Je propose que nous fassions une entrée en force au Gar og Nadrak. Une fois dans les forêts, mes hommes pourraient construire des navires et nous leur ferions descendre la Cordu pour les mettre à la mer.

— Le plan de Sa Majesté présente de nombreux avantages, approuva Mandorallen en étudiant la grande carte accrochée au mur. Les Nadraks sont numériquement inférieurs, et loin des hordes du sud de Cthol Murgos.

— Ecoute, Anheg, je sais que tu voudrais prendre la mer au plus vite, mais là, tu m'envoies en campagne dans la forêt nadrak, protesta Rhodar en secouant la tête avec obstination. Or j'ai besoin d'un terrain dégagé pour manœuvrer. Ouvrons-nous plutôt une brèche à travers le Mishrak ac Thull ; ça nous donnera un accès direct au bassin supérieur de la Mardu ; tu pourras rejoindre la mer par là.

— Il y moins d'arbres au Mishrak ac Thull, objecta Anheg.

— Pourquoi construire des bateaux avec du bois vert quand on peut faire autrement ? rétorqua Rhodar. Pourquoi ne pas remonter l'Aldur et transporter les vaisseaux ?

— Tu voudrais faire porter des bâtiments à dos d'homme par-dessus l'A-pic oriental ? Allons, Rhodar, un peu de sérieux.

— Nous avons des ingénieurs, Anheg. Ils pourraient très bien mettre au point des dispositifs susceptibles de monter tes bateaux en haut de l'A-pic.

Garion n'avait pas envie d'étaler son inexpérience mais la question fusa avant qu'il ait eu le temps de la retenir.

— L'endroit de la bataille finale est-il choisi ?

— Quelle bataille finale, Garion ? s'enquit gentiment Rhodar.

— Celle où les deux armées s'affronteront — comme à Vo Mimbre ?

— Il n'y aura pas de Vo Mimbre, cette fois, rétorqua Anheg. Pas si nous pouvons faire autrement.

— Vo Mimbre était une erreur, Garion, reprit calmement Belgarath. Nous le savions tous, mais il n'y avait pas moyen de faire autrement.

— Nous avons tout de même gagné, non ?

— Nous devons la victoire à la chance, et on ne programme pas une campagne en comptant sur la chance. Personne ne voulait de cette bataille — pas plus Torak que nous, mais nous n'avions pas le choix. Nous devions engager le combat avant que la seconde colonne angarak n'arrive dans le Ponant. Kal-Torak gardait des Murgos du Sud et des Malloréens de l'Est en réserve non loin de Rak Hagga, et ils avaient commencé à s'ébranler quand nous avons pris vers l'ouest, après le siège de la Forteresse. Si nous leur avions laissé le temps de rejoindre Kal-Torak, il n'y aurait pas eu assez d'hommes dans tout le Ponant pour leur tenir tête. Il fallait bien les affronter, et Vo Mimbre constituait le moins mauvais champ de bataille.

— Pourquoi Kal-Torak ne s'est-il pas contenté d'attendre leur arrivée ? s'informa Garion.

— On ne peut pas arrêter une armée en territoire ennemi, roi Belgarion, expliqua le colonel Brendig. Il faut la maintenir en mouvement, sinon la population locale commence à détruire les réserves de nourriture et à sortir la nuit pour découper les hommes en morceaux. C'est le meilleur moyen d'y laisser la moitié de ses troupes.

— Kal-Torak ne voulait pas plus que nous la bataille de Vo Mimbre, poursuivit Belgarath. La colonne de Rak Hagga avait été bloquée pendant des semaines dans les montagnes par un blizzard de printemps et obligée de tourner bride. Torak s'était retrouvé à Vo Mimbre sans aucun avantage numérique. Jamais un homme sain d'esprit n'engagerait une bataille dans ces conditions.

— L'on se doit de disposer de forces d'un quart au moins supérieures à celles de son adversaire, renchérit Mandorallen, ou bien l'issue du combat est aléatoire.

— D'un tiers, rectifia Barak d'une voix de tonnerre. Et de la moitié, si possible.

— Alors, nous allons nous contenter de nous disséminer dans la moitié orientale du continent et d'y déclencher toute une série d'escarmouches ? s'étonna Garion. Mais ça va durer des années — des dizaines d'années, peut-être un siècle.

— Nous ne sommes pas pressés, Garion, rétorqua abruptement Belgarath. Tu t'attendais à quoi, au juste ? Une petite balade au soleil, une bonne bagarre et tout le monde à la maison avant l'hiver ? Eh bien, tu risques d'être déçu. Tu ferais mieux de t'habituer à vivre en armure, l'épée au côté : tu as de bonnes chances de ne plus les quitter jusqu'à la fin de tes jours. La guerre promet d'être longue.

Les illusions de Garion s'effondraient très vite.

Puis la porte de la salle du conseil s'ouvrit devant

Olban, le fils cadet de Brand. Le jeune homme s'approcha de son père, sa cape grise gouttant sur le sol. Le temps avait tourné à l'orage et une tempête de printemps se déchaînait sur l'île.

Démoralisé par la perspective d'années de guerre ininterrompue dans l'Est, Garion laissa dériver son regard sur la flaque qui se formait autour des pieds d'Olban, puis il leva machinalement les yeux pour examiner l'ourlet de sa cape. Le coin gauche était déchiré et il y manquait selon toute évidence un petit bout de tissu.

Garion observa un moment l'accroc révélateur sans vouloir comprendre ce qu'il voyait. Puis le cœur lui manqua. Il eut un sursaut et releva les yeux sur le visage d'Olban. Le plus jeune fils de Brand était à peu près de son âge, un peu moins grand, mais plus musclé. Il avait les cheveux blond très clair et son jeune visage reflétait déjà la gravité coutumière aux Riviens. Il semblait s'efforcer d'éviter le regard de Garion mais ne manifestait aucun autre signe de nervosité. Pourtant, quand ses yeux s'égarèrent sur le jeune roi, il parut se troubler légèrement et la culpabilité voila ses prunelles. Garion avait trouvé celui qui avait tenté de le tuer.

La conférence se poursuivit, mais Garion n'en entendit plus un mot. Que devait-il faire ? Olban avait-il agi seul, ou d'autres étaient-ils impliqués ? Brand faisait-il partie de la conspiration ? On avait du mal à savoir ce que pensaient les Riviens. Il avait confiance en Brand, mais le lien du Gardien de Riva avec le culte de l'Ours entachait sa loyauté d'une certaine équivoque. Et si Grodeg était derrière tout cela ? Ou encore un Grolim ? Garion songea au comte de Jarvik qui avait vendu son âme à Asharak et fomenté la rébellion au Val d'Alorie. Peut-être Olban avait-il succombé au charme de l'or rouge des Angaraks, comme Jarvik ? Mais Riva était une île ; le seul endroit au monde où aucun Grolim ne pouvait mettre le pied. Garion écarta la possibilité d'une tentative de corruption. D'abord, ce n'était pas dans le caractère rivien. Ensuite, Garion doutait fort qu'Olban ait jamais eu l'occasion d'entrer en contact avec un Grolim. La mort dans l'âme, il adopta une ligne de conduite.

Pas question de mettre Lelldorin dans le coup, bien sûr. Le jeune Asturien à la tête près du bonnet était incapable de la discrétion et du doigté qui semblaient de mise. Lelldorin dégainerait son épée et l'affaire tournerait en eau de boudin. Il ne manquait plus que ça.

Lorsque la séance fut levée, à la fin de l'après-midi, Garion partit à la recherche d'Olban — sans escorte, mais l'épée au côté.

Le hasard voulut qu'il retrouve le fils cadet de Brand dans un couloir mal éclairé qui ressemblait comme deux gouttes d'eau à celui où avait eu lieu la tentative d'assassinat. Olban et Garion venaient l'un vers l'autre dans le corridor. Le jeune Rivien blêmit légèrement en voyant son roi et s'inclina bien bas pour lui dissimuler son visage. Garion répondit d'un hochement de tête comme s'il s'apprêtait à le croiser sans dire un mot, puis il se retourna.

— Olban, l'interpella-t-il sans élever la voix.

Le fils de Brand se retourna, la mine défaite.

— Le coin de votre cape est déchiré, je crois, fit Garion d'un ton presque neutre. Quand vous la ferez réparer, vous aurez peut-être besoin de ceci.

Il tira le petit bout de tissu de son pourpoint et le tendit au jeune Rivien qui le regardait en ouvrant de grands yeux, pâle comme la mort.

— Tant que nous y sommes, poursuivit Garion, prenez donc cela. Vous l'avez laissé tombé quelque part, je crois.

Il fourra de nouveau la main dans son pourpoint et en sortit le poignard à la pointe tordue.

Olban se mit à trembler comme une feuille et se laissa tomber à genoux.

— Pitié, Majesté, implora-t-il. Laissez-moi mettre fin à mes jours. Si mon père apprend ce que j'ai fait, il en aura le cœur brisé.

— Pourquoi avez-vous tenté de me tuer, Olban ? interrogea Garion.

— Par amour pour mon père, avoua le fils de Brand, les yeux pleins de larmes. C'est lui qui dirigeait Riva avant votre arrivée. Votre retour l'a dépouillé de ses prérogatives. Je n'ai pu le supporter. Je vous en prie, Majesté, ne me faites pas mener à l'échafaud comme un vulgaire criminel. Donnez-moi ce poignard, je me le plongerai dans le cœur ici même. Epargnez cette dernière humiliation à mon père.

— Arrêtez de dire des bêtises, lui ordonna Garion. Et relevez-vous. Vous n'avez vraiment pas l'air malin, comme ça.

— Majesté ! protesta Olban.

— Oh ! ça suffit ! coupa Garion, agacé. Laissez-moi réfléchir.

Une idée commençait à germer dans son esprit.

— Très bien, dit-il enfin, voilà ce que nous allons faire. Vous allez emporter ce couteau et ce bout de tissu, les jeter dans le port et poursuivre votre existence comme s'il n'était jamais rien arrivé.

— Majesté...

— Ne m'interrompez pas. Nous ne parlerons plus jamais de cette affaire, ni vous ni moi. Je ne veux pas de confession publique et je vous interdis formellement de mettre fin à vos jours. Vous m'avez compris, Olban ?

Le jeune homme hocha la tête, comme abasourdi.

— Je ne veux pas que cela se sache ; j'ai trop besoin de votre père pour le laisser distraire par une tragédie personnelle. Il ne s'est jamais rien passé. C'est fini. Allez, prenez ça et disparaissez de ma vue.

Il fourra la dague et le bout de tissu gris dans les mains d'Olban. Il était vraiment en rogne, tout à coup. Voilà des semaines qu'il marchait en crabe, en regardant derrière son épaule, et tout ça pour rien.

— Oh ! encore une chose, Olban, ajouta-t-il comme le jeune Rivien s'apprêtait à tourner les talons, sidéré. Ne me jetez plus de poignards dans le dos. Si vous voulez vous battre, dites-le-moi. Nous trouverons bien un coin tranquille où nous découper en rondelles si ça peut vous faire plaisir.

Olban s'éloigna précipitamment en sanglotant.

— *Bien joué, Garion,* le félicita sa voix intérieure.

— Oh ! vous, ta gueule ! fit sèchement Garion.

Il dormit très peu cette nuit-là. Il n'était pas tout à fait sûr d'avoir opté pour la solution la plus sage, mais l'un dans l'autre, il pensait ne pas s'en être trop mal sorti avec Olban. L'acte du jeune Rivien n'était qu'une tentative irréfléchie d'effacer ce qu'il prenait pour la mise au rancart de son père. Il ne fallait pas chercher de complot derrière tout ça. Olban en voudrait peut-être à Garion de sa magnanimité, mais au moins il ne tenterait plus de le larder de coups de poignard. Non, ce qui l'empêchait surtout de dormir, c'était la sinistre description que Belgarath leur avait faite de la guerre imminente. Il finit par s'assoupir, peu avant l'aube, pour s'éveiller en sursaut d'un terrible cauchemar. Il venait de se voir, vieux et las, mener à un combat perdu d'avance une armée pitoyable de pauvres hères aux cheveux gris. Il se redressa, tout tremblant, le front ruisselant d'une sueur glacée.

— *Il y a une autre possibilité, évidemment — si tu es assez remis de ton accès de mauvaise humeur pour écouter ce que j'ai à te dire,* l'informa sa voix intérieure.

— Hein ? fit Garion à haute voix. Oh !... Je regrette de vous avoir parlé sur ce ton, l'autre fois. J'étais en boule.

— *Tu ressembles prodigieusement à Belgarath, par bien des côtés. Cette nervosité doit être héréditaire.*

— Ça paraît assez normal, je pense, admit Garion. Vous avez dit qu'il y avait une autre possibilité. A quoi donc ?

— *A cette guerre qui te donne des cauchemars. Habille-toi. Je veux te montrer quelque chose.*

Garion dégringola de son lit et s'habilla précipitamment.

— Où allons-nous ? demanda-t-il, toujours tout haut.

— *Pas loin.*

La pièce où l'emmena l'autre conscience qui habitait son esprit sentait le renfermé. On ne devait pas y venir souvent. Les murs disparaissaient derrière des étagères couvertes de livres et de parchemins poussiéreux, et les coins du plafond étaient ornés de toiles d'araignées. La chandelle de Garion faisait danser sur les murs des ombres inquiétantes.

— *Sur l'étagère du haut,* lui indiqua la voix. *Le parchemin entouré de tissu jaune. Va le chercher.*

Garion grimpa sur une chaise et prit le parchemin.

— Qu'est-ce que c'est ?

— *Le Codex Mrin. Déballe-le et déroule-le. Je te dirai où t'arrêter.*

Il fallut à Garion un moment pour comprendre comment dérouler le bas du parchemin d'une main tout en enroulant le haut avec l'autre.

— *Là,* fit la voix. *Ce passage-là. Lis-le.*

Garion butait sur les mots. Il ne lisait pas encore très couramment, surtout les pattes de mouches.

— Ça ne veut rien dire, se lamenta-t-il.

— *L'homme qui a écrit cela était à la fois idiot et complètement fou,* s'excusa la voix. *Mais je n'avais personne d'autre sous la main. Essaie encore. A haute voix.*

— Or donc, lut Garion, il adviendra qu'à un certain moment ce qui doit être et ce qui ne doit pas être se rejoindront, et de cette conjonction dépendront tous les événements du passé et tout ce qui viendra après. Puis l'Enfant de Lumière et l'Enfant des Ténèbres s'opposeront dans la tombe brisée, et les étoiles frémiront et leur clarté s'obscurcira.

Garion prononça ces derniers mots d'une voix traînante, comme pour en apprécier tout le sens.

— Ça ne veut toujours rien dire, objecta-t-il.

— *Ce n'est pas très clair,* admit la voix. *L'auteur de ces lignes était fou, je te l'ai expliqué. Je lui ai donné les idées, mais il les a exprimées dans son jargon.*

— Qui est l'Enfant de Lumière ? questionna Garion.

— *Toi. Pour le moment, du moins. Parce que ça évolue.*

— Moi ?

— *Eh oui !*

— Et qui est l'Enfant des Ténèbres que je suis censé affronter ?

— *Torak.*

— Torak !

— *Je pensais que tu avais compris, depuis le temps. Je t'ai parlé une fois des deux destinées possibles qui devaient finalement se rencontrer. Vous incarnez, Torak et toi — L'Enfant des Ténèbres et l'Enfant de Lumière — ces deux destinées.*

— Mais Torak est plongé dans le sommeil.

— *Plus maintenant. Tu as mis la main sur l'Orbe. Ce contact a marqué le moment de son éveil. En cet instant, il oscille entre le sommeil et la veille, et sa main cherche fébrilement la garde de Cthrek-Goru, son glaive noir.*

Garion sentit son sang se glacer dans ses veines.

— Vous essayez de me dire que je suis censé me battre contre Torak. *Tout seul ?*

— *C'est ce qui va arriver, Belgarion. L'univers entier se précipite vers cet événement. Tu peux lever une armée si tu le désires, mais ton armée ou celle de Torak n'y changeront rien. Comme le dit le Codex, tout se décidera lorsque tu le rencontreras enfin. Car au bout du compte, vous vous affronterez en combat singulier. C'est l'autre solution dont je te parlais il y a un instant.*

— Autrement dit, je devrais partir tout seul à sa recherche et me battre contre lui ? demanda Garion, incrédule.

— *C'est à peu près ça, oui.*

— Eh bien, ne comptez pas sur moi !

— *A toi de décider.*

Garion rumina un instant.

— En levant une armée, je ne ferai qu'entraîner des tas de gens dans la mort, et de toute façon, ça ne changera rien ?

— *Absolument rien. En fin de compte, tout se décidera entre Torak, Cthrek-Goru, l'épée du roi de Riva et toi.*

— Il n'y a pas d'autre solution ?

— *Rigoureusement aucune.*

— Et je suis vraiment obligé d'y aller tout seul ? demanda plaintivement Garion.

— *Je n'ai pas dit ça.*

— Je pourrai emmener une ou deux personnes avec moi ?

— *La décision t'appartient, Belgarion. Mais n'oublie pas ton épée.*

Il passa la journée à méditer la question. Le soir, sa résolution était prise. Comme la nuit tombait sur la cité grise de Riva, il envoya chercher Belgarath et Silk. Ça laissait quelques problèmes en suspens, il le savait, mais il ne pouvait compter sur personne d'autre. Même si ses pouvoirs étaient amoindris, la sagesse de Belgarath était telle que Garion ne voulait même pas envisager de partir sans lui. Silk était tout aussi essentiel à la réussite de l'entreprise, bien sûr. Garion en était arrivé à se dire que, d'une part, son propre don allait en s'affirmant et devrait leur permettre de se sortir de toutes les difficultés si Belgarath venait à leur faire défaut et que, d'autre part, Silk trouverait probablement le moyen d'éviter la plupart des embûches majeures. Garion était confiant : à trois, ils surmonteraient tous les écueils — jusqu'à ce qu'ils trouvent Torak. Quant à ce qui arriverait ensuite, il se refusait à y songer.

En arrivant, ils trouvèrent le jeune roi en train de regarder par la fenêtre, les yeux hagards.

— Tu nous a fait demander ? commença Silk.

— Il faut que je parte, répondit Garion d'une voix à peine audible.

— Qu'est-ce qui ne va pas ? s'inquiéta Belgarath. Tu n'as pas l'air dans ton assiette.

— Grand-père, je viens de comprendre ce que j'étais censé faire.

— Qui te l'a dit ?

— *L'autre.*

Belgarath fit la moue.

— C'est peut-être un peu prématuré, souffla-t-il. En ce qui me concerne, j'aurais attendu un peu. Mais après tout, elle doit savoir ce qu'elle fait.

— De qui s'agit-il ? s'enquit Silk.

— Garion est parfois visité, expliqua le vieil homme. Par une visiteuse d'un genre très particulier.

— Voilà, cher ami, ce que j'appelle une réponse claire comme du jus de chaussette.

— Vous êtes sûr d'avoir envie de comprendre ?

— Oui, affirma Silk. Je crois bien. J'ai comme l'impression que je ne vais pas tarder à être concerné.

— Vous avez entendu parler de la Prophétie ?

— Evidemment.

— Eh bien, il semblerait que ce ne soit pas seulement une prévision de l'avenir. Elle a l'air d'être en mesure d'intervenir dans le déroulement des événements. Elle s'adresse parfois à Garion.

Silk plissa les yeux en méditant cette information.

— Bon. Très bien, laissa-t-il enfin tomber.

— Vous n'avez pas l'air exagérément surpris.

— Belgarath, rien ne peut plus me surprendre dans cette histoire, commenta le Drasnien avec un petit rire.

Belgarath se tourna vers Garion.

— Que t'a-t-elle dit au juste ?

— Elle m'a montré le Codex Mrin. Tu l'as déjà lu ?

— Du début à la fin, dans tous les sens, et je ne sais combien de fois dans chaque. Elle t'a fait lire un passage précis ?

— Celui où il est question de la confrontation de l'Enfant de Lumière et de l'Enfant des Ténèbres.

— Ah ! C'est bien ce que je craignais ! Et elle te l'a expliqué ?

Garion acquiesça avec raideur.

-Eh bien, ajouta le vieil homme avec un regard pénétrant, maintenant tu sais le pire. Et quelles sont tes intentions ?

— Elle m'a placé devant une alternative. Je peux attendre d'avoir levé une armée opérationnelle pour attaquer les Angaraks et passer des générations à reculer et à riposter. C'est la première solution, hein ?

Belgarath opina du bonnet.

— Evidemment, il y aura des millions de morts en pure perte, n'est-ce pas ?

Le vieil homme hocha à nouveau la tête.

Garion respira un bon coup.

— Ou bien, reprit-il, je peux partir tout seul trouver Torak — où qu'il soit — et tenter de le tuer.

Vautré dans un fauteuil, non loin de là, Silk poussa un petit sifflement et ouvrit des yeux ronds.

— Elle a dit que je n'étais pas obligé d'y aller tout seul, ajouta Garion d'un ton plein d'espoir. Je lui ai posé la question.

— Merci, rétorqua Belgarath avec une pointe d'ironie.

Silk se frotta pensivement le nez qu'il avait fort long et pointu.

— Vous savez comment ça finira si nous le laissons partir tout seul : Polgara nous écorchera minutieusement l'un et l'autre, commenta Silk en regardant Belgarath.

Belgarath acquiesça d'un grognement.

— Où avez-vous dit qu'était Torak ?

— A Cthol Mishrak. En Mallorée.

— Je n'y ai jamais mis les pieds.

— Moi si. Une ou deux fois. Ce n'est pas un endroit désopilant.

— Ça s'est peut-être arrangé depuis.

— Il y a peu de chances.

Silk haussa les épaules.

— Nous ferions peut-être mieux de l'accompagner, pour lui montrer le chemin, ce genre de truc. De toute façon, je n'ai pas intérêt à m'attarder par ici. On commence à raconter de vilaines choses à mon sujet.

— C'est une bonne période pour les voyages, renchérit Belgarath en coulant un regard insidieux à Garion.

Garion avait l'impression qu'on lui ôtait un poids des épaules. Malgré leur persiflage, leur décision était prise. Il n'aurait pas besoin de partir chercher Torak tout seul. Ça lui suffisait pour l'instant : il aurait toujours le temps de s'en faire plus tard.

— Très bien, dit-il. Alors, qu'est-ce qu'on fait ?

— On quitte Riva en douce, répondit Belgarath. Je ne vois pas l'intérêt de palabrer pendant des heures avec ta tante Pol sur ce thème.

— La sagesse est fille des ans, constata Silk avec ferveur, puis ses yeux se mirent à briller dans son museau de fouine. Quand est-ce qu'on part ?

— Le plus tôt sera le mieux, répondit Belgarath en haussant les épaules. Vous aviez peut-être des projets pour ce soir ?

— Rien que je ne puisse remettre.

— Parfait. Nous allons attendre que tout le monde soit au lit, puis nous prendrons l'épée de Garion et nous nous mettrons en route.

— Quelle route ? s'informa Garion.

— Nous passerons par la Sendarie, répondit Belgarath. Ensuite nous traverserons la Drasnie, puis le Gar og Nadrak, et nous entrerons en Mallorée par l'archipel, au nord. Cthol Mishrak et la tombe de Celui Qui N'A Qu'Un Œil ne sont pas tout près.

— Et après ?

— Après, Garion, nous lui règlerons son compte une bonne fois pour toutes.

Troisième Partie

DRASNIE

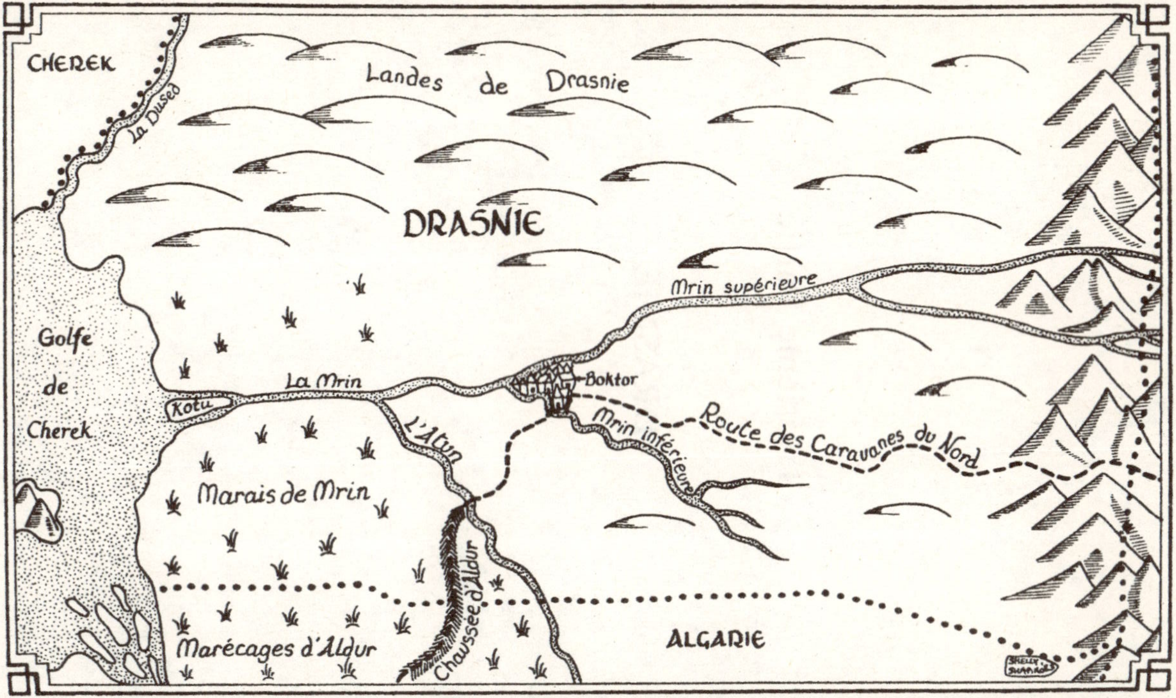
CHEREK
La Dused
Landes de Drasnie
DRASNIE
Golfe
de
Cherek
Kotu
La Mrin
Mrin supérieure
Boktor
Mrin inférieure
Route des Caravanes du Nord
L'Altun
Marais de Mrin
Chaussée d'Aldur
Marécages d'Aldur
ALGARIE

CHAPITRE XVII

— Chère tante Pol — ainsi commençait le billet de Garion —, je sais que tu ne vas pas être contente, mais il n'y a pas d'autre solution. J'ai lu le Codex Mrin, je sais maintenant ce que j'ai à faire. La...

Il releva le nez, les sourcils froncés.

-Comment ça s'écrit, « Prophétie » ?

Belgarath lui épela le mot.

— Ne délaie pas, Garion, lui conseilla le vieil homme. De toute façon, quoi que tu dises, ça la mettra en rogne, alors tiens-t'en à l'essentiel.

— Tu ne penses pas que je devrais lui expliquer pourquoi nous faisons ça ?

— Elle a lu le Codex, tu sais. Elle n'a pas besoin d'explications ; elle comprendra.

— Je vais tout de même laisser un mot à Ce'Nedra, projeta Garion.

— Polgara lui dira ce qu'elle a besoin de savoir, affirma Belgarath. Nous n'allons pas passer la nuit à faire du courrier ; nous avons d'autres projets.

— C'est la première fois que j'écris une lettre, remarqua Garion. Ce n'est pas si facile que ça en a l'air.

— Dis ce que tu as à dire, un point c'est tout. Tu n'écris pas pour la postérité.

La porte s'ouvrit. Silk avait remis les vêtements neutres qu'il portait sur la route et trimballait deux balluchons.

— Je pense que ça devrait vous aller, annonça-t-il en tendant l'un à Belgarath et l'autre à Garion.

— Vous avez l'argent ? s'informa le vieil homme.

— J'ai fait un petit emprunt à Barak.

— Tiens ? Je ne le savais pas si généreux, remarqua Belgarath.

— Je ne le lui ai pas dit, expliqua le Drasnien avec un sourire en tranche de courge. J'ai préféré éviter les explications pour ne pas perdre de temps.

Belgarath haussa un sourcil.

— Je croyais que nous étions pressés ? ajouta Silk d'un air innocent. Ce Barak peut devenir tellement assommant dès qu'il est question d'argent.

— Faites-moi grâce de vos excuses, coupa Belgarath. Alors, ça y est ? demanda-t-il à Garion.

— Qu'est-ce que tu en dis ? fit Garion en lui tendant son message.

— Pas mal, commenta le vieillard après y avoir jeté un coup d'œil. Allez, tu signes et on mettra ça à un endroit où quelqu'un le trouvera demain.

— Le plus tard possible, suggéra Silk. Je préférerais être à une distance respectable quand Polgara apprendra que nous lui avons brûlé la politesse.

Garion signa son billet, le plia et écrivit en travers « Pour Dame Polgara ».

— Nous allons le laisser sur le trône, décida Belgarath. Bon, changeons-nous et allons chercher l'épée.

— Elle va nous encombrer, non ? objecta Silk.

— Il la portera sur son dos. Il y a un fourreau dans l'une des antichambres.

Belgarath ouvrit précautionneusement la porte et jeta un coup d'œil dans le corridor désert.

— Avec cette lueur, nous ne risquons pas de passer inaperçus, releva Silk.

— Nous cacherons l'Orbe, rétorqua Belgarath. Bon, on y va.

Ils se glissèrent sans bruit dans le couloir obscur et se dirigèrent, dans le silence de minuit, vers la salle du trône. Ils faillirent tomber sur un domestique à moitié endormi qui allait aux cuisines, mais une pièce vide leur fournit une cachette opportune, et sitôt qu'il fut hors de vue ils poursuivirent leur chemin vers la Cour du roi de Riva.

— Elle n'est pas fermée à clé ? chuchota Silk lorsqu'ils arrivèrent devant la porte de la salle du trône.

Garion empoigna l'énorme clenche. Le loquet émit un claquement retentissant dans le silence absolu. Il réprima une grimace et poussa la porte qui s'ouvrit avec un grincement prodigieux.

— Tu devrais leur dire d'y mettre une goutte d'huile, murmura Silk.

L'Orbe d'Aldur se mit à luire faiblement quand les trois hommes entrèrent dans la salle.

— On dirait qu'elle t'a reconnu, observa Silk.

Garion s'empara de l'épée et l'Orbe lança une flamme bleue, éclatante, qui emplit toute la salle. Il regarda autour de lui avec inquiétude. Il ne manquerait plus que quelqu'un vienne voir d'où venait la lumière.

— Tu ne pourrais pas arrêter ça ? grommela-t-il sans réfléchir.

L'Orbe eut un vacillement étonné puis réduisit son floiement à une faible lueur palpitante et son chant triomphant à un murmure assourdi.

Belgarath jeta un coup d'œil étonné à son petit-fils mais ne dit rien. Il les mena dans une antichambre où il tira un long fourreau tout simple d'un étui appuyé contre le mur. Le vieil homme aida Garion à passer le baudrier usé par-dessus son épaule droite et en travers de sa poitrine, puis à le boucler de telle sorte que l'épée, maintenue en deux endroits, lui barre le dos en diagonale. L'étui contenait aussi un tube de mailles, un peu comme une chaussette mais plus étroit.

— Mets ça sur la poignée, lui montra Belgarath.

Garion enfila la souple gaine sur la poignée de son énorme épée, la prit par la lame et l'engagea doucement dans le haut du fourreau. Ce n'était pas facile, mais ni Silk ni Belgarath ne lui proposèrent leur aide, ils savaient bien pourquoi tous les trois. Une fois dans son fourreau, comme l'épée semblait ne rien peser, elle n'était pas trop gênante, mais la garde dépassait au-dessus de sa tête et quand il allait trop vite elle lui martelait le crâne.

— Elle n'avait pas été conçue pour être portée ainsi,

remarqua Belgarath. Il a bien fallu improviser quelque chose.

Ils suivirent à nouveau une enfilade de couloirs chichement éclairés et quittèrent le palais endormi par une porte latérale. Silk laissa Belgarath et Garion dans l'ombre d'un mur et partit en éclaireur, s'éloignant aussi silencieusement qu'un chat. Une fenêtre était ouverte à une vingtaine de pieds au-dessus de leurs têtes. Tout à coup, une faible lumière apparut et une petite voix douce descendit vers eux.

— Mission ?

— Oui, répondit spontanément Garion. Tout va bien. Tu peux retourner te coucher.

— Belgarion, reprit l'enfant avec une curieuse satisfaction. Au revoir, ajouta-t-il d'un ton un peu plus nostalgique.

Puis il disparut.

— Pourvu qu'il n'aille pas trouver Polgara, marmonna Belgarath.

— A mon avis, nous pouvons lui faire confiance, Grand-père. Il savait que nous partions et il a voulu nous dire au revoir, c'est tout.

— Tu voudrais bien m'expliquer comment tu le sais ?

— Ça..., fit Garion en haussant les épaules. Je le sais, c'est tout.

Silk poussa un petit coup de sifflet depuis le portail de la cour, et Belgarath et Garion s'engagèrent derrière lui dans les rues désertes.

C'était le début du printemps et il faisait encore un peu frais. Le parfum des hautes prairies accrochées à flanc de montagne descendait sur Riva, se mêlant à l'odeur des feux de tourbe et aux effluves salés de la mer. Les étoiles étincelaient dans le ciel sans nuages. La lune qui venait de se lever planait, curieusement boursouflée, sur l'horizon, jetant une passerelle d'or sur la Mer des Vents. Garion retrouvait l'excitation du départ dans la nuit. Il avait été trop longtemps claquemuré. Chaque pas qui l'éloignait du fastidieux défilé des audiences et des cérémonies l'emplissait d'une exaltation presque enivrante.

— Ça fait du bien de se retrouver sur la route, murmura Belgarath, comme s'il lisait dans ses pensées.

— C'est toujours comme ça ? chuchota Garion en réponse. Même au bout de toutes ces années ?

— Toujours. Pourquoi crois-tu que je préfère mener une vie errante ?

Ils descendirent le long des rues ténébreuses jusqu'aux portes de la ville et sortirent par une petite poterne. Puis ils s'engagèrent sur les quais qui avançaient dans les eaux miroitantes du port et gagnèrent le bâtiment du capitaine Greldik.

Le vagabond des mers était plongé dans une stupeur alcoolique. Il avait passé l'hiver à l'abri du port de Riva. Ses hommes avaient mis le bateau en cale sèche sur la grève pour racler la coque et calfater les joints. Le grand mât, qui émettait d'inquiétants craquements lors de leur dernière traversée, avait été renforcé et équipé de nouvelles voiles. Puis Greldik et son équipage avaient passé le plus clair de leur temps à se noircir, et les effets de trois mois de bringue ininterrompue se faisaient à présent cruellement sentir. Il avait les yeux glauques, soulignés de vilaines poches noires, dans un visage bouffi, mangé par la barbe.

Belgarath lui fit part de leur besoin impérieux de quitter l'île dans les meilleurs délais.

— On verra demain, grommela Greldik. Ou après-demain. Après-demain, c'est ça.

Belgarath renouvela sa requête avec une fermeté accrue.

— Mes hommes ne sont pas en état de manœuvrer les avirons, objecta Greldik. Ils vont dégueuler partout sur le pont et j'en aurai pour une semaine à nettoyer le désastre.

Belgarath lui adressa un ultimatum saignant et Greldik s'extirpa de sa couchette ravagée, se traîna jusqu'aux logements de l'équipage en faisant une pause pour déverser le trop-plein de ses entrailles par-dessus le bastingage et descendit dans la cale réveiller ses hommes à coups de poing et d'invective.

La lune était haute et l'aube approchait quand le

vaisseau de Greldik glissa sans un bruit hors du port pour affronter les longs rouleaux de la Mer des Vents. Lorsque le soleil se leva, ils étaient bien au large.

Les vents n'étaient pas favorables mais le temps se maintint au beau fixe et deux jours plus tard Greldik déposait Garion, Silk et Belgarath sur une plage déserte de la côte nord-ouest de la Sendarie, juste au nord de l'embouchure de la Seline.

— Vous ne devez pas être très pressé de regagner Riva, insinua Belgarath en descendant de la barque et en prenant pied sur le sable de la plage.

Il tendit une petite bourse tintinnabulante au grand Cheresque barbu.

— Allez, vous trouverez bien un endroit où vous distraire, vos hommes et vous.

— Il fait toujours beau à Camaar en cette période de l'année, fit Greldik en soupesant la bourse d'un air appréciateur. Et je connais une jeune veuve très accueillante.

— Vous devriez lui rendre une petite visite, l'encouragea Belgarath. Il y a longtemps que vous ne l'avez pas vue ; vous avez dû terriblement lui manquer.

— Ça se pourrait bien, s'esclaffa Greldik, les yeux très brillants tout à coup. Bon voyage !

Il fit signe à ses hommes de reprendre les avirons et ils ramenèrent la barque vers le grand vaisseau élancé au mouillage à quelques encablures de la côte.

— Là, il y a quelque chose qui m'échappe, s'étonna Garion.

— Je voudrais avoir mis une certaine distance entre ma chère fille et moi quand elle mettra la main sur Greldik, expliqua le vieil homme. Je n'aimerais pas la savoir à mes trousses.

Il jeta un coup d'œil alentour.

— Allons voir s'il n'y aurait pas quelqu'un pour nous emmener en barque jusqu'à Seline. Nous devrions y trouver des chevaux et des provisions.

Comprenant aussitôt qu'il avait plus à gagner en s'improvisant passeur qu'en courant sa chance le long de la côte, un pêcheur accepta de leur faire remonter la rivière. Au coucher du soleil, ils étaient à Seline. Ils passèrent la nuit dans une auberge confortable et le lendemain matin, ils allèrent au marché central acheter des chevaux. Silk marchanda jusqu'au dernier sou, plus par habitude, se dit Garion, que par nécessité réelle. Puis ils firent des provisions de bouche et vers le milieu de la matinée ils étaient sur la route de Darine, distante d'une quarantaine de lieues.

Un léger brouillard de jade effleurait les champs, ombrant la terre de ces premiers reflets verts qui annonçaient irréfutablement le printemps. Quelques nuages cotonneux pommelaient l'azur du ciel et, si le vent soufflait avec vigueur, le soleil leur dispensait une agréable chaleur. La route s'ouvrait devant eux à travers les champs verdoyants du nord de la Sendarie ; pour un peu, Garion aurait entonné un chant d'allégresse, malgré le danger mortel de leur mission.

Deux jours plus tard, ils arrivaient à Darine.

— Alors, Belgarath, on prend le bateau ici ? demanda Silk comme ils arrivaient au sommet de la colline qu'ils avaient gravie, tant de mois plus tôt, avec leurs trois voitures de navets. En une semaine, même pas, nous serons à Kotu, affirma-t-il.

Belgarath se gratta le menton en observant le Golfe de Cherek qui scintillait sous le soleil de l'après-midi.

— Ça ne me dit rien qui vaille, objecta-t-il.

Il tendit le doigt vers les vaisseaux de guerre cheresques qui patrouillaient juste au large des eaux territoriales sendariennes.

— Il y a toujours des Cheresques dans le coin, rétorqua Silk. Ça n'a peut-être rien à voir avec nous.

— Polgara a de la suite dans les idées, rétorqua Belgarath. Elle ne peut quitter Riva en personne, avec tout ce qui se prépare, mais rien ne l'empêche d'envoyer des gens à notre recherche. Ne cherchons pas les ennuis. Nous allons longer la côte septentrionale et rejoindre Boktor par les marécages.

Silk lui jeta un regard écœuré.

— Ça sera beaucoup plus long, protesta-t-il.

— Nous ne sommes pas pressés à ce point-là, remarqua doucement Belgarath. Les Aloriens ont à peine commencé à lever leurs armées ; ils en ont encore pour un moment. Les Arendais ne sont pas près d'apprendre à marcher au pas.

— Quel rapport ? s'enquit Silk.

— J'ai des projets pour ces armées. J'aimerais qu'elles se mettent en branle avant notre passage au Gar og Nadrak si possible, et en tout cas avant notre entrée en Mallorée. Nous avons un peu de temps devant nous ; profitons-en pour essayer d'éviter toute anicroche avec les hommes que Polgara lancera à notre poursuite.

Ils contournèrent donc Darine et prirent la route de la corniche, une piste étroite, rocailleuse, accrochée aux falaises abruptes de la côte septentrionale. Au-dessous d'eux, les vagues se fracassaient en hurlant et en écumant contre la muraille qui bordait la mer.

C'est là, le long de ce rivage hostile, que les montagnes de l'est de la Sendarie s'abîmaient dans le Golfe de Cherek. La route ne pouvait pas être bonne. Elle montait, descendait et tournait sans trêve. Silk ne décoléra pas tout le long du chemin.

Garion, quant à lui, avait d'autres soucis. La décision que lui avait inspirée la lecture du Codex Mrin lui semblait tout ce qu'il y a de logique sur le coup, mais la logique ne lui était plus d'aucun réconfort à présent. Plus il y réfléchissait, plus il se trouvait absurde de foncer tête baissée vers la Mallorée pour affronter Torak en combat singulier. Comment pouvait-il espérer vaincre un Dieu ? A force de ruminer ces noires pensées, il fut bientôt d'une humeur aussi massacrante que celle de Silk.

Vers la fin de la semaine, les falaises commencèrent à baisser et la campagne devint plus mamelonnée. Ils s'arrêtèrent au sommet de la dernière colline pour jeter un coup d'œil sur les environs. Ils virent quelque chose qui ressemblait à une immense plaine plate comme le dos de la main, d'un vert intense et à l'air très humide.

— Eh bien, Belgarath, j'espère que vous êtes content, fit aigrement Silk.

— Vous n'êtes pas dans un bon jour, on dirait, riposta le vieillard.

— Si j'ai quitté la Drasnie, mon vieil ami, c'était avant tout pour mettre une distance respectable entre les marécages et ma petite personne, exposa fraîchement Silk. Et voilà que vous projetez de me traîner à travers ce bourbier fangeux et putride. Oh ! que je suis déçu ! Je ne sais pas si je vous le pardonnerai un jour.

Garion contemplait d'un air renfrogné l'étendue marécageuse qui croupissait au-dessous d'eux.

— Ça ne peut pas être la Drasnie, tout de même, s'étonna-t-il. Je pensais que la Drasnie était plus au nord.

— A vrai dire, nous sommes en Algarie, rectifia Belgarath. A la lisière des Marécages d'Aldur. La frontière avec la Drasnie est plus haut, de l'autre côté du delta de l'Aldur. De l'autre côté, ça s'appelle les Marais de Mrin, mais c'est la même tourbière qui s'étend encore sur une trentaine de lieues au-delà de Kotu et de l'embouchure de la Mrin.

— La plupart des gens disent *les marécages*, un point c'est tout, observa Silk. Et la plupart des gens ont assez de bon sens pour ne pas y mettre les pieds, ajouta-t-il perfidement.

— Arrêtez un peu de râler, le houspilla Belgarath. Il y a plein de villages de pêcheurs tout le long du rivage. Nous allons acheter un bateau.

Les yeux de Silk s'illuminèrent.

— Comme ça, nous pourrons longer la côte.

— Ce ne serait vraiment pas prudent, objecta Belgarath. Pas tant que la flotte d'Anheg quadrillera le Golfe de Cherek à notre recherche.

— Qu'est-ce qui vous dit qu'ils en ont après nous ? rétorqua promptement Silk.

— Mon petit doigt. Il connaît bien Polgara.

— Cette expédition va nous taper sur le moral, je sens ça, grincha Silk.

Les pêcheurs qui vivaient le long des côtes marécageuses composaient un pittoresque mélange d'Algarois et de Drasniens, peu loquaces et méfiants avec les étrangers. Ils habitaient des maisons sur pilotis, aux pieux profondément enfoncés dans le sol meuble. Ça puait le poisson crevé, comme dans tous les villages de pêcheurs. Belgarath et ses compagnons mirent un moment à trouver un homme prêt à vendre sa barque, et plus longtemps encore à le convaincre que trois chevaux et quelques pièces d'argent constituaient une indemnité satisfaisante.

— Elle fuit, déclara Silk en indiquant le fond de l'embarcation.

Le temps qu'ils s'éloignent du village nauséabond, un pouce d'eau s'y était accumulé.

— Tous les bateaux fuient, Silk, répondit patiemment Belgarath. C'est dans leur nature. Écopez.

— L'eau va revenir.

— Eh bien, vous recommencerez. Tâchez de ne pas vous laisser déborder.

Les marécages s'étendaient à perte de vue. Seuls les joncs et les roseaux arrêtaient le regard sur ces eaux noires. Le courant déroulait ses lentes volutes dans les canaux, se déployant parfois en de petits lacs où ils avançaient beaucoup plus facilement. Des poissons bondissaient par-dessus les mares et les étangs, des castors et des rats musqués nichaient sur le sol spongieux des îlots détrempés. Dès le coucher du soleil, l'air chargé d'humidité grouillait de moucherons et de moustiques. La nuit, les grenouilles saluaient le printemps de leur chant nuptial ; des rainettes gazouillaient avec exaltation, des crapauds-buffles gros comme des assiettes mugissaient avec ferveur.

Ils traversèrent ainsi le labyrinthe inextricable du delta de l'Aldur et poursuivirent vers le nord-est dans la douceur du printemps des régions septentrionales. Au bout d'une semaine, peut-être davantage, ils franchirent une frontière invisible et quittèrent l'Algarie.

Une fois, un faux chenal les obligea à mettre pied à terre. Ils descendirent de la barque pour la dégager d'un banc de boue, à la force des poignets. Lorsqu'ils furent de nouveau à flot, Silk s'assit sur le banc de nage et contempla d'un air inconsolable la vase qui dégoulinait de ses bottes irrécupérables.

— Magnifique, dit-il complètement écœuré. Comme c'est bon de retrouver cette chère vieille Drasnie, sa fange et ses brumes !

CHAPITRE XVIII

Ça avait beau être toujours le même interminable marécage, Garion trouvait les marais de Drasnie subtilement différents de ceux du Sud. Les chenaux étaient plus étroits et leurs méandres plus compliqués. Au bout de quelques jours, il eut la conviction absolue qu'ils étaient perdus.

— Tu es sûr de savoir où nous allons ? s'enquit-il auprès de Silk.

— Je n'en ai pas la moindre idée, répondit ingénument celui-ci.

— Mais tu n'arrêtes pas de dire que tu sais toujours où tu vas, accusa Garion.

— On n'a aucun point de repère dans les marécages, Garion. Tout ce qu'on peut faire, c'est remonter le courant en faisant des vœux.

— Mais il doit bien y avoir un chemin, objecta Garion. Ils pourraient mettre des bornes ou quelque chose.

— Ça ne servirait à rien. Regarde.

Le petit homme enfonça sa perche dans une bosse d'allure compacte qui dépassait de l'eau, sur le côté de la barque. Garion regarda avec stupeur le tertre s'éloigner mollement.

— C'est une végétation flottante, expliqua Belgarath en cessant un instant de pousser sur sa perche pour essuyer la sueur qui lui roulait sur le front. Les graines tombent sur la surface boueuse et la végétation se met à pousser comme sur la terre ferme — sauf qu'elle ne tient à rien et flotte où le vent et les courants la poussent. Voilà pourquoi il n'y a pas de chenaux permanents ou de route définie.

— Et s'il n'y avait que le vent et le courant, ajouta Silk d'un ton sinistre en jetant un coup d'œil au soleil couchant. Nous ferions mieux de chercher un coin de terre ferme où nous amarrer pour la nuit, suggéra-t-il.

— Que dites-vous de ça ? suggéra Belgarath en indiquant du doigt un monticule verdoyant un peu plus haut que les autres.

Ils s'approchèrent à la perche et Silk flanqua quelques coups de pied dans la butte, à titre expérimental.

— Ça a l'air solide, confirma-t-il.

Il descendit du bateau et grimpa au sommet en tapant des pieds. Le sol répondait avec un bruit sourd des plus satisfaisants.

— Il y a même un coin sec en haut, annonça-t-il. Et une pile de bois flotté de l'autre côté. Nous pourrons dormir sur la terre ferme pour une fois, et peut-être même manger quelque chose de chaud.

Ils tirèrent la barque en haut du tertre et Silk prit des précautions apparemment très exotiques pour s'assurer qu'elle était bien attachée.

— Tu crois que c'est bien nécessaire ? s'étonna Garion.

— Ce n'est pas une embarcation formidable, répondit Silk, mais nous n'en avons pas d'autre. Inutile de courir des risques.

Ils firent du feu et montèrent leur tente alors que le soleil s'engloutissait dans un banc de nuages, à l'ouest, baignant le marécage d'un rouge malsain. Silk dénicha une poêle et entreprit de préparer le dîner.

— Elle est trop chaude, critiqua Garion comme le petit homme à la tête de fouine s'apprêtait à poser des lamelles de bacon dans la poêle fumante.

— Tu veux le faire ?

— Moi, ce que j'en dis, c'est pour toi, hein !

— Je n'ai pas tes dons, Garion, rétorqua Silk d'un ton acerbe. Je n'ai pas été élevé dans la cuisine de Polgara comme toi. Je fais de mon mieux, c'est tout.

— Ne le prends pas comme ça. La poêle est trop chaude, j'ai pensé que tu aimerais le savoir, c'est tout.

— Je crois que j'arriverai à m'en sortir sans tes conseils.

— Comme tu voudras — mais le bacon va cramer.

Silk lui jeta un regard excédé et commença à flanquer les tranches de bacon dans la poêle. Elles se mirent à grésiller, à fumer, et les bords devinrent presque aussitôt d'un joli noir.

— Ah ! tu vois ! murmura Garion.

— Belgarath, implora Silk, dites-lui de me lâcher la grappe, je vous en supplie.

— Allez, Garion, fit le vieil homme d'un ton apaisant. Il arrivera bien à carboniser le dîner tout seul.

— Merci, rétorqua Silk d'un ton sarcastique.

Le dîner ne fut pas un désastre consommé. Après avoir mangé, ils regardèrent, assis auprès du feu mourant, la nuit violette investir le marécage. Les roseaux ployaient sous les oiseaux qui pépiaient et gazouillaient indolemment, accompagnant le chœur inlassable des grenouilles. Des bulles de gaz des marais crevaient à la surface, faisant clapoter et gargouiller les eaux brunes. Silk poussa un soupir funèbre.

— J'exècre cet endroit, vociféra-t-il. Il me sort par les yeux.

Cette nuit-là, Garion eut un cauchemar. Ce n'était pas le premier depuis qu'ils avaient quitté Riva, et ce ne serait pas le dernier, se dit-il en se réveillant, trempé de sueur et tremblant de tous ses membres. C'était un cauchemar qui hantait périodiquement son sommeil depuis sa plus tendre enfance. Il ne s'y voyait ni poursuivi ni menacé comme dans les mauvais rêves habituels, mais il avait toujours la même vision, celle d'un visage mutilé, hideux. Il n'avait jamais eu l'occasion de voir en face celui qui l'arborait, mais il le connaissait bien. Et maintenant il savait pourquoi il hantait ses rêves les plus terrifiants.

Le matin se leva enfin, brumeux et incertain. Belgarath tisonna le feu tandis que Silk cherchait dans son paquetage de quoi faire un petit déjeuner convenable.

Planté sur la butte, Garion contemplait les environs. Le V déchiqueté d'un vol d'oies sauvages passa au-dessus d'eux, leurs ailes sifflant dans le vent, leur cri étouffé se perdant, solitaire, dans le lointain. Un poisson fit un bond hors de l'eau, tout près de lui, et Garion regarda un bon moment les rides s'éloigner vers l'autre rive. Il lui fallut un moment pour comprendre ce qu'il voyait. D'abord intrigué, puis un peu alarmé, il scruta le rivage en tous sens.

— Grand-père ! s'écria-t-il. Regarde !

— Quoi donc ?

— Tout a changé. Il n'y a plus de canaux. Nous sommes au milieu d'une grande mare et il n'y a plus moyen d'en sortir !

Il tourna sur lui-même en tentant désespérément de repérer une issue, mais la berge de l'étang était rigoureusement continue. Pas un chenal n'en partait et les eaux brunes, immobiles, ne révélaient la présence d'aucun courant.

Puis une petite tête ronde, couverte de fourrure, émergea de l'eau au centre de l'étang, sans y faire une ride. L'animal avait de grands yeux brillants, une petite truffe noire en bouton de bottine et pas d'oreilles apparentes. Il émit un petit piaillement et une autre tête émergea de l'eau, à quelques coudées de là.

— Le petit peuple des marais ! hoqueta Silk en tirant sa courte épée dans un bruissement métallique.

— Oh ! rangez ça ! enjoignit Belgarath, un peu écœuré. Ils ne vont pas vous manger.

— Ils nous ont tout de même bien pris au piège !

— Que veulent-ils ? questionna Garion.

— Leur petit déjeuner, apparemment, répondit Silk sans rengainer son épée.

— Ne dites donc pas de bêtises, Silk, pesta le vieil homme. Pourquoi mangeraient-ils un Drasnien tout cru quand ils ont un étang plein de poissons à portée de nageoire ? Remettez ce truc-là en place.

La première créature leva hors de l'eau une patte palmée qui ressemblait de façon troublante à une main et fit un geste péremptoire.

— Ils ont l'air de vouloir que nous les suivions, commenta calmement Belgarath.

— Et vous allez leur obéir ? fit Silk, consterné. Vous êtes tombé sur la tête ou quoi ?

— Nous avons le choix ?

Sans ajouter un mot, Belgarath commença à défaire la tente. Garion vint l'aider.

— Ce sont des monstres, Grand-père ? s'inquiéta-t-il. Des genres d'algroths, ou de trolls ?

— Non. Les palustres sont des animaux, tels les phoques et les castors. Ils sont curieux, malins comme tout et très joueurs.

— Sauf qu'ils jouent de vilains tours, ajouta Silk.

Ils rangèrent leurs affaires dans la barque et la remirent à l'eau sous le regard intéressé des palustres. Leurs grands yeux paraissaient dépourvus de malveillance ou d'agressivité ; leur petit museau fourré semblait plutôt animé par une détermination farouche. La rive apparemment inviolable de la mare s'ouvrit alors, révélant le chenal obstrué pendant la nuit. La drôle de petite tête ronde de l'animal flottait sur l'eau, devant eux, leur indiquant le chemin et se retournant souvent pour s'assurer qu'ils le suivaient bien. D'autres les escortaient, les yeux en éveil.

Il se mit à pleuvoir ; goutte à goutte, au départ, puis à verse. Les roseaux et les ajoncs qui les entouraient à perte de vue disparurent bientôt sous le déluge.

— Où nous emmènent-ils ? ronchonna Silk en cessant de manœuvrer sa perche pour éponger son visage ruisselant.

L'une des bêtes l'engueula dans son jargon tant qu'il n'eut pas replongé sa perche dans le fond boueux du chenal.

— Nous n'allons pas tarder à le savoir, répondit le vieux sorcier.

Ils suivaient toujours les méandres du chenal, derrière l'animal qui leur était apparu le premier.

— Tiens, on dirait des arbres, constata Silk en tentant de percer le rideau de pluie.

— En effet, confirma Belgarath. Je suppose que c'est là qu'on veut nous emmener.

Un vaste groupe d'arbres émergea peu à peu du brouillard. En s'approchant, Garion vit le sol sortir doucement de l'eau, entre les roseaux. Le bosquet qui couronnait l'île semblait surtout composé de saules aux longues branches pendantes.

Leur guide prit un peu d'avance. En arrivant près de l'île, il sortit à demi de l'eau et poussa un étrange sifflement. Une ou deux minutes plus tard, une ombre encapuchonnée sortit des arbres et descendit lentement vers la rive. Garion était prêt à tout, mais pas à voir la silhouette repousser sa capuche brune sur un visage féminin d'un âge certes vénérable, mais arborant encore les vestiges d'une beauté jadis extraordinaire.

— Salut à toi, Belgarath, dit-elle au vieux sorcier d'une voix étrangement atone.

— Salut à toi, Vordaï, répondit-il sur le ton de la conversation. Ça fait un bout de temps, dis donc !

Les petites créatures qui les avaient menés jusqu'à l'île sortirent de l'eau et pataugèrent autour de la femme en cape brune en lui racontant toutes sortes de choses dans leur gazouillis incompréhensible. La femme les regarda avec tendresse en caressant doucement leur fourrure mouillée. C'étaient des animaux de taille moyenne, au petit ventre rond, qui avançaient d'une curieuse démarche chaloupée sur leurs courtes pattes de derrière, leurs mains bien dressées devant la poitrine.

— Ne restez pas sous la pluie, reprit la femme. Entrez.

Elle fit demi-tour et remonta un sentier qui s'enfonçait dans le bois de saules, les palustres folâtrant autour d'elle.

— Alors, qu'est-ce qu'on fait ? chuchota Garion.

— Eh bien, on y va, répondit Belgarath en mettant pied à terre.

Garion et Silk suivirent le vieil homme le long du chemin, entre les saules dont les branches pleuraient à grosses gouttes. Garion ne s'attendait à rien de précis, mais sûrement pas à voir en ces lieux un joli cottage au toit de chaume et son petit potager. La maison était faite de troncs de bois flotté, aux interstices bien bouchés avec de la mousse. Un mince panache de fumée sortait de la cheminée.

En arrivant sur le seuil, la femme en brun s'essuya soigneusement les pieds sur un paillasson de joncs, secoua sa cape dégoulinante d'eau, ouvrit la porte et entra sans se retourner.

Silk s'arrêta devant le cottage et regarda Belgarath d'un air dubitatif.

— Vous êtes sûr que c'est une bonne idée ? murmura-t-il. J'ai entendu toutes sortes d'histoires sur cette Vordaï.

— C'est le seul moyen de savoir ce qu'elle veut. D'ailleurs, j'ai de bonnes raisons de penser que nous n'irons pas loin tant qu'elle ne nous aura pas vidé son sac. Entrons. Essuyez-vous bien les pieds.

L'intérieur de la maison de Vordaï était d'une propreté méticuleuse. Sous le plafond bas, à poutres apparentes, le plancher était blanchi par les nettoyages à grande eau. Une table et des chaises étaient placées devant une cheminée. Un chaudron était pendu à une crémaillère, au-dessus du feu. Un vase de fleurs des champs ornait la table, et la fenêtre qui donnait sur le jardin était garnie de rideaux.

— Tu devrais me présenter tes amis, Belgarath, suggéra la femme.

Elle accrocha sa cape à une patère et lissa le devant de sa robe brune, toute simple.

— Volontiers, Vordaï, acquiesça poliment le vieil homme. Voici le prince Kheldar, ton compatriote. Et le roi Belgarion de Riva.

— Nobles invités, observa la femme sans se départir de sa voix blanche, assez étrange. Soyez les bienvenus chez Vordaï.

— Pardonnez-moi, ma Dame, intervint Silk avec la plus exquise courtoisie, mais votre réputation semble on ne peut plus mal fondée.

— Vordaï, la sorcière des marais ? insinua-t-elle non sans amusement. On m'appelle toujours comme ça ?

— Cette désignation est pour le moins fallacieuse, répondit-il avec un sourire.

— Vordaï, la putain des marécages qui noie les voyageurs, reprit-elle en imitant l'accent des paysans crédules. La reine du petit peuple des marais.

Ses lèvres avaient un pli amer.

— C'est plus ou moins ce que l'on raconte, acquiesça-t-il. Quant à moi, j'avais toujours cru que vous étiez un mythe inventé pour faire peur aux enfants désobéissants.

— Vordaï va venir te dévorer ! singea-t-elle en riant d'un rire sans chaleur. Il y a des générations que j'entends cela. Mais enlevez vos capes, Messieurs, et mettez-vous à votre aise. Vous allez rester un moment.

L'une des bêtes des marais — celle qui les avait amenés dans l'île, songea Garion — lui dit quelques mots de sa petite voix flûtée en jetant des coups d'œil inquiets au chaudron placé sur le feu.

— Oui, Tupik, répondit-elle gentiment. Je sais que ça bout. Il faut bien, si on veut que ça cuise. Le petit déjeuner sera prêt dans un instant, annonça-t-elle en se tournant vers ses hôtes. Tupik me dit que vous n'avez rien mangé ce matin.

— Vous arrivez à communiquer avec eux ? s'étonna Silk.

— Ça paraît évident, Prince Kheldar, non ? Tenez, donnez-moi vos capes, je vais les mettre à sécher devant le feu.

Elle s'arrêta pour regarder gravement Garion et l'immense poignée qui dépassait de son épaule.

— Une bien grande épée pour quelqu'un de si jeune, remarqua-t-elle. Mettez-la dans le coin, roi Belgarion. Vous n'avez personne à combattre ici.

Garion inclina poliment la tête, défit son baudrier et lui tendit sa cape.

Un autre palustre, un peu plus petit que le premier, surgit d'un coin avec un bout de chiffon et se mit à essuyer frénétiquement l'eau qui avait dégouliné de leurs capes tout en jacassant d'un ton réprobateur.

— Ne lui en veuillez pas, commenta Vordaï avec un bon sourire. Poppi est obsédée par la propreté. Je me dis parfois que si je la laissais faire, elle ferait des trous dans le plancher à force de le frotter.

— Ils ont changé, Vordaï, déclara gravement Belgarath en s'asseyant devant la table.

— Je sais, répondit-elle en s'approchant de la cheminée pour touiller le contenu fumant de son chaudron. Il y a des années que je les observe. Ils ne sont plus comme lorsque je suis arrivée.

— Tu n'aurais pas dû jouer à cela.

— Vous me l'avez déjà dit, Polgara et toi. Au fait, comment va-t-elle ?

— Elle doit être dans une colère bleue, en ce moment. Nous avons quitté la Citadelle de Riva en douce, et c'est le genre de chose qui a le don de la mettre en boule.

— Elle est née comme ça.

— Nous sommes déjà d'accord sur quelque chose.

— Le petit déjeuner est prêt.

Elle souleva le chaudron à l'aide d'un crochet de métal et le posa sur la table. Poppi s'empressa de prendre des bols en bois dans une armoire placée contre le mur du fond et retourna aussi vite chercher les cuillers. Elle gazouilla quelques mots à l'attention de ses trois visiteurs en braquant sur eux ses grands yeux brillants.

— Elle vous dit de ne pas laisser tomber de miettes sur son plancher propre, traduisit Vordaï en sortant un pain fumant d'un four construit à côté de la cheminée. Elle ne supporte pas les miettes.

— Nous ferons attention, promit Belgarath.

C'était tout de même un drôle de petit déjeuner, songea Garion. Du chaudron fumant sortit un ragoût épais où flottaient d'étranges légumes et de gros morceaux de poisson, mais la sauce était délicatement assaisonnée et il trouva cela délicieux. Il dégusta le contenu de son écuelle jusqu'à la dernière bouchée et conclut un peu à contrecœur que Vordaï était peut-être aussi bonne cuisinière que tante Pol.

— C'était excellent, Vordaï, la félicita Belgarath en repoussant son bol. Nous pourrions peut-être entrer dans le vif du sujet, maintenant. Pourquoi nous as-tu fait venir ?

— Pour parler, Belgarath, répondit-elle. Je ne reçois

pas beaucoup de visites et la conversation est un bon moyen de passer une matinée pluvieuse. Que faites-vous dans les parages ?

— La Prophétie suit son cours, Vordaï, même si nous sommes parfois un peu à la traîne. Le roi de Riva est revenu et Torak s'agite dans son sommeil.

— Ah ! fit-elle sans véritable intérêt.

— L'Orbe d'Aldur a retrouvé sa place, sur le pommeau de l'épée de Belgarion. Le jour approche où l'Enfant de Lumière et l'Enfant des Ténèbres s'affronteront. Nous allons vers cette rencontre dont l'humanité entière attend l'issue.

— Sauf moi, Belgarath, décréta-t-elle en lui jetant un regard pénétrant. Le sort de l'humanité ne m'intéresse que médiocrement. J'en ai été exclue il y a trois cents ans, si tu t'en souviens.

— Par des gens morts depuis longtemps, Vordaï.

— Leurs descendants ne valent pas mieux. Pourrais-je entrer dans n'importe quel village de cette partie de la Drasnie et dire aux bons villageois qui je suis sans être lapidée ou brûlée vive ?

— Les villageois sont les mêmes d'un bout du monde à l'autre, ma Dame, intervint Silk. Provinciaux, stupides et superstitieux. Mais tous les hommes ne sont pas comme eux.

— Les hommes sont tous pareils, Prince Kheldar, contra-t-elle. J'ai essayé de m'occuper de mon village, jadis. J'étais jeune, alors, et pleine de bonnes intentions. Les choses n'ont pas tardé à se gâter. Sitôt qu'une vache mourait ou qu'un bébé avait la colique, c'est moi qu'on accusait. Un beau jour, ils m'ont jeté des pierres et ont tenté de me traîner au milieu de la bourgade pour me brûler en place publique. Ils avaient prévu toutes sortes de réjouissances. Mais j'ai réussi à m'échapper et à trouver refuge ici, dans les marécages. Depuis cela, je ne m'intéresse plus guère aux affaires des hommes.

— Tu n'aurais pas dû faire si ouvertement étalage de tes dons, remarqua Belgarath. Les gens préfèrent ne pas croire à ce genre de chose. Une collection complète de vilaines petites émotions macèrent dans l'esprit humain et le moindre trait sortant de l'ordinaire est prétexte à châtiment.

— Mon village a appris que ce n'était pas qu'un prétexte, riposta-t-elle avec une sinistre satisfaction.

— Que s'est-il passé ? s'informa Garion, curieux.

— Il s'est mis à pleuvoir, le renseigna Vordaï avec un drôle de sourire.

— C'est tout ?

— C'était déjà pas mal. Pendant cinq ans, roi Belgarion, il n'a pas cessé de pleuvoir sur le village, et rien que là. A trois cents pas de la dernière maison, tout était normal, mais sur le bourg, il pleuvait. Deux fois, ils ont essayé de déménager. Les deux fois, la pluie les a suivis. Ils ont fini par capituler et par quitter la région. Pour ce que j'en sais, certains de leurs descendants errent toujours.

— Vous plaisantez, railla Silk.

— Oh ! pas du tout ! riposta-t-elle avec un regard amusé. Votre crédulité serait-elle sélective, Prince Kheldar ? Vous parcourez le monde en compagnie de Belgarath le sorcier, et je suis sûre que vous croyez en son pouvoir ; mais vous ne pouvez accepter l'idée du pouvoir de la sorcière des marais.

Silk la regardait, les yeux écarquillés.

— Je suis vraiment sorcière, Prince Kheldar. Je pourrais vous le démontrer si vous insistiez, mais je doute fort que vous aimiez cela. Les gens n'apprécient pas, en général.

— Ce ne sera pas nécessaire, Vordaï, coupa Belgarath. Bon, que veux-tu au juste ?

— J'y venais, Belgarath. Après m'être réfugiée dans les marais, j'ai découvert mes petits amis.

Elle caressa affectueusement la petite tête veloutée de Poppi. L'animal lui fourra son museau dans la main avec extase.

— Au début, ils avaient peur de moi, mais ils ont fini par s'apprivoiser. Ils ont commencé à m'apporter du poisson et des fleurs, en gage d'amitié. J'avais terriblement besoin d'amis, à ce moment-là. Je les ai un peu... changés, par reconnaissance.

— Tu n'aurais pas dû faire ça, répéta le vieil homme d'une voix un peu attristée.

— Ces considérations ne veulent plus dire grand-chose pour moi, rétorqua-t-elle avec un haussement d'épaules.

— Même les Dieux n'auraient pas agi comme tu l'as fait.

— Les Dieux ont d'autres distractions. Je t'attendais, Belgarath, continua-t-elle en le regardant droit dans les yeux. Je t'attendais depuis des années. Je savais que tu finirais par passer par ici. La rencontre dont tu parles revêt une grande importance pour toi, n'est-ce pas ?

— C'est un événement crucial pour l'histoire du monde.

— Disons que ça dépend du point de vue où on se place. En tout cas, tu as besoin de mon aide.

— Je pense que nous devrions arriver à nous en passer, Vordaï.

— Possible. Et comment espères-tu sortir des marais ?

Il lui jeta un regard acéré.

— Je peux t'ouvrir la voie jusqu'à la terre ferme, à la lisière du marais, ou faire en sorte que tu y erres éternellement — auquel cas la réunion qui te préoccupe tant n'aura jamais lieu, n'est-ce pas ? Cela me place dans une position très intéressante, tu ne crois pas ?

Belgarath plissa les yeux.

— J'ai découvert que les relations entre les hommes se ramenaient généralement à une sorte d'échange, ajouta-t-elle avec un drôle de petit sourire. Donnant donnant ; un service en vaut un autre. Cela me paraît un échange censé.

— Qu'as-tu derrière la tête, au juste ?

— Les palustres sont mes amis, répondit-elle. Je pourrais presque dire mes enfants. Mais pour les hommes, ce ne sont que des bêtes à la fourrure estimée. Ils les prennent au piège, Belgarath, ils les tuent pour leur peau et les belles dames de Boktor et de Kotu se pavanent avec la dépouille de mes enfants sans penser un instant à ma douleur. Ils traitent mes enfants comme des animaux, ils viennent dans les marais les chasser.

— Mais ce sont des animaux, Vordaï, lui rappela doucement Belgarath.

— Plus maintenant, rectifia-t-elle en passant machinalement un bras autour des épaules de Poppi. Tu as peut-être raison ; je n'aurais pas dû les transformer, mais il est trop tard pour revenir en arrière. Je suis une sorcière, Belgarath, mais je n'ai pas ton pouvoir, convint-elle avec un soupir. Je ne vivrai pas éternellement, comme Polgara et toi. Ma vie prendra fin un jour, et ce jour approche, je le sens. Il y a sept cents ans que je suis au monde. Je commence à être lasse de l'existence. Tant que je vivrai, je pourrai empêcher les hommes d'entrer dans les marais ; mais quand je ne serai plus là, mes enfants seront bien vulnérables.

— Et tu voudrais que je les prenne sous ma protection ?

— Non, Belgarath. Tu as autre chose à faire, et il t'arrive d'oublier tes promesses quand tu as le dos tourné. Je te demande de faire la seule chose qui empêchera à jamais les hommes de considérer les palustres comme des bêtes.

Belgarath ouvrit de grands yeux. Il commençait à comprendre ce qu'elle attendait de lui.

— Je veux que tu leur fasses don de la parole, Belgarath. J'en suis incapable. Mon pouvoir est limité. Toi seul peux permettre à mes enfants de parler.

— *Vordaï !*

— Tel est le prix à payer pour mon aide, Belgarath, conclut-elle. C'est à prendre ou à laisser.

CHAPITRE XIX

Ils passèrent la nuit chez Vordaï, mais Garion dormit très peu. L'ultimatum de la sorcière des marais le troublait profondément. Toute intervention dans le cours de la nature pouvait avoir des conséquences d'une portée incalculable. En accédant aux exigences de Vordaï ils risquaient tout bonnement d'abolir à jamais la frontière entre le règne humain et le règne animal. Les implications philosophiques et théologiques d'un tel acte étaient terrifiantes. Mais il avait un autre sujet d'inquiétude. Il était fort possible que Belgarath ne soit pas en mesure de faire ce que Vordaï attendait de lui. Garion était presque certain que son grand-père n'avait pas tenté d'utiliser son pouvoir depuis sa prostration, plusieurs mois auparavant, et voilà que Vordaï lui imposait une tâche presque impossible.

Et si Belgarath essayait et échouait ? Quel retentissement cela aurait-il sur lui ? Le doute s'emparerait-il de lui, le privant de toute possibilité ultérieure de retrouver ses facultés ? Garion tentait désespérément d'imaginer un moyen d'avertir son grand-père sans éveiller en lui une funeste défiance.

Il fallait absolument qu'ils sortent des marais. Garion n'avait pas pris de gaieté de cœur la décision d'affronter Torak, mais il savait qu'il n'avait pas le choix. Et la rencontre ne pouvait pas être indéfiniment repoussée. Si elle tardait trop, les événements suivraient leur cours et le monde sombrerait dans la guerre qu'ils souhaitaient tous si vivement éviter. En menaçant de les empêcher de sortir des marais tant que Belgarath n'aurait pas accédé à sa requête, Vordaï mettait le monde entier en péril. Elle tenait tout bonnement le sort de l'humanité entre ses mains indifférentes. Mais malgré ses efforts frénétiques, Garion ne voyait aucun moyen d'éviter à Belgarath de mettre son pouvoir à l'épreuve. Il aurait bien tenté lui-même, encore qu'à son corps défendant, d'accéder aux exigences de Vordaï, mais il ne savait pas comment s'y prendre. Son grand-père était seul à pouvoir le faire — si c'était possible, et si sa maladie n'avait pas réduit ses facultés à néant.

Quand l'aube se glissa sur les marais embrumés, Belgarath se leva et vint s'asseoir devant le feu pour ruminer de sombres pensées.

— Alors ? demanda Vordaï. Tu as pris une décision ?

— Ce n'est pas bien, Vordaï, répondit Belgarath, le regard perdu dans les flammes crépitantes. La nature s'élève contre cela.

— La nature... J'en suis beaucoup plus proche que toi, Belgarath. Les sorcières vivent toujours près de la nature. Je sens les changements de saison dans mes veines. La terre est vivante sous mes pieds. Je n'entends aucune protestation. La nature aime toutes ses créatures ; elle pleurerait presque autant que moi la disparition des palustres. Mais tout ceci est en dehors de la question. Même si les pierres se levaient pour hurler leur désaccord, je ne céderais pas.

Silk et Garion échangèrent un coup d'œil. Le petit homme semblait presque aussi troublé que Belgarath.

— Tu crois vraiment que mes palustres sont des animaux ? continua Vordaï en leur indiquant Poppi, endormie dans un coin, ses délicates petites pattes de devant pareilles à des mains.

A cet instant, Tupik se glissa dans la maison, les bras pleins de fleurs des marais couvertes de rosée. Il les disposa soigneusement autour de Poppi et glissa doucement la dernière dans sa main ouverte. Puis il s'assit sur le derrière et attendit son réveil avec une patience étonnante.

Poppi frémit et s'étira en bâillant. Elle porta la fleur à

son petit nez noir et la renifla en regardant tendrement Tupik. Elle eut un petit pépiement et ils s'enfuirent ensemble pour prendre un bain matinal dans les eaux fraîches de l'étang.

— C'est un rituel amoureux, expliqua Vordaï. Tupik voudrait faire de Poppi sa compagne. Tant qu'elle accepte ses cadeaux, il sait qu'elle ne lui est pas hostile. Les choses vont continuer un moment comme cela, puis ils disparaîtront une semaine ou deux dans les marais. Quand ils reviendront, ils seront appariés pour la vie. Ce comportement est-il si différent de celui des jeunes humains ?

Sa question bouleversait profondément Garion, il n'aurait su dire pourquoi.

— Regardez un peu par là, fit Vordaï en tendant le doigt vers un groupe de jeunes palustres, presque des bébés, en train de jouer avec une boule de mousse.

Les petites bêtes avaient formé un cercle et se passaient rapidement le ballon improvisé qu'ils ne quittaient pas de leurs grands yeux avides.

— Vous pensez qu'un enfant humain se sentirait déplacé parmi eux ? insista Vordaï.

Non loin des enfants en train de jouer, une femelle berçait son petit, la joue posée sur sa tête.

— La maternité n'est-elle pas universelle ? En quoi mes enfants sont-ils différents des humains — si ce n'est qu'ils sont peut-être plus honnêtes, plus propres et plus altruistes ?

— Très bien, Vordaï, capitula Belgarath avec un soupir. Tu as gagné. Les palustres sont probablement meilleurs que les hommes, je te l'accorde. Je ne crois pas que la parole leur apporte grand-chose, mais si tel est ton désir…

Il haussa les épaules.

— Alors tu vas le faire ?

— Je sais que j'ai tort, mais je vais essayer d'accéder à ta demande. D'ailleurs, je n'ai pas le choix, il me semble ?

— Non, tu n'as pas le choix. Dis-moi si tu as besoin de quoi que ce soit. J'ai tous les accessoires et les ingrédients rituels.

Il refusa d'un hochement de tête.

— La sorcellerie ne fonctionne pas comme ça. C'est la magie noire qui fait appel aux esprits. La sorcellerie vient de l'intérieur. Un jour, si j'en ai le temps, je t'expliquerai la différence. Inutile d'essayer de te faire changer d'avis, je pense ? conclut-il en se levant.

— Non, Belgarath, confirma-t-elle en durcissant le ton.

— Très bien Vordaï, acquiesça-t-il en soupirant à nouveau. Je reviens dans un moment.

Il tourna les talons sans un mot et s'éloigna dans le matin noyé de brume.

Dans le silence qui suivit son départ, Garion observa Vordaï avec attention. Et si sa détermination n'était pas aussi inébranlable qu'il y paraissait ? Il se pourrait qu'il arrive à lui expliquer la situation et à la convaincre de revenir sur sa décision. En proie à une agitation fébrile, la sorcière des marais arpentait la pièce en prenant et en reposant distraitement les objets. Elle semblait incapable de se concentrer sur quoi que ce soit pendant plus d'un instant.

— Vous lui avez peut-être signifié sa perte, vous savez, déclara tranquillement Garion.

Il était encore possible que la brutalité la fasse changer d'avis là où les autres tentatives de persuasion avaient échoué.

— Que voulez-vous dire ? riposta-t-elle abruptement.

— Il a été très malade, cet hiver, expliqua Garion. Il a dû livrer un terrible combat contre Ctuchik pour récupérer l'Orbe. Ctuchik a été détruit, mais Belgarath a bien failli y laisser sa peau lui aussi. Il est possible que son pouvoir n'ait pas résisté à la crise.

Silk manqua s'étouffer.

— Pourquoi ne nous l'as-tu pas dit ? s'exclama-t-il.

— D'après tante Pol, nous ne pouvions pas nous permettre de courir ce risque. Cela aurait pu venir aux oreilles des Angaraks. Le pouvoir de Belgarath est la seule chose qui les a tenus en échec pendant toutes ces années. S'ils apprennent qu'il l'a perdu, rien ne les empêchera plus d'envahir le Ponant.

— Il le sait ? demanda très vite Vordaï.

— Je ne pense pas. Nous ne lui en avons parlé ni l'un ni l'autre. Il ne fallait pas lui laisser imaginer un seul instant que quelque chose pouvait aller de travers. S'il a un seul doute, tout est perdu. C'est le principe même de la sorcellerie. Il faut croire en ce que l'on fait, autrement, ça ne marche pas — et chaque fois qu'on rate son coup, ça empire.

— Vous avez dit : « Il se pourrait que ce soit sa perte. » Que voulez-vous dire au juste ? s'inquiéta Vordaï.

Elle avait l'air vraiment bouleversé. Garion reprit espoir.

— Peut-être a-t-il conservé son pouvoir — ou tout au moins une partie, expliqua-t-il. Mais pas assez pour faire ce que vous exigez de lui. La magie exige un effort colossal, même pour les choses les plus simples, et vous lui avez demandé quelque chose de très dur. Il se pourrait que cela soit trop difficile pour lui, mais une fois qu'il aura commencé, il ne pourra plus s'arrêter. Et l'effort pompera toutes ses forces et son énergie vitale jusqu'à ce qu'il ne puisse plus les reconstituer — ou qu'il en meure.

— Pourquoi ne m'avez-vous rien dit ? lui reprocha Vordaï, le visage angoissé.

— Je ne pouvais pas ; il m'aurait entendu.

Elle se précipita vers la porte.

— Belgarath ! s'écria-t-elle. Attends !

Elle fit volte-face.

— Allez le chercher ! ordonna-t-elle à Garion. Dites-lui d'arrêter !

Garion n'attendait que cela. Il se leva d'un bond et fonça vers la porte. Il venait de l'ouvrir et s'apprêtait à appeler son grand-père par-delà la cour trempée de pluie quand il éprouva une impression curieuse, une sorte d'oppression, comme si quelque chose était en train de se produire. Presque, mais pas tout à fait. Le cri se figea sur ses lèvres.

— Vas-y, Garion ! l'incita Silk.

— Je ne peux pas, gémit Garion. Il a déjà commencé. Il ne m'entendrait même pas.

— Tu ne peux pas l'aider ?

— Comment veux-tu que je fasse, Silk ? J'ignore complètement ce qu'il est en train de faire, répondit Garion, désemparé. Je ne ferais qu'aggraver les choses en intervenant maintenant.

Ils le regardèrent avec consternation.

Garion perçut l'écho d'une étrange vague de force. Il ne s'y attendait pas du tout et n'était pas prêt à le recevoir. Son grand-père n'essayait pas de déplacer ou de modifier quelque chose. Il lançait un appel ; il projetait sa voix intérieure à une distance prodigieuse. Ses paroles étaient indistinctes, mais il perçut nettement un nom.

— Maître.

Belgarath appelait Aldur.

Garion retint son souffle.

Alors, venant d'une distance infinie, la voix du Dieu lui répondit. Ils s'entretinrent un moment, et pendant tout ce temps Garion sentit croître le pouvoir de Belgarath, exalté, magnifié par celui d'Aldur.

— Que se passe-t-il ? demanda Silk, presque terrifié.

— Il parle avec Aldur, mais je n'entends pas ce qu'ils se disent.

— Il va l'aider ? questionna Vordaï.

— Je ne sais pas. J'ignore si Aldur peut encore intervenir ici. Il y a comme une frontière à ne pas franchir. C'est un accord entre les autres Dieux et lui.

Puis l'étrange conversation prit fin et Garion sentit la volonté de Belgarath se concentrer, s'amplifier.

— Il a commencé, raconta Garion dans un demi-soupir.

— Il dispose donc toujours de son pouvoir ? s'enquit Silk.

Garion opina du chef.

— Aussi fort qu'avant ?

— Je ne sais pas. Ça ne se mesure pas comme ça.

La tension monta au point de devenir presque intolérable. L'action de Belgarath était à la fois très subtile et en profondeur. Garion ne sentit pas la vague de force habituelle, aucun écho caverneux, mais ça le démangeait par tout le corps. Le pouvoir du vieil homme déferlait avec une lenteur torturante, accompagné d'un curieux chuchotement. C'était comme s'il répétait constamment la même chose. Garion avait l'impression qu'il aurait pu comprendre ses paroles, mais leur signification lui échappait au dernier moment. C'était assez agaçant.

Au-dehors, les bébés palustres avaient cessé de jouer. La balle retomba dans l'indifférence générale. Les petites créatures s'étaient arrêtées net et écoutaient intensément. Poppi et Tupik, qui revenaient de leur baignade en se tenant par la patte, se figèrent sur place, la tête inclinée. Et Belgarath murmurait toujours, s'insinuait dans leurs pensées, chuchotant, expliquant, enseignant. Puis les yeux des petites bêtes s'écarquillèrent comme si elles venaient d'avoir la révélation de quelque mystère.

Belgarath émergea enfin des saules embrumés et revint lentement vers la maison, d'un pas lourd. Il s'arrêta devant les palustres réunis dans la cour et regarda leurs petits museaux étonnés. Il hocha doucement la tête et rentra. Il avait l'air épuisé, les épaules tombantes et les traits creusés sous sa barbe blanche.

— Ça va ? s'inquiéta Vordaï.

Sa voix avait perdu toute neutralité.

Belgarath acquiesça d'un hochement de tête et se laissa tomber dans un fauteuil, près de la table.

— C'est fait, annonça-t-il brièvement.

Vordaï le regarda en plissant les yeux d'un air méfiant.

— Ce n'est pas une blague, Vordaï, reprit-il. Je suis trop fatigué pour essayer de te mentir. J'ai payé le prix demandé. Si ça ne t'ennuie pas, nous partirons tout de suite après le petit déjeuner. Nous avons encore une longue route à faire.

— Ta parole ne me suffit pas, Belgarath. Je n'ai pas confiance en toi ; pas plus qu'en n'importe quel être humain, d'ailleurs. Je veux la preuve que tu as payé.

Alors une voix inconnue, une drôle de petite voix, se fit entendre près de la porte. Poppi essayait de dire quelque chose, son petit visage couvert de fourrure convulsé par l'effort.

— M-m-m-m, balbutia-t-elle, puis elle tordit la bouche et essaya encore. M-m-m-m.

On aurait dit qu'elle n'avait jamais rien fait de plus difficile de toute sa vie. Elle inspira profondément et recommença.

— M-m-ma-m-man, dit Poppi.

Vordaï étouffa un cri, se précipita vers la petite créature et s'agenouilla pour l'embrasser.

— Maman, articula de nouveau Poppi, plus distinctement cette fois.

De l'extérieur du cottage leur parvenaient des balbutiements. Des petites voix gazouillantes se mettaient à parler, répétant toutes : « maman, maman, maman ». Les petites créatures des marais se précipitaient vers le cottage, leur voix prenant de l'assurance. Et il en venait sans cesse davantage.

Vordaï ne put retenir ses larmes.

— Il faudra que tu leur apprennes, évidemment, expliqua Belgarath avec lassitude. Je leur ai donné le moyen de s'exprimer, mais ils n'ont pas encore beaucoup de vocabulaire.

Vordaï le regarda, en pleurs.

— Merci, Belgarath, dit-elle d'une voix tremblante.

— Echange de bons procédés, répondit le vieil homme en haussant les épaules. Nous avions un marché, il me semble ?

C'est Tupik qui les mena hors des marais. Le petit animal échangeait maintenant avec ses compagnons un gazouillis entremêlé de mots — encore hésitants et pas toujours bien prononcés, mais des mots tout de même.

Garion appuyait sur sa perche en remuant une idée dans sa tête. Il hésita un bon moment avant de parler.

— Grand-père, risqua-t-il enfin.

— Oui, Garion ?

Le vieil homme reprenait des forces à l'arrière de la barque.

— Tu le savais depuis le début, n'est-ce pas ?

— Quoi donc ?

— Que tu ne pouvais peut-être plus rien faire ?

Belgarath le regarda en ouvrant de grands yeux.

— Où es-tu allé pêcher cette idée ?

— Tante Pol m'a dit qu'après ta maladie de cet hiver, tu avais peut-être perdu tout ton pouvoir.

— Elle a dit *quoi* ?

— Elle a dit que...

— Ça va, j'ai entendu, fit le vieil homme en fronçant les sourcils, plongé dans une profonde réflexion. Cette éventualité ne m'était jamais venue à l'esprit, admit-il.

Puis tout d'un coup il cilla et ouvrit tout grand les yeux.

— Mais c'est qu'elle avait raison, tu sais. La maladie aurait pu avoir cet effet. Ça alors !

— Tu ne t'es pas senti, euh affaibli ?

— Hein ? Non, bien sûr que non, se récria Belgarath en fronçant les sourcils de plus belle, pensif. Ça alors, répéta-t-il en éclatant de rire.

— Je ne vois pas ce que ça a de si drôle.

— Voilà donc ce qui vous tracassait tant, ta tante Pol et toi, depuis des mois ? Vous n'arrêtiez pas de me tourner autour comme si j'étais en verre !

— Nous avions peur que les Angaraks ne l'apprennent, et nous n'osions rien te dire de peur que...

— De peur que je ne me mette à douter de mes facultés ?

Garion opina du bonnet.

— Ce n'était peut-être pas plus mal, en fin de compte. Je n'avais vraiment pas besoin de douter de moi ce matin.

— C'était si difficile ?

— Assez, oui. Je n'aimerais pas être obligé de faire ça tous les matins.

— Tu n'y étais pas vraiment obligé, hein ?

— Obligé de quoi ?

— D'apprendre à parler aux palustres. Puisque tu disposais encore de ton pouvoir, entre nous, tu aurais pu ouvrir un chenal à travers la rive de l'étang, et Vordaï et ses bestioles auraient pu faire ce qu'elles voulaient, nous serions partis quand même.

— Je me demandais combien de temps tu mettrais à piger ça, commenta platement le vieil homme.

— Merci, riposta Garion en lui jetant un regard noir. Alors, pourquoi l'as-tu fait, puisque rien ne t'y obligeait ?

— C'est une question très indiscrète, Garion, le gourmanda Belgarath. Il est assez mal venu de demander à un autre sorcier les raisons de ses actes. En voilà des manières !

Garion jeta à son grand-père un regard plus noir encore.

— Tu éludes la question, accusa-t-il de but en blanc. Admettons que j'aie de mauvaises manières et réponds-moi.

Belgarath affecta d'être froissé.

— Je ne vois pas pourquoi tu me fais la tête. Ce n'est tout de même pas ma faute si vous vous êtes tracassés comme ça, ta tante et toi.

Il s'interrompit et regarda Garion.

— Tu insisteras jusqu'à ce que je te le dise, hein ?

— Il y a des chances, oui. Pourquoi lui as-tu cédé ?

— Vordaï a vécu la majeure partie de son existence dans une solitude atroce, expliqua-t-il avec un soupir. La vie n'a pas été tendre avec elle. Je me suis toujours dit qu'elle méritait un meilleur sort. Disons que ça compense un peu.

— Et Aldur était d'accord ? insista Garion. J'ai entendu sa voix quand vous avez parlé, tous les deux.

— C'est très vilain d'écouter aux portes, Garion.

— Je suis très mal élevé, Grand-père.

— Tu ne devrais pas me parler sur ce ton, gamin, protesta le vieil homme. Enfin, puisque tu veux tout savoir, j'ai en effet été amené à appeler mon Maître en catastrophe pour obtenir son accord.

— Tu as fait tout ça par pitié pour elle ?

— Ce n'est pas tout à fait de la pitié, Garion. Disons que j'ai un certain sens de la justice.

— Bon. Mais puisque tu savais que tu allais le faire de toute façon, pourquoi as-tu tellement discuté ?

Belgarath haussa les épaules.

— Je voulais être sûr qu'elle le voulait vraiment. Et puis il ne faut jamais laisser les gens penser qu'on est prêt à faire n'importe quoi pour eux ; après, ils ont l'impression d'avoir des droits sur nous.

Silk contemplait le vieil homme avec stupéfaction.

— De la compassion, Belgarath ? releva-t-il, incrédule. Je ne peux pas le croire. Si cela vient à se savoir, votre réputation est fichue.

Belgarath parut tout à coup cruellement embarrassé.

— Il n'est peut-être pas utile de le crier sur les toits, hein ?

Pour Garion, ce fut une véritable révélation. Silk avait raison. Il n'y avait à proprement parler jamais réfléchi selon ces termes, mais Belgarath s'était en effet taillé une réputation de dureté. La plupart des hommes voyaient dans l'Immortel un être impitoyable, prêt à tout sacrifier pour parvenir à son but, un but qui obnubilait sa pensée et si obscur que nul ne pouvait le comprendre. Mais par ce seul acte de compassion, il venait de révéler un autre aspect, plus sensible, de sa nature. Au fond, Belgarath le Sorcier était capable d'émotions et de sentiments humains. Garion se sentit submergé par la pensée de toutes les horreurs, de toutes les souffrances qu'il avait endurées au cours de ces sept mille années, et il regarda son grand-père avec un respect renouvelé.

La limite des marécages était marquée par un remblai d'apparence bien solide qui disparaissait dans la brume, d'un côté et de l'autre.

— La chaussée, Garion, expliqua Silk en lui indiquant le talus. Elle fait partie du réseau routier tolnedrain.

— Bel-grath, dit Tupik en pointant la tête hors de l'eau, tout près de la barque. Mer-ci.

— Oh ! je pense que tu aurais bien fini par apprendre à parler un jour ou l'autre, Tupik ! répondit le vieil homme. Tu n'en étais pas loin.

— Peut-être oui, peut-être non, nuança Tupik. Vouloir parler et parler, pas pareil. Différent.

— Vous apprendrez bientôt à mentir, ajouta sardoniquement Silk. Et là, vous serez aussi bons que les hommes.

— Pourquoi apprendre parler pour mentir ? demanda Tupik, étonné.

— Vous y viendrez bien un jour.

Tupik sembla plisser le front, puis sa tête glissa sous

l'eau. Elle réapparut une dernière fois, à une certaine distance de la barque.

— Au revoir, fit-il. Tupik dire merci — pour Maman.

Puis il disparut sans laisser une ride sur l'eau.

— Drôle de bestiole, commenta Belgarath en souriant.

Avec une exclamation de surprise, Silk fouilla fébrilement dans sa poche. Une chose vert clair bondit de sa main et plongea dans l'eau avec un « floc ».

— Qu'est-ce qui t'arrive ? s'émut Garion.

— Ce petit monstre m'a fourré une grenouille dans la poche, révéla Silk en frissonnant.

— C'est peut-être un cadeau, suggéra Belgarath.

— Une grenouille ?

— Ce n'est pas certain, bien sûr, reprit Belgarath avec un grand sourire. Il se pourrait que ce soit un début de sens de l'humour. Un peu primitif, je vous l'accorde, mais de l'humour quand même.

Il y avait une hostellerie tolnedraine à quelques lieues de là, le long de la chaussée qui traversait du nord au sud la partie orientale des marais. Ils y arrivèrent à la fin de l'après-midi. Ils achetèrent de nouveaux chevaux, à un prix qui arracha une grimace de douleur à Silk, et le lendemain matin ils repartaient au petit galop en direction de Boktor.

L'étrange interlude des marais avait donné matière à réflexion à Garion. La compassion, il commençait à s'en rendre compte, était un genre d'amour — plus ample, plus généreux que l'idée un peu étriquée qu'il s'en faisait jusqu'alors. En y réfléchissant, il se dit qu'on rangeait sous le terme d'amour un grand nombre de sentiments qui semblaient, au premier abord, n'avoir aucun rapport avec l'amour. Et comme il prenait conscience de ce fait, une notion étrange lui vint à l'esprit. Son grand-père, celui qu'ils appelaient l'Immortel, avait dû atteindre, au cours de ses sept mille ans d'existence, une capacité d'amour telle que les autres ne pouvaient l'imaginer, même de loin. Sous ses dehors bourrus, bougons, Belgarath avait consacré sa vie entière à cet amour transcendant. Tout en chevauchant à ses côtés, Garion jeta de fréquents coups d'œil au vieil homme, et l'image du sorcier tout-puissant, veillant de loin sur le reste de l'humanité, s'estompa progressivement ; il commença à voir l'homme qui vivait et palpitait réellement derrière cette façade — un homme complexe, à coup sûr, mais résolument humain.

Deux jours plus tard, juste au moment où le temps s'éclaircissait, ils arrivèrent à Boktor.

CHAPITRE XX

Boktor était une ville aérée, ainsi que le remarqua aussitôt Garion en parcourant ses vastes artères. Les maisons faisaient rarement plus d'un étage et n'étaient pas les unes sur les autres comme dans certaines cités qu'il avait eu l'occasion de traverser. Les avenues étaient larges, rectilignes, et il ne s'y trouvait que peu d'ordures.

C'est ce qu'il fit remarquer à ses compagnons tandis qu'ils suivaient à cheval un vaste boulevard bordé d'arbres.

— Boktor est une ville neuve, expliqua Silk. Enfin, relativement.

— Je pensais qu'elle avait été fondée à l'arrivée de Dras Cou-d'Aurochs.

— Certes, confirma Silk, mais la vieille cité a été détruite il y a cinq cents ans, lors de l'invasion angarak.

— J'oubliais ça, admit Garion.

— Après Vo Mimbre, ils ont profité de la reconstruction pour recommencer de zéro, continua Silk en regardant autour de lui d'un air critique. Je n'aime pas beaucoup Boktor. Il n'y a pas assez de ruelles et d'impasses sordides à mon goût. Il est presque impossible d'aller et venir sans se faire remarquer. Au fait, il vaudrait peut-être mieux éviter le marché central, ajouta-t-il en se tournant vers Belgarath. Je suis assez connu dans le coin, et je ne vois pas l'intérêt de faire savoir à la population que nous sommes en ville.

— Tu crois que nous arriverons à passer inaperçus ? demanda Garion.

— Ici ? Sûrement pas, s'esclaffa Silk. Nous avons déjà été repérés par une demi-douzaine d'individus. L'espionnage est l'activité principale, à Boktor. Porenn était au courant de notre arrivée avant même notre entrée en ville.

Il jeta un coup d'œil vers une fenêtre à l'étage d'une maison et ses doigts esquissèrent une brève réprimande dans le langage secret drasnien. Le rideau de la fenêtre se referma avec une précipitation révélatrice d'une conscience coupable.

— Quelle maladresse ! observa-t-il d'un ton réprobateur. Sans doute un étudiant de première année à l'académie.

— Peut-être l'émotion de voir une célébrité, susurra Belgarath. Après tout, Silk, vous êtes une sorte de légende vivante.

— Ce n'est pas une raison pour saboter le travail, rétorqua Silk. Si j'avais le temps, j'irais exprimer ma façon de penser au principal de l'académie. La qualité des études a beaucoup baissé depuis qu'ils ont renoncé au fouet, conclut-il dans un grand soupir.

— Comment ? se récria Garion.

— Eh oui, Garion ! De mon temps, quand un étudiant se faisait repérer par celui qu'il était censé surveiller, il recevait le fouet. Le fouet est un moyen pédagogique très efficace.

Les portes d'un vaste bâtiment s'ouvrirent juste devant eux. Une douzaine de hallebardiers en uniforme en sortirent au pas, firent halte et exécutèrent un demi-tour irréprochable. L'officier de service s'approcha d'eux et s'inclina courtoisement devant Silk.

— Prince Kheldar, commença-t-il en le saluant. Son Altesse me charge de vous demander si vous lui ferez la grâce de vous arrêter au palais.

— Tu vois, Garion, commenta Silk. Je t'avais bien dit qu'elle était au courant de notre présence. Par pure curiosité, capitaine, reprit-il à l'adresse de l'officier, que feriez-vous si je vous répondais que nous n'avons pas envie de lui faire la grâce de nous arrêter au palais ?

— Je serais probablement amené à insister, lui signala le capitaine.

— C'est bien ce qu'il me semblait.

— Nous sommes aux arrêts ? demanda anxieusement Garion.

— Pas précisément, Majesté, le rassura le capitaine. Mais la reine Porenn a très envie de vous parler, Vénérable Ancien, expliqua-t-il en s'inclinant respectueusement devant Belgarath. Je pense que nous attirerons moins l'attention en passant par la petite porte.

Il se détourna et remit ses hommes au pas.

— Il sait qui nous sommes, marmonna Garion à l'attention de Silk.

— Bien sûr, confirma Silk.

— Comment allons-nous nous en sortir ? La reine Porenn ne va pas nous renvoyer à Riva par le premier bateau ?

— Nous allons lui parler, décréta Belgarath. Porenn est une femme de bon sens. Je suis sûr que nous arriverons à nous entendre avec elle.

— A moins que Polgara ne lui ait signifié un ultimatum, objecta Silk. Ce dont elle est coutumière quand elle se fâche, à ce que j'ai remarqué.

— Nous verrons bien.

La reine Porenn était plus belle et plus radieuse que jamais. A la minceur de son tour de taille ils comprirent que son premier enfant avait vu le jour. La maternité avait apporté à son visage et à ses yeux une luminosité qui approchait de la perfection. Elle les accueillit avec chaleur et les conduisit aussitôt à ses appartements privés. La suite de la petite reine avait quelque chose de profondément féminin avec ses rideaux rose pastel, ses meubles garnis de volants et toutes ses dentelles.

— Où étiez-vous passés ? commença-t-elle dès qu'ils furent seuls. Polgara est folle de rage.

— Elle s'en remettra, rétorqua Belgarath en haussant les épaules. Quoi de neuf à Riva ?

— On organise les recherches, évidemment. Comment avez-vous réussi à arriver ici ? Toutes les routes sont bloquées.

— Nous avons pris tout le monde de vitesse, chère petite tantine, répliqua Silk avec un sourire impudent.

Nous étions passés depuis longtemps quand ils se sont mis à barrer les routes.

— Je vous ai déjà demandé de ne pas m'appeler ainsi, Kheldar, le reprit-elle.

— Pardonnez-moi, Majesté, dit-il en s'inclinant avec un sourire plus ironique encore.

— Vous êtes impossible.

— Et comment ! Ça fait partie de mon charme.

La petite reine poussa un gros soupir.

— Je me demande bien ce que je vais faire de vous, maintenant, reprit-elle.

— Vous allez nous laisser poursuivre notre route, lui assura calmement Belgarath. Nous discutaillerons un moment, bien sûr, mais c'est ainsi que cela se terminera, vous verrez. C'est vous qui avez posé la question, je vous le rappelle, ajouta-t-il comme elle le regardait en ouvrant de grands yeux. Je suis sûr que vous vous sentez mieux maintenant que vous le savez.

— Vous êtes aussi mauvais, sinon pire que Kheldar, accusa-t-elle.

— Je suis plus rodé.

— C'est rigoureusement hors de question, décréta-t-elle avec fermeté. J'ai reçu de Polgara l'ordre exprès de vous renvoyer tous à Riva.

Belgarath haussa les épaules.

— Vous obéirez ? fit-elle, l'air surpris.

— Non, répondit-il. Sûrement pas. Polgara vous a donné l'ordre exprès de nous renvoyer tous à Riva. Parfait. Eh bien, moi, je vous donne l'ordre exprès de ne pas le faire. Où cela nous mène-t-il ?

— Vous êtes dur, Belgarath.

— Les temps sont durs.

— Et si nous jetions un coup d'œil à l'héritier du trône avant de nous disputer pour de bon ? suggéra Silk.

Sa question était d'une redoutable habileté. Quelle jeune mère pourrait résister à la joie de faire admirer son enfant ? La reine Porenn s'était déjà retournée vers le berceau placé dans un coin de la pièce quand elle se rendit compte qu'il la manipulait avec rouerie.

— Vous avez un mauvais fond, Kheldar, déclara-t-elle d'un ton réprobateur.

Mais elle tira la petite couverture de satin, révélant le bébé qui était devenu le centre absolu de son existence.

Le prince héritier de la couronne de Drasnie faisait des efforts méritoires pour se fourrer un pied dans la bouche. Porenn le prit dans ses bras avec un petit cri joyeux et le serra contre son cœur. Puis elle se retourna et le leur présenta.

— N'est-ce pas qu'il est beau ?

— Salut à toi, cousin, le salua gravement Silk. Tu es arrivé à point nommé pour m'éviter l'ultime indignité.

— Que devons-nous comprendre par là ? questionna Porenn d'un ton suspicieux.

— Simplement que cette petite altesse toute rose éloigne définitivement de moi le spectre de l'accession au trône, expliqua Silk. J'aurais fait un roi exécrable, Porenn, et la Drasnie aurait presque autant souffert que moi si ce désastre s'était produit. Notre jeune Garion remplit déjà bien mieux ses royales fonctions que je ne l'aurais jamais fait.

— Oh ! par tous les Dieux ! s'exclama Porenn en devenant d'un joli rose. Cela m'était complètement sorti de la tête. Majesté, reprit-elle d'un ton cérémonieux en s'inclinant devant Garion, plutôt gauchement à cause de son bébé.

— Votre Altesse, répondit Garion en exécutant la révérence que tante Pol lui avait fait répéter pendant des heures.

Porenn éclata d'un petit rire argentin.

— Ça paraît tellement déplacé.

Elle mit une main sur la nuque de Garion, attirant sa tête à elle, et l'embrassa avec chaleur. Le bébé qu'elle tenait dans ses bras se mit à glousser.

— Cher Garion. Comme vous avez grandi !

Silence de Garion.

— Il vous est arrivé des tas de choses, remarqua finement la reine après avoir étudié un moment son visage. Vous n'êtes plus le petit garçon que j'ai connu au Val d'Alorie.

— Il s'améliore, approuva Belgarath en se vautrant dans un fauteuil. Porenn,combien d'espions nous écoutent en ce moment ?

— Deux, à ma connaissance, répondit-elle, en remettant le bébé dans son berceau.

— Et combien d'espions espionnent les espions ? ajouta Silk en s'esclaffant.

— Plusieurs, sans doute. Si je devais essayer de démêler l'écheveau des activités d'espionnage auxquelles on s'adonne ici, je n'aurais plus le temps de rien faire.

— J'espère qu'ils savent garder un secret, insinua Belgarath en promenant un regard significatif sur les murs et les tentures.

— Cela va de soi, déclara Porenn, un peu froissée. Nous avons des principes, vous savez. Les amateurs ne sont pas autorisés à espionner au palais.

— Parfait. Nous pouvons donc en venir à l'essentiel. Vous tenez vraiment à avoir une discussion circonstanciée sur notre hypothétique retour à Riva ?

Elle poussa un soupir à fendre l'âme.

— Je ne pense pas, avoua-t-elle avec un petit rire désarmé. Mais il faudra que vous me donniez une bonne excuse pour Polgara.

— Dites-lui simplement que nous agissons conformément aux instructions du Codex Mrin.

— Parce que le Codex Mrin recèle des instructions ? releva-t-elle, surprise.

— C'est bien possible. Il est écrit dans un jargon tellement incompréhensible qu'on ne peut rien affirmer.

— Vous me demandez donc de lui donner le change ?

— Non. Je vous demande de lui laisser croire que je *vous* ai donné le change — nuance.

— Nuance subtile, Belgarath.

— Mais vous l'êtes plus encore, lui assura-t-il. Allons, ne vous frappez pas ; elle s'attend toujours au pire de ma part. Quant à nous, rien ne pourrait nous empêcher d'aller au Gar og Nadrak. Nous aurons besoin d'une diversion. Faites dire à Polgara d'arrêter de perdre son temps à nous rechercher. Qu'elle lève plutôt une armée dans le Sud, et que ça fasse du boucan. Je voudrais que les Angaraks s'intéressent tellement à elle qu'ils n'aient plus le temps de s'occuper de nous.

— Et qu'allez-vous faire au Gar og Nadrak ? s'enquit Porenn avec curiosité.

— Polgara comprendra, lui assura Belgarath avec un coup d'œil suggestif aux murs derrière lesquels les espions officiels — et d'autres moins autorisés — étaient aux aguets. Quelle est la situation sur la frontière nadrak ?

— Tendue. Pas encore vraiment hostile, mais loin d'être cordiale. Les Nadraks n'ont pas vraiment envie d'entrer en guerre. Sans les Grolims, je pense honnêtement que nous devrions arriver à les maintenir dans la neutralité. Ils préféreraient sûrement en découdre avec les Murgos plutôt qu'avec les Drasniens.

Belgarath approuva d'un hochement de tête.

— Faites dire à votre mari que je lui serais reconnaissant de tenir Anheg en laisse. Anheg est brillant, mais parfois un peu imprévisible. Rhodar est plus fiable. Surtout expliquez-lui bien que je veux juste une diversion dans le Sud, pas la guerre totale. Les Aloriens ont parfois tendance à s'enthousiasmer un peu trop.

— Je lui parlerai, promit Porenn. Quand voulez-vous partir ?

— Je réserve ma réponse pour le moment, esquiva le vieil homme avec un coup d'œil significatif aux murs de la suite royale.

— Vous allez tout de même bien dormir ici cette nuit ? insista-t-elle.

— Nous aurions mauvaise grâce à refuser, railla Silk.

La reine Porenn le dévisagea longuement, puis elle poussa un gros soupir.

— Il faut que je vous le dise, Kheldar, souffla-t-elle enfin. Votre mère est ici.

— Ici — au palais ? répliqua Silk en blêmissant.

— Dans l'aile ouest, confirma la reine en hochant la tête. Je lui ai donné l'appartement sur les jardins. Elle l'aime tant...

— Il y a longtemps qu'elle est là ? reprit-il d'une voix altérée, le visage de cendre, les mains tremblantes.

— Plusieurs semaines. Elle est venue avant la naissance du bébé.

— Comment va-t-elle ?

— Comme d'habitude, répondit la petite reine blonde, tout attristée. Vous devriez aller la voir.

Silk inspira profondément et carra les épaules, mais son visage était celui d'un homme brisé.

— Je ne vois pas comment je pourrais faire autrement, dit-il, réfléchissant tout haut. Allons, autant y aller tout de suite. Vous voulez bien m'excuser ?

— Bien sûr.

Il se détourna et quitta la pièce, le visage défait.

— Il n'aime pas sa mère ? s'étonna Garion.

— Il l'adore, au contraire, révéla la reine. C'est pourquoi cela lui est tellement pénible. Par bonheur, elle est aveugle.

— Par bonheur ?

— Il y a eu une terrible épidémie dans l'est du pays, voilà près de vingt ans, expliqua Porenn. Les survivants sont restés marqués par d'effroyables cicatrices. La mère du prince Kheldar était l'une des plus belles femmes du royaume. Nous nous sommes efforcés de lui cacher la vérité. Elle ne sait pas à quel point elle est défigurée — enfin, nous l'espérons. Les rencontres entre Kheldar et sa mère sont à briser le cœur. Sa voix ne trahit rien, mais ses yeux Il y a des moments où je pense que c'est pour cela qu'il ne rentre pas en Drasnie, ajouta-t-elle après un silence. Allons, je vais demander qu'on nous apporte à dîner. Et à boire. Ça lui fait du bien, en général, quand il revient de chez sa mère.

Silk revint une bonne heure plus tard et se jeta aussitôt sur la boisson. Il but consciencieusement, sans plaisir, comme avide de s'abrutir.

La soirée ne fut pas très gaie. La reine Porenn s'occupa de son enfant nouveau-né tout en gardant un œil sur Silk, qui n'arrêta pas de boire. Belgarath resta vautré dans un fauteuil et ne prononça pas dix paroles en tout. Garion finit par aller se coucher en prétextant une fatigue qu'il n'éprouvait guère.

Il n'avait jamais réalisé l'importance que Silk avait prise dans sa vie, depuis un an et demi qu'il le connaissait. L'esprit sardonique, l'aplomb démesuré du Drasnien à la tête de fouine constituaient une certitude rassurante. Silk n'était pas dépourvu de travers et de bizarreries. C'était un petit homme tendu comme la corde d'un arc, complexe, mais doté d'un sens de l'humour à toute épreuve et d'une agilité mentale qui les avait tirés de bien des situations désagréables. Et voilà que le petit homme semblait prêt à craquer, toute trace de malice et de dérision abolies.

La terrible confrontation vers laquelle ils se précipitaient lui semblait de plus en plus périlleuse, et il commençait à avoir un certain flair pour ce genre de chose. Silk ne lui aurait pas été d'une grande aide lors de l'affrontement final avec Torak, mais Garion comptait sur lui pour l'aider à faire face aux terribles journées qui l'attendaient d'ici là. Cet ultime réconfort semblait devoir lui être à présent refusé. Il se tourna et se retourna dans son lit pendant plusieurs heures, incapable de dormir. Il finit par se relever, bien après minuit, et par aller voir, en chaussettes, emmitouflé dans sa cape, si son ami était allé se coucher.

Silk n'avait pas bougé de son fauteuil. Il était devant sa chope renversée, les coudes dans une mare de bière, le visage enfoui dans les mains, la petite reine de Drasnie assise non loin de lui, l'air las, le visage impénétrable. Silk émit un bruit étouffé derrière ses mains crispées. La reine Porenn se leva, fit le tour de la table, lui prit la tête entre ses bras et le serra contre elle avec douceur, presque tendrement. Silk se cramponna à elle avec un cri de désespoir et se mit à pleurer comme un enfant.

Par-dessus la tête du petit homme agité de sanglots, la reine Porenn jeta un coup d'œil à Garion, debout dans l'ouverture de la porte. Il comprit qu'elle avait bien conscience des sentiments de Silk à son égard. Son regard exprimait une compassion impuissante pour cet homme qu'elle aimait — mais pas comme il l'aurait voulu — mêlée à une immense pitié pour la souffrance que lui avait causée la visite à sa mère.

Garion et la reine de Drasnie se regardèrent en silence. Les mots étaient inutiles ; ils comprenaient. Et quand Porenn parla enfin, ce fut d'une voix étrangement indifférente.

— Je pense que vous pouvez le mettre au lit, maintenant. En général, quand il arrive à pleurer, c'est que le pire est passé.

Ils quittèrent le palais dès le lendemain matin et se joignirent à une caravane qui allait vers l'est. Au-delà de Boktor, les Landes de Drasnie étalaient leur désolation à perte de vue. La route des caravanes du Nord passait entre des collines basses, couvertes d'une herbe rare et d'une végétation clairsemée. Le printemps était déjà bien avancé, et pourtant la lande avait quelque chose de flétri, comme si les saisons se contentaient de l'effleurer. Et des glaces polaires qu'il avait caressées au passage, le vent conservait l'odeur hivernale.

Silk chevauchait en silence, les yeux braqués sur le sol — en proie au chagrin ou à une gueule de bois carabinée consécutive à la quantité de bière ingurgitée la veille, Garion n'aurait su le dire. Belgarath était à peu près aussi loquace, et seul le tintement des clochettes accrochées aux harnais des mules d'un marchand drasnien rompait le silence.

Vers midi, Silk se secoua et jeta un coup d'œil sur les environs. Il avait encore les yeux un peu rouges mais son regard avait retrouvé sa vivacité.

— Quelqu'un aurait-il eu l'idée d'emporter à boire ? s'informa-t-il.

— Vous n'en avez pas eu assez hier ? rétorqua Belgarath.

— C'était pour oublier. Là, c'est pour des raisons thérapeutiques.

— De l'eau ? suggéra Garion.

— Garion, j'ai la gorge sèche, pas les pieds sales.

— Tenez, fit Belgarath en tendant une outre à vin au grand malade. Mais n'en abusez pas.

— Faites-moi confiance.

Silk se rinça longuement la dalle et frissonna des pieds à la tête.

— Où avez-vous trouvé *ça* ? demanda-t-il avec une grimace. Ma parole, vous y avez fait bouillir vos vieilles godasses.

— Je ne vous oblige pas à en boire.

— Et que voulez-vous qu'on en fasse ?

Silk avala une nouvelle gorgée, reboucha l'outre et la rendit au vieil homme.

— Ça n'a pas beaucoup changé, observa-t-il après un regard circulaire sur la lande. Cette pauvre Drasnie n'a décidément pas grand-chose pour elle. Ou bien il fait trop humide, ou bien on crève de soif.

Il eut un nouveau frisson, imputable cette fois au vent glacial.

— Non mais, vous vous rendez compte que rien ne nous sépare du pôle et ne coupe le vent qu'un malheureux renne de temps en temps ?

Garion commença à se détendre. Les saillies et les astuces de Silk ne firent que croître et embellir pendant le restant de l'après-midi. Et lorsque la caravane s'arrêta pour la nuit, ce bon vieux Silk était quasiment redevenu lui-même.

CHAPITRE XXI

Et la lente caravane avançait toujours, accompagnée par le tintement des clochettes accrochées aux harnais des mules. La route déroulait ses méandres sur la morne lande de l'est de la Drasnie. Le vent du nord soufflait inlassablement sur les molles collines jonchées de plaques de bruyère qui commençaient à donner de timides fleurs roses sous le ciel bouché.

L'humeur de Garion s'assombrissait à l'instar du paysage. Inutile de se voiler la face ; chaque lieue, chaque pas, le rapprochait inexorablement de la Mallorée et de la confrontation avec Torak. Même le murmure assourdi, continuel, de l'Orbe enchâssée sur le pommeau de son immense épée ne parvenait plus à l'apaiser. Torak était un Dieu — invincible, immortel. Et Garion, qui était encore un enfant, projetait d'entrer délibérément en Mallorée pour le débusquer et le provoquer en duel à mort. La mort — voilà bien une chose à laquelle Garion s'efforçait désespérément de ne pas songer. Il l'avait frôlée une ou deux fois lorsqu'ils pourchassaient Zedar et l'Orbe ; elle semblait maintenant inévitable. Il serait seul pour affronter Torak. Ni Mandorallen, ni Barak, ni Hettar ne viendraient lui apporter le secours de leur épée. La magie de Belgarath et de tante Pol serait impuissante à le sauver. Silk n'imaginerait jamais de stratagème assez rusé pour lui permettre d'en réchapper. Le Dieu des Ténèbres fondrait sur lui, titanesque, déchaîné, avide de sang. Garion commençait à redouter le sommeil. Il lui apportait des cauchemars qui le hantaient sans relâche à présent, et chaque jour qui passait était pire que le précédent.

Il avait peur. Une peur qui ne lui laissait plus un instant de répit et lui mettait un drôle de goût métallique dans la bouche. Il aurait donné n'importe quoi pour pouvoir s'enfuir coudes au corps, mais où, et à quoi bon ? Il n'y avait pas un endroit au monde où il aurait pu se terrer, et s'il tentait de fuir, les Dieux eux-mêmes viendraient le chercher pour le remettre avec rigueur sur le chemin du terrible combat qu'il était destiné, depuis le commencement des âges, à livrer. Et c'est ainsi, malade de terreur, que Garion chevauchait vers son destin.

Belgarath l'observait du haut de son cheval. Il n'était pas toujours aussi endormi qu'il en avait l'air. Il attendait pour lui parler le moment où son angoisse aurait atteint son paroxysme. Il s'approcha de lui par un matin sinistre, alors qu'un ciel de plomb pesait sur la morne lande.

— Tu veux qu'on en parle ? commença-t-il calmement.

— A quoi bon, Grand-père ?

— Ça te fera peut-être du bien.

— Rien ne pourrait me faire du bien. Il va me tuer.

— Si j'en étais aussi convaincu, je ne t'aurais pas laissé entreprendre ce voyage.

— Comment peut-on lutter contre un Dieu ?

— Avec bravoure, rétorqua-t-il, comme si cette réponse pouvait l'aider. Il t'est arrivé de faire preuve de bravoure à des moments où cela ne s'imposait pas. Je ne pense pas que tu aies beaucoup changé.

— J'ai tellement peur, Grand-père, avoua Garion d'une voix altérée. Je crois que je comprends maintenant ce que peut éprouver Mandorallen. Je crève de trouille. Je ne vis plus tellement je suis angoissé.

— Tu es plus fort que tu ne penses. Tu y arriveras s'il le faut.

Garion médita cette réponse. Elle ne lui était pas d'un grand secours.

— A quoi ressemble-t-il ? questionna-t-il soudain, en proie à une curiosité morbide.

— Qui ça ?

— Torak.

— Il est arrogant. Il ne m'a jamais plu.

— Arrogant... Comme Ctuchik — ou Asharak ?

— Non. Ils auraient bien voulu lui ressembler, mais ils n'y sont pas arrivés. Ce n'était pas faute d'essayer. Si ça peut t'aider, Torak a probablement aussi peur de toi que toi de lui. Il sait qui tu es. Quand tu seras face à lui, il ne verra pas un marmiton sendarien du nom de Garion, mais Belgarion, le roi de Riva. Il verra aussi l'épée de Riva, avide de son sang, et l'Orbe d'Aldur, et cela devrait lui faire plus peur que tout au monde.

— Quand l'as-tu rencontré pour la première fois ?

Tout à coup, Garion avait envie de l'entendre parler, raconter des histoires comme avant- il y avait si longtemps. Les histoires du vieil homme lui avaient toujours apporté un certain réconfort. Il pouvait se perdre dedans. Cela le soulagerait peut-être un moment.

Belgarath gratta sa courte barbe blanche.

— La première fois que je l'ai vu, voyons... C'était au Val, il y a très, très longtemps. Tout le monde était réuni — Belzedar, Beldin et les autres. Nous étions tous plongés dans nos études. Notre Maître s'était retiré dans sa tour avec l'Orbe. Des mois pouvaient passer sans que nous le voyions. Et puis un jour un étranger est arrivé. Il n'était pas plus grand que moi mais il marchait comme s'il faisait mille pieds de haut. Il avait les cheveux noirs, la peau très claire et les yeux verts, si je me souviens bien. Il était très beau, presque trop. On aurait dit qu'il avait passé des heures devant son miroir à s'arranger les cheveux. C'était le genre de type qui donnait l'impression de se promener avec une glace dans sa poche.

— Il vous a parlé ?

— Oh oui ! Il s'est approché de nous et il a dit : « Je voudrais parler à mon frère, ton Maître », d'un ton qui ne m'a vraiment pas plu. Il s'adressait à nous comme si nous étions ses esclaves — il a toujours eu ce défaut. Pourtant, comme mon Maître avait — non sans mal — réussi à m'inculquer quelques manières, je lui ai répondu, avec toute l'amabilité dont j'étais capable, que j'allais le prévenir de son arrivée.

» « Inutile, Belgarath », a-t-il répondu de ce ton supérieur, exaspérant, qu'il affectait. « Mon frère sait que je suis ici ».

— Comment connaissait-il ton nom, Grand-père ?

— Je ne l'ai jamais su, répondit Belgarath en haussant les épaules. Peut-être mon Maître entrait-il parfois en contact avec lui comme avec les autres Dieux et leur avait-il parlé de nous. Bref, j'ai conduit à la tour de mon Maître ce visiteur trop beau pour être honnête. Je te prie de croire que je ne me suis pas mis en frais de conversation. Quand nous sommes arrivés, il m'a regardé droit dans les yeux et m'a dit : « Pour te remercier, Belgarath, je vais te donner un petit conseil. Ne cherche pas à t'élever au-dessus de ta condition. Il ne t'appartient pas de m'approuver ou de me désapprouver. J'espère pour toi que tu t'en souviendras lors de notre prochaine rencontre et que tu te conduiras plus courtoisement. »

»« Merci du conseil », répondis-je — d'un ton un peu acerbe, j'en conviens. « Vous avez encore besoin de moi ? »

»« Tu es bien effronté, Belgarath », me dit-il. « Peut-être un jour prendrai-je le temps de te donner une leçon de bonne conduite. » Et il est entré dans la tour. C'était mal parti entre nous dès le départ. Je n'aimais pas son attitude, et il n'aimait pas la mienne.

— Et après, qu'est-ce qui s'est passé ?

La curiosité commençait à faire taire la peur en lui.

— Tu connais l'histoire. Torak est allé voir Aldur dans sa tour et ils ont parlé. Une chose en entraînant une autre, Torak a fini par frapper mon Maître et lui voler l'Orbe, continua Belgarath d'un ton morne.Lorsque je l'ai revu pour la deuxième fois, il n'était plus si beau, reprit-il avec une sorte de lugubre satisfaction. L'Orbe l'avait défiguré et il cachait son visage ravagé derrière un masque d'acier.

Silk s'était rapproché et chevauchait tout près d'eux, fasciné par l'histoire.

— Qu'avez-vous fait, vos amis et vous, quand Torak a volé l'Orbe ?

— Notre Maître nous a envoyés prévenir les autres

Dieux, relata Belgarath. Je suis allé trouver Belar. Il était dans le Nord, en train de faire la fête avec les Aloriens — et surtout les Aloriennes. Belar était un jeune Dieu, en ce temps-là, et il aimait s'amuser, comme tous les jeunes. Les Aloriennes rêvaient souvent qu'elles recevaient sa visite, et il s'efforçait de les exaucer le plus souvent possible. Enfin, c'est ce qu'on m'a raconté.

— C'est la première fois que j'entends cela, s'étonna Silk.

— Ce ne sont peut-être que des ragots, convint Belgarath.

— Tu l'as trouvé ? demanda Garion.

— Ça m'a pris un moment. Le pays n'avait pas la même forme, à l'époque. Ce qui est maintenant l'Algarie s'étendait alors sur des milliers de lieues vers l'est — des milliers de lieues d'herbe et de prairie. J'avais d'abord adopté la forme d'un aigle, mais ça n'a pas très bien marché.

— C'était pourtant une bonne idée, observa Silk.

— J'avais le mal de l'air, expliqua le vieil homme. Et puis j'avais sans cesse le regard attiré par toutes sortes de petites créatures grouillant par terre ; je ne pouvais m'empêcher de fondre dessus pour les tuer. La forme que l'on adopte finit par dominer la pensée au bout d'un moment, et l'aigle a beau être un animal splendide, au bout du compte, c'est surtout un oiseau très stupide. J'ai fini par renoncer à cette idée pour adopter la forme d'un loup. Ça s'est beaucoup mieux passé. Je ne me suis plus laissé distraire que par une jeune louve qui se sentait d'humeur folâtre.

A ces mots, sa voix prit un accent particulier et ses yeux semblèrent s'embrumer.

— *Belgarath !* s'exclama Silk, feignant l'indignation.

— Gardez-vous de sauter aux conclusions, Silk. Les problèmes moraux posés par la situation ne m'avaient pas échappé. La paternité est assurément une belle et bonne chose, mais j'étais bien conscient qu'une portée de louveteaux pourrait se révéler un peu encombrante par la suite. J'ai résisté à ses avances, et pourtant elle m'a suivi tout le long du chemin, jusqu'au Nord, où le Dieu Ours vivait au milieu des Aloriens.

Il s'interrompit et laissa errer sur la lande vert-de-gris un regard impénétrable. Garion savait que le vieil homme ne leur disait pas tout. Il leur cachait quelque chose d'important.

— Enfin, poursuivit Belgarath, Belar est revenu avec nous jusqu'au Val où les autres Dieux s'étaient rassemblés, et ils ont tenu conseil. C'est là qu'ils ont décidé de partir en guerre contre Torak et ses Angaraks. De là date le début des hostilités. Le monde n'a plus jamais été le même depuis.

— Et la louve ? demanda Garion en essayant de mettre le doigt sur ce que son grand-père tentait de passer sous silence. Qu'est-elle devenue ?

— Elle est restée avec moi, dans ma tour, répondit doucement Belgarath. Elle pouvait passer des journées entières assise dans un coin, à me regarder. Elle avait une curieuse tournure d'esprit, et ses commentaires étaient souvent assez déconcertants.

— Ses commentaires ? releva Silk. Elle savait parler ?

— A la façon des loups. J'avais appris leur langue pendant notre voyage. Ils s'expriment dans un langage concis, souvent très beau. Les loups peuvent faire preuve d'éloquence, et même de poésie, une fois qu'on est habitué à les entendre parler sans mots.

— Elle est restée longtemps avec toi ? demanda Garion.

— Assez, oui. J'ai évoqué la question avec elle, une fois. Elle m'a répondu par une autre question — une habitude exaspérante qu'elle avait. Elle s'est contentée de rétorquer : « Qu'est-ce que le temps pour un loup ? » Alors j'ai procédé à quelques calculs et je me suis rendu compte, à ma grande surprise, qu'elle était à mes côtés depuis plus d'un millier d'années, mais cela semblait la laisser indifférente. « Les loups vivent le temps qu'ils décident de vivre », c'est tout ce qu'elle savait dire. Et puis un jour, j'ai été amené à changer de forme — je ne sais plus pourquoi. Elle m'avait vu faire. Ce fut la fin de ma belle tranquillité. Elle a simplement dit : « Voilà donc comment tu fais », et elle s'est changée en chouette, une chouette d'un blanc de neige. Elle semblait prendre un immense plaisir à me surprendre. Quand je tournais le dos, je ne savais jamais sous quelle forme j'allais la retrouver. Mais la chouette était sa forme de prédilection. Quelques années plus tard, elle me quittait. Je fus assez surpris de constater à quel point elle me manquait. Nous étions ensemble depuis bien longtemps.

A ces mots, il s'interrompit et détourna à nouveau les yeux.

— Tu ne l'as jamais revue ? l'interrogea Garion.

Il avait vraiment envie de savoir.

Belgarath hocha la tête en signe d'approbation.

— Elle a fait ce qu'il fallait pour cela, mais je ne m'en suis pas rendu compte tout de suite. Mon Maître m'avait envoyé au nord du Val et je suis tombé sur une jolie petite maison au toit de chaume, au milieu d'un bouquet d'arbres, non loin d'une petite rivière. Une femme du nom de Poledra vivait là — une femme aux cheveux fauves, avec de drôles d'yeux dorés. Nous avons lié connaissance et puis nous avons fini par nous marier. C'était la mère de Polgara et de Beldaran.

— Et la louve ? Tu disais que tu l'avais revue, lui rappela Garion.

— Tu n'as pas bien écouté, Garion, protesta le vieil homme en le regardant droit dans les yeux.

C'était comme si une vieille blessure s'était rouverte en lui. Une blessure si profonde, si douloureuse, que Garion comprit que de sa vie elle ne se refermerait.

— Tu veux dire que... ?

— En fait, j'ai mis un moment à l'admettre, moi aussi. Poledra était une femme patiente et déterminée. Quand elle a compris que je ne la prendrais jamais pour épouse sous sa forme de louve, elle en a tout simplement trouvé une autre. Et elle a fini par avoir ce qu'elle voulait.

Il poussa un profond soupir.

— La mère de tante Pol était une louve ? répéta Garion, sidéré.

— Non, Garion, rectifia calmement Belgarath. C'était une femme — une très belle femme. La métamorphose est toujours absolue.

— Mais... au départ, c'était tout de même une louve.

— Et alors ?

— Eh bien...

Tout cela avait quelque chose d'un peu choquant.

— Ne te laisse pas emporter par tes préjugés, Garion.

Garion rumina un instant. Ça paraissait quand même un peu monstrueux.

— Je suis désolé, déclara-t-il enfin. Tu peux dire ce que tu veux, ce n'est pas normal.

— Garion, tout ce que nous faisons est anormal, reprit le vieil homme, l'air un peu peiné. Déplacer des rochers avec la seule puissance de son esprit n'est pas la chose la plus naturelle du monde, quand on y réfléchit.

— Voyons, Grand-père, ce n'est pas la même chose, protesta Garion. Tu as épousé une louve, et la louve a eu des enfants. Comment as-tu pu faire une chose pareille ?

Belgarath secoua la tête en soupirant.

— Tu as vraiment une tête de mule, Garion, observa-t-il. Apparemment, tu ne comprendras jamais avant d'avoir tenté l'expérience en personne. Allons derrière cette colline ; je vais te montrer comment ça se passe. Inutile de perturber le restant de la caravane.

— Ça ne vous ennuie pas si je vous accompagne ? proposa Silk, le nez frémissant de curiosité.

— Pas bête, acquiesça Belgarath. Comme ça, vous pourrez tenir nos montures. Les chevaux ont tendance à paniquer en présence des loups.

Ils quittèrent la piste des caravanes sous le ciel de plomb et contournèrent une petite colline couverte de bruyère.

— Ça ira, décida Belgarath en retenant sa monture et en mettant pied à terre dans un petit vallon tapissé d'herbe d'un joli vert printanier.

— Toute l'astuce consiste à recréer dans sa tête l'image de l'animal dans ses moindres détails, expliqua Belgarath. Puis à ramener son pouvoir vers l'intérieur de soi-même et à se métamorphoser pour s'adapter à l'image.

Garion fronça les sourcils. Ça avait du mal à rentrer.

— On n'y arrivera jamais comme ça, reprit Belgarath.

Je vais te montrer. Regarde – avec ton esprit, pas seulement avec tes yeux.

L'image du grand loup gris qu'il avait vu à plusieurs reprises se présenta spontanément à l'esprit de Garion. Il voyait distinctement le museau piqueté de gris, les favoris argentés. Il éprouva la vague d'énergie habituelle et le rugissement caverneux retentit sous son crâne. L'espace d'un instant, il eut l'impression curieuse que l'image du loup se mêlait à celle de Belgarath – comme si elles tentaient d'occuper le même espace à la fois – puis Belgarath disparut et le loup resta seul.

Silk laissa échapper un petit sifflement et retint fermement les chevaux effrayés.

Belgarath changea de forme à nouveau et redevint un vieillard pareil à tant d'autres, avec sa tunique brun-rouille et son capuchon gris.

– Tu as compris ? demanda-t-il à Garion.

– Je crois, risqua Garion, pas très sûr de lui.

– Alors vas-y. Je vais t'aider à franchir les étapes une à une.

Garion commença à élaborer l'image mentale d'un loup.

– N'oublie pas les griffes des pattes de derrière, recommanda Belgarath. Ça n'en a pas l'air, mais c'est très important.

Garion rajouta des griffes à son loup.

– La queue est trop courte.

Garion lui rallongea la queue.

– Ça peut aller. Maintenant investis-le.

Garion concentra son pouvoir et se glissa dans l'animal.

– Change ! ordonna-t-il.

Ce fut comme si son corps était devenu fluide, malléable, comme s'il se modifiait, se coulait dans l'image du loup qu'il avait dans la tête. Lorsque la vague de force se fut retirée, il s'assit sur le derrière, haletant. Il se sentait bizarre.

– Lève-toi et regarde-toi, ordonna Belgarath.

Garion se dressa sur ses quatre pattes. C'est la queue, surtout, qui lui faisait un drôle d'effet.

— Tu lui as fait les pattes de derrière un peu longues, critiqua Belgarath.

Garion allait objecter que c'était la première fois qu'il se livrait à cet exercice mais sa voix rendit un son très curieux, un mélange de gémissements et d'aboiements.

— Arrête un peu, grommela Belgarath. On dirait un chiot. Change-toi, va.

Garion obtempéra.

— Mais où passent les vêtements ? s'étonna Silk.

— Ils restent avec nous. Et en même temps ils disparaissent, répondit Belgarath. C'est assez difficile à expliquer, en fait. Beldin a jadis essayé de calculer où les vêtements passaient au juste. Il était persuadé de détenir la réponse, mais je n'ai jamais rien compris à sa théorie. Beldin est sensiblement plus intelligent que moi et il a parfois des explications un peu exotiques. En tout cas, quand nous reprenons notre forme originelle, nous retrouvons toujours nos vêtements de départ.

— Même l'épée de Garion ? Et l'Orbe ?

Le vieil homme acquiesça d'un hochement de tête.

— Ce n'est pas un peu dangereux de la laisser flotter dans le vide — pas attachée, en quelque sorte ? reprit Silk.

— Elle n'est pas vraiment détachée. Elle est toujours là, et en même temps elle n'y est plus.

— Je vous crois sur parole, concéda Silk d'un air dubitatif.

— Essaie encore une fois, Garion, conseilla Belgarath.

Garion se métamorphosa plusieurs fois de suite jusqu'à ce que son grand-père soit satisfait de sa forme de loup.

— Restez avec les chevaux, Silk, ordonna le vieil homme. Nous revenons tout de suite.

Il tremblota, vacilla et reprit la forme d'un grand loup gris.

— Nous allons faire un petit tour, annonça-t-il à Garion.

Le sens de ses paroles alla directement de son esprit à celui de Garion. C'est à peine s'il s'aida d'un jeu d'expression, en inclinant la tête et les oreilles, et de quelques brefs abois. Garion comprit soudain pourquoi le lien de la meute était si fort chez les loups. Ils partageaient pour ainsi dire la même conscience. Ce que l'un d'eux voyait ou ressentait, tous le voyaient et le ressentaient.

— Où allons-nous ? questionna Garion, pas vraiment surpris de l'aisance avec laquelle il avait adopté le langage des loups.

— Nulle part en particulier. J'ai juste envie de me dégourdir un peu les pattes.

Et le loup gris s'éloigna à une vitesse stupéfiante.

Au début, la queue posa un véritable problème à Garion. Il avait une fâcheuse tendance à l'oublier et ses oscillations le déséquilibraient. Lorsqu'il eut pigé le coup, le vieux loup était déjà loin dans la lande grisâtre. Mais au bout d'un moment, Garion eut l'impression de planer. Il s'élançait par bonds immenses, ses pattes semblant à peine effleurer le sol. Il s'émerveilla de l'économie de moyens grâce à laquelle il se déplaçait. Il ne courait pas seulement avec ses pattes mais avec tout son être. S'il le fallait, il pourrait bondir ainsi pendant des journées entières sans se fatiguer, il en était certain.

Même la lande avait changé. Le paysage qui lui semblait aussi mort et désolé que le ciel de plomb se mit tout à coup à grouiller de vie. Des souris et des écureuils se terraient dans le sol ; des lapins se cachaient peureusement sous les buissons desséchés pour le regarder passer. Il enfonçait ses griffes dans la tourbe élastique, et la puissance, la liberté de son nouveau corps l'emplissaient d'une exaltation profonde, silencieuse. Il était le seigneur de la plaine et toutes les créatures s'inclinaient devant lui.

Soudain il ne fut plus seul. Une louve courait à côté de lui — une drôle de louve, un peu immatérielle et comme entourée d'un halo bleuâtre, vacillant.

— Jusqu'où vas-tu comme cela ? lui demanda-t-elle dans la langue des loups.

— Nous pouvons nous arrêter si vous voulez, proposa courtoisement Garion en se mettant au trot, puis au pas.

— Il n'est pas facile de parler quand on court, acquiesça-t-elle.

Elle s'arrêta et s'assit sur son derrière. Garion s'immobilisa à son tour.

— Vous êtes Poledra, n'est-ce pas ? déclara-t-il abruptement.

Il n'était pas encore habitué aux subtilités du langage des loups.

— Les loups n'ont que faire des noms, riposta-t-elle dans un reniflement. *Lui* aussi, cela l'ennuyait.

Ce n'était pas tout à fait comme la voix qui partageait sa conscience depuis l'enfance. A vrai dire, il ne l'entendait même pas. C'était plutôt comme s'il savait avec précision ce qu'elle voulait dire.

— Vous voulez parler de Grand-père ?

— Et de qui d'autre ? Les hommes donnent l'impression d'avoir besoin de tout nommer et classer. Je pense qu'ils passent ainsi à côté de bien des choses.

— Comment se fait-il que vous soyez là ? Vous n'êtes pas... je veux dire...

— Morte, c'est cela ? N'aie pas peur de ce mot. Car ce n'est qu'un mot, après tout. Je crois que je suis morte, en effet. Mais cela ne fait guère de différence.

— On n'est pas obligé de vous rappeler ? s'étonna-t-il. Comme le jour où tante Pol a fait appel à vous, lors du combat contre Grul, dans les montagnes d'Ulgolande ?

— Ce n'est pas absolument nécessaire. On peut me ramener de cette façon, mais je puis aussi revenir seule, s'il le faut. Tu n'y comprends pas grand-chose, on dirait ? constata-t-elle en lui jetant un regard interrogateur.

— A quoi ?

— A tout cela. Qui tu es ; qui nous sommes ; ce que tu as à faire.

— Je m'y perds un peu, admit-il.

— Je vais t'expliquer. Prends-le, *lui,* par exemple. Tu vois, je ne l'ai jamais considéré comme un homme. Il y a du loup en lui, c'est évident. L'erreur était plutôt qu'il naisse sous forme humaine ; voilà ce que j'ai toujours pensé. Cela vient peut-être de ce qu'il avait à faire. Mais la forme ne compte pas vraiment.

— Non ?

— Tu lui accordes donc une telle importance ? ajouta-t-elle, et ce fut comme si elle se mettait à rire. Tiens, je vais te montrer. Transformons-nous.

L'air se mit à vaciller et une femme aux cheveux fauves et aux yeux d'or, vêtue d'une robe brune, très simple, se retrouva debout devant lui.

Garion reprit forme humaine à son tour.

— Suis-je vraiment différente, Belgarion ? protesta-t-elle. Ne suis-je pas moi-même, que je sois louve, chouette ou femme ?

Alors il comprit.

— Je peux vous appeler Grand-mère ? suggéra-t-il, un peu embarrassé.

— Si ça peut te faire plaisir. Mais ce n'est pas tout à fait le terme approprié.

— Je sais. Mais ça me rassure un peu.

— Tu as fini par accepter ton identité ?

— Je n'avais guère le choix, il me semble.

— Cela te fait peur, n'est-ce pas, comme ce que tu vas être obligé de faire, d'ailleurs ?

Il acquiesça en silence.

— Tu ne seras pas tout seul, tu sais.

Il lui jeta un regard acéré.

— Pourtant, d'après le Codex...

— Le Codex ne dit pas tout, objecta-t-elle. Ta rencontre avec Torak marquera la réunion de deux forces contraires, prodigieuses. Vous n'êtes l'un et l'autre que la concrétisation de ces forces. Votre affrontement mettra en cause des puissances telles que vous aurez, Torak et toi, un rôle pour ainsi dire marginal dans le déroulement des événements.

— Dans ce cas, quelqu'un d'autre ne pourrait-il s'en charger ? suggéra-t-il très vite. Quelqu'un qui serait mieux armé pour cela.

— J'ai dit « pour ainsi dire » , Garion, répéta-t-elle avec fermeté. Toi seul peux jouer ce rôle, quant à Torak, il a été désigné depuis le commencement des âges. Vous êtes les canaux par lesquels ces énergies supérieures se télescoperont. Le moment venu, tu seras surpris, je pense, de constater à quel point c'est facile.

— Et je vais gagner ?

— Je ne sais pas. L'univers lui-même l'ignore. C'est bien pourquoi tu dois livrer ce combat. Si nous en connaissions l'issue, il ne serait plus nécessaire. Belgarath revient, annonça-t-elle après un coup d'œil alentour. Il faut que je te quitte.

— Pourquoi ?

— Ma présence lui fait du mal, tu ne pourrais imaginer à quel point.

— Mais enfin, pour quelle raison ?

Il s'interrompit, ne sachant comment formuler sa question.

— Nous avons été plus proches que n'importe qui pendant très longtemps. Nous ne sommes pas vraiment séparés, je regrette parfois qu'il ne puisse le comprendre, mais il est peut-être trop tôt encore.

— Cela fait trois mille ans, Grand-mère.

— Qu'est-ce que le temps pour un loup ? demanda-t-elle, énigmatique. Quand les loups s'apparient, c'est pour la vie, et le chagrin provoqué par la séparation ne connaît pas de fin. Un jour peut-être... commença-t-elle, puis sa voix mourut et elle poussa un profond soupir. Quand je serai partie, métamorphose-toi à nouveau. Belgarath aura envie de chasser en ta compagnie. C'est une sorte de rite. Tu comprendras quand tu seras redevenu loup.

Garion hocha la tête et commença à former l'image du loup dans sa tête.

— Encore une chose, Belgarion.

— Oui, Grand-mère ?

— Je t'aime de tout mon cœur, tu sais.

— Moi aussi, je t'aime, Grand-mère.

L'instant d'après, elle était partie. Garion poussa un soupir, reprit sa forme de loup et rejoignit Belgarath pour l'accompagner dans sa chasse.

Quatrième Partie

LA REINE DE RIVA

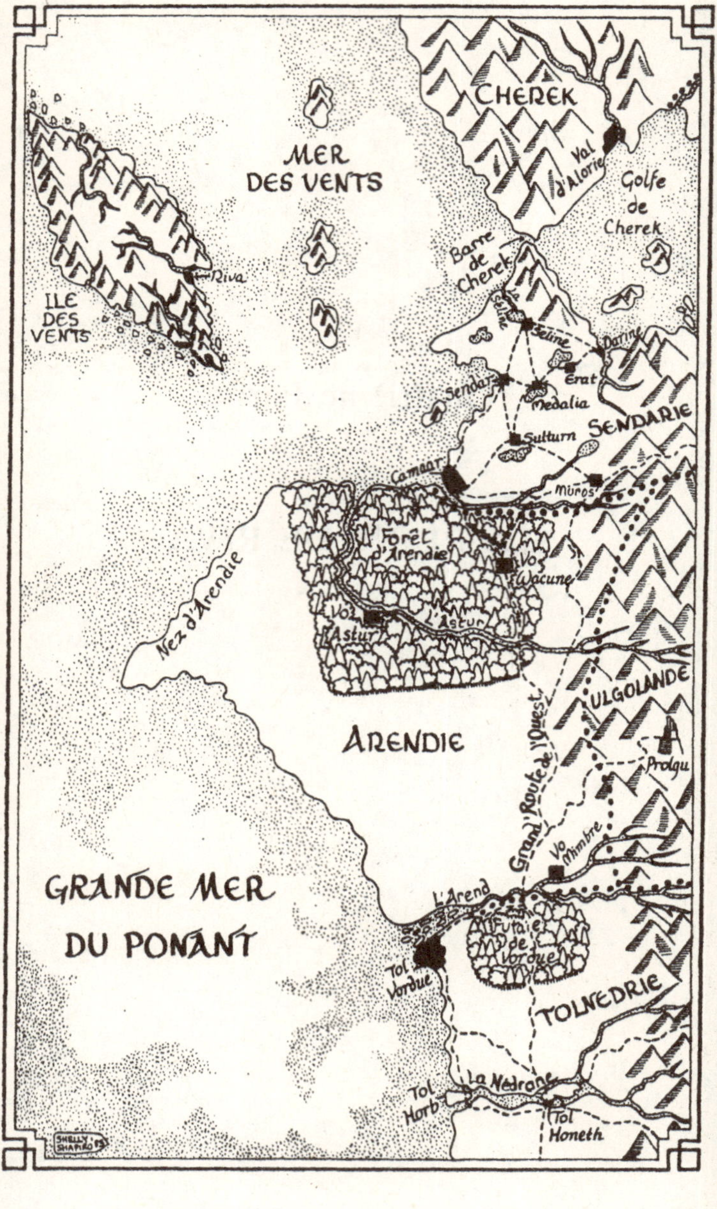

CHEREK
Val d'Alorie
Golfe de Cherek
MER DES VENTS
ILE DES VENTS
Riva
Barre de Cherek
Seline
Darine
Erat
Sendar
Medalia
SENDARIE
Sulturn
Camaar
Muros
Forêt d'Arendie
Vo Wacune
Vo Astur
L'Astur
Nez d'Arendie
ULGOLANDE
ARENDIE
Prolgu
Grand'Route de l'Ouest
Vo Mimbre
L'Arend
Futaie de Vordue
Tol Vordue
TOLNEDRIE
GRANDE MER DU PONANT
La Nedrane
Tol Horb
Tol Honeth
SHELLY SHAPIRO

CHAPITRE XXII

La princesse Ce'Nedra était d'humeur pensive, pour ne pas dire soucieuse. Elle avait assez profité des remous provoqués par ses éclats périodiques ; force lui était d'admettre que le moment était à présent venu de mettre son mouchoir sur tout ça et de faire la paix avec Garion. Ils allaient se marier ; au fond, elle n'avait pas vraiment besoin de le mettre en rogne plus que de raison. Elle avait piqué assez de crises pour lui faire bien comprendre qu'elle serait peut-être son épouse mais sûrement pas son inférieure, même s'il avait la primauté du rang. En fait, elle n'en demandait pas plus. L'un dans l'autre, la perspective d'épouser Garion n'était pas tout à fait aussi déplaisante qu'elle voulait bien le laisser paraître. Après tout, elle l'aimait, et maintenant qu'elle lui avait bien mis les points sur les i, tout irait sûrement pour le mieux dans le meilleur des mondes. Elle décida d'aller le trouver le jour même pour enterrer la hache de guerre.

Elle avait consacré la majeure partie de cette superbe matinée de printemps à étudier un livre sur le protocole et à dresser un schéma. En tant que princesse impériale de Tolnedrie et reine de Riva elle aurait, évidemment, la préséance sur toutes les grandes duchesses de toutes les maisons de l'Empire. Elle était également à peu près certaine d'avoir le pas sur la reine Islena de Cherek et la reine Silar d'Algarie. Seul le statut de Mayaserana, la cosouveraine d'Arendie, posait un problème. Il se pouvait que Mayaserana fût son égale. Ce'Nedra nota sur un bout de parchemin de demander à Valgon, l'ambassadeur, d'interroger à ce sujet le chef du protocole de Tol Honeth. Elle contemplait le diagramme avec un chatouillement de plaisir. A l'exception de dame Polgara et de la petite reine de Sendarie, la maternelle Layla devant qui tout le monde s'inclinait tellement elle était adorable, Ce'Nedra conclut qu'elle était bel et bien d'un rang plus élevé que celui de toutes les nobles dames du Ponant, ou du moins égal à lui.

Soudain, la foudre tomba si près qu'elle ébranla les murailles de la Citadelle. Surprise, Ce'Nedra jeta un coup d'œil par la fenêtre. Il faisait grand soleil. Comment pouvait-il y avoir de l'orage ? Un nouveau coup de tonnerre déchira le silence et des murmures terrifiés emplirent les salles et les couloirs. La princesse empoigna une clochette d'argent et sonna impatiemment sa femme de chambre.

— Allez voir ce qui se passe, ordonna-t-elle à la servante en reprenant l'étude de son schéma.

Mais la foudre frappa à nouveau, redoublant le tumulte et la confusion dans le couloir, juste devant chez elle. C'était infernal ! Comment pouvait-elle se concentrer avec tout ce vacarme ? Excédée, elle se leva et alla à la porte.

Les gens couraient — ou plutôt volaient dans tous les sens. Une porte s'ouvrit juste un peu plus loin dans le corridor, et des appartements privés de dame Polgara l'on vit jaillir la reine Layla de Sendarie, les yeux agrandis de terreur et la couronne en bataille.

— Mais enfin, Majesté, que se passe-t-il ? questionna Ce'Nedra.

— C'est Polgara, hoqueta la reine Layla en trébuchant dans sa hâte à s'enfuir. Elle casse tout ce qui lui tombe sous la main !

— Dame Polgara ?

Un nouveau coup de tonnerre ébranla la petite reine. Terrorisée, elle se cramponna à Ce'Nedra.

— Je vous en prie, Ce'Nedra, allez voir ce qui lui arrive. Dites-lui d'arrêter avant d'avoir démoli toute la forteresse.

— *Moi ?*

— Elle vous écoutera, vous ; elle vous adore. Dites-lui d'arrêter.

Ce'Nedra ne prit pas le temps de mesurer le danger. Elle s'approcha vivement de la porte des appartements de dame Polgara et jeta un coup d'œil à l'intérieur. C'était un vrai capharnaüm. Les meubles étaient renversés, les tapisseries déchirées, les vitres fracassées et l'air était saturé de fumée. Ce'Nedra avait fait assez de scènes dans sa vie pour apprécier en connaisseuse tout effort de créativité en ce domaine, néanmoins le désastre était si absolu que cela ne relevait plus de l'art mais de la catastrophe naturelle. Dame Polgara se dressait, les yeux hagards, les cheveux en désordre, au centre de la pièce, et débitait des jurons incohérents en une douzaine de langues à la fois. Elle tenait d'une main un bout de parchemin chiffonné et de l'autre, tendue devant elle comme une serre, une boule de feu qu'elle avait dû faire surgir du néant et nourrissait maintenant de sa furie. Médusée, la princesse regarda Polgara entamer une nouvelle tirade. Les terribles jurons démarrèrent sur un contralto plutôt modéré pour s'élever selon un crescendo terrifiant jusqu'aux registres les plus élevés et les dépasser. Arrivée à la limite de ses cordes vocales, elle cingla l'air de la masse incandescente qu'elle tenait à la main, ponctuant ses vociférations de décharges crépitantes, l'énergie pure fusant d'entre ses doigts pour fracasser tout ce qui lui tombait sous les yeux. Avec une série d'épouvantables imprécations, elle désintégra tour à tour six tasses à thé, puis revenant méthodiquement à son point de départ elle entreprit de pulvériser leurs soucoupes, après quoi elle réduisit la table en miettes.

Quelqu'un étouffa un petit hoquet derrière Ce'Nedra. Le roi Anheg jeta un coup d'œil par la porte, fit volte-face en blêmissant et prit la poudre d'escampette.

— Dame Polgara, commença Ce'Nedra, moins dans l'espoir de raisonner la sorcière que de minimiser les dégâts.

De quatre déflagrations distinctes, Polgara fit voler en éclats deux paires de vases sans prix posés sur le dessus de la cheminée. Dehors, le ciel se couvrit tout à coup, voilant le beau soleil matinal, et il y eut un roulement de tonnerre. Ce'Nedra pria avec ferveur pour que ce fût un orage naturel.

— Que se passe-t-il ? reprit la princesse.

Elle espérait amener la sorcière en furie à s'expliquer et à cesser un peu de jurer. Il fallait à tout prix interrompre ses vociférations. Polgara semblait ne pouvoir s'empêcher de souligner ses jurons par des explosions.

Polgara jeta le parchemin au visage de Ce'Nedra sans répondre, se retourna et réduisit une statue de marbre en fin gravier blanc. Elle tournait sur elle-même comme une girouette en cherchant autre chose à casser, mais presque tout était déjà réduit en poussière dans la pièce fumante. Puis ses yeux exorbités tombèrent sur l'adorable oiseau de cristal que Garion lui avait donné.

— Non ! s'écria Ce'Nedra en bondissant.

La princesse savait que Polgara tenait à l'oiseau de verre comme à la prunelle de ses yeux.

— Prenez-le, cracha Polgara entre ses dents serrées. Otez ça de ma vue.

Un formidable besoin de destruction brûlait dans ses orbites. Elle fit volte-face et projeta sa boule de feu par la fenêtre fracassée, déclenchant une monstrueuse explosion dans l'air soudain obscurci du dehors. Les poings crispés sur les hanches, elle leva son visage convulsé et se remit à vitupérer. Des nuages noirs surgis du néant s'abattit sur l'île une effroyable avalanche d'éclairs. Polgara ne se contentait plus d'une dévastation locale ; sa rage exigeait qu'elle inflige à l'Ile et à la Mer des Vents les ravages de la foudre et du tonnerre. Puis, avec une intensité épouvantable, elle leva un poing et l'ouvrit, suscitant un déluge qui passait l'imagination. Elle plissa les yeux et leva son autre poing. La pluie se changea instantanément en grêle et d'énormes blocs de glace s'écrasèrent sur les pierres, volant en éclats, emplissant l'air d'une épaisse buée sillonnée de fragments déchiquetés volant en tous sens.

Ce'Nedra s'empara du roitelet, ramassa le parchemin chiffonné et battit en retraite.

Le roi Anheg tendit le cou au coin d'un mur.

— Vous ne pouvez pas lui dire d'arrêter ? implora-t-il d'une voix tremblante, l'air terrifié.

— Rien ne pourrait l'arrêter, Votre Majesté.

— Anheg ! Venez ici ! tonna Polgara d'une voix qui couvrit le déluge de grêle ébranlant la Citadelle.

— O Belar, marmonna ardemment le roi Anheg en levant les yeux au ciel tout en se précipitant vers la porte des appartements de Polgara.

— Faites immédiatement porter un message au Val d'Alorie ! le somma-t-elle. Mon père, Silk et Garion ont subrepticement quitté la Citadelle la nuit dernière. Donnez l'ordre à la flotte de les ramener ! Retournez le monde pierre par pierre s'il le faut mais retrouvez-les et ramenez-les-moi !

— Enfin, Polgara..., commença le roi de Cherek.

— Ne restez pas planté là à bayer aux corneilles comme un abruti ! Remuez-vous !

La princesse Ce'Nedra tendit doucement, avec un calme étudié, l'oiseau de verre à sa cameriste terrifiée.

— Mettez ça en sûreté quelque part, conseilla-t-elle avant de regagner le centre de la pièce. Qu'avez-vous dit, Dame Polgara ? reprit-elle d'une voix égale.

— Cette nuit, mon imbécile de père, Garion et ce sale petit voleur ont pris la poudre d'escampette, répéta Polgara d'une voix polaire, rendue d'autant plus terrible par le contrôle surhumain que cela supposait.

— Ils ont fait quoi ? demanda platement Ce'Nedra.

— Ils sont partis. Ils ont profité de la nuit pour se glisser hors du palais.

— Allez donc les chercher !

— Je ne peux pas, Ce'Nedra, fit patiemment Polgara, comme si elle s'adressait à une débile mentale.Je ne puis m'en aller d'ici en ce moment. Trop de choses pourraient tourner mal. Il le sait bien. Il m'a délibérément coincée à Riva.

— Garion ?

— Mais non, espèce de petite dinde ! Mon père !

Et Polgara se remit à tempêter, ponctuant chaque imprécation d'un coup de tonnerre.

Mais Ce'Nedra ne l'entendait plus. Elle jeta un coup d'œil autour d'elle. Tout était déjà en morceaux.

— Veuillez m'excuser, je vous prie, dit-elle.

Puis elle tourna les talons, regagna sa propre suite et se mit à casser tout ce qui lui tombait sous la main en hurlant comme une harengère dans le port de Camaar.

Elles donnèrent ainsi libre cours à leur colère pendant quelques heures, en s'évitant prudemment. Certaines émotions demandaient à être partagées ; la folie furieuse n'était pas de celles-là. Puis, estimant avoir épuisé les possibilités de cette crise perfectionnée, Ce'Nedra se réfugia dans le calme glacial seyant à la victime d'une insulte mortelle. Malgré l'éclairage sous lequel le message de cet illettré plaçait l'affaire, dans une semaine au plus tard, le monde entier saurait que Garion l'avait larguée. Dans toutes les langues on se gausserait de la fuite de son fiancé récalcitrant. C'était in-to-lé-rable !

Eh bien elle ferait front, la tête haute, le regard altier ! Même si elle pleurait et tempêtait de rage en privé, elle offrirait au monde un visage de marbre. Rien ne révélerait qu'elle était une femme brisée. Elle n'avait plus pour elle que sa fierté ; jamais elle ne s'en départirait.

Selon toute apparence, dame Polgara n'avait que faire d'une aussi noble réserve. Quelques audacieux ayant un peu hâtivement déduit d'une accalmie de son orage personnel et de ses manifestations extérieures que le pire était passé, le comte de Trellheim était allé la trouver dans l'espoir de l'amadouer. Il était ressorti de chez elle peu après, tout pâle, entouré d'un nuage crépitant de vociférations tonitruantes. Barak leur raconta la chose en tremblant de peur.

— Ne l'approchez pas, leur conseilla-t-il d'une voix terrifiée. Dépêchez-vous de faire ce qu'elle vous demande et évitez-la.

— Elle n'a pas l'air de vouloir se calmer, alors ? s'inquiéta le roi Rhodar.

— Elle a fini de casser le mobilier, annonça Barak. Je crois qu'elle s'apprête à en faire autant avec les gens.

Dès lors, chaque fois que Polgara émergeait de ses appartements, les occupants de la Citadelle se passaient le mot et les couloirs se vidaient. Ses consignes, ordinairement transmises par sa servante, étaient toutes des variantes des ordres initialement transmis au roi Anheg : on devait retrouver le trio fugitif et le lui ramener.

Les jours suivants, la colère de la princesse Ce'Nedra laissa place à une sorte de morosité qui amenait les gens à éviter sa compagnie tout comme celle de Polgara. Seule la douce Adara supportait ses éclats avec une patience inébranlable. Elles passaient presque tout leur temps ensemble, assises dans le jardin qui jouxtait les appartements royaux où Ce'Nedra pouvait donner libre cours à ses émotions sans crainte des regards importuns.

Ce'Nedra ne comprit toutes les implications du départ de Garion et de ses compagnons qu'au bout de cinq jours.

C'était une chaude journée — le printemps finissait même par atteindre l'endroit sinistre qu'était Riva — et le petit carré de pelouse qui occupait le centre du jardin était d'un vert triomphant. Dans les massifs, les fleurs hochaient leurs corolles roses, bleues et rouges. Des abeilles industrieuses d'un jaune étincelant déposaient des baisers de l'une à l'autre. Mais Ce'Nedra n'avait pas le cœur à songer à des baisers. Vêtue d'une tunique vert clair — sa tunique de Dryade préférée — elle mâchait furieusement une mèche de cheveux qui ne lui avait rien fait et abreuvait la patiente Adara de discours exaltés sur l'inconstance des hommes.

Vers le milieu de l'après-midi, la reine Layla de Sendarie vint les retrouver, la couronne un peu de guingois comme toujours.

— Ah ! vous voilà ! pétilla la petite reine dodue. On vous cherche partout.

— Et qu'est-ce qu'on me veut ? répliqua Ce'Nedra d'un ton peu amène.

La reine Layla se figea sur place et lui jeta un regard critique.

— Eh bien, vous êtes de bonne humeur, aujourd'hui ! Voyons, Ce'Nedra, qu'y a-t-il ? On ne peut plus vous parler, maintenant.

La princesse surprit le regard d'avertissement que son

amie adressait à la petite reine. Cela ajouta encore à son irritation et sa réponse fut glaciale :

— Je n'apprécie pas d'avoir été plaquée, imaginez-vous.

Le visage rayonnant de la reine Layla s'embruma.

— Vous voulez bien nous excuser, Adara ? demanda-t-elle.

— Bien sûr, Votre Altesse, répondit Adara en se levant aussitôt. Je suis à l'intérieur, Ce'Nedra, dit-elle en quittant gracieusement le jardin.

La reine Layla s'assit sur un banc de marbre en attendant que la jeune fille soit hors de portée de voix.

— Venez ici, Ce'Nedra, ordonna-t-elle avec fermeté.

Un peu surprise par la voix polaire de la petite femme d'ordinaire si maternelle, la princesse s'approcha docilement du banc et s'assit à côté d'elle.

— Vous ne pourriez pas arrêter un peu d'interpréter tout ce qui se passe dans le monde comme une insulte personnelle ? C'est très vilain, vous savez. Le départ de Garion, Belgarath et Kheldar n'a rien à voir avec vous. Vous avez entendu parler de la Prophétie, tout de même ? poursuivit-elle en braquant un regard sévère sur la petite princesse.

— Oui, bien sûr, répondit Ce'Nedra, morose. Mais les Tolnedrains ne croient pas beaucoup à ce genre de chose.

— C'est peut-être bien le problème. Je veux que vous m'écoutiez attentivement, Ce'Nedra. Je ne vous demande pas de me croire, mais j'espère que vous allez me comprendre.La Prophétie annonce clairement que lors du retour du roi de Riva, Torak s'éveillera, reprit Layla après un instant de réflexion.

— Torak ? Enfin, c'est complètement idiot. Torak est mort.

— Ne m'interrompez pas, mon petit. Vous avez fait tout ce chemin avec eux et vous n'avez pas encore saisi ? Pour une petite fille à l'air si intelligent, vous êtes remarquablement bornée.

Ce'Nedra s'empourpra.

— Torak est un Dieu, Ce'Nedra, poursuivit Layla. Il

n'est pas mort ; il dort. Il n'a pas été tué à Vo Mimbre, comme bien des gens aimeraient le croire. A l'instant où Garion a touché l'Orbe, Torak a commencé à bouger. Vous ne vous êtes jamais demandé pourquoi Polgara avait veillé à ce que Mission ramène l'Orbe de Rak Cthol ? Garion aurait tout aussi bien pu la porter, vous savez.

Ce'Nedra n'y avait pas songé.

— Mais si Garion l'avait touchée alors qu'il était encore en terre angarak, et sans son épée, continua la petite reine rebondie, Torak aurait pu bondir sur l'occasion pour l'attaquer et à l'heure qu'il est, Garion serait mort.

— Mort ? hoqueta Ce'Nedra.

— Bien sûr, mon petit. Voilà toute l'affaire. La Prophétie annonce que Torak et le roi de Riva finiront par se rencontrer et que l'issue de leur confrontation décidera du destin de l'humanité.

— *Garion ?* s'exclama Ce'Nedra, incrédule. Non, mais vous plaisantez ?

— Je n'ai jamais été plus sérieuse de toute ma vie, mon petit. Garion doit affronter Torak en un duel à mort dont dépendra le sort du monde. Vous comprenez maintenant pourquoi Belgarath, Kheldar et Garion ont quitté Riva si soudainement ? Ils sont partis pour la Mallorée où Garion doit combattre Torak. Il aurait pu prendre la tête d'une armée, mais cela n'aurait servi qu'à causer des morts inutiles, il le savait, alors ils sont partis seuls, tous les trois. Bon, vous ne pensez pas qu'il serait temps que vous grandissiez un peu, maintenant ?

Ce'Nedra se sentit bien mieux après sa conversation avec la reine Layla. Pour la première fois de sa vie peut-être, elle commença à penser davantage à un autre qu'à elle-même. Elle se faisait un sang d'encre pour Garion et la nuit elle avait d'affreux cauchemars dans lesquels elle imaginait les horreurs susceptibles de lui arriver.

Et pour tout arranger, elle avait dans les oreilles un bourdonnement persistant qui menaçait par moments de la rendre folle. C'était comme un bruit de voix très, très lointaines, presque compréhensibles mais jamais tout à fait. Ajouté à son angoisse pour Garion, ce bruit lui donnait le cafard et lui mettait les nerfs en pelote. Même Adara commença à l'éviter.

Ce bourdonnement irritant persistait depuis plusieurs jours lorsqu'elle se rendit compte, tout à fait par hasard, de son origine. Il ne faisait jamais très beau sur l'Ile des Vents, mais au printemps, le temps était particulièrement instable. Une fastidieuse série d'orages s'abattait sur la côte rocheuse et de petites averses s'acharnaient sur la ville et l'île. Par un sombre matin de pluie, la princesse regardait d'un œil morne le jardin détrempé devant la fenêtre de sa chambre. Le feu qui crépitait dans l'âtre ne parvenait pas à lui réchauffer l'âme. Au bout d'un moment, elle poussa un profond soupir et, n'ayant rien de mieux à faire, s'assit à sa coiffeuse et commença à se brosser les cheveux.

Un reflet métallique sur sa gorge attira un instant son regard. C'était le médaillon que Garion lui avait donné juste avant son anniversaire. Le fait de ne pouvoir l'ôter lui faisait encore voir rouge de temps à autre, mais elle avait fini par s'habituer à sa présence. Sans trop réfléchir, elle s'interrompit entre deux coups de brosse et effleura l'amulette du bout des doigts.

— ...mais nous ne pouvons pas intervenir tant que les Arendais et les Tolnedrains n'ont pas achevé leur mobilisation.

C'était la voix du roi Rhodar de Drasnie. Ce'Nedra se retourna en sursaut en se demandant ce que l'imposant monarque pouvait bien venir faire chez elle. Dans ce mouvement, elle retira ses doigts de l'amulette d'argent ; la voix se tut aussitôt. Ce'Nedra regarda autour d'elle, sidérée. Elle fronça les sourcils et reprit son pendentif dans sa main.

— Non, non, protesta une autre voix. Il faut attendre que l'eau frémisse pour ajouter les épices.

Ce'Nedra lâcha à nouveau son médaillon et la voix s'interrompit tout de suite. Fascinée, elle toucha sa médaille pour la troisième fois.

— Tu retapes les lits et je mets de l'ordre. Dépêchons-nous. La reine de Cherek va revenir d'un instant à l'autre.

Intriguée, la princesse palpa son amulette à plusieurs reprises et ses oreilles se promenèrent au hasard dans la Citadelle.

— Le feu est trop chaud. Le fer va tout brûler.

Puis elle surprit un chuchotement.

— Et si quelqu'un vient ? fit une voix de fille.

— Il ne vient jamais personne ici, répondit un jeune homme d'un ton enjôleur. Nous sommes tranquilles, il fait bon, et je t'aime tant...

Ce'Nedra laissa précipitamment retomber sa main, les oreilles en feu.

Au départ, le phénomène paraissait aléatoire ; mais en poursuivant ses expériences, la princesse apprit peu à peu à diriger le phénomène. Au bout de quelques heures d'intense concentration, elle arrivait à parcourir rapidement les paroles échangées dans un secteur donné de la Citadelle jusqu'à ce qu'elle tombât sur une conversation intéressante. Au passage, elle apprit de nombreux secrets, certains passionnants, d'autres pas très jolis. Elle aurait dû se sentir coupable de son indiscrétion, bien sûr, mais pour Nedra sait quelle raison, il n'en était rien.

— Sa Majesté raisonne sainement, fit la voix de Mandorallen. Le roi Korodullin est acquis à notre cause, mais quelques semaines lui seront bien utiles pour réunir les forces arendaises sous sa bannière. Plus préoccupante est la position de l'empereur en cette occurrence. Sans les légions, fort périlleuse serait notre situation.

— Ran Borune n'aura pas le choix, déclara le roi Anheg. Il est lié par les dispositions des Accords de Vo Mimbre.

Brand, le Gardien de Riva, s'éclaircit la gorge.

— Je ne suis pas sûr que ce soit si simple, Majesté, déclara-t-il calmement de sa grosse voix. Les Accords stipulent que les Royaumes du Ponant doivent répondre à une convocation du roi de Riva, or Belgarion n'est pas là pour émettre cette convocation.

— Nous agissons en son nom, décréta le roi Cho-Hag.

— Tout le problème consiste à en convaincre Ran

Borune, souligna Rhodar. Je connais les Tolnedrains. Ils feront éplucher les Accords par des bataillons d'experts juridiques, et l'empereur ne se considérera comme légalement obligé de se joindre à nous que si Belgarion en personne le lui signifie. Seul le roi de Riva pourra le convaincre de prendre les armes.

Ce'Nedra laissa retomber sa main. Un projet commençait à germer dans son esprit. Un projet excitant, mais elle n'était pas certaine de pouvoir le mener à bien. Les Aloriens avaient la tête dure et peu de goût pour les idées nouvelles, elle avait eu l'occasion de s'en rendre compte. Elle posa sa brosse à cheveux et s'approcha d'un petit coffre appuyé contre le mur, près de la fenêtre. Elle l'ouvrit et commença à fouiller dedans. Au bout d'un moment, elle trouva ce qu'elle cherchait : un petit rouleau de parchemin. Elle le déroula, le parcourut rapidement du regard et relut plusieurs fois avec attention le passage auquel elle songeait. Il semblait bien vouloir dire ce qu'elle espérait.

Elle passa le restant de la journée à remâcher son idée. Même en étant optimiste, il y avait peu de chances que l'on réussisse à rattraper Garion et à le ramener. Belgarath et le prince Kheldar étaient les rois de l'évasion. Ils ne se laisseraient pas cueillir comme ça. Toute tentative de poursuite constituait une perte de temps, mais Polgara n'avait pas encore assez recouvré son sang-froid pour voir les choses sous cet angle. Il incombait donc à Ce'Nedra de prendre les mesures de diversion destinées à minimiser les dangers encourus par Garion au moment où il entrerait en territoire angarak. Elle n'avait plus qu'à convaincre les rois d'Alorie qu'elle était seule à pouvoir agir.

Elle se leva tôt le lendemain matin pour s'apprêter. Elle devait avoir l'air en tout point impériale, bien sûr. Elle choisit une robe de velours émeraude et une cape assortie — elle savait qu'elle faisait son petit effet en vert. Son diadème de feuilles de chêne évoquait suffisamment une couronne pour jouer le rôle voulu. Elle se félicita d'avoir attendu le matin ; les hommes étaient plus malléables en début de journée, elle avait eu cent fois l'occasion de le vérifier. Ils commenceraient par résister, et elle tenait à ce que l'idée fasse son chemin dans leurs cervelles avant qu'ils soient trop réveillés. Elle inspecta une dernière fois sa tenue dans la psyché de sa chambre tout en affirmant son impériale détermination et en classant ses arguments. Toute objection devait recevoir une réponse immédiate. Elle se mit soigneusement en condition et se dirigea vers la porte, son rouleau de parchemin à la main.

La salle du conseil où les rois d'Alorie avaient l'habitude de se réunir était une vaste pièce aux poutres apparentes située au sommet d'une massive tour. Le sol était garni d'un tapis brun. La pluie giflait les murailles de la Citadelle derrière les fenêtres flanquées de tentures marron. Une cheminée où un homme aurait tenu debout à l'aise occupait le fond de la pièce. Les autres murs étaient couverts de cartes et l'immense table disparaissait sous les parchemins et les chopes de bière. Le roi Anheg était affalé dans un fauteuil, devant la porte. Il portait son éternelle robe bleue et sa couronne ébréchée était en équilibre instable sur son crâne hirsute. Il avait l'air un peu primitif comme toujours. Le roi Rhodar paraissait immense dans son manteau écarlate, mais les autres rois et les généraux étaient vêtus plus simplement.

Ce'Nedra entra dans la salle sans frapper. Les hommes se levèrent précipitamment, un peu embarrassés par sa présence. Elle braqua sur eux un regard impérial.

— Altesse, commença le roi Rhodar avec une révérence majestueuse. C'est un grand honneur. Y a-t-il...

— Majesté, Messieurs, répondit-elle en inclinant la tête, je viens requérir votre avis dans une affaire d'Etat.

— Nous sommes à la disposition de Son Altesse, répliqua le roi Rhodar, une petite étincelle dans l'œil.

— En l'absence du roi Belgarion, il apparaît que je dois agir en ses lieu et place, annonça Ce'Nedra, et j'ai besoin de vos conseils sur la procédure à suivre. Je souhaiterais que le transfert du pouvoir s'effectue en douceur.

Ils la contemplèrent comme s'ils n'en croyaient pas leurs oreilles.

Le roi Rhodar fut le premier à recouvrer ses esprits.

— C'est une proposition intéressante, Votre Altesse, murmura-t-il civilement, mais nous avons pris d'autres résolutions. Il existe un précédent de longue durée en ce domaine. Que Son Altesse soit néanmoins remerciée de Son aimable proposition.

— Ce n'était pas à proprement parler une proposition, Majesté, déclara Ce'Nedra. Et les précédents ne font pas juridiction.

Tandis que le roi Anheg s'étouffait dans son double menton, Rhodar avança en douceur. Ce'Nedra se rendit compte que le roi de Drasnie à la panse rebondie constituerait probablement son plus redoutable adversaire — ou son allié le plus précieux.

— C'est avec le plus grand intérêt que nous examinerions l'instrument qui investit Votre Altesse de l'autorité royale, reconnut-il. Je présume que ce parchemin y fait allusion ?

— En effet, Majesté, confirma Ce'Nedra. Ce document établit très clairement la liste de mes prérogatives.

— Vous permettez ? commença Rhodar en tendant la main.

Ce'Nedra lui tendit le parchemin qu'il déroula avec soin.

— Euh... Ceci est le contrat de fiançailles de Son Altesse. Sans doute pensait-Elle nous apporter un autre document ?

— Le passage en cause se trouve au quatrième paragraphe, Majesté.

Rhodar parcourut très vite le paragraphe incriminé en fronçant les sourcils.

— Intéressant, marmonna-t-il en se grattant l'oreille.

— Alors Rhodar, gémit Anheg. Qu'est-ce que ça dit ?

Le roi Rhodar s'éclaircit la gorge et lut à haute voix.

— Il est conclu que le roi Belgarion et la reine régneront conjointement, et qu'en l'absence du roi, la reine assumera le plein et entier exercice du pouvoir et des responsabilités du trône de Riva.

— Montrez-moi ça, exigea Anheg en lui arrachant le parchemin des mains.

— Ça ne veut rien dire, protesta Brand. Elle n'est pas encore reine. Elle ne le sera qu'après le mariage.

— Ce n'est qu'une formalité, Messire Gardien, riposta Ce'Nedra.

— Non négligeable, ce me semble, répliqua-t-il.

— Le précédent est bien établi, rappela-t-elle fraîchement. A la mort du roi, son successeur assure le pouvoir, que le couronnement ait eu lieu ou non.

— Ce n'est pas la même chose, grommela Brand.

— La différence m'échappe, Messire. J'ai été désignée pour assurer la souveraineté conjointement avec Belgarion. En cas de carence ou de besoin, je suis tenue de prendre les rênes du pouvoir. Tels sont mon droit et mon devoir. Les formalités devront attendre, par force, mais *je suis* bel et bien la reine de Riva. Ainsi l'a voulu et résolu le roi Belgarion. Entrerait-il dans vos intentions de défier votre souverain ?

— Il y a quelque chose dans ce qu'elle dit, Messire Gardien, remarqua le comte de Seline d'un ton méditatif. Le document est parfaitement explicite.

— Ah ! tenez ! s'exclama triomphalement Anheg. Il est dit au paragraphe deux que si le mariage n'avait pas lieu, tous les présents seraient retournés à leurs donateurs. Le mariage n'a pas encore eu lieu.

— Je ne suis pas sûr que le pouvoir soit un cadeau, Anheg, remarqua le roi Fulrach. On ne peut pas le donner et le reprendre comme ça.

— Il n'est pas question qu'elle prenne le pouvoir, décréta Anheg avec obstination. Elle ne connaît rien aux Aloriens.

— Pas plus que Garion, murmura le roi Cho-Hag de sa voix douce. Elle apprendra tout comme lui.

Ce'Nedra avait soigneusement jaugé leurs dispositions d'esprit. La plupart paraissaient à tout le moins prêts à envisager sa proposition. Seuls les deux conservateurs, Brand et Anheg, semblaient lui offrir une quelconque résistance. Le moment était venu de se retirer dignement sur une offre désarmante.

— Je vous laisse étudier l'affaire, Messieurs, déclara-t-elle d'un petit ton hautain. Je tiens toutefois à vous dire encore une chose : je réalise pleinement la gravité de la situation à laquelle est confronté le Ponant. Je ne suis qu'une petite fille peu habituée aux subtilités de la politique et de la stratégie, poursuivit-elle avec un sourire irrésistible, et je ne prendrai jamais aucune décision en ce domaine sans prendre conseil auprès de vous, Messieurs.

Elle s'inclina alors devant le roi Rhodar, et son choix était délibéré.

— Votre Majesté, j'attends votre décision.

Il s'inclina à son tour, peut-être un peu plus bas qu'il n'aurait fallu.

— Majesté, répondit-il avec un petit clin d'œil.

Ce'Nedra se retira et vola jusqu'à ses appartements. Elle referma la porte derrière elle en haletant, effleura son talisman de ses doigts tremblants et passa rapidement en revue les conversations en cours jusqu'à ce qu'elle eût trouvé la bonne.

— ...refuse de prendre part à cette absurdité, ronchonnait Anheg.

— Anheg, mon ami, mon frère, disait le roi Fulrach de Sendarie avec une fermeté surprenante, je vous aime de tout mon cœur mais je trouve parfois que vous raisonnez comme une pantoufle. Ne serait-il pas plus digne d'un roi d'envisager sans passion les points forts et les points faibles de la situation ?

— Les Aloriens ne la suivront jamais, décréta Anheg. Pour un point faible, ça se pose là.

— Les Aloriens nous suivraient bien, nous, assura calmement le roi Cho-Hag. Après tout, ce ne sera qu'une figure de proue, un symbole d'unité.

— Le roi Cho-Hag a touché du doigt le point crucial, reprit le roi Rhodar. Mille excuses, Baron Mandorallen, mais les Arendais sont complètement désunis. Les Asturiens et les Mimbraïques sont sur le point de rouvrir les hostilités, et les déclarations du roi Korodullin ont de bonnes chances de demeurer lettre morte en Arendie du Nord — auquel cas les chevaliers mimbraïques ne pourront pour ainsi dire pas faire autrement que de rester chez eux afin de se défendre en cas de soulèvement asturien. Nous avons besoin des archers asturiens et des chevaliers mimbraïques. Il faut donc que quelqu'un leur fasse oublier leurs querelles pour se joindre à nous.

— Force m'est d'abonder dans le sens de Sa Majesté, approuva Mandorallen. Ma pauvre Arendie a grand besoin de se rallier à une cause venue du dehors. Onc n'aura la sagesse de réaliser seule son unité.

— Bon, fit la grosse voix de Barak. La grande idée, c'était de mettre une couronne sur la tête de Garion et de le laisser caracoler à la tête de l'armée, un point c'est tout. Je pense qu'aucun de vous ne le voyait général en chef ? Eh bien, Ce'Nedra jouera ce rôle aussi bien que lui ! En plus, on peut compter sur les Arendais pour fondre devant une jolie fille. Ce contrat de fiançailles confère au moins un semblant de légitimité à sa requête. Nous n'avons qu'à faire comme si nous l'acceptions et parler très vite. Ajoutez à ça la perspective d'une jolie petite guerre n'importe où, et les Arendais nous suivront comme un seul homme. Enfin, c'est mon avis.

— Pensez surtout à l'impact qu'elle aura en Tolnedrie, souligna le roi Rhodar. Ran Borune lui passe tous ses caprices ; il acceptera peut-être de lui confier ses légions — du moins quelques-unes —, ce qu'il ne nous accorderait jamais à nous. Il verra tout de suite l'avantage politique de lui laisser prendre le commandement. Je n'ai pas une passion pour les Tolnedrains, mais nous avons besoin de ces légions. C'est la meilleure force combattante au monde. S'il le faut, je suis prêt à m'agenouiller devant Ce'Nedra pour les obtenir. Qu'elle joue à la reine si ça peut lui faire plaisir.

Ce'Nedra esquissa un sourire. Les choses allaient encore mieux qu'elle n'espérait. L'un dans l'autre, elle n'était pas mécontente d'elle. Elle s'assit à sa coiffeuse et commença à se brosser les cheveux en fredonnant.

CHAPITRE XXIII

Delban, l'armurier, était une grande brute revêche au crâne dégarni, aux épaules larges, aux énormes mains calleuses et à la barbe grisonnante. Mais c'était aussi un homme de l'art, un artiste, et il n'avait aucun respect pour personne. Ce'Nedra le trouva impossible.

— Je ne fais pas d'armures pour dames, répondit-il tout de suite quand elle entra dans son atelier en compagnie de Durnik, le forgeron.

Puis il lui tourna le dos et se mit à frapper à grand bruit une plaque d'acier rougeoyant. Ce'Nedra mit près d'une heure à le convaincre d'envisager cette idée. Les murs de brique rouge semblaient refléter la chaleur de la forge et l'intensifier. Ce'Nedra transpirait à grosses gouttes. Elle avait fait des croquis d'une jolie armure et n'en était pas peu fière, mais Delban y jeta à peine un coup d'œil et éclata d'un rire rauque.

— Je ne vois pas ce que ça a de si drôle, remarqua-t-elle.

— Vous seriez comme une tortue là-dedans, s'esclaffa-t-il. Vous ne pourriez plus bouger.

— C'était uniquement pour vous donner une idée générale, déclara-t-elle en s'efforçant de garder son calme.

— Soyez une bonne petite fille et allez trouver une couturière, suggéra-t-il. Moi, je travaille l'acier, pas le brocart ou le satin. Une armure comme ça serait inutilisable et tellement inconfortable que vous ne pourriez même pas l'enfiler.

— Eh bien, modifiez-la, grinça-t-elle entre ses dents serrées.

Il jeta un nouveau coup d'œil à ses dessins, les réduisit en boule et les jeta dans un coin.

— Grotesque, grommela-t-il.

Ce'Nedra alla récupérer ses esquisses en résistant à l'envie de hurler.

— Qu'est-ce qui ne va pas ? insista-t-elle.

— Ici, c'est bien trop long, fit-il en pointant un énorme doigt sur l'épaule de l'armure qu'elle avait dessinée. Vous ne pourriez pas lever le bras. Et là, reprit-il en indiquant l'entournure de la cuirasse, si je la fais aussi serrée, vous allez vous retrouver avec les bras raides comme des piquets. Vous ne pourrez même pas vous gratter le nez. Tant qu'on y est, où avez-vous pêché cette idée ? C'est une cotte de mailles que vous voulez ou une armure ? Il faut choisir.

— Pourquoi ?

— A cause du poids. Vous ne pourrez jamais porter tout ça.

— Eh bien, allégez-la ! Vous n'en êtes pas capable ?

— Je saurais faire une toile d'araignée si ça pouvait être utile à quelque chose, mais ça... qu'est-ce que vous en feriez ? On pourrait la percer avec un canif.

Ce'Nedra inspira bien à fond.

— Maître Armurier, commença-t-elle d'un ton égal, regardez-moi. Croyez-vous qu'il y ait au monde un seul guerrier assez petit pour que j'espère lui livrer combat ?

Il considéra sa silhouette minuscule en se grattant le crâne et baissa les yeux avec une moue.

— Vous n'êtes pas très grande pour votre âge, admit-il. Mais si vous ne voulez pas vous battre, pourquoi avez-vous besoin d'une armure ?

— Ce ne sera pas vraiment une armure, expliqua-t-elle en commençant à perdre patience. Mais il faut que j'aie l'air d'être cuirassée. C'est une sorte de déguisement.

Elle n'aurait pas pu être plus maladroite. Delban se renfrogna et lui envoya son dessin à la figure. Elle mit encore dix bonnes minutes à l'amadouer. En fin de compte, après pas mal de pommade et de ronds de jambe, elle parvint à le convaincre d'envisager l'affaire comme une sorte de défi artistique.

— Très bien, accepta-t-il enfin, l'air peu amène. Déshabillez-vous.

— Comment ?

— Enlevez votre robe, répéta-t-il. Il faut bien que je prenne vos mesures.

— Vous vous rendez compte de ce que vous me demandez ?

— Ma petite fille, reprit-il avec humeur, je suis marié. J'ai cinq filles toutes plus grandes — plus âgées que vous. Vous avez bien quelque chose en dessous, non ?

— Oui, mais...

— Bon, eh bien, la pudeur est sauve. Enlevez votre robe.

Ce'Nedra ôta sa robe, le visage en feu. Durnik, qui n'avait pas perdu une miette de l'échange, tourna discrètement le dos, un grand sourire accroché aux oreilles.

— Vous ne mangez pas assez, commenta Delban. Vous êtes maigre comme un coucou.

— Je me dispenserai de vos commentaires, riposta-t-elle avec aigreur. Et faites vite. Je ne vais pas passer la journée en chemise.

Delban prit, à l'aide d'une cordelette nouée à intervalles réguliers, un grand nombre de mesures qu'il nota soigneusement sur une planchette.

— Très bien, déclara-t-il enfin. Ça devrait aller. Vous pouvez vous rhabiller.

Ce'Nedra s'empressa de réintégrer sa robe.

— Ça va vous prendre combien de temps ? s'informa-t-elle.

— Deux trois semaines.

— Impossible. Il me la faut la semaine prochaine.

— Deux semaines, répéta-t-il avec obstination.

— Dix jours, contra-t-elle.

Pour la première fois depuis qu'elle avait mis les pieds dans son atelier, le bonhomme eut un sourire.

— Elle sait ce qu'elle veut, hein ? dit-il à l'intention de Durnik.

— C'est une princesse, lui rappela Durnik. Quand elle veut quelque chose, elle finit toujours par l'obtenir.

— Très bien, ma petite princesse maigrichonne, conclut Delban en riant. Dix jours.

Ce'Nedra lui dédia son sourire le plus radieux.

— Je savais bien qu'on finirait par se mettre d'accord.

Dix jours plus tard, la princesse retournait à la forge de Delban, Durnik à la remorque comme toujours. L'homme de l'art lui avait forgé une cotte de mailles d'une légèreté presque arachnéenne. Le heaume d'acier fin, couronné d'or, était surmonté d'un plumet blanc. Les jambières gainaient à la perfection les tibias de Ce'Nedra. L'armure était accompagnée d'un écu de métal repoussé cerclé de laiton et d'une épée légère à la poignée et au fourreau ouvragés.

Mais Ce'Nedra regardait son pectoral avec réprobation. Pourtant il lui allait très bien — peut-être même un peu trop.

— Vous n'avez rien oublié ? protesta-t-elle.

Delban prit le pectoral dans ses grosses pattes.

— Tout y est, rétorqua-t-il en l'examinant. Le plastron, le dos et toutes les courroies pour les assembler. Qu'est-ce que vous voulez de plus ?

— Il ne serait pas un peu... au-dessous de la vérité ? suggéra-t-elle avec délicatesse.

— Il est sur mesure, répondit-il. Ce n'est pas ma faute si la vérité n'est pas très flatteuse.

— Je préférerais qu'il soit un peu plus...

Elle esquissa une courbe avec les mains.

— Pour quoi faire ?

— Peu importe. Je le voudrais comme ça, c'est tout.

— Et qu'est-ce que vous allez mettre dedans ?

— Ça, c'est mon problème. Faites ce que je vous dis, un point c'est tout.

Il flanqua un énorme marteau sur son enclume.

— Eh bien, faites-le vous-même ! explosa-t-il.

— Durnik, implora Ce'Nedra.

— Oh non ! Princesse ! refusa le forgeron. Je ne toucherais jamais aux outils d'un autre. Ça ne se fait pas.

— Je vous en prie, Delban, pleurnicha-t-elle.

— C'est complètement idiot, décréta-t-il, le visage fermé.

— C'est important, plaida-t-elle. Si je la mets comme ça, on va me prendre pour un petit garçon. Quand les gens me verront, il faut qu'ils sachent que je suis une femme. C'est très important. *Terriblement important*. Vous ne pourriez pas, euh juste un peu ? répéta-t-elle en mettant ses mains en coupe.

Delban jeta à Durnik un regard écœuré.

— Il fallait vraiment que vous me l'ameniez, hein ?

— Tout le monde m'a dit que vous étiez le meilleur, objecta Durnik d'un ton suave.

— Juste un tout petit peu, Delban, insista Ce'Nedra.

Delban rendit les armes.

— Oh ! ça va ! grommela-t-il en ramassant son marteau. Tout ce que vous voulez, mais sortez de chez moi. Et ne comptez pas sur moi pour aller jusque-là, fit-il en simulant un buste de cantatrice.

— Je m'en remets à votre bon goût, Delban, assura-t-elle en lui tapotant la joue avec un petit rire confiant. Disons demain matin ?

Parfait, décida Ce'Nedra en s'observant dans son miroir, le lendemain matin.

— Eh bien, Adara, qu'en dites-vous ? demanda-t-elle à son amie.

— Elle est vraiment très belle, Ce'Nedra, répondit la grande fille, d'un ton un peu incertain.

— C'est exactement ce que je voulais, déclara Ce'Nedra, rayonnante, en tournant sur elle-même.

La cape bleue fixée à ses épaulières se gonfla et voltigea d'une façon très théâtrale. Sous sa cuirasse, elle portait une cotte de mailles luisante qui lui arrivait aux poignets et aux genoux. Ses mollets et ses bras étaient protégés par des jambières et des brassards incrustés de laiton, Delban ayant obstinément refusé de travailler l'or. Force était à Ce'Nedra de reconnaître que l'armure la grattait un peu à travers ses épais sous-vêtements de lin, mais elle était prête à tout supporter. Elle brandit son épée en étudiant l'effet produit dans sa psyché.

— Vous ne la tenez pas comme il faut, Ce'Nedra, lui signala aimablement Adara.

— Montrez-moi comment il faut faire, demanda Ce'Nedra en lui tendant l'arme.

Adara empoigna fermement l'épée, la pointe basse. Elle avait l'air très compétente.

— Où avez-vous appris à manier l'épée ? s'étonna Ce'Nedra.

— Avec un professeur d'escrime, répondit Adara en lui rendant son arme. C'est un enseignement traditionnel chez nous.

— Aidez-moi à mettre mon bouclier.

Elles finirent, en joignant leurs efforts, par revêtir la princesse de tout son harnachement guerrier.

— Comment faites-vous pour ne pas vous prendre les pieds dedans ? questionna Ce'Nedra en triturant le long fourreau accroché à sa taille.

— Maintenez la poignée, lui conseilla Adara. Vous voulez que je vous accompagne ?

Ce'Nedra réfléchit un instant en se lissant les cheveux avant de remettre fermement en place son heaume empanaché.

— Je ne pense pas, décida-t-elle un peu à regret. Il vaut mieux que je les affronte seule, je crois. Ça va ?

— Vous êtes parfaite, lui assura Adara.

Une idée traversa tout à coup l'esprit de la princesse.

— Et s'ils éclatent de rire ? évoqua-t-elle d'une voix terrifiée.

— Vous pourrez toujours leur brandir votre épée sous le nez, suggéra gravement Adara.

— Vous vous moquez de moi, Adara ?

— Je ne me permettrais jamais, Princesse, rétorqua Adara sans broncher.

Arrivée devant la porte de la salle du conseil, Ce'Nedra respira un bon coup et entra à nouveau sans frapper. L'inverse n'eût pas été de mise ; autant dire tout de suite qu'elle n'était pas très sûre d'être ici chez elle.

— Eh bien, Messieurs ?

Elle avança vers le centre de la pièce afin que les rois et les généraux assemblés la voient bien et tourna sur elle-même pour leur faire admirer son armure.

— Majesté, commença le roi Rhodar en se levant et

en s'inclinant avec civilité, nous nous inquiétions de votre silence. La raison en est maintenant amplement claire.

— Alors, ça vous plaît ? demanda-t-elle avant d'avoir eu le temps de se retenir.

Le roi Rhodar promena sur elle un regard rêveur.

— Très très impressionnant, déclara-t-il à l'intention des autres. Tout ce qu'il faut là où il faut. Les Arendais vont lui coller après comme des mouches, et les Tolnedrains... Ça, pour les Tolnedrains, on verra plus tard.

— J'ai tout de même l'impression qu'on me force la main, se lamenta le roi Anheg, et on aurait dit qu'une tempête faisait rage sous son crâne. Toute cette histoire me caille les sangs dans les veines, mais je n'arrive pas à trouver d'arguments rationnels pour m'y opposer.

Il observa Ce'Nedra d'un œil critique.

— Elle n'est pas mal, convint-il du bout des lèvres. C'est rigoureusement contre nature, bien sûr, mais l'armure ajoute un petit quelque chose. Il se pourrait que ça marche, après tout.

— Je suis très heureuse d'avoir l'accord de Votre Majesté, déclara Ce'Nedra en réfrénant son enthousiasme.

Son armure lui interdisant de s'incliner, elle eut un petit rire impuissant et regarda cette grande brute de roi de Cherek en battant des cils.

— Ne faites pas ça, Ce'Nedra. J'ai déjà assez d'ennuis de ce côté-là, reprit-il d'un ton courroucé en dardant sur elle un œil torve. Très bien, ajouta-t-il enfin. Puisqu'il est entendu qu'elle ne prendra aucune décision, j'accepte. Ça ne me plaît pas beaucoup, mais ce n'est pas le problème, j'imagine, conclut-il en se levant pour la gratifier d'une révérence. Majesté, articula-t-il comme si ces paroles allaient l'étouffer.

Ce'Nedra lui dédia un immense sourire et esquissa machinalement une courbette en réponse à la sienne.

— Ne vous inclinez pas, Ce'Nedra, lui conseilla-t-il avec un regard peiné. Le Suzerain du Ponant ne le cède à personne. Ça ne marchera jamais, Rhodar, enchaîna-t-il, exaspéré, en se tournant vers le roi de Drasnie.

Comment allons-nous l'appeler ? La Suzeraine de l'Ouest ? Nous allons être la risée des douze royaumes.

— Ce sera la reine de Riva, mon cher Anheg, répondit le roi Rhodar avec urbanité. Et nous fracasserons le crâne de tous ceux qui refuseront de s'incliner devant elle.

— Et comment, grincha Anheg. Si je m'incline devant elle, j'entends que tout le monde en fasse autant.

— Eh bien, je suis contente que tout soit arrangé, fit une voix familière venant d'un coin sombre de la salle du conseil.

— Dame Polgara, hoqueta Ce'Nedra, un peu confuse. Je ne vous avais pas vue.

— C'est assez évident, commenta Polgara. Vous ne perdez pas de temps, n'est-ce pas, mon chou ?

— Je... commença Ce'Nedra.

Polgara posa soigneusement sa tasse à thé et s'avança dans la lumière. Elle avait le visage grave, mais la princesse remarqua une petite étincelle amusée dans le regard qu'elle braqua sur sa cuirasse.

— Très intéressant, dit-elle simplement.

Ce'Nedra fut anéantie.

— Messieurs, commença Polgara, je suis sûre que vous avez encore beaucoup de choses à débattre. Pendant ce temps, nous devons avoir une petite discussion, Sa Majesté et moi-même. Je suis sûre que vous nous excuserez. Venez, Ce'Nedra, ordonna-t-elle en se dirigeant vers la porte sans un regard en arrière.

La princesse la suivit en tremblant.

Polgara ne dit pas un mot tant qu'elle n'eut pas regagné ses appartements. Puis, ayant refermé la porte derrière elle, elle se retourna et braqua un regard noir sur la princesse en armure.

— Je me suis laissé dire que vous n'étiez pas restée inactive, Ce'Nedra. Ça vous ennuierait de m'expliquer ?

— Ils n'en finissaient pas de discuter, commença piteusement Ce'Nedra. Ils avaient besoin de quelqu'un pour les unifier.

— Et vous avez décidé de prendre ça sous votre bonnet ?

— Eh bien...

— Et d'abord, comment saviez-vous qu'ils discutaient ?

Ce'Nedra s'empourpra, pas très fière d'elle.

— Je vois, murmura Polgara. Vous avez découvert l'utilisation de l'amulette de ma sœur. Vous êtes très maligne.

— Laissez-moi faire, Dame Polgara ! implora tout à coup Ce'Nedra. Je veux prendre leur tête. Je sais que j'en suis capable. Ne m'empêchez pas de leur prouver que je suis digne d'être l'épouse de Garion et la reine de Riva.

Polgara la contempla d'un air pensif.

— Vous grandissez vite, Ce'Nedra, déclara-t-elle enfin.

— Alors, vous êtes d'accord ?

— Nous allons voir. Enlevez votre heaume, mon chou, et posez votre épée et votre bouclier dans le coin. Je vais faire une bonne tasse de thé et vous me direz ce que vous avez en tête au juste. Je préfère ne pas avoir de surprises quand nous aurons commencé.

— Vous voudriez nous accompagner ?

Cette idée la surprit, elle n'aurait su dire pourquoi.

— Evidemment. Je n'ai pas eu beaucoup de succès avec Garion, mais vous, j'arriverai peut-être à vous garder des ennuis, poursuivit Polgara avec un grand sourire. Ce n'est pas un peu avantageux, mon chou ? ajouta-t-elle en contemplant le pectoral de Ce'Nedra.

Ce'Nedra s'empourpra de plus belle.

— Je me suis dit que ce serait plus... euh...

Elle s'interrompit, à bout d'arguments.

— Ecoutez, Ce'Nedra, vous n'avez pas à être gênée. Vous êtes encore bien jeunette, vous savez. Laissez faire le temps. Les choses s'arrangeront d'elles-mêmes, vous verrez.

— Je suis tellement plate, gémit la princesse, presque désespérée, puis une pensée lui traversa l'esprit. Dites, vous ne pourriez pas... euh...

Elle eut un geste évasif.

— Non, mon chou, répondit fermement Polgara. Ce

ne serait pas une bonne idée. Cela risquerait d'avoir des conséquences néfastes sur certains équilibres subtils, et on ne plaisante pas avec ce genre de chose. Soyez patiente. Quelques enfants auront tôt fait de vous remplumer, si ce n'est que ça.

— Oh ! Dame Polgara ! s'exclama Ce'Nedra avec un petit rire désarmé. On dirait que vous savez tout. Vous êtes la mère que je n'ai jamais eue.

Elle jeta impulsivement les bras autour du cou de Polgara.

— Dites, Ce'Nedra, vous ne voudriez pas enlever votre armure ? suggéra la sorcière en fronçant le nez. Vous sentez le vieux chaudron rouillé.

Ce'Nedra éclata de rire.

Les jours suivants, ils furent un certain nombre à quitter Riva, investis de missions d'une grande importance. Barak fit voile vers le Val d'Alorie, au nord, afin de veiller à l'appareillage de la flotte cheresque. Mandorallen repartit pour Vo Mimbre en vue de faire son rapport au roi Korodullin. Le jeune et fougueux Lelldorin — qui avait reçu le pardon à la demande de Garion — regagna l'Asturie dans le but de procéder à certains préparatifs. Hettar, Relg et le colonel Brendig prirent le bateau à destination de Camaar où ils devaient se séparer et rentrer chez eux pour surveiller les dernières étapes de la mobilisation. Les événements commençaient à s'ébranler suivant leur rythme propre. Le Ponant s'apprêtait inexorablement à la guerre.

CHAPITRE XXIV

La princesse Ce'Nedra ne devait pas tarder à se rendre compte que les Aloriens étaient un peuple d'une grande richesse émotionnelle. Elle fut très vite obligée de renoncer à la vision stéréotypée des Tolnedrains qui ne voulaient voir dans cette race nordique qu'un ramassis de brutes et de sauvages à peine civilisés. Elle découvrit à la place des hommes d'une extraordinaire complexité, souvent capables d'un large éventail d'émotions subtiles.

Mais le roi Anheg de Cherek n'avait rien de subtil quand il fit irruption dans la salle du conseil, quelques jours plus tard. Il était dans un état de fureur apocalyptique, les yeux lui sortant de la tête et le visage en feu.

— Vous avez une idée de ce que vous avez fait ? beugla-t-il en se plantant devant Ce'Nedra.

— De quoi Votre Majesté veut-elle parler ? questionna-t-elle sans s'émouvoir.

— De Cherek ! fulmina-t-il, et sa couronne ébréchée glissa sur son oreille. Votre petit jeu a donné à ma femme la brillante idée de diriger mon pays dans mon dos !

— Etant votre épouse, Sire Anheg, il est juste qu'elle s'occupe du royaume en votre absence, riposta fraîchement Ce'Nedra.

— Qu'elle s'en *occupe* ? hurla-t-il. Mais Islena n'a pas de cervelle. Elle n'a rien entre les oreilles, que du vide.

— Alors, pourquoi l'avez-vous épousée ?

— Pas pour sa jugeote, en tout cas.

— Elle vous étonnera peut-être, Anheg, souffla le roi Rhodar, un peu amusé.

— La seule chose qui m'étonnerait ce serait de retrouver quelque chose en rentrant, répliqua Anheg en se laissant tomber dans un fauteuil. Et je ne peux rien faire pour l'arrêter. Quoi que je lui dise, elle prendra la direction des opérations sitôt que j'aurai tourné les talons. Ça va être un désastre. Les femmes n'ont pas à faire de politique. Elles ont la cervelle trop fragile pour ça.

— Je crains, mon cher Anheg, que cette vision des choses ne vous vaille quelque inimitié dans le contexte présent, ricana le roi Rhodar.

Il assortit son commentaire d'un coup d'œil à Polgara qui avait haussé le sourcil lors de la dernière remarque du roi Anheg.

— Oh ! pardon Polgara, marmonna celui-ci, embarrassé. Je ne voulais pas parler de vous, évidemment. Pour moi, vous n'êtes pas une femme.

— A votre place, Anheg, je m'en tiendrais là, conseilla le roi Rhodar. Vous vous êtes assez enfoncé pour aujourd'hui.

— Ce n'est rien, Rhodar, coupa Polgara d'un ton glacial. Je trouve les observations du roi de Cherek très intéressantes.

Anheg accusa le coup.

— Je ne vous comprendrai jamais, poursuivit le roi Rhodar. Enfin, Anheg, vous avez fait les études les plus approfondies qui se puissent imaginer dans le Nord. Vous avez étudié les arts, la poésie, l'histoire et la philosophie, mais vous êtes, dans ce domaine très particulier, aussi obtus qu'un paysan illettré. Qu'est-ce qui vous dérange tellement dans l'idée qu'une femme puisse assumer le pouvoir ?

— C'est... Ce n'est pas normal, balbutia Anheg. Les femmes ne sont pas faites pour diriger. Ce n'est pas dans l'ordre des choses.

— Je pense que cette conversation ne nous mènera nulle part, observa Polgara. Si vous voulez bien m'excuser, Messieurs, nous avons, Sa Majesté et moi-même, des préparatifs à faire.

Elle se leva et quitta la salle du conseil, emmenant Ce'Nedra avec elle.

— Il est vraiment soupe au lait, remarqua Ce'Nedra comme elles suivaient les couloirs de la Citadelle de Poing-de-Fer en direction des appartements de dame Polgara.

— Il a parfois tendance à dramatiser, convint Polgara. Mais ses éclats ne sont pas toujours gratuits et spontanés. Je le soupçonne parfois d'adopter ce comportement en s'imaginant que c'est ce que les gens attendent de lui. Cela dit, il a raison sur un point, poursuivit-elle en s'assombrissant. Islena n'est pas faite pour le pouvoir. Je crois que nous allons être obligées de lui dire deux mots — ainsi qu'à ces dames, conclut-elle en ouvrant la porte de ses appartements.

La majeure partie des ravages provoqués par sa mémorable colère avaient été réparés, et seules quelques éraflures sur les murs de pierre témoignaient encore de sa violence. Polgara s'assit à une table et regarda la lettre qu'elle avait reçue le matin même de la reine Porenn de Drasnie.

— Nous ne rattraperons plus mon père et ses compagnons, maintenant, c'est assez évident, observa-t-elle d'un ton plein de regret. Enfin, cela nous fait tout de même un souci de moins.

— Comment cela ? releva Ce'Nedra en s'installant en face d'elle.

— Nous nous interrogions sur la guérison de mon père, après sa prostration de cet hiver. D'après Porenn, il aurait retrouvé tous ses moyens — ce qui ne présente pas que des avantages, conclut-elle en reposant la lettre de Porenn. Je pense que le moment est venu pour nous d'avoir une petite conversation, Ce'Nedra. Vous avez beaucoup manœuvré et intrigué ces dernières semaines. Je veux maintenant savoir ce que vous avez derrière la tête au juste. Pourquoi vous êtes-vous tant ingéniée à corner votre nouveau titre aux oreilles de tout le monde ?

Ce'Nedra s'empourpra.

— Enfin, Dame Polgara, *je suis* la reine de Riva, répondit-elle avec raideur.

— Ne dites donc pas de bêtises. Vous portez une couronne de carton pâte parce que Rhodar a décidé de vous la laisser porter, et parce qu'il a réussi à convaincre Anheg, Brand et Cho-Hag que vous ne feriez pas de dégâts. Allons, à quel jeu jouez-vous ?

Ce'Nedra se tortilla, mal à l'aise sous le regard direct de Polgara.

— Il faut rallier les Arendais et les légions de mon père à notre cause, décréta-t-elle comme si cela expliquait tout.

— C'est assez évident.

— Mais les rois d'Alorie n'y seraient jamais arrivés tout seuls.

— Et pourquoi pas ?

— Parce que jamais un comité n'arrivera à conquérir le cœur du peuple.

Ce'Nedra avait lâché le morceau, à présent. Elle continua sur sa lancée.

— Garion aurait pu le faire. A l'appel du roi de Riva, le Ponant tout entier se serait levé comme un seul homme. Mais Garion n'est pas là, alors il faut bien que quelqu'un le fasse à sa place. J'ai étudié l'histoire, Dame Polgara. Jamais une armée levée par un comité n'a remporté la victoire. Le succès d'une armée dépend de l'état d'esprit de ses hommes, et les soldats ont besoin d'un chef, de quelqu'un qui embrase leur imagination.

— Et vous vous êtes portée candidate ?

— Ça n'a pas forcément besoin d'être quelqu'un de brillant ou je ne sais quoi. Mais il faut que ce soit un personnage bien reconnaissable — et hors du commun.

— Et vous pensez qu'une femme sera assez reconnaissable et hors du commun pour soulever les foules — et, accessoirement, incarner une menace suffisante pour attirer l'attention sans partage de Taur Urgas et 'Zakath, l'empereur de Mallorée ?

— Au moins, ça ne s'est encore jamais vu, répondit Ce'Nedra, un peu sur la défensive.

— Il y a bien des choses qui ne se sont encore jamais vues, Ce'Nedra. Ce n'est pas nécessairement un critère — et qu'est-ce qui vous a dit que je ne faisais pas l'affaire ?

Ce'Nedra déglutit péniblement.

— Vous étiez tellement furieuse, balbutia-t-elle, et je ne savais pas combien de temps vous alliez rester en colère. Il fallait passer à l'action sans perdre de temps. Et puis...

La voix lui manqua.

— Allez-y.

— Mon père ne vous aime pas, bredouilla Ce'Nedra. Jamais il n'aurait donné l'ordre à ses légions de vous suivre. Moi seule ai une chance de le convaincre de se joindre à nous. Pardonnez-moi, Dame Polgara. Je n'avais pas l'intention de vous offenser, loin de là.

Polgara écarta ses excuses d'un geste et pesa ses arguments, le regard songeur.

— En tout cas, vous donnez l'impression d'avoir réfléchi au problème, conclut-elle. Très bien, Ce'Nedra, nous allons essayer votre méthode — en attendant mieux. Mais pas d'excentricités. Maintenant, je pense qu'une petite conversation avec ces dames s'impose.

Cet après-midi-là eut lieu dans les appartements de Polgara une conférence concernant des affaires d'Etat. Polgara attendit calmement que le petit groupe fût au complet avant de s'adresser à elles.

— Mesdames, commença-t-elle avec une certaine solennité, d'ici très peu de temps, les Aloriens et d'autres rois vont prendre les armes et s'engager dans une expédition d'une importance capitale.

— Vous voulez dire... la guerre, Pol ? intervint la reine Layla d'une voix mourante.

— Nous ferons tout pour éviter cette extrémité, lui assura Polgara. Quoi qu'il en soit, après le départ de vos époux respectifs, les affaires intérieurs du pays retomberont sur les épaules de chacune d'entre vous. Je veux voir un certain nombre de choses avec vous avant notre départ. Votre mari, Islena, dit-elle en se tournant vers la reine de Cherek, somptueuse dans sa robe de velours rouge, n'envisage pas d'un bon œil de vous abandonner le pouvoir à Cherek.

— Il y a des moments où Anheg devient vraiment assommant, renifla Islena.

— Essayez de ne pas le provoquer. Glissez-lui une ou deux fois dans le tuyau de l'oreille que vous vous laisserez guider par des hommes de confiance. Cela devrait le rassurer un peu. La campagne ne nous emmènera pas si loin que vous ne puissiez entrer en contact avec nous — au début, du moins, poursuivit-elle en les parcourant du regard. En cas de problème grave, faites immédiatement passer un message à vos époux. Vous assurerez le quotidien. Je pense qu'une fois vos maris partis, vous devriez garder le contact, ainsi qu'avec Porenn à Boktor et Mayaserana à Vo Mimbre. Vous avez chacune des points forts et des points faibles, mais ne craignez pas de prendre conseil les unes des autres et tout se passera bien.

— Nous pourrions peut-être mettre sur pied une sorte de réseau de communication, suggéra la reine Layla d'un ton méditatif. Des messagers, des relais pour les chevaux, des vaisseaux rapides — ce genre de chose. Les Tolnedrains font cela depuis des siècles.

— Je suis sûre que vous arriverez très bien à vous organiser, Layla, commenta Polgara en souriant. Surtout, écoutez bien tout ce que vous dira Porenn. Je sais qu'elle est très jeune et n'aime pas se mettre en avant, mais les services de renseignement drasniens lui adresseront directement leurs rapports, et elle sera au courant des choses avant vous toutes. Méfiez-vous particulièrement des Tolnedrains. Ils tentent toujours de profiter des périodes troublées. Ne signez rien de ce qu'ils vous proposeront, à aucun prix, aussi attrayant que cela semble. Ne m'en veuillez pas, Ce'Nedra, mais Ran Borune m'inspire à peu près autant confiance qu'un renard dans un poulailler.

— Je connais mon père, Dame Polgara, assura Ce'Nedra avec un petit sourire entendu.

— Je vous en prie, Mesdames, insista fermement Polgara, pas d'extravagance pendant mon absence. Essayez de faire aller les choses en douceur, et ne craignez pas de vous consulter mutuellement. Tâchez aussi de rester en contact avec Xantha. Les Dryades sont informées de bien des choses, dans le Sud. Et en cas d'urgence, n'hésitez pas à me faire prévenir tout de suite.

— Voulez-vous que je garde le petit garçon ? proposa Merel. Je resterai au Val d'Alorie avec Islena ; il sera en sécurité avec moi. Mes filles l'aiment beaucoup et il a l'air heureux avec nous.

Polgara réfléchit un instant.

— Non, décida-t-elle enfin. Je l'emmène avec moi. Il est seul à pouvoir toucher l'Orbe en dehors de Garion. Les Angaraks pourraient s'en aviser et tenter de l'enlever.

— Je m'occuperai de lui, trancha Taïba de sa voix grave. Il me connaît, nous nous entendons bien. Et comme ça, au moins, j'aurai quelque chose à faire.

— Voyons, Taïba, vous n'avez pas l'intention de les accompagner dans leur campagne ? objecta la reine Layla.

— Pourquoi pas ? rétorqua Taïba en haussant les épaules. Je n'ai pas de maison à tenir ou de royaume à diriger. Et puis j'ai mes raisons.

Toutes comprirent. Le lien qui s'était établi entre Relg et elle paraissait si profond qu'il transcendait le domaine de l'attachement humain normal. L'absence de l'Ulgo avait déterminé chez cette étrange femme quelque chose qui approchait de la douleur physique. C'était évident ; elle avait l'intention de le suivre — au cœur de la bataille, si nécessa

Ariana, la blonde Mimbraïque qui avait accompagné Lelldorin de Wildantor à Riva, s'éclaircit la gorge. Elle s'apprêtait à soulever un problème assez délicat.

— Strictes sont les convenances régissant la vie des femmes, remarqua-t-elle. Quand bien même la bataille ferait rage autour d'elle, et dans sa violence la guerre tournerait toute chose à la confusion, une femme ne saurait rester sans chaperon au sein d'une armée, ou il est à craindre que sa réputation en souffre. Nous avons, Damoiselle Adara et moi-même, récemment conféré à ce sujet et conclu que nous nous devions d'accompagner la princesse Ce'Nedra. Le devoir nous l'imposerait si nous ne le faisions par amour.

— Comme c'est bien dit, Ariana, murmura Adara sans l'ombre d'un sourire.

— O Dieux d'Alorie, soupira la reine Layla. J'aurai désormais deux raisons d'inquiétude de plus.

— Je pense que nous avons à peu près fait le tour des problèmes, reprit Polgara. La conduite d'un royaume n'est pas très différente de celle d'une maison, et vous en avez toutes l'expérience. Ne changez rien aux grandes lignes de la politique et ne signez aucun traité. En dehors de cela, fiez-vous à votre bon sens. Je pense que nous pouvons maintenant rejoindre ces messieurs. L'heure du dîner approche, et les hommes ont tendance à s'agiter si on ne les nourrit pas régulièrement.

Quelques jours plus tard, Barak revenait à Riva, accompagné par un noble drasnien à la triste figure. Les deux hommes se rendirent à la salle du conseil, faire leur rapport aux rois. La princesse Ce'Nedra envisagea un moment d'assister à la réunion mais décida de n'en rien faire. Sa présence nuirait peut-être à la spontanéité des débats, et elle avait un autre moyen de savoir ce qui s'y disait. Elle regagna rapidement ses appartements et effleura son amulette.

— ...ne se passe pas mal du tout, faisait la voix de Barak, lorsqu'elle eut enfin réussi à localiser la conversation qui l'intéressait. La flotte est prête à partir pour le Val d'Alorie. La reine Porenn a massé les hallebardiers drasniens juste au sud de Boktor, et la mobilisation est presque complète. Mais nous ne sommes pas au bout des ennuis. Le comte Kharel, ici présent, vient de rentrer de Thull Mardu. Etant destinataire de toutes les dépêches émanant du nord de Cthol Murgos, il est à même de nous donner une vision précise de la situation dans la région.

Le roi Rhodar s'éclaircit la gorge.

— Kharel est l'un des plus éminents agents de nos services de renseignement, déclara-t-il en guise de présentations. Nous avons toujours apprécié la justesse de ses analyses.

— Votre Majesté est trop bonne, fit une voix inconnue.

— Les Murgos du Sud ont-ils entamé leur marche vers le Nord ? s'enquit le roi Anheg.

— Ils n'en sont plus là, Majesté, rectifia Kharel. Toutes mes informations concordent ; leur avancée est presque achevée. Ils seraient plus de quatre millions dans les parages de Rak Goska.

— Comment ! s'exclama Anheg.

— Taur Urgas leur aurait donné l'ordre de s'y regrouper dès l'automne dernier, reprit le Drasnien.

— En hiver ?

— C'est bien ce qu'il semble, Majesté.

— Il a dû y avoir du déchet, j'imagine, commenta le roi Cho-Hag.

— Une centaine de milliers d'hommes, Majesté, précisa Kharel. Mais la vie humaine importe peu à Taur Urgas.

— Ça change tout, Rhodar, déclara Anheg avec fermeté. Nous avions toujours pensé bénéficier du temps que leur prendrait cette avancée. Nous avons perdu cet avantage.

— Ce n'est hélas pas tout, Majesté, continua Kharel. Les Malloréens de l'Ouest ont commencé à se masser à Thull Zelik. Leur nombre n'est pas encore très significatif, mais il en arrive des milliers tous les jours.

— Nous devons mettre fin à ces mouvements dans les délais les plus brefs, gronda Anheg. Rhodar, vos ingénieurs pourraient-ils être à l'A-pic en moins d'un mois ? Je vais faire porter une flotte jusqu'à la Mardu. Nous devons faire parvenir le plus vite possible des bateaux dans la Mer Orientale. Si nous n'arrêtons pas tout de suite 'Zakath, ses Malloréens vont nous submerger.

— Je vais immédiatement envoyer un message à Porenn, acquiesça Rhodar.

— On en vient à se demander si le noble comte apporte une seule bonne nouvelle, insinua sèchement le comte de Seline.

— Il existe une possibilité de division dans les rangs de l'ennemi, Messire, riposta Kharel. Taur Urgas se conduit comme s'il se considérait comme le seul général en chef possible de la coalition angarak. Pour le moment, il a l'avantage du nombre, mais cela pourrait changer si les Malloréens réussissaient à faire passer une armée assez importante. Selon certaines rumeurs, 'Zakath disputerait volontiers l'autorité à Taur Urgas, mais il n'est pas très chaud pour le faire face à quatre millions de Murgos.

— Essayons de l'encourager dans cette voie, suggéra Rhodar. Taur Urgas a une araignée au plafond, et les fous commettent des erreurs. J'ai entendu parler de 'Zakath. Je n'aimerais pas le rencontrer sur le champ de bataille.

Le roi Cho-Hag prit la parole avec son cynisme habituel.

— Même sans les Malloréens, nous nous engageons dans une guerre à deux contre un, à notre désavantage. Et encore, si nous arrivons à convaincre les Arendais et les Tolnedrains d'épouser notre cause.

— Ce n'est pas la façon idéale d'entrer en guerre, Rhodar, gémit Anheg.

— Nous n'aurons qu'à adapter notre tactique, rétorqua Rhodar. Nous tâcherons d'économiser les pertes en vies humaines en évitant le plus longtemps possible la bataille rangée.

— Je pensais qu'il n'était même pas question de nous battre, objecta Barak. Belgarath a bien dit qu'il voulait juste une diversion.

— La situation a évolué, Barak, déclara le roi Rhodar. Nous ne pensions pas que les Murgos du Sud et les Malloréens seraient prêts aussi vite. Quelques actions isolées ne suffiront pas. Nous allons être obligés de tenter des menées un peu plus significatives. Les Angaraks ont maintenant assez d'hommes pour ignorer les escarmouches et les raids mineurs. Si nous ne tentons pas très vite un assaut majeur, ils vont se répandre dans toute la moitié orientale du continent.

— Belgarath n'apprécie pas que l'on change ses projets, Rhodar, lui rappela Anheg.

— Belgarath n'est pas là, et il ne sait pas ce qui se passe. Si nous n'entreprenons pas une action décisive, ils n'ont pas une chance d'en réchapper, Belgarion, Kheldar et lui.

— Vous parlez d'une guerre que nous ne pouvons pas gagner, Rhodar, constata abruptement Anheg.

— Je le sais, admit le roi Rhodar.

Il y eut un long silence.

— Voilà donc où nous en sommes, nota enfin Brand.

— J'en ai bien peur, accorda sombrement Rhodar. Il faut nous livrer à une diversion ou Belgarion et son épée ne seront jamais au rendez-vous de Torak. C'est tout ce qui compte, en fait, et pour permettre cela, nous devons être prêts à mettre notre existence en balance si nécessaire.

— Vous allez tous nous faire tuer, Rhodar, et nos hommes avec nous, insista lourdement Anheg.

— C'est le prix à payer, Anheg, conclut Rhodar d'un ton sinistre. Si Belgarion n'atteint pas Torak à temps, je ne donne pas cher de notre peau, de toute façon. Même si nous devons tous faire le sacrifice de notre vie pour lui permettre d'y arriver, cela vaut encore le coup.

Les doigts de Ce'Nedra glissèrent de l'amulette, comme engourdis. Elle se laissa retomber sur le dossier de son fauteuil et éclata en sanglots.

— Je n'y arriverai jamais, sanglota-t-elle. Je n'en aurai jamais la force.

Elle voyait une multitude, une armée de veuves et d'orphelins braquer sur elle leurs yeux accusateurs. Elle ne pouvait supporter leur regard. Si elle perpétrait cette horreur, elle passerait le restant de ses jours à se haïr. Elle se leva en sanglotant de plus belle, décidée à se précipiter dans la salle du conseil et à déclarer qu'elle ne voulait plus entendre parler de cette guerre perdue d'avance. Puis l'image de Garion se présenta à ses yeux — ce visage grave, aux cheveux en désordre qu'elle se retenait perpétuellement de recoiffer, et elle s'arrêta net. Il dépendait d'elle. Si elle faisait marche arrière, rien n'empêcherait plus les Angaraks de se lancer à sa poursuite. Elle tenait sa vie entre ses mains, et avec lui l'avenir du monde. Elle n'avait pas le choix ; elle devait aller de l'avant. Si seulement elle ignorait que la campagne était condamnée d'avance : c'était la connaissance du désastre qui les attendait tous qui rendait cela si terrible.

Consciente de la vanité de ses efforts, elle tira sur la chaîne qui maintenait le médaillon autour de son cou. Sans lui, elle serait restée dans la bienheureuse ignorance de ce qui l'attendait. Et sans cesser de pleurer, ignorante de la douleur, elle tirailla frénétiquement sur la chaîne qui cisaillait la peau tendre de son cou.

— Je te déteste ! balbutia-t-elle de façon irrationnelle à l'attention de l'amulette d'argent et de son arbre couronné.

Mais il n'y avait rien à faire. Le médaillon resterait accroché à son cou jusqu'à la fin de ses jours. Le visage de cendre, Ce'Nedra laissa retomber ses mains. Et même si elle parvenait à ôter son pendentif, à quoi bon ? C'était trop tard. Elle savait. Elle n'avait plus qu'à enfouir cette connaissance au plus profond de son cœur. Si ses traits ou sa voix trahissaient le moindre indice de ce qu'elle venait d'apprendre, elle échouerait — et Garion pâtirait de son échec. Elle devait s'armer de courage et affronter le monde comme si elle était sûre de la victoire.

Alors la reine de Riva se redressa et releva bravement son petit menton. Mais dans sa poitrine, son cœur était de plomb.

CHAPITRE XXV

Le nouveau bateau de guerre de Barak était moitié plus grand que la plupart des autres navires de la flotte, mais il filait dans la brise printanière comme une mouette planant à la surface de l'eau. L'énorme vaisseau prenait les vagues par le travers, les tranchant comme un rasoir. Ils étaient à deux jours de Riva. Des nuages blancs fuyaient dans l'azur ; la côte verdoyante du nez d'Arendie se dressait sur l'horizon, loin devant. A l'arrière, la flotte cheresque déployait ses voiles sur la Mer des Vents qui scintillait au soleil. Les Riviens en cape grise rejoignaient les armées du roi Fulrach de Sendarie.

Ce'Nedra arpentait fébrilement le pont, près de la proue, sa cape bleue claquant au vent sur son armure étincelante. Malgré la terrible certitude qui lui étreignait le cœur, elle était comme grisée. Ce rassemblement d'hommes, tous unis dans un même but, ces épées, ces bateaux, cette course dans le vent, tout cela se combinait pour faire rugir son sang dans ses veines et l'emplir d'une exaltation qu'elle n'avait encore jamais éprouvée.

La côte se rapprocha, s'élargit, revélant une plage de sable blanc adossée au vert foncé de la forêt arendaise. Puis un cavalier en armure monté sur un énorme étalon rouan surgit de la lisière des arbres et descendit sur la plage, jusqu'à la limite des brisants qui déferlaient, écumants, sur le sable humide. Cramponnée aux cordages, à la proue du vaisseau de Barak, la princesse s'abrita les yeux d'une main et observa avec attention le chevalier à l'armure étincelante. Comme il se retournait et, d'un ample mouvement du bras, leur indiquait de suivre la côte, elle reconnut son écu.

— Mandorallen ! s'écria-t-elle d'une voix vibrante.

Et le vent qui jouait dans ses cheveux emporta jusqu'à lui l'airain de son cri.

Le grand chevalier agita le bras en réponse, éperonna son destrier et s'engagea au galop dans les crêtes blanches, l'oriflamme bleu et argent qui ornait sa lance claquant dans le vent au-dessus de sa tête. Barak donna un coup de barre et le vaisseau s'inclina pour accompagner le cavalier sur le rivage dont il était séparé par une centaine de brasses.

De sa vie, Ce'Nedra n'oublierait ce moment, la perfection de cette image resterait à jamais gravée dans sa mémoire : le grand vaisseau fendant les flots de saphir, filant sous le vent qui gonflait ses voiles blanches ; sur la grève, le puissant cheval de bataille s'élançant dans les rouleaux, hachant les gerbes d'écume de ses énormes sabots ; le bateau et le cavalier unis dans cet instant d'éternité, longeant la plage de compagnie sous le soleil au zénith, vers un promontoire couronné d'un petit bois, dressé, telle une sentinelle de pierre, à une demi-lieue de là. Ce'Nedra exultait, la bannière flamboyante de ses cheveux flottant au vent à la proue du vaisseau.

L'armée sendarienne avait dressé le camp dans une crique abritée et d'interminables rangées rectilignes de tentes brunes étaient alignées sur le rivage. Barak donna un nouveau coup de barre, les voiles claquèrent et le vaisseau côtoya le rivage, la flotte cheresque derrière lui.

— Holà ! Mandorallen ! beugla Barak.

Les chaînes bourdonnèrent et les immenses ancres de fer plongèrent dans les eaux de cristal, vers le sable du fond.

— Bienvenue en Arendie, tonna Mandorallen en réponse. Messire Brendig a mis au point un moyen de hâter votre débarquement.

Il indiqua du doigt une centaine de soldats sendariens qui mettaient des radeaux en place à la perche et les attachaient les uns aux autres, formant un long pont flottant qui avançait loin dans les eaux de la crique.

— Ah ! ces Sendariens ! Ils ont vraiment le sens pratique, s'esclaffa Barak.

— Nous ne pourrions pas descendre à terre, maintenant ? demanda plaintivement le roi Rhodar en émergeant de la cabine.

Le roi n'avait pas le pied marin, et sa grosse face ronde était verdâtre. Il avait une allure étrangement comique avec sa cotte de mailles et son heaume, et les ravages du mal de mer n'ajoutaient pas grand-chose à sa dignité. Mais ses dehors peu martiaux n'empêchaient pas les autres rois de s'incliner devant sa sagesse. Sous sa rondeur généreuse, le roi Rhodar dissimulait en effet un sens de la stratégie, une intelligence tactique qui frisaient le génie et avaient amené les autres à s'en remettre presque automatiquement à lui, acceptant son autorité tacite.

Les ancres n'avaient pas encore touché le fond qu'un petit bateau de pêche réquisitionné pour assurer le transport des troupes accostait le vaisseau de Barak, et en moins d'une demi-heure, les rois, leurs généraux et leurs conseillers avaient tous débarqué.

— Je crois que je mangerais bien un morceau, annonça Rhodar en mettant pied à terre.

— Vous devez avoir une dent creuse, s'esclaffa Anheg.

Le roi portait une cotte de mailles et un large ceinturon. Ses traits grossiers semblaient moins incongrus maintenant qu'il était armé.

— Je n'ai pas pu avaler une bouchée depuis deux jours, gémit Rhodar. Mon pauvre estomac doit croire que je l'ai abandonné.

— Il vous a été préparé un repas, Votre Majesté, le rassura Mandorallen. Nos frères Asturiens ont fait venir à souhait boissons et viande de renne des chasses royales — obtenue en toute légitimité, cela va sans dire, encore qu'il m'ait paru préférable de n'y point regarder de trop près.

Quelqu'un se mit à rire derrière Mandorallen.

Ce'Nedra dévisagea le séduisant jeune homme aux cheveux d'or rouge et au pourpoint vert qui tenait un arc à l'épaule. Elle n'avait guère eu le loisir, à Riva, de faire connaissance avec Lelldorin de Wildantor, mais elle savait que c'était le meilleur ami de Garion et mesurait combienil était important de gagner sa confiance. Cela ne devrait pas être trop difficile, conclut-elle en contemplant son visage ouvert, presque innocent. Il lui retourna un regard d'une grande franchise, et un coup d'œil suffit à la princesse pour évaluer son immense sincérité et l'exiguïté de son intelligence.

— Nous avons eu des nouvelles de Belgarath, annonça Barak à Mandorallen et au jeune Asturien.

— Où sont-ils ? demanda avidement Lelldorin.

— Ils étaient à Boktor, précisa le roi Rhodar, le visage encore un peu verdâtre. Ma femme les a laissés partir, pour des raisons qui m'échappent. A l'heure qu'il est, ils doivent être au Gar og Nadrak.

Les yeux de Lelldorin jetèrent des éclairs.

— En me dépêchant, j'arriverai peut-être à les rejoindre, proposa-t-il ardemment en cherchant déjà son cheval du regard.

— C'est à quinze cents lieues d'ici, Lelldorin, lui rappela aimablement Barak.

— Oh !... Vous devez avoir raison, reconnut Lelldorin, un peu déconfit. Ils ne vont pas être faciles à rattraper maintenant, hein ?

Barak hocha gravement la tête.

C'est alors que la blonde Mimbraïque, Ariana, s'approcha de Lelldorin, le cœur dans les yeux.

— Grande est la peine que m'a causée l'absence de mon seigneur, déclara-t-elle, et Ce'Nedra se rappela avec un sursaut qu'ils étaient mariés — au moins sur le papier.

Lelldorin braqua sur elle des yeux de crapaud mort d'amour.

— Mon Ariana, dit-il, et tous crurent qu'il allait défaillir. Je jure de ne plus jamais te quitter.

Il lui prit les mains et plongea dans ses yeux un regard plein d'adoration qu'elle lui retourna avec une égale passion et une absence aussi totale de pensée. Un regard si chargé de désastre potentiel que Ce'Nedra se prit à frémir intérieurement.

— Alors, tout le monde se fiche que je crève de faim ? s'indigna Rhodar.

Le banquet était disposé sur une longue table placée sous un joli pavillon de toile rayée dressé sur la plage, à l'orée de la forêt. La table croulait sous le gibier rôti et il y avait largement assez à manger pour satisfaire même l'énorme appétit du roi Rhodar. Après déjeuner, ils s'attardèrent à table et prolongèrent la conversation.

— Messire Hettar, le fils de Sa Majesté Cho-Hag, nous a fait savoir que le clan des Algarois s'était assemblé devant la Forteresse, annonça Mandorallen.

Cho-Hag hocha la tête.

— Nous avons aussi reçu des nouvelles de Relg, l'Ulgo, ajouta le colonel Brendig. Il a réuni une petite armée de guerriers des grottes. Ils nous attendent sur le versant algarois de la montagne. Il dit que vous savez où.

— Les Ulgos risquent de poser des problèmes, grommela Barak. Ils ont peur des endroits dégagés et la lumière du jour leur fait mal aux yeux. D'un autre côté, ils y voient la nuit comme des chats, et ça pourrait être utile.

— Relg n'a pas envoyé de... messages personnels ? s'informa Taïba d'une voix un peu altérée.

Brendig tira un parchemin de sa tunique et le lui tendit avec la plus grande gravité. Un peu désarmée, elle le prit, l'ouvrit et le tourna et le retourna entre ses mains.

— Qu'y a-t-il, Taïba ? demanda doucement Adara.

— Il sait pourtant bien que je ne sais pas lire, protesta Taïba en serrant le message contre son cœur.

— Je vais vous le lire, proposa Adara.

— Mais c'est peut-être... euh, personnel, objecta Taïba.

— Je vous promets de ne pas écouter, affirma Adara sans l'ombre d'un sourire.

Ce'Nedra dissimula son propre sourire derrière sa main. Elle trouvait irrésistible l'humour ravageur, glacial, de la jeune Arendaise. Elle s'en amusait encore lorsqu'elle se sentit observée. Elle comprit que les Arendais, les Asturiens comme les Mimbraïques, la contemplaient avec une intense curiosité. Lelldorin, surtout, donnait l'impression de ne pouvoir la quitter des yeux. Le beau jeune homme était collé contre Ariana, la blonde Mimbraïque, et lui étreignait, peut-être machinalement, la main, en dévisageant ouvertement la princesse. Celle-ci subissait son examen avec une certaine nervosité. Elle se rendit compte, non sans surprise, qu'elle désirait l'approbation de ce jeune homme plutôt stupide.

— Dites-moi, commença-t-elle abruptement, comment notre campagne est-elle accueillie, ici, en Asturie ?

Les yeux de Lelldorin s'assombrirent.

— Sans enthousiasme, Majesté. Il y a fort à craindre que les Asturiens ne prennent tout cela pour un complot mimbraïque.

— C'est absurde, protesta Ce'Nedra.

— Telle est la façon de voir de mes compatriotes, ajouta Lelldorin en haussant les épaules. Et ceux qui ne croient pas à une machination s'imaginent que tous les chevaliers mimbraïques vont partir en croisade contre l'Orient. Ce qui suscite d'autres espoirs dans certaines sphères.

— D'aucuns à Mimbre partagent ce sentiment, renchérit Mandorallen avec un soupir. Affligeante est la division du royaume. Les vieilles haines et suspicions ont la vie dure.

Ce'Nedra était consternée. Ce n'était absolument pas prévu au programme. Ils avaient besoin des Arendais, le roi Rhodar le leur avait bien fait comprendre. Avec leur méfiance et leur hostilité, ces abrutis allaient faire capoter leur plan. Les bras ballants, elle se tourna vers Polgara.

Mais la nouvelle que les Arendais n'étaient pas très chauds à l'idée de participer à la campagne ne semblait pas préoccuper la sorcière.

— Dites-moi, Lelldorin, commença-t-elle calmement, pourriez-vous réunir les moins méfiants de vos amis en un endroit sûr, où ils n'auraient pas à craindre une embuscade ?

— Polgara, vous avez une idée derrière la tête, avança le roi Rhodar en ouvrant de grands yeux.

— Il va falloir leur parler, suggéra Polgara. J'ai quelqu'un en tête ; quelqu'un d'assez spécial. Je ne crois pas que nous ayons besoin d'une foule immense, reprit-elle à l'attention de Lelldorin — pas au début, du moins. Une quarantaine ou une cinquantaine d'individus devraient suffire, pourvu qu'ils ne soient pas trop violemment opposés à notre cause.

— Je vais les réunir sur l'heure, Dame Polgara, déclara impulsivement Lelldorin en se levant d'un bond.

— Il est peut-être un peu tard pour ça, Lelldorin, suggéra-t-elle avec un coup d'œil significatif vers le soleil qui frôlait l'horizon.

— Plus vite je m'y mettrai, plus vite ils seront rassemblés. Si l'amitié et les liens du sang veulent encore dire quelque chose, je réussirai, reprit Lelldorin avec ferveur, en courant vers son cheval. Majesté, fit-il en s'inclinant profondément devant Ce'Nedra au passage.

Ariana le suivit des yeux en soupirant.

— Il est toujours comme ça ? s'enquit Ce'Nedra.

— Toujours, acquiesça la Mimbraïque en hochant la tête. L'action et la pensée sont simultanées, chez lui. *Réflexion* est un mot qui n'a pas de sens pour lui, j'en ai bien peur. Cela ajoute à son charme, mais c'est parfois déconcertant, j'en conviens.

— Ça, j'imagine, approuva Ce'Nedra.

Plus tard, quand la princesse et Polgara se retrouvèrent sous leur tente, Ce'Nedra braqua un regard intrigué sur la tante de Garion.

— Qu'allons-nous faire ? lui demanda-t-elle.

— Pas *nous*, Ce'Nedra — *vous*. Vous allez leur parler.

— Je ne sais pas parler en public, Dame Polgara, avoua Ce'Nedra, la bouche sèche. J'ai peur de la foule, je n'arriverais pas à prononcer une phrase.

— Vous vous y ferez, mon chou, lui assura Polgara en la dévisageant avec une expression légèrement amusée. C'est vous qui vouliez prendre la tête d'une armée, vous vous souvenez ? Vous ne pensiez tout de même pas que vous n'auriez qu'à enfiler votre armure, monter en selle et crier « Suivez-moi » pour que le monde entier se rallie à vous comme un seul homme ?

— Eh bien…

— Vous avez étudié l'histoire pendant toutes ces années et l'essentiel, le point commun de tous les grands meneurs d'hommes vous a échappé ? Vous ne deviez pas être très attentive, Ce'Nedra.

Ce'Nedra la contempla, les yeux écarquillés d'horreur.

— Il ne faut pas grand-chose pour soulever une armée, mon chou. Il n'est pas indispensable d'être très intelligent, ou de savoir manier l'épée ; il n'est même pas utile d'avoir une grande et noble cause à défendre. Il suffit d'être éloquent.

— Je n'y arriverai jamais, Dame Polgara.

— Il fallait y réfléchir avant, Ce'Nedra. Il est trop tard pour faire marche arrière. Rhodar conduira l'armée et veillera à tous les détails logistiques, mais c'est *vous* qui devrez leur donner envie de vous suivre.

— Mais je ne saurai jamais quoi leur dire, protesta Ce'Nedra.

— Vous trouverez bien, mon chou. Vous croyez en ce que vous faites, n'est-ce pas ?

— Oui, bien sûr, mais…

— C'est vous qui l'avez voulu, Ce'Nedra. Vous avez pris votre décision toute seule. Vous ne pouvez plus reculer, à présent. Vous devez aller jusqu'au bout.

— Je vous en supplie, Dame Polgara, l'implora Ce'Nedra. L'idée de parler en public me donne la nausée. Je vais vomir.

— Ce sont des choses qui arrivent, observa calmement Polgara. Evitez seulement de le faire en public.

Trois jours plus tard, la princesse, Polgara et les rois d'Alorie partaient pour la cité en ruine de Vo Astur enfouie dans le silence de la forêt arendaise. Ce'Nedra traversait les bois ensoleillés dans un état proche de la panique. Polgara était restée insensible à tous ses arguments. Les larmes n'avaient pas réussi à l'ébranler ; même l'hystérie avait échoué. La princesse avait la conviction morbide que Polgara la pousserait devant la foule et l'obligerait à parler même si elle devait en mourir. Désespérée, elle allait au-devant de son destin.

Comme Vo Wacune, Vo Astur avait été dévastée pendant les âges noirs de la guerre civile arendaise. Ses pierres effondrées gisaient, vertes de mousse, dans l'ombre des grands arbres qui semblaient porter le deuil de l'honneur, de la gloire et du chagrin de l'Asturie. Lelldorin les attendait avec une cinquantaine de jeunes nobles aux riches atours et aux yeux emplis d'une curiosité quelque peu teintée de méfiance.

— Je n'ai pas pu faire mieux en si peu de temps, Dame Polgara, s'excusa Lelldorin lorsqu'ils eurent mis pied à terre. Il y en a d'autres dans la région, mais ils sont persuadés que notre campagne n'est qu'une perfidie tramée par les Mimbraïques.

— C'est très bien, Lelldorin, lui assura Polgara. Le bouche à oreille fera le reste.

Elle jeta un coup d'œil circulaire sur les ruines moussues, tavelées de soleil.

— Je pense que cet endroit fera parfaitement l'affaire, décida-t-elle en indiquant une muraille à-demi écroulée. Venez avec moi, Ce'Nedra.

Toute tremblante, la princesse en armure accrocha son heaume et son écu sur la selle du cheval blanc que le roi Cho-Hag avait fait venir d'Algarie pour elle et suivit la sorcière en tenant l'animal par la bride.

— Il faut que tout le monde puisse vous voir, expliqua Polgara. Vous vous jucherez sur ce bout de mur pour parler. Le coin est à l'ombre pour l'instant, mais le soleil avance ; il sera en plein sur vous à la fin de votre harangue. Ça aura beaucoup d'allure.

Ce'Nedra étouffa un gémissement en voyant le chemin que le soleil avait encore à parcourir.

— Je crois que je vais vomir, fit-elle d'une petite voix tremblante.

— Un peu plus tard, peut-être, Ce'Nedra. Vous n'avez plus le temps, à présent.

Polgara se tourna vers Lelldorin.

— Je pense que vous pouvez présenter Sa Majesté.

Lelldorin monta sur le mur et tendit la main pour imposer silence à ses compagnons.

— Mes amis, déclara-t-il à haute voix, un événement

propre à ébranler notre monde sur ses bases a eu lieu à Erastide dernier. Depuis plus de mille ans, nous attendions ce moment. Mes amis, le roi de Riva est revenu !

A cette nouvelle, l'assistance eut un frémissement d'excitation.

Lelldorin s'échauffait en parlant. Plus exalté que jamais, il leur parla de l'épée flamboyante qui avait annoncé la véritable identité de Garion et des serments de loyauté prêtés par les rois d'Alorie à Belgarion de Riva. Ce'Nedra l'entendait à peine. Défaillant presque, elle tentait de répéter mentalement son discours, mais elle s'emmêlait dans ses phrases. Puis, dans une sorte de brouillard, elle l'entendit déclarer :

— Mes amis, je vous présente son altesse impériale, la princesse Ce'Nedra, reine de Riva.

Tous les yeux se tournèrent avidement vers elle.

Tremblant de tous ses membres, elle grimpa sur le mur à demi-écroulé et regarda les gloutons optiques massés devant elle. Toutes les belles phrases qu'elle avait répétées la fuirent instantanément, et elle resta plantée là, le visage livide, tremblante, sans la moindre idée de la façon de commencer. Le silence était terrifiant.

Or l'un des jeunes Asturiens du premier rang avait dû boire un peu plus que de raison ce matin-là.

— On dirait que Sa Majesté a oublié son discours, railla-t-il bien fort à l'intention de ses compagnons.

La réaction de Ce'Nedra ne se fit pas attendre.

— On dirait aussi que ce monsieur a oublié ses bonnes manières, rétorqua-t-elle sans prendre le temps de réfléchir.

Elle ne supportait pas la grossièreté.

— Je n'en entendrai pas davantage, déclara le jeune homme un peu éméché en feignant un ennui exagéré. C'est une perte de temps. Je ne suis pas rivien, et vous non plus. En quoi les histoires d'une reine étrangère pourraient-elles intéresser des patriotes asturiens comme nous ?

A ces mots, il fit mine de tourner les talons.

— Ce patriote asturien aurait-il la cervelle imbibée de

vin au point d'oublier que le monde ne se borne pas à cette forêt ? répliqua Ce'Nedra avec chaleur. A moins qu'il ne soit inculte au point de tout ignorer des événements du dehors. Ecoute-moi, patriote, fit-elle d'une voix vibrante en dardant sur lui un index impérieux. Tu te dis peut-être que je suis venue ici faire un joli petit discours ; eh bien, je suis là pour te dire la chose la plus importante que tu entendras jamais. Tu peux m'écouter, tu peux aussi tourner le dos et t'en aller. Allez, partez tous — mais d'ici à un an, quand l'Asturie aura été anéantie, quand vos maisons ne seront plus que ruines fumantes, quand les Grolims pousseront vos familles vers les autels de Torak pour les sacrifier par le fer et par le feu ainsi que du bétail, vous vous souviendrez de ce jour et vous vous maudirez de ne pas m'avoir écoutée !

Et comme si la colère que lui inspirait ce jeune homme grossier avait fait sauter la bonde, Ce'Nedra se mit à parler. Elle s'adressa à eux dans un langage direct. Foin des idées recherchées qu'elle avait formulées et répétées dans sa tête ; elle lança un véritable cri du cœur, et plus elle parlait, plus elle s'enflammait. Elle les implora, elle les flatta et pour finir elle les exhorta. Elle ne devait jamais se souvenir exactement de ses paroles, mais elle n'oublierait jamais ses sentiments au moment où elle les prononça. Tout le feu et la passion qui avaient nourri les orages et les crises de son enfance trouvaient enfin un exutoire. Elle parla avec ferveur, sans penser à elle-même, mais avec une foi dévorante en son message. Et pour finir, elle fit leur conquête.

Son armure étincelait sous le soleil qui tombait maintenant sur elle, et ses cheveux semblaient avoir pris feu.

— Belgarion, roi de Riva et suzerain du Ponant, vous appelle à la guerre ! explosa-t-elle. Je suis Ce'Nedra, sa reine, et je me tiens devant vous comme une bannière vivante. Qui, parmi vous, répondra à l'appel de Belgarion et me suivra ?

Le jeune homme qui s'était gaussé d'elle porta le premier la main à son épée. Il la brandit au-dessus de sa tête en guise de salut et se mit à hurler :

— Moi, je vous suivrai !

Alors, comme si sa déclaration était un signal, une cinquantaine d'épées se dressèrent, étincelantes, au soleil en témoignage de foi et de soumission, et autant de voix firent écho à son cri :

— Moi, je vous suivrai !

D'un ample mouvement du bras, Ce'Nedra dégaina son épée à son tour et la tendit haut devant elle.

— Eh bien, que tous me suivent ! entonna-t-elle alors. A cheval ! Ensemble nous affronterons les hordes angaraks et le monde tremblera devant nous !

Elle s'approcha de son cheval en trois enjambées, bondit en selle, fit volter son destrier cabré et s'éloigna des ruines au grand galop, l'arme au clair, ses cheveux de flamme claquant au vent. Eperonnant leurs montures, les Asturiens la suivirent comme un seul homme.

Tout en plongeant dans la forêt, la princesse jeta un coup d'œil en arrière aux jeunes fous pleins de courage qui galopaient à sa suite, le visage exalté. Elle avait gagné, mais combien de ces Asturiens inconscients ramènerait-elle après la fin de la guerre ? Combien périraient dans les plaines de l'Est ? Tout à coup ses yeux s'emplirent de larmes ; mais la reine de Riva balaya ses pleurs d'une main et s'élança au galop, menant les Asturiens rejoindre son armée.

CHAPITRE XXVI

Les rois d'Alorie ne tarirent pas d'éloges sur Ce'Nedra. Des guerriers boucanés la regardaient, les yeux écarquillés d'admiration. Elle buvait du petit lait et les plus proches auraient pu l'entendre ronronner comme un chaton au soleil. La seule ombre au tableau était l'étrange silence de Polgara. Ce'Nedra était un peu vexée. Son discours n'était peut-être pas parfait, mais il lui avait permis de gagner sans réserve les amis de Lelldorin à sa cause. Ce succès compensait assurément des défauts mineurs.

Le soir, Polgara l'envoya chercher. Ce'Nedra crut avoir compris. La sorcière tenait à la congratuler en privé. La princesse longea la plage vers la tente de Polgara en fredonnant intérieurement au rythme des vagues qui léchaient le sable blanc.

Polgara était seule avec l'enfant endormi, le petit Mission. Elle brossait ses longs cheveux de nuit, assise devant sa coiffeuse. La lumière des chandelles jouait doucement sur les plis de sa robe bleue et la perfection de son visage.

— Entrez, Ce'Nedra, l'invita-t-elle. Asseyez-vous. Nous avons à parler.

La princesse ne put se retenir un instant de plus.

— Vous avez dû être étonnée, Dame Polgara ? s'exclama-t-elle. Avouez que vous n'en revenez pas ! Je me suis surprise moi-même.

Polgara braqua sur elle un regard sévère.

— Ne vous emballez pas comme ça, Ce'Nedra. Il faudra que vous appreniez à ménager vos forces et à ne pas les gaspiller en vous félicitant ainsi comme un jeune chien fou.

Ce'Nedra la dévisagea, déconcertée.

— Vous ne m'avez pas trouvée bien, aujourd'hui ? accusa-t-elle, piquée au vif.

— C'était un très joli petit discours, convint Polgara d'un ton qui fit à la princesse l'effet d'une douche froide.

Une pensée étrange lui traversa alors l'esprit.

— Vous le saviez, n'est-ce pas ? balbutia-t-elle. Vous le saviez depuis le début.

Une lueur d'amusement sembla effleurer les lèvres de la sorcière.

— Vous donnez toujours l'impression d'oublier que je dispose de certains atouts, mon chou. Parmi ceux-ci figure une idée générale de la façon dont les choses vont tourner.

— Comment avez-vous pu ?...

— Certains événements ne se produisent jamais, Ce'Nedra. D'autres sont prévus depuis la création du monde. Ce qui s'est passé aujourd'hui était l'un de ces faits. Vous voulez savoir ce que la Prophétie dit de vous ? proposa-t-elle en tendant la main pour prendre sur la table un parchemin jauni par les siècles.

Ce'Nedra eut soudain l'impression que ses veines charriaient de la glace.

Polgara parcourut le parchemin craquant.

— Ah ! voilà ! dit-elle enfin en élevant le document dans la lumière des chandelles. « Et la voix de la Fiancée de Lumière se fera entendre dans les royaumes du monde », lut-elle. « Ses paroles seront pareilles au feu dans les herbes des steppes, et les multitudes se lèveront pour suivre sa bannière flamboyante. »

— Ça ne veut rien dire, Dame Polgara, objecta Ce'Nedra. C'est du charabia.

— Les choses vous paraîtront peut-être plus claires quand vous saurez que Garion est l'Enfant de Lumière ?

— Qu'est-ce que c'est ? demanda Ce'Nedra en examinant le parchemin. Où avez-vous trouvé ça ?

— C'est le Codex Mrin, mon chou. Mon père me l'a recopié à partir de l'original. Le texte en est un peu obscur parce que le prophète mrin qui l'a écrit était fou à lier, au point de ne pouvoir parler de façon cohérente. Dras Cou-d'Aurochs a fini par le faire enchaîner à un poteau, comme un chien.

— Le roi Dras ? Mais, Dame Polgara, il est mort il y a plus de trois mille ans !

— A peu près, oui, acquiesça Polgara.

Ce'Nedra se mit à trembler.

— C'est impossible ! balbutia-t-elle.

Polgara esquissa un sourire.

— Vous savez, Ce'Nedra, il y a des moments où j'ai l'impression d'entendre Garion. Je me demande pourquoi les jeunes d'aujourd'hui aiment tant ce mot-là.

— Enfin, Dame Polgara, sans ce jeune homme grossier, je n'aurais peut-être jamais réussi à ouvrir la bouche.

La princesse se mordit la lèvre. Cet aveu lui avait échappé.

— Eh bien, c'est sans doute pour cela qu'il s'est montré si injurieux. Il est très possible qu'il soit né dans le but unique de vous insulter à cet instant et en cet endroit précis. La Prophétie ne laisse rien au hasard. Je pourrai faire en sorte qu'il s'enivre à nouveau si vous pensez avoir besoin de lui pour vous donner le coup d'envoi, la prochaine fois.

— *La prochaine fois ?*

— Evidemment. Vous pensiez vous en tirer avec un petit discours devant une assemblée aussi restreinte ? Voyons, Ce'Nedra, il vous faudra apprendre à faire plus attention à ce qui se passe. Vous allez être obligée de vous adresser à la foule au moins une fois par jour pendant les mois à venir.

La princesse la contempla avec horreur.

— Mais c'est impossible ! gémit-elle.

— Mais si, Ce'Nedra. Votre voix se fera entendre d'un bout à l'autre du pays, vos paroles seront comme le feu dans les herbes des steppes et les multitudes du Ponant se lèveront pour suivre votre bannière. Depuis des siècles et des siècles, pas une fois à ma connaissance le Codex Mrin n'a été pris en défaut. L'important pour vous, en ce moment, c'est de bien vous reposer et de manger régulièrement. Je préparerai moi-même vos repas. Dommage que vous ne soyez pas un peu plus robuste, ajouta-t-elle en jetant un coup d'œil critique à sa frêle silhouette, mais il faudra faire avec, n'est-ce pas ? Allez chercher vos affaires, Ce'Nedra. A partir de maintenant, vous dormirez avec moi. Je pense que j'ai intérêt à vous tenir à l'œil.

Les semaines suivantes, ils s'engagèrent dans la forêt arendaise, verte et luxuriante, et la nouvelle de leur passage se répandit à travers toute l'Asturie. Ce'Nedra se rendait vaguement compte que Polgara contrôlait soigneusement la taille et la composition de l'assistance à laquelle elle devait s'adresser. Le pauvre Lelldorin avait rarement l'occasion de mettre pied à terre ; il passait son temps à cheval avec une poignée d'amis triés sur le volet et devançait l'armée en marche pour préparer les rassemblements.

Ce'Nedra s'était résignée à son devoir en se disant qu'elle finirait par s'habituer à prendre la parole en public. Elle se trompait, hélas ! Elle avait encore l'estomac noué par la panique avant chaque intervention. Polgara avait beau lui assurer que ses discours s'amélioraient, Ce'Nedra se plaignait qu'ils ne lui devinssent pas plus faciles, et elle épuisait ses réserves physiques et émotionnelles. Comme la plupart des filles de son âge, Ce'Nedra pouvait bavarder intarissablement, et ne s'en privait pas, mais quand elle s'adressait à la foule, ce n'était pas pour parler de la pluie et du beau temps. Ses discours exigeaient d'elle un formidable contrôle et une prodigieuse dépense d'énergie mentale, et personne ne pouvait rien faire pour l'aider.

Au fur et à mesure que les masses assemblées devant elle devenaient plus importantes, Polgara lui apporta un concours purement matériel.

— Parlez d'une voix normale, Ce'Nedra, lui conseilla-t-elle. Ne vous époumonez pas. Je veillerai à ce que tout le monde vous entende.

Mais en dehors de cela, la princesse était abandonnée à ses propres forces et la tension qu'elle s'imposait devenait de plus en plus flagrante. Elle passait son temps à cheval, à la tête de son armée sans cesse grandissante, l'air parfois en transe.

Ses amis observaient avec inquiétude la petite reine qui semblait fléchir comme une fleur manquant d'eau.

— Je ne sais pas combien de temps elle va tenir le coup à ce rythme-là, confia le roi Fulrach au roi Rhodar un jour qu'ils chevauchaient derrière elle.

Ils approchaient des ruines de Vo Wacune où elle devait à nouveau s'adresser à la foule.

— Nous avons parfois tendance à oublier comme elle est petite et délicate.

— Nous devrions peut-être en parler à Polgara, acquiesça le roi Rhodar. Je pense que cette enfant aurait bien besoin d'une semaine de repos.

Mais Ce'Nedra savait que ce n'était pas le moment de prendre des vacances. Elle devait tenir compte de la vitesse acquise. Le rythme de ce qu'elle avait entrepris allait en s'accélérant et ne pouvait être rompu. Si la nouvelle de son arrivée s'était répandue lentement au départ, elle les précédait maintenant à vive allure, et ils étaient condamnés à aller de plus en plus vite pour ne pas se laisser distancer. Il y avait un moment crucial où la curiosité qu'elle inspirait devait trouver satisfaction, faute de quoi l'enthousiasme retomberait comme un soufflé et tout serait à recommencer.

Elle ne s'était jamais adressée à un groupe d'une importance comparable à celui qui l'attendait à Vo Wacune. A moitié convaincue par avance, la foule n'avait besoin que d'une petite étincelle pour s'enflammer. Malade d'angoisse, la reine de Riva prit son courage à deux mains et se leva pour s'adresser aux hommes et les embraser par son appel au soulèvement.

Quand ce fut fini et que les jeunes nobles eurent rejoint les rangs croissants de son armée, Ce'Nedra tenta de trouver quelques instants de solitude aux alentours du camp afin de se ressaisir. C'était devenu une sorte de rituel nécessaire. Il lui arrivait, après ses discours, de vomir ou de pleurer. Elle se contentait parfois d'errer sans but, sans même voir les arbres qui l'entouraient. Durnik l'accompagnait toujours, à la demande de Polgara, et Ce'Nedra trouvait étrangement réconfortante la présence de cet homme solide, à l'esprit pratique.

Ils s'étaient un peu éloignés des ruines, cet après-midi-là. Il faisait beau, le soleil brillait et les oiseaux chantaient dans les arbres. Ce'Nedra marchait droit devant elle, songeuse, en laissant le calme de la forêt apaiser le tumulte de son esprit lorsqu'une voix s'éleva des fourrés.

— Tout ça c'est bien beau pour les nobles, Detton, mais pour nous, qu'est-ce que ça change ?

— Comme tu dis, Lammer, acquiesça une seconde voix avec un soupir douloureux. Enfin, c'était tout de même bien excitant.

— La seule chose qui pourrait exciter un serf, ce serait de voir de la nourriture, reprit amèrement le premier. La petite peut toujours parler de devoir, moi, je n'en connais qu'un : me remplir l'estomac. Tu crois que ces feuilles sont mangeables ? interrogea-t-il, sautant du coq à l'âne.

— Méfie-toi, je pense que c'est du poison.

— Tu crois ? Si on peut en manger sans en mourir, je ne voudrais pas passer à côté.

Ce'Nedra écouta les deux serfs avec une horreur croissante. Comment pouvait-on se retrouver dans une détresse pareille ? Cédant à une impulsion, elle fit le tour du buisson pour les voir, Durnik sur ses talons.

C'étaient deux hommes d'âge moyen, en haillons boueux. On aurait en vain cherché sur leur visage le souvenir d'une seule journée de bonheur. Le plus maigre des deux examinait de près une plante aux feuilles coriaces ; l'autre eut un sursaut de crainte en voyant approcher Ce'Nedra.

— Lammer, hoqueta-t-il. C'est elle — la fille qui a parlé aujourd'hui.

Lammer se redressa, son visage émacié blêmissant sous la crasse.

— Majesté, fit-il en esquissant une tentative de révérence. Nous étions sur le point de regagner nos villages. Nous ne savions pas que cette partie de la forêt était à vous. Nous n'avons rien pris.

Il écarta ses mains vides comme pour prouver ses dires.

— Depuis combien de temps n'avez-vous pas mangé ? s'émut-elle.

— J'ai mangé un peu d'herbe, ce matin, Majesté, répondit Lammer. Et hier, j'ai eu quelques navets. Ils étaient un peu véreux, mais pas mauvais.

Les yeux de Ce'Nedra s'emplirent de larmes.

— Qui vous a fait ça ? s'indigna-t-elle.

Lammer la regarda sans comprendre, puis il eut un haussement d'épaules évasif.

— Le monde, je crois, Majesté. Une certaine partie de nos récoltes va à notre maître, et une fraction de cela à son seigneur. Puis il y a ce qui revient au roi et ce qui appartient de droit au gouverneur royal. Nous remboursons encore les guerres que mon maître a livrées il y a quelques années. Quand tout cela a été payé, il ne nous reste pas grand-chose.

C'est alors qu'elle fut traversée par une horrible pensée.

— Je suis en train de lever une armée pour partir en campagne dans l'Est, les informa-t-elle.

— Oui, Majesté, répondit Detton. Nous avons entendu votre discours, aujourd'hui.

— Quelles conséquences cela aura-t-il pour vous ?

Detton haussa les épaules.

— Nous serons encore plus accablés d'impôts, Majesté, et si notre maître décide de se joindre à vous, certains de nos fils partiront à la guerre. Les serfs font de piètres soldats, mais on peut toujours leur faire transporter les marchandises. Et quand ils veulent assiéger un château, les nobles aiment bien avoir des serfs avec eux pour s'occuper des mourants.

— Vous partez donc en guerre sans le moindre patriotisme ?

— Le patriotisme n'est pas pour les serfs, ma Dame, releva Lammer. Qu'en ferions-nous ? Il y a une paire de semaines, je ne connaissais même pas le nom de mon pays. Je n'ai rien à moi sur cette terre. Pourquoi me sentirais-je concerné par son destin ?

Ce'Nedra ne voyait pas quoi répondre à cette question. Leur vie était si morne, si vide d'espoir. Son appel au combat ne signifiait pour eux que souffrances et épreuves supplémentaires.

— Et vos familles ? plaida-t-elle. Si Torak gagne, les Grolims viendront sacrifier vos familles sur leurs autels.

— Je n'ai pas de famille, Ma Dame, rétorqua Lammer d'une voix morne. Mon fils est mort il y a quelques années. Mon maître était en guerre je ne sais où. Il a attaqué un château. Les serfs ont tenté de dresser une échelle, mais les gens qui étaient dedans leur ont versé de la poix bouillante dessus. Quand elle a appris ça, ma femme s'est laissée mourir de faim. Là où ils sont, les Grolims ne peuvent plus leur faire de mal, et si l'envie leur prend de me tuer, ils sont les bienvenus.

— Alors, pour vous, rien ne vaut la peine de se battre ?

— Pour manger, peut-être, suggéra Lammer après un instant de réflexion. Je commence à en avoir assez d'avoir faim.

— Et vous ?

— Je me jetterais au feu pour celui qui me donnerait à manger, renchérit Detton avec ferveur.

— Venez avec moi, leur ordonna Ce'Nedra.

Elle les ramena au camp et aux énormes chariots qui apportaient d'immenses quantités de nourriture des entrepôts de Sendarie.

— Je veux que vous donniez à manger à ces deux hommes, commanda-t-elle à un cuistot sidéré. Donnez-leur tout ce qu'ils pourront avaler.

Mais Durnik était déjà allé fouiller dans l'un des chariots d'où il avait ramené un énorme pain. Il le rompit en deux, ses bons yeux honnêtes débordants de compassion, et en donna une moitié à Lammer, l'autre à Detton.

Lammer contempla le pain en tremblant de tous ses membres.

— Je vous suivrai, ma Dame, déclara-t-il d'une voix mal assurée. J'ai mangé mes chaussures. J'ai vécu d'herbe bouillie et de racines d'arbres. Rien que pour ça, je vous suivrais au bout du monde.

Il referma les poings sur son quignon de pain comme s'il redoutait qu'on le lui arrache et commença à le dévorer à belles dents.

Ce'Nedra le regarda en ouvrant de grands yeux et s'éloigna précipitamment. Lorsqu'elle arriva à sa tente, elle pleurait à chaudes larmes. Adara et Taïba tentèrent sans succès de la réconforter, puis elles finirent par envoyer chercher Polgara.

La sorcière lui jeta un rapide coup d'œil et demanda à Taïba et Adara de les laisser seules.

— Allons, Ce'Nedra, fit-elle calmement en s'asseyant sur le lit et en prenant la jeune fille en pleurs dans ses bras. Qu'y a-t-il donc ?

— Je n'en peux plus, Dame Polgara, sanglota Ce'Nedra. Je suis à bout.

— C'est vous qui l'avez voulu, lui rappela Polgara.

— C'était une erreur. J'avais tort, je me suis trompée. Je n'aurais jamais dû quitter Riva.

— Non, objecta Polgara. Ce que vous avez fait, vous seule pouviez l'entreprendre. Vous nous avez assurés du soutien des Arendais. Je ne suis pas sûre que même Garion y serait parvenu.

— Mais ils vont tous mourir, gémit Ce'Nedra.

— Où êtes-vous allée chercher ça ?

— Les Angaraks seront au moins deux fois plus nombreux que nous. Ça va être un massacre.

— Mais qui a pu vous raconter une chose pareille ?

— Je... je l'ai entendu, répondit Ce'Nedra en effleurant son amulette. J'ai entendu ce que Rhodar, Anheg et les autres ont dit quand ils ont su, pour les Murgos du Sud.

— Je vois, fit gravement Polgara.

— Nous nous jetons dans la gueule du loup. Rien ne pourrait nous sauver. Et voilà que j'ai trouvé le moyen d'entraîner les serfs à notre suite. Ils mènent une vie si misérable qu'ils me suivraient juste pour manger tous les jours. Et je le ferai, Dame Polgara. Si j'ai l'impression d'avoir besoin d'eux, je les arracherai sans hésitation à leurs maisons pour les mener à la mort. Je n'ai pas le choix.

Polgara prit un verre sur une table, à côté d'elle, et y vida une petite fiole de verre.

— La guerre n'est pas terminée, Ce'Nedra. Elle n'a même pas commencé, observa-t-elle en faisant tourner le liquide ambré au fond du verre. Dans ma vie, j'ai vu gagner bien des guerres perdues d'avance. Si vous renoncez à toute espérance avant même le début des hostilités, alors tout est fichu. Rhodar est un tacticien éclairé, vous savez, et vos hommes sont de vrais braves. Nous n'engagerons pas le combat à moins d'y être absolument contraints, et si Garion arrive à rejoindre Torak à temps — et s'il gagne — les Angaraks se désuniront et nous n'aurons même pas besoin de livrer bataille. Tenez, buvez ceci, ordonna-t-elle en lui tendant le verre.

Ce'Nedra prit le verre comme dans un songe et le vida. Le liquide ambré, amer, lui laissa dans la bouche un curieux arrière-goût âpre.

— Alors tout dépend de Garion, commenta-t-elle.

— Tout dépend de lui depuis le début, mon chou, lui rappela Polgara.

— Si seulement..., commença Ce'Nedra avec un soupir, puis la voix lui manqua.

— Si seulement quoi, mon chou ?

— Oh ! Dame Polgara, pas une seule fois je n'ai dit à Garion que je l'aimais ! Je donnerais n'importe quoi pour pouvoir le lui dire maintenant, juste une fois.

— Il le sait, Ce'Nedra.

— Ce n'est pas la même chose, soupira à nouveau Ce'Nedra.

Elle avait arrêté de pleurer et une étrange lassitude s'emparait d'elle. Elle ne se rappelait même plus pourquoi elle pleurait. Tout à coup, elle sentit un regard peser sur elle et se retourna. Assis dans un coin, Mission la regardait calmement de ses grands yeux bleus pleins de sympathie et, curieusement, d'espoir. Alors Polgara serra la princesse dans ses bras et se mit à la bercer doucement en fredonnant tout bas une mélopée apaisante. Et Ce'Nedra sombra insensiblement dans un profond sommeil sans rêves.

Le lendemain matin, on attentait à sa vie. Son armée quittait Vo Wacune et repartait vers le sud par la grand-route de l'Ouest qui traversait la forêt baignée de soleil. La princesse avançait en tête en bavardant avec Barak et Mandorallen lorsqu'une flèche jaillit des arbres. C'est son bourdonnement vindicatif qui fit dresser l'oreille à Barak.

— Attention ! hurla-t-il en levant tout à coup son bouclier pour protéger Ce'Nedra.

La flèche se brisa contre l'écu et Barak tira son épée avec un horrible juron.

Mais déjà Olban, le plus jeune fils de Bran, éperonnait sa monture et fonçait dans le sous-bois, le visage pâle comme la mort. Son épée sembla bondir dans sa main. Le tonnerre des sabots de son cheval mourut entre les arbres et quelques instants plus tard, on entendait un cri terrible.

Des cris d'alarme et un murmure de voix confuses s'élevèrent de la troupe, dans leur dos. Polgara s'approcha d'eux, le visage blême.

— Tout va bien, Dame Polgara, la rassura rapidement Ce'Nedra. Barak m'a sauvé la vie.

— Que s'est-il passé ?

— Quelqu'un a tiré une flèche sur elle, gronda Barak. Si je ne l'avais pas entendue vrombir, ç'aurait pu très mal finir.

Lelldorin avait ramassé la flèche brisée et la regardait de près.

— L'empennage n'était pas assez serré, remarqua-t-il en passant le doigt sur les plumes. Voilà pourquoi elle a vibré comme ça.

Olban revint au galop, son épée ensanglantée à la main.

— La reine est-elle saine et sauve ? questionna-t-il d'une voix qui frisait l'hystérie.

— Tout va bien, lui assura Barak en le regardant avec curiosité. Qui était-ce ?

— Un Murgo, je crois. Il avait les joues couturées de cicatrices.

— Vous l'avez tué ?

Olban acquiesça d'un hochement de tête. Il avait l'air très jeune et très sérieux sous ses cheveux blonds en désordre.

— Vous êtes sûre, ma Reine, de ne pas être blessée ? demanda-t-il à Ce'Nedra.

— Tout va bien, Olban, répondit-elle. Vous avez été très courageux. Mais vous auriez quand même pu attendre au lieu de vous précipiter comme cela. Et s'il n'avait pas été seul ?

— Je les aurais tous tués, décréta férocement Olban. Je massacrerai quiconque osera lever le petit doigt sur vous.

Le jeune homme tremblait de colère.

— Fort louable est ton dévouement, jeune Olban, déclara Mandorallen.

— Dites, Rhodar, commença Barak, vous ne pensez pas que nous ferions mieux d'envoyer des hommes en éclaireurs, au moins tant que nous serons sous ces arbres ? Korodullin avait manifesté l'intention de chasser tous les Murgos d'Arendie, mais on dirait que cette vermine a réussi à passer au travers des mailles du filet.

— Permettez-moi de mener les missions de reconnaissance, implora Olban.

— Eh bien, Brand, vous avez un fils très enthousiaste, observa Rhodar. C'est une qualité appréciable chez un jeune homme. Très bien, reprit-il en se tournant vers Olban. Prenez tous les hommes nécessaires. Je ne veux pas voir un Murgo à moins d'une lieue de la princesse.

— Vous avez ma parole, s'exclama Olban en cabrant son cheval et en plongeant dans la forêt.

Après cela, ils redoublèrent de prudence, allant jusqu'à placer des archers à des endroits stratégiques quand Ce'Nedra s'adressait à la foule. Olban rapporta d'un ton sinistre qu'ils avaient encore débusqué quelques Murgos dans les arbres, le long de la route, mais il n'y eut pas d'autre incident à déplorer.

L'été pointait son nez quand ils sortirent de la forêt et se déployèrent dans la verte plaine d'Arendie centrale. Ce'Nedra avait réussi à enrôler à peu près tout ce que l'Asturie comptait d'hommes valides, et son armée déferlait derrière elle comme une marée humaine sous le ciel d'un bleu intense.

— Et maintenant, ô Majesté ? s'enquit Mandorallen.

— A Vo Mimbre, décréta Ce'Nedra. Je vais parler aux chevaliers mimbraïques puis nous entrerons en Tolnedrie.

— Eh bien, Ce'Nedra, j'espère que votre père vous aime toujours, intervint le roi Rhodar. Il faudra beaucoup d'amour à Ran Borune pour vous pardonner d'entrer en Tolnedrie à la tête de cette armée.

— Il m'adore, lui assura Ce'Nedra.

Le roi Rhodar esquissa une moue dubitative.

L'armée s'engagea dans la plaine, vers Vo Mimbre, la capitale, où le roi Korodullin avait assemblé les chevaliers mimbraïques et leurs hommes. Le beau temps se maintenait et ils avançaient sous un soleil radieux.

Ils venaient de se remettre en marche, un matin, quand Dame Polgara rejoignit la tête de la colonne et s'approcha de Ce'Nedra.

— Vous savez ce que vous allez dire à votre père ?

— Pas tout à fait, avoua la princesse. Il ne va sûrement pas se laisser faire comme ça.

— Les Borune ne se laissent généralement pas faire comme ça.

— Je suis une Borune, Dame Polgara.

— C'est bien ce que je disais. Vous avez beaucoup changé ces derniers mois, mon chou, observa la sorcière en braquant un regard pénétrant sur la petite princesse.

— On ne m'a guère laissé le choix, Dame Polgara. Les événements se sont précipités de façon assez inattendue.

Puis une pensée lui traversa l'esprit et elle étouffa un petit rire.

— Pauvre Garion, ajouta-t-elle.

— Pourquoi « pauvre Garion » ?

— J'ai été horrible avec lui, hein ?

— Assez, oui.
— Comment avez-vous pu me supporter ?
— En serrant les dents très fort.
— Vous pensez qu'il serait fier de moi — enfin, s'il savait ce que je fais ?
— Oui, déclara solennellement Polgara. Je crois qu'il serait fier de vous.
— Je me rachèterai, vous savez, promit Ce'Nedra. Je serai la meilleure femme du monde.
— Ça, c'est gentil.
— Je ne bouderai plus, je ne ferai plus de scènes, rien.
— Allons, mon chou, ne faites donc pas de promesses imprudentes, lui conseilla sagement Polgara.
— Enfin, presque jamais, rectifia la petite princesse.
— Bon, on verra, concéda Polgara en souriant.

Les rois d'Alorie se perchèrent en haut d'une colline pour jeter un coup d'œil sur Vo Mimbre. Les chevaliers mimbraïques avaient établi leur campement dans la grande plaine, devant la cité. Ils formaient avec leurs hommes d'armes une armée formidable, qui brillait de mille feux au soleil. Ce'Nedra crut défaillir en contemplant l'immense rassemblement.
— O Nedra, gémit-elle.
— Quel est le problème ? s'inquiéta Rhodar.
— Ils sont si nombreux.
— C'était le but de l'opération, non ?

Un grand chevalier mimbraïque aux cheveux et à la barbe d'ébène, son armure couverte d'un surcot de velours noir, gravit la colline au galop et retint sa monture à quelques pas d'eux. Il les dévisagea à tour de rôle en inclinant courtoisement la tête en guise de salut. Il se tourna vers Mandorallen.
— Korodullin, roi d'Arendie, salue le Bâtard de Vo Mandor, déclara-t-il.
— Enfin, Mandorallen, vous n'avez pas encore réussi à leur faire rentrer leurs insultes dans la gorge ? marmonna Barak.
— Je n'ai point, Messire, eu ce loisir, répliqua Mandorallen sur le même ton. Honneur et salut, Messire Andorig, reprit-il en se tournant vers le nouveau venu.

Transmets, je Te prie, nos salutations à Sa Majesté et avertis-La que nous venons en paix — ce qu'Elle sait sans nul doute déjà.

— Je n'y manquerai point, Sire Mandorallen, fit Andorig.

— Comment va votre pommier, Andorig ? s'informa Barak avec un immense sourire.

— Il prospère, en vérité, Messire de Trellheim, répondit fièrement Andorig. Je l'ai entouré des soins les plus attentifs et nourris l'espoir d'une récolte abondante. J'ose affirmer n'avoir point manqué à ma parole au Saint Belgarath.

Il fit faire demi-tour à sa monture et dévala la colline en sonnant de la trompe tous les cent pas.

— Qu'est-ce que c'est que cette histoire ? questionna le roi Anheg en fronçant les sourcils à l'adresse de son cousin à la barbe rouge.

— La dernière fois que nous sommes passés par ici, Andorig n'a pas voulu nous croire quand nous lui avons dit qui était Belgarath, expliqua Barak. Alors Belgarath a fait pousser un pommier entre les dalles de pierre de la cour, et ça l'a un peu calmé.

— Que mes Seigneurs me pardonnent, s'excusa Mandorallen, les yeux soudain embrumés. Je vois approcher des amis chers à mon cœur. Je serai tantôt de retour.

Il mit son cheval au petit galop et descendit vers un chevalier et une dame qui sortaient de la ville.

— Une rude épée, fit Rhodar d'un ton méditatif en regardant s'éloigner le Mimbraïque. Mais quand je lui parle, j'ai l'impression que ça rebondit sur son crâne. C'est bizarre, non ?

— Mandorallen est mon chevalier, coupa Ce'Nedra, volant au secours de son champion. Il n'a pas besoin de réfléchir. Je pense pour lui. Par Nedra ! s'exclama-t-elle tout à coup. C'est horrible ce que je dis, non ?

Le roi Rhodar éclata de rire.

— Vous êtes un cœur, Ce'Nedra, déclara-t-il avec chaleur, mais vous avez parfois tendance à parler un peu vite.

— Qui sont ces gens ? demanda Ce'Nedra, changeant de sujet.

Elle regarda avec curiosité Mandorallen aller à la rencontre du couple qui sortait des portes de Vo Mimbre.

— Le baron de Vo Ebor et sa femme, la baronne Nerina, répondit tranquillement Durnik. Mandorallen est amoureux d'elle.

— *Comment ?*

— Ils ne font rien de mal, s'empressa de lui assurer Durnik. Je n'ai pas tout de suite compris moi-même, mais il paraît que les Arendais sont coutumiers du fait. Evidemment, c'est une tragédie et ils souffrent tous les trois comme des damnés, conclut le brave homme avec un soupir.

— Par Nedra ! s'exclama la princesse en se mordant la lèvre. Si j'avais su... J'ai parfois été si dure avec lui.

— Je suis sûr, Princesse, qu'il ne vous en veut pas, reprit Durnik. Il a très bon cœur.

Un moment plus tard, le roi Korodullin sortait de la cité, escorté de Mandorallen et d'un bataillon de chevaliers en armure. Ce'Nedra avait rencontré le jeune roi d'Arendie quelques années plus tôt et en avait gardé le souvenir d'un jeune homme pâle et mince à la voix mélodieuse. Il avait revêtu pour l'occasion une armure d'apparat et un surcot écarlate. Il s'approcha d'eux en relevant sa visière.

— Nous attendions la venue de Sa Majesté avec la plus grande impatience, déclama-t-il en la saluant solennellement.

— Votre Majesté est trop bonne, répondit Ce'Nedra.

— Grand fut notre émerveillement au récit de la mobilisation de nos cousins asturiens, reprit le roi. Sa Majesté doit disposer de dons oratoires d'une merveilleuse persuasion pour les avoir ainsi amenés à renoncer à une inimitié séculaire.

— Le jour décline, Majesté, observa le roi Rhodar. Sa Majesté aimerait — avec votre permission, bien entendu — s'adresser à vos chevaliers. Quand vous l'aurez entendue, je pense que vous comprendrez de quelle valeur elle est pour notre cause.

— Tout de suite, Majesté, acquiesça Korodullin. Que

se rassemblent chevaliers et hommes d'armes de Mimbre afin que la reine de Riva puisse leur révéler sa pensée, commanda-t-il à l'un de ses hommes.

L'armée qui avait suivi Ce'Nedra dans les plaines d'Arendie se répandait à présent dans la plaine. Face à cette multitude, les chevaliers mimbraïques offraient à la cité le rempart de leurs armures étincelantes. Les deux groupes se regardaient en chiens de faïence ; il y avait de l'orage dans l'air.

— Je pense que nous ferions mieux d'y aller tout de suite, suggéra le roi Cho-Hag. La moindre remarque pourrait mettre le feu aux poudres. Autant éviter tout incident.

Ce'Nedra avait déjà la nausée, mais ce malaise lui était maintenant si familier qu'elle n'y prenait même plus garde. Une sorte de tribune avait été érigée à mi-chemin de l'armée de Ce'Nedra et des chevaliers en armure du roi Korodullin. Escortée par tous ses amis et la garde d'honneur mimbraïque, la princesse s'approcha de l'estrade à cheval et mit pied à terre. Elle avait les jambes en coton.

— N'ayez crainte de leur parler longuement, Ce'Nedra, lui conseilla tranquillement Dame Polgara. Les Mimbraïques savent apprécier le cérémonial et ils sont plus patients que les colonnes d'un temple dès qu'on leur donne un événement officiel à contempler. Vous avez encore deux bonnes heures de jour devant vous. Essayez de faire coïncider le point culminant de votre discours avec le coucher du soleil.

— *Deux heures ?* hoqueta Ce'Nedra.

— Si ça ne suffit pas, nous pourrons allumer de grands feux de joie, proposa Durnik, toujours serviable.

— Deux heures devraient suffire, estima dame Polgara.

Ce'Nedra commença à répéter mentalement son discours.

— Vous ferez en sorte qu'ils m'entendent tous ? demanda-t-elle à Polgara.

— Je m'en occupe, mon chou.

Ce'Nedra inspira un bon coup.

— Eh bien, c'est parti, déclara-t-elle.

On l'aida à monter sur l'estrade.

Ce n'était pas agréable. Ça ne l'était jamais, mais ces semaines de pratique dans le nord du pays lui avaient appris à jauger la foule et à moduler le rythme de son allocution en fonction de ses réactions. Comme le lui avait annoncé Polgara, les Mimbraïques semblaient disposés à l'écouter jusqu'à la fin des temps. Sans doute le fait de se trouver sur le champ de bataille de Vo Mimbre ajoutait-il un certain impact dramatique à son propos : Torak s'était tenu là en personne, c'est de là que l'immense marée humaine des hordes angaraks s'était jetée contre les murailles inébranlables de la cité étincelante dressée aux confins de la plaine. Ce'Nedra les exhorta avec passion, les mots coulant de sa bouche comme un fleuve, et tous buvaient ses paroles en la mangeant des yeux. Grâce à dame Polgara et son artifice magique, quel qu'il fût, la voix de la reine de Riva portait jusqu'aux derniers rangs de la foule. Et sous l'effet de son discours Ce'Nedra voyait ondoyer, tels les blés couchés par la brise, les multitudes assemblées devant elle.

Puis, voyant le soleil se rapprocher de l'horizon nimbé de nuages dorés, la petite reine attaqua le morceau de bravoure de sa harangue. Les mots « honneur », « fierté », « courage » et « devoir » atteignirent son auditoire fasciné droit au cœur. L'ultime question : « Qui me suivra ? » retentit juste au moment où le soleil couchant embrasait le champ de bataille. Un rugissement assourdissant lui répondit et tous les chevaliers mimbraïques la saluèrent en dégainant leur épée.

Trempée de sueur sous son armure chauffée par le soleil, Ce'Nedra brandit son glaive en réponse, ainsi qu'elle en avait pris l'habitude, bondit sur son cheval et mena sa prodigieuse armée hors du champ de bataille.

— Formidable ! s'émerveilla le roi Korodullin qui chevauchait derrière elle.

— Vous comprenez maintenant pourquoi nous la suivons, insista le roi Anheg.

— Elle est prodigieuse ! proclama le roi Korodullin.

Assurément, mes doux Seigneurs, une telle éloquence ne peut être qu'un cadeau des Dieux. J'envisageais notre entreprise avec quelque émoi — force m'est de l'avouer —, mais c'est avec joie que je défierai maintenant les hordes angaraks au grand complet. Le ciel lui-même est avec cette merveilleuse enfant, et la victoire nous appartient.

— Je serai tout de même plus rassuré quand j'aurai vu les légions répondre à l'appel, observa le roi Rhodar. Ce sont des durs à cuire, et je doute fort qu'ils se laissent émouvoir par un petit discours patriotique.

Ce'Nedra avait déjà commencé à réfléchir au problème. Ce soir-là, elle envisagea la question sous tous ses angles en se brossant les cheveux, seule sous sa tente, pour une fois. Elle croyait tenir le moyen de remuer ses compatriotes.

Tout à coup, son amulette d'argent sembla frémir, ce qui ne s'était encore jamais produit. Ce'Nedra reposa sa brosse et effleura le talisman du bout des doigts.

— Je sais que tu m'entends, Père, disait Polgara.

Une image se présenta aussitôt à l'esprit de Ce'Nedra : Polgara, drapée dans sa cape bleue, debout au sommet d'une colline, le vent de la nuit jouant dans ses cheveux.

— Ça y est, tu as laissé retomber la vapeur ? fit Belgarath d'un ton circonspect.

— Nous parlerons de ça une autre fois. Que faites-vous ?

— En cet instant précis, je nage dans la viande saoule jusqu'au cou ; de la viande nadrak. Nous sommes dans une taverne, à Yar Nadrak.

— J'aurais dû m'en douter. Et Garion, ça va ?

— Bien sûr, Pol. Je ne permettrais pas qu'il lui arrive quoi que ce soit. Et toi, où es-tu ?

— A Vo Mimbre. Nous avons soulevé les Arendais et nous partons pour la Tolnedrie demain matin.

— Ran Borune ne va pas beaucoup aimer ça.

— Nous avons un atout, et de taille ; c'est Ce'Nedra qui est à la tête de l'armée.

— Ce'Nedra ? s'exclama Belgarath, sidéré.

— Ça nous donne la clé de ce passage du Codex. Elle a fait sortir les Arendais de derrière les arbres en les haranguant comme si elle n'avait fait que ça toute sa vie.

— Ça alors !

— Tu savais que les Murgos du Sud étaient rassemblés à Rak Goska ?

— C'est ce que j'ai entendu dire.

— Ça change un peu la face des choses, non ?

— Peut-être. Qui a pris la direction des opérations ?

— Rhodar.

— Parfait. Pol, dis-lui de faire son possible pour éviter les affrontements majeurs, mais débrouillez-vous pour que je n'aie pas les Angaraks sur le dos.

— Nous ferons au mieux, promit-elle, puis elle hésita un instant. Tu vas bien, Père ? reprit-elle d'une voix moins assurée.

Et cela semblait vraiment important.

— Tu veux savoir si je suis toujours en possession de mes facultés ? précisa-t-il, comme amusé. Garion m'a dit que tu t'en faisais à ce sujet.

— Je lui avais pourtant bien dit de ne pas t'en parler.

— Quand il a fini par cracher le morceau, la question était sans objet.

— Tu es... enfin, tu peux toujours... ?

— Mais oui, Pol. Tout a l'air de marcher comme avant.

— Dis à Garion que je l'aime.

— Promis. N'en fais pas une habitude, mais garde le contact.

— Très bien, Père.

L'amulette frémit à nouveau entre les doigts de Ce'Nedra, puis Polgara éleva fermement la voix.

— Ça va, Ce'Nedra. Vous pouvez quitter l'écoute, à présent.

Prise en faute, Ce'Nedra lâcha précipitamment son pendentif.

Le lendemain matin, elle envoyait chercher Barak et Durnik avant même le lever du soleil.

— Je voudrais que vous me rapportiez toutes les pièces d'or angarak qui vous tomberont sous la main, leur annonça-t-elle. Payez-les aux hommes s'il le faut, mais trouvez-moi tout l'or rouge qui peut traîner dans cette armée, jusqu'à la dernière piécette.

— Et bien sûr, vous ne nous direz pas pourquoi, commenta aigrement Barak.

Le grand Cheresque n'aimait pas être tiré du lit avant l'aube.

— Je suis tolnedraine, répondit-elle, et je connais mes compatriotes. Je vais avoir besoin d'un appât.

CHAPITRE XXVII

Ran Borune XXIII, empereur de Tolnedrie, écumait de rage. Ce'Nedra remarqua avec un petit pincement au cœur que son père avait beaucoup vieilli pendant l'année où elle avait été loin de lui et se prit à regretter le probable manque de cordialité de leurs retrouvailles.

L'empereur avait déployé ses légions dans les plaines du nord de la Tolnedrie ; l'armée de Ce'Nedra tomba dessus en émergeant de la Futaie de Vordue. Le soleil faisait briller de mille feux cet océan d'acier dont les bannières écarlates frémissaient, menaçantes, dans la brise estivale. Les légions avaient pris position sur la ligne de crête d'une rangée de collines, dominant les troupes de Ce'Nedra et marquant un net avantage stratégique.

C'est ce que le roi Rhodar avait fait calmement remarquer à la jeune reine au moment où ils mettaient pied à terre et s'apprêtaient à saluer l'empereur.

— Ce n'est vraiment pas le moment de provoquer un incident, avait-il souligné. Tâchez au moins d'être aimable.

— Je sais ce que je fais, Majesté, répondit-elle d'un petit ton dégagé en retirant son heaume et en lissant soigneusement ses cheveux.

— Ce'Nedra, tonna Rhodar en lui prenant fermement le bras, depuis le jour où nous avons débarqué sur le nez d'Arendie, vous avancez au doigt mouillé. Vous ne savez pas ce que vous allez faire la minute d'après. Je vous engage avec la dernière énergie à ne pas donner l'assaut aux légions tolnedraines en prenant la colline à rebrousse-poil ; ce ne serait pas une bonne tactique. Alors soyez aimable avec votre père ou je vous mets en travers de mes genoux et je vous flanque une fessée. Vous m'avez compris ?

— Rhodar ! hoqueta Ce'Nedra. Comment osez-vous ?

— Et ce ne sont pas des paroles en l'air, ajouta-t-il. Vous avez intérêt à surveiller vos manières, ma petite dame.

— Je ferai bien attention, promit-elle en lui jetant un coup d'œil de fillette effarouchée derrière ses cils papillonnants. Vous m'aimez toujours, Rhodar ? implora-t-elle d'une toute petite voix.

Il la regarda d'un air désarmé. Alors elle posa la main sur sa bonne grosse joue.

— Tout ira bien, vous verrez, le rassura-t-elle. Ah ! voilà mon père !

— Ce'Nedra, commença Ran Borune avec humeur en avançant vers eux à grands pas. Qu'est-ce que tu as encore imaginé ?

L'empereur avait revêtu son armure incrustée d'or, qui lui allait, se dit Ce'Nedra, à peu près comme une cravate de tulle à une vache.

— Nous ne faisons que passer, Père, esquiva-t-elle d'un petit air anodin. Tu as l'air en pleine forme, dis donc !

— J'étais en pleine forme jusqu'à ce que tu violes mes frontières. Où as-tu ramassé cette armée ?

— Oh ! ici et là, Père ! répondit-elle avec un haussement d'épaules évasif. Nous ne pourrions pas parler dans un endroit un peu plus tranquille ?

— Nous n'avons rien à nous dire, décréta le petit homme au crâne chauve. Je refuse de te parler tant que cette armée foulera le sol tolnedrain.

— Oh ! Père, le gourmanda-t-elle, arrête ces enfantillages !

— Des enfantillages ? explosa l'empereur. *Des enfantillages ?*

— Les paroles de Sa Majesté dépassent assurément sa pensée, intervint le roi Rhodar en fusillant Ce'Nedra du regard. Elle a parfois tendance à manquer de diplomatie, c'est bien connu.

— Et vous, Rhodar ? Qu'est-ce que vous fichez ici ? Pourquoi les Aloriens ont-ils envahi la Tolnedrie ? interrogea Ran Borune après un rapide coup d'œil aux autres rois.

— Voyons, Ran Borune, nous ne sommes pas venus vous envahir, contra Anheg. Si tel était le cas, la fumée des villes et des villages en feu s'élèverait derrière nous. Vous savez comment nous faisons la guerre.

— Alors que faites-vous ici ?

— Ainsi que vous le suggérait Sa Majesté, rappela le roi Cho-Hag, apaisant, nous nous contentons de traverser le pays pour aller à l'Est.

— Et que projetez-vous au juste de faire dans l'Est ?

— Ça, c'est notre affaire, répondit Anheg sans ambages.

— Essayez d'être aimable, conseilla dame Polgara au roi des Cheresques avant de se tourner vers l'empereur. Voyons, Ran Borune, l'été dernier, nous avons, mon père et moi, tenté de vous expliquer ce qui se passait. Vous n'avez pas écouté ?

— C'était avant que vous enleviez ma fille, répliqua-t-il. Que lui avez-vous fait ? Elle était déjà difficile, mais maintenant, elle est vraiment impossible.

— Les enfants grandissent, votre Majesté, commenta Polgara avec philosophie. La reine avait tout de même raison sur un point : nous avons des choses à nous dire ; en privé de préférence.

— De quelle reine voulez-vous parler ? riposta l'empereur d'un ton mordant. Je ne vois pas de reine, ici.

— Père, lança Ce'Nedra, le regard dur, tu sais très bien ce qui s'est passé. Alors arrête ce petit jeu et essaie de parler en homme sensé. C'est très grave.

— Votre Altesse me connaît suffisamment pour savoir que je ne plaisante jamais, répliqua-t-il d'un ton glacial.

— Votre Majesté, reprit-elle.

— *Altesse,* insista-t-il.

— MAJESTE, répéta-t-elle, et sa voix monta d'une octave.

— *ALTESSE,* cracha-t-il entre ses dents.

— Vous tenez vraiment à vous chamailler comme de sales gosses mal élevés juste devant vos hommes ? s'informa tranquillement Polgara.

— Là, Ran Borune, elle marque un point, commenta Rhodar. A mon avis, nous sommes en train de nous ridiculiser. Nous pourrions au moins essayer de maintenir un semblant de dignité.

L'empereur jeta un coup d'œil machinal par-dessus son épaule à ses légions étincelantes massées au sommet des collines avoisinantes.

— Très bien, concéda-t-il à contrecœur. Mais que ce soit bien clair : nous ne parlerons que de votre retrait du sol tolnedrain. Si vous voulez me suivre, nous allons sous mon pavillon.

— ...Qui est dressé au beau milieu de vos légions, ajouta le roi Anheg. Pardonnez-moi, Ran Borune, mais nous ne sommes pas stupides à ce point. Pourquoi n'irions-nous pas plutôt sous le mien ?

— Je ne suis pas plus bête que vous, Anheg, rétorqua l'empereur.

— Si je puis me permettre, commença doucement le roi Fulrach. Nous pourrions peut-être, dans l'intérêt des convenances, considérer cet endroit comme plus ou moins neutre ? suggéra-t-il en se tournant vers Brendig. Colonel, auriez-vous l'obligeance de faire dresser une vaste tente à cet endroit ?

— A l'instant, Majesté, acquiesça l'impassible Brendig.

— L'esprit pratique des Sendariens n'est pas une légende, comme vous pouvez le constater, commenta le roi Rhodar avec un grand sourire.

L'empereur se renfrogna un tantinet, puis il sembla faire un effort sur lui-même et revenir à de meilleurs sentiments.

— C'est fou comme le temps passe, Fulrach, affirma-t-il. J'espère que Layla va bien.

— Elle vous envoie ses amitiés, répondit aimablement le roi de Sendarie.

— Vous n'êtes pourtant pas complètement fou, Fulrach, éclata l'empereur. Pourquoi vous prêtez-vous à cette aventure démente ?

— Voilà bien le genre de chose dont nous devrions parler en privé, il me semble, suggéra Polgara d'un ton suave.

— Où en est la querelle de succession ? s'enquit Rhodar, comme d'autres parlent de la pluie et du beau temps.

— Le sujet est toujours d'actualité, répondit Ran Borune sur le même ton. Les Honeth ont l'air de s'être mis d'accord.

— Dommage, murmura Rhodar. Les Honeth n'ont pas très bonne réputation.

Sous les ordres du colonel Brendig, un peloton de soldats sendariens entreprit d'ériger rapidement sur l'herbe verte un vaste pavillon aux vives couleurs.

— Au fait, Père, as-tu réglé son compte au duc Kador ? questionna Ce'Nedra.

— Quelqu'un a eu l'imprudence de laisser du poison dans sa cellule, l'informa Ran Borune avec un petit rire. Et il faut croire que la vie pesait à Sa Grâce, car elle en a fait une overdose. Nous lui avons organisé de somptueuses funérailles.

— Je regrette d'avoir raté ça, commenta Ce'Nedra en souriant.

— Le pavillon est prêt, annonça le roi Fulrach. Je vous propose d'y aller.

Ils prirent place autour de la table que les soldats avaient installée sous la tente. Messire Morin, le grand chambellan de l'empereur, s'empressa d'avancer la chaise de Ce'Nedra.

— Comment va-t-il ? chuchota Ce'Nedra à l'adresse de l'homme en manteau marron.

— Pas très bien, Princesse, répondit Morin. Votre absence l'a plus affecté qu'il ne veut bien l'admettre.

— Il mange bien ? Il se repose comme il faut ?

— Nous faisons de notre mieux, Votre Altesse, répliqua Morin en haussant les épaules, mais votre père n'est pas facile.

— Vous avez son remède ?

— Bien sûr, Altesse. Je ne me déplace jamais sans cela.

— Si nous en venions à nos affaires ? proposa Rhodar. Taur Urgas a fermé sa frontière occidentale et les Murgos du Sud ont pris position autour de Rak Goska. 'Zakath, l'empereur de Mallorée, a fait installer un camp de base dans la plaine devant Thull Zelik pour accueillir ses troupes au fur et à mesure qu'elles descendent de bateau. Nous n'avons plus beaucoup de temps devant nous, Ran Borune.

— Je suis en cours de négociation avec Taur Urgas, déclara l'empereur, et je vais tout de suite faire envoyer un plénipotentiaire à 'Zakath. Je suis sûr que nous pourrons régler cette affaire sans livrer combat.

— Vous pourriez parler à Taur Urgas au point d'en avoir la langue toute bleue que ça ne lui ferait ni chaud ni froid, ironisa Anheg. Quant à 'Zakath, si ça se trouve, il ne sait même pas qui vous êtes. Dès qu'ils auront rassemblé leurs forces, ils avanceront. La guerre est inévitable, et en ce qui me concerne, je n'en suis pas fâché. Exterminons les Angaraks une bonne fois pour toutes.

— C'est un peu barbare, Anheg, remarqua Ran Borune.

— Votre Majesté impériale, commença le roi Korodullin d'un ton solennel, peut-être le roi de Cherek parle-t-il tantôt un peu vite, mais ses paroles ne sont point dépourvues de sagesse. Devrons-nous jusqu'à la fin des temps vivre sous la menace des envahisseurs venus de l'Est ? Ne serait-il point préférable de mettre pour jamais fin à leurs menées ?

— Tout cela est très intéressant, coupa fraîchement Ce'Nedra, mais complètement en dehors du sujet. Le vrai problème, le voilà : le roi de Riva est revenu et la Tolnedrie est requise, conformément aux termes des Accords de Vo Mimbre, de se soumettre à sa suzeraineté.

— Peut-être, riposta son père, mais le jeune Belgarion n'a pas l'air d'être là. L'auriez-vous égaré en chemin ? A moins qu'il ne soit resté astiquer les chaudrons dans la souillarde, à Riva ?

— C'est indigne de toi, Père, rétorqua Ce'Nedra d'un ton méprisant. Le Roi des Rois du Ponant sollicite tes services. Vas-tu déshonorer les Borune et la Tolnedrie en abrogeant les Accords ?

— Oh ! non, ma fille ! coupa-t-il en levant une main. La Tolnedrie a toujours mis un point d'honneur à respecter scrupuleusement chacune des clauses de tous les traités qu'elle a pu signer. Les Accords exigent que je me soumette à Belgarion, eh bien, je m'exécuterai à la lettre — dès qu'il viendra ici en personne me faire part de ses revendications.

— J'agis en son nom ! proclama Ce'Nedra.

— Je ne me rappelle pas avoir jamais lu que cette autorité fût transmissible.

— Je suis la reine de Riva, s'emporta Ce'Nedra, et j'ai été investie par Belgarion en personne du pouvoir de régner conjointement avec lui.

— Ça a dû être un mariage très intime. Je suis tout de même un peu froissé de ne pas y avoir été convié.

— Le mariage sera célébré en temps utile, Père. En attendant, je parle au nom de Belgarion et de Riva.

— Parle tant que tu voudras, fillette, répondit-il en haussant les épaules. En ce qui me concerne, rien ne saurait m'obliger à t'écouter. Pour l'instant, tu n'es pas la femme du roi de Riva. Tu n'es que sa fiancée, et donc pas la reine. Si tu veux entrer dans des détails strictement juridiques, jusqu'au moment de ton mariage tu es encore sous mon autorité. Peut-être consentirai-je à te pardonner si tu me présentes des excuses et si tu retires cette stupide armure pour remettre des vêtements corrects. Sans cela, je me verrai dans l'obligation de te punir.

— Me punir ? *Me punir ?*

— Ne me parle pas sur ce ton, Ce'Nedra ! protesta vivement l'empereur.

— J'ai l'impression que ça dégénère, observa sarcastiquement Barak.

— C'est bien mon avis, acquiesça Anheg.

— Je *suis* la reine de Riva ! hurla Ce'Nedra.

— Tu n'es qu'une petite bécasse ! contra son père sur le même ton.

— En voilà assez, Père, décréta-t-elle en se levant d'un bond. Tu vas ordonner à tes légions de m'obéir et retourner immédiatement à Tol Honeth où tes serviteurs pourront t'enrouler dans des couvertures et te donner de la bouillie, puisque tu es désormais trop sénile pour m'être d'une quelconque utilité.

— *Sénile !* rugit l'empereur, en se levant à son tour. Hors de ma vue, Ce'Nedra ! Et je te prie de faire tout de suite sortir ces Aloriens puants de Tolnedrie, ou j'ordonne à mes légions de vous jeter dehors !

Mais déjà Ce'Nedra fonçait comme une tornade vers le vantail de la tente.

— Reviens ici sur-le-champ ! fulmina-t-il. Je ne t'ai pas dit tout ce que j'avais sur le cœur !

— Ça suffit, Père ! hurla-t-elle en réponse. Maintenant, c'est moi qui parle ! Barak, j'ai besoin du sac que vous savez.

Elle surgit de la tente comme une furie et mit le pied à l'étrier en écumant de rage.

— Vous êtes bien sûre de savoir ce que vous faites ? questionna Barak en attachant le sac d'or angarak à sa selle.

— Et comment ! répondit-elle, très calme tout à coup.

Barak la regarda en plissant les yeux.

— Vous avez repris votre sang-froid en vitesse, je trouve.

— Je ne l'ai jamais perdu, Barak.

— Alors vous faisiez semblant ?

— Bien sûr. Enfin, au moins en partie. Il va falloir une bonne heure à mon père pour retrouver son calme et d'ici là il sera trop tard. Dites à Rhodar et aux autres de tenir l'armée prête à avancer. Les légions vont se joindre à nous.

— Qu'est-ce qui vous fait croire ça ?

— Je vais les chercher. Ah ! je commençais à me

demander ce que vous faisiez ! dit-elle à Mandorallen qui venait d'émerger de la tente. Venez ! J'ai besoin d'une escorte.

— Puis-je me permettre de demander à Son Altesse où nous allons ? risqua le chevalier.

— Vous verrez bien, répondit-elle.

Elle fit décrire une volte à sa monture et partit au trot vers le haut de la colline et les légions assemblées. Mandorallen et Barak échangèrent un regard impuissant, puis le chevalier monta en selle dans un grand bruit de ferraille et la suivit.

Ce'Nedra porta à son amulette une main hésitante.

— Dame Polgara, chuchota-t-elle. Vous m'entendez ?

Elle n'était pas sûre que le talisman fonctionnât aussi dans ce sens, mais elle ne perdait rien à essayer.

— Dame Polgara, murmura-t-elle à nouveau, d'un ton un peu plus pressant.

— Que faites-vous, Ce'Nedra ? fit la voix claire de Polgara.

— Je vais parler aux légions, répondit Ce'Nedra. Vous pourriez faire en sorte qu'elles m'entendent bien ?

— Oui. Mais les légions risquent de n'être guère intéressées par un discours patriotique.

— Je vais leur en tenir un autre, assura Ce'Nedra.

— Votre père est en train de faire une crise. Il a l'écume à la bouche.

Ce'Nedra poussa un soupir attristé.

— Je sais. Ça lui arrive assez souvent. Messire Morin a son remède sur lui. Essayez de l'empêcher de se mordre la langue si vous pouvez.

— Vous l'avez délibérément poussé à bout, n'est-ce pas, Ce'Nedra ?

— J'avais besoin de temps pour m'adresser aux légions, expliqua la princesse. Allez, des crises comme ça, il en a eu toute sa vie. Il va saigner du nez et il aura un affreux mal de tête après, mais il n'en mourra pas. Occupez-vous de lui, s'il vous plaît, Dame Polgara. Je l'aime beaucoup, vous savez.

— Je ferai de mon mieux, mais il faudra que nous

ayons une bonne conversation toutes les deux. Ça ne se fait pas, ma petite demoiselle.

— Je sais, Dame Polgara, mais je n'avais pas le choix. C'est pour Garion que je fais tout ça. Je vous en prie, arrangez-vous pour que les légions puissent m'entendre. C'est terriblement important.

— D'accord, Ce'Nedra, mais ne faites pas de bêtises.

Et ce fut tout.

Ce'Nedra passa rapidement en revue les étendards dressés devant elle, choisit l'emblème familier du quatre-vingt-troisième régiment et fonça dessus au galop. Il fallait qu'elle se place devant des hommes susceptibles de reconnaître et de confirmer son identité au reste de l'armée de son père. Le quatre-vingt-troisième était avant tout une unité d'apparat, traditionnellement basée à l'intérieur de la résidence impériale, à Tol Honeth. C'était une unité d'élite, limitée à un millier d'hommes triés sur le volet, dont la mission consistait pour l'essentiel à assurer la garde du palais. Ce'Nedra connaissait de vue chacun de ses hommes, et la plupart par leur nom. Elle s'approcha avec assurance du commandant du quatre-vingt-troisième, un homme corpulent au visage rougeaud et aux tempes grisonnantes, et le salua.

— Colonel Albor, dit-elle courtoisement.

— Votre Altesse, répondit le colonel en inclinant respectueusement la tête. Vous nous avez beaucoup manqué au palais.

C'était un mensonge, Ce'Nedra le savait bien. L'honneur de garder sa personne était communément joué aux dés, dans les quartiers, ce privilège revenant toujours au perdant.

— Je requiers une petite faveur, colonel, commença-t-elle, aguichante.

— Si c'est en mon pouvoir, Votre Altesse, répliqua-t-il un peu sur la défensive.

— Je voudrais m'adresser aux légions de mon père et que les hommes sachent à qui ils ont affaire, dévoila-t-elle avec un grand sourire chaleureux, hypocrite : Albor était un Horbite et elle le détestait en secret. Le quatre-vingt-troisième m'a pratiquement élevée, reprit-elle. Vous devriez entre tous me reconnaître et être en mesure de m'identifier.

— C'est exact, Votre Altesse, admit Albor.

— Pourriez-vous envoyer des estafettes aux autres régiments afin de leur faire savoir qui je suis ?

— Tout de suite, Votre Altesse, acquiesça Albor.

Il ne voyait apparemment rien de risqué dans sa requête. L'espace d'un instant, Ce'Nedra fut presque navrée pour lui.

Les estafettes — des cavaliers, bien sûr ; les hommes du quatre-vingt-troisième n'auraient pas fait de bons coureurs à pied — commencèrent à circuler entre les légions assemblées. Ce'Nedra s'entretint un moment avec le colonel Albor et ses officiers tout en surveillant du coin de l'œil la tente où son père se remettait de sa crise et le pavillon doré sous lequel l'état-major tolnedrain était réuni. Elle ne tenait pas à ce qu'un officier un peu trop curieux vienne lui demander ce qu'elle mijotait. Puis quand elle estima que tout délai supplémentaire pourrait être dangereux, elle s'excusa affablement, fit volter son cheval et gagna au galop, suivie de Mandorallen, un endroit d'où elle était sûre que tous le monde la voyait.

— Sonnez de la trompe, Mandorallen, ordonna-t-elle.

— Nous sommes, ô Majesté, à une certaine distance de nos propres forces, lui rappela-t-il. J'implore Sa Majesté de modérer Ses propos. Même moi, il se pourrait que j'éprouve certaine difficulté à affronter les légions tolnedraines au grand complet.

— Vous savez que vous pouvez me faire confiance, Mandorallen, répondit-elle en souriant.

— Ma vie appartient à Sa Majesté, se récria-t-il en portant sa trompe à ses lèvres.

Comme le silence triomphait des derniers échos de l'airain, Ce'Nedra se dressa sur ses étriers, l'estomac étreint par la nausée qui lui était maintenant familière.

— Légionnaires ! s'écria-t-elle. Je suis la princesse Ce'Nedra, la fille de votre empereur.

Ce n'était peut-être pas un début fulgurant, mais il fallait bien commencer, et de toute façon le numéro qu'elle s'apprêtait à leur faire tenait plus du spectacle que du discours ; une maladresse par-ci par-là n'y changerait rien.

— Je suis venue vous rassurer, poursuivit-elle. L'armée massée devant vous est venue en paix. L'herbe verte, le sol sacré de notre belle Tolnedrie ne se transformeront pas en champ de bataille aujourd'hui. En ce jour, du moins, les légionnaires ne verseront pas leur sang pour défendre l'Empire.

Une vague de soulagement passa sur les légions. Aussi professionnel fût-il, pour un soldat, une bataille évitée était toujours une bonne bataille. Ce'Nedra inspira profondément, un peu tremblante. Elle n'avait plus qu'à amorcer une habile transition et amener en douceur le véritable objet de son propos.

— Aujourd'hui, personne de vous demande de mourir pour une demi-couronne de cuivre, ajouta-t-elle, faisant allusion à la solde quotidienne du légionnaire. Mais pour demain, je ne peux rien vous promettre. Personne ne peut dire quand les affaires de l'Empire exigeront que vous lui fassiez don de votre vie. Demain peut-être, un puissant marchand exigera pour la protection de ses intérêts que coule le sang des légions. Mais après tout, il en a toujours été ainsi, poursuivit-elle en élevant les mains dans un petit geste résigné. Les légions meurent pour du cuivre là où d'autres ont de l'or.

Cette remarque fut saluée par des ricanements approbateurs. Ce'Nedra avait assez entendu les soldats de son père refaire le monde pour savoir que cette complainte revenait sans cesse dans leurs conversations. « Du sang et de l'or — *notre* sang, et *leur* or », telle était virtuellement la devise des légions. Ce'Nedra les avait pour ainsi dire gagnés à sa cause, à présent. Son estomac en déroute s'apaisa un peu et sa voix s'affirma.

Elle leur raconta alors une histoire qu'elle avait entendue une bonne demi-douzaine de fois depuis son enfance, celle du bon légionnaire, homme de devoir et économe, dont l'épouse avait connu la dure existence de toutes les femmes de légionnaire, avec ses épreuves et surtout ses séparations. Lorsqu'il avait été rendu à la vie civile, ils étaient rentrés au pays et avaient acheté un petit commerce. L'espace d'un moment, ils crurent n'avoir pas vécu en vain toutes ces années de sacrifice.

— Puis un jour sa femme tomba très malade, poursuivit Ce'Nedra en défaisant discrètement le sac attaché à sa selle. Le docteur coûtait très cher. Voici ce qu'il demandait, fit-elle en prenant trois pièces d'or rouge murgo dans le sac et en les élevant pour qu'ils puissent tous les voir. Alors le légionnaire alla voir un puissant marchand et lui emprunta la somme nécessaire pour payer le docteur. Mais ce n'était qu'un charlatan, comme la plupart des médecins, et le légionnaire aurait aussi bien pu jeter son argent par la fenêtre.

Ce'Nedra laissa négligemment tomber les pièces d'or devant elle, dans l'herbe haute.

— La bonne et fidèle épouse du légionnaire mourut. Le légionnaire ployait encore sous le poids du chagrin quand le puissant marchand vint lui dire : « Où est l'argent que je t'ai prêté ? » continua Ce'Nedra en prenant trois autres pièces d'or et en les brandissant bien haut. Mais le légionnaire n'avait pas d'or. Ses pauvres mains étaient vides.

Ce'Nedra écarta les doigts et lâcha les pièces d'or.

— Alors le marchand prit la boutique du légionnaire pour se rembourser de sa dette. Le riche s'enrichit encore. Et le légionnaire, me direz-vous ? Eh bien, il avait toujours son épée. C'était un bon soldat ; il l'avait soigneusement entretenue, elle était luisante et bien aiguisée. Après l'enterrement de sa femme, il partit dans les champs avec son glaive et se laissa tomber dessus. Voilà comment finit l'histoire.

Elle les tenait. Elle le voyait à leurs visages. Cette lamentable histoire n'avait rien d'original, mais les pièces d'or qu'elle avait jetées avec une telle désinvolture lui donnaient un relief inédit. Elle prit encore quelques pièces angaraks et les regarda avec étonnement, comme si elle les voyait pour la première fois.

— A votre avis, pourquoi tout l'or que nous voyons en

ce moment est-il rouge ? demanda-t-elle. J'avais toujours pensé que l'or était jaune. D'où vient cet or rouge ?

— De Cthol Murgos, répondirent plusieurs voix.

— Vraiment ? fit-elle en regardant les pièces avec un profond dégoût. Que vient faire cet or murgo en Tolnedrie ?

Elle lança une poignée de pièces au loin.

La discipline de fer des légions fléchit et les hommes ne purent s'empêcher de faire un pas en avant.

— Je doute fort que de simples soldats voient beaucoup d'or rouge, bien sûr. Pourquoi les Murgos tenteraient-ils de soudoyer de vulgaires soldats quand ils peuvent s'offrir des officiers — ou ces hommes puissants qui décident où et quand les légions se videront de leur sang et mourront ?

Elle prit une autre pièce et la regarda.

— Vous savez, je pense que toutes ces pièces viennent de Cthol Murgos, conclut-elle en la laissant tomber à terre comme par mégarde. Et si les Murgos tentaient d'acheter la Tolnedrie ?

Un murmure courroucé lui répondit.

— Si telle est leur intention, cet or rouge doit couler à flots dans les royaumes angaraks, vous ne croyez pas ? J'ai entendu raconter des tas de choses à ce sujet. On dit par exemple que les mines de Cthol Murgos n'ont pas de fond et que certaines rivières du Gar og Nadrak sont pareilles à des fleuves de sang car le gravier qu'elles roulent est d'or pur. Eh oui ! l'or doit être aussi bon marché que les pierres dans les terres d'Orient !

Elle prit une autre pièce, y jeta un coup d'œil et la lança au loin.

Les légions ne purent se retenir de faire encore un pas en avant. Les officiers avaient beau les rappeler à l'ordre, eux aussi regardaient avec avidité l'herbe haute où la princesse avait jeté tout cet or rouge avec une telle indifférence.

— Peut-être mon armée parviendra-t-elle à découvrir combien d'or on trouve sur le sol angarak, leur confia Ce'Nedra. Les Murgos et les Grolims se sont livrés au même genre de félonie en Arendie, en Sendarie et dans les royaumes d'Alorie. Nous les châtierons pour cela.

Elle s'interrompit comme si une idée venait de lui passer par la tête.

— Les bons soldats trouvent toujours de la place dans une armée, ajouta-t-elle d'un ton méditatif. Je sais que la plupart d'entre vous servent par loyauté envers la légion et par amour pour la Tolnedrie, mais peut-être certains en ont-ils assez de se contenter d'une demi-couronne de laiton par jour. Je suis sûre que ces hommes seraient les bienvenus dans mes rangs. Tiens, encore une pièce murgo, remarqua-t-elle.

Elle prit une nouvelle pièce rouge dans sa provision qui allait en s'amenuisant et la laissa nonchalamment glisser entre ses doigts. Une rumeur parcourut les légions assemblées, presque un grondement.

— Mais j'oubliais, reprit alors la princesse avec un gros soupir de regret. Mon armée repart tout de suite, or il vous faudrait des semaines pour obtenir une permission, n'est-ce pas ?

— Qui a besoin de permission ? hurla quelqu'un.

— Vous ne voudriez pas déserter, tout de même ? insinua-t-elle, incrédule.

— La princesse propose de l'or, rugit un autre homme. Ran Borune n'a qu'à garder son billon !

Ce'Nedra plongea une dernière fois la main dans son sac et en tira les dernières pièces.

— Vous voudriez me suivre ? questionna-t-elle de sa plus petite voix de petite fille. Rien que pour ça ?

Et elle laissa couler les pièces de sa main.

L'état-major de l'empereur commit alors une erreur fatale : il envoya un peloton de cavalerie encadrer la princesse. Les légionnaires de Ran Borune se méprirent sur leurs intentions. En voyant ces cavaliers monter vers l'endroit que Ce'Nedra avait si libéralement jonché d'or, ils rompirent les rangs et se précipitèrent pour fouiller l'herbe, piétinant les officiers submergés sous le nombre.

— J'implore Sa Majesté de se retirer, la pressa Mandorallen en tirant son épée.

— Un instant, Messire Mandorallen, répondit calmement Ce'Nedra en regardant dans les yeux les légionnaires qui fonçaient avidement sur elle. Mon armée part sur-le-champ, déclara-t-elle. Si les Légions impériales veulent se joindre à moi, elles seront les bienvenues.

A ces mots, elle fit volter son cheval et regagna au galop ses propres forces, Mandorallen à ses côtés.

Le vacarme immense d'une armée en marche se fit entendre derrière eux, puis quelqu'un commença à scander une rengaine que tous les légionnaires reprirent en cœur.

— Ce-Ne-dra ! Ce-Ne-dra ! hurlèrent-ils en marquant le rythme de leurs pas lourds.

Ses cheveux embrasés par le soleil flottant au vent de sa course, la princesse Ce'Nedra entraîna la multitude des légionnaires mutinés en se disant que chacun de ses mots était une tromperie. De cette expédition, les légionnaires ne ramèneraient pas plus de richesses que les Arendais qu'elle avait ralliés dans les forêts d'Asturie et les plaines de Mimbre ne retireraient de gloire. Elle avait levé une armée pour la jeter dans une guerre sans espoir.

Mais c'était par amour pour Garion, et peut-être davantage. Si la Prophétie qui décidait de leur destinée exigeait cela d'elle, il lui était impossible de résister. L'horreur de ce qui les attendait n'aurait pu l'empêcher de recommencer et d'aller encore plus loin. Pour la première fois, Ce'Nedra accepta le fait de n'avoir aucun contrôle sur son propre destin. Elle était inspirée par une force d'une puissance infiniment supérieure et se devait de lui obéir.

Polgara et Belgarath, qui vivaient depuis des siècles et vivraient encore autant, pouvaient peut-être se consacrer à un idéal abstrait. Mais Ce'Nedra avait à peine seize ans et besoin d'une raison d'être plus humaine, plus concrète. En ce moment précis, il y avait quelque part dans les forêts du Gar og Nadrak un jeune homme au visage grave sous ses cheveux blond cendré dont le sort, la vie même, dépendaient d'elle et de ses efforts. La princesse avait fini par s'abandonner à l'amour. Elle se jura de ne jamais manquer à Garion. Si cette armée ne suffisait pas, elle en lèverait une autre — à n'importe quel prix.

Ce'Nedra poussa un soupir, puis elle carra les épaules et mena à travers les champs baignés de soleil les légions tolnedraines qui venaient grossir les rangs de son armée.

Ici s'achève le Chant Quatre de *La Belgariade*.
Le Chant Cinq, *La Fin de partie de l'Enchanteur*,
voit la conclusion de cette épopée
et Belgarion affronter Torak le maléfique,
décidant du sort des hommes,
des Dieux et des Prophéties.

Imprimé en France par

CPI
BUSSIÈRE

à Saint-Amand-Montrond (Cher)
en septembre 2011

POCKET - 12, avenue d'Italie - 75627 Paris Cedex 13

N° d'impression : 112493
Dépôt légal : août 1991
Suite du premier tirage : septembre 2011
S17440/05